U0077333

【臺灣現當代作家研究資料彙編】77

於梨華

國立台灣文學館
出版

部長序

從歷史的角度檢視特定時代的文學表現，當代作家及作品往往是研究的重心；而完整的臺灣文學史之建構，更有賴全面與紮實的作家及作品研究。臺灣文學自荷蘭時代、明鄭、清領、日治、及至戰後，行過漫長的時光甬道，在諸多文學先輩和前行者的耕耘之下，其所累積的成果和能量實已相當可觀；而白話文學運動所造就的新文學萌芽，更讓現當代文學作品源源不絕地誕生，作家們的精彩表現有目共睹。相應於此，如何盤整研究資源、提升無論是專業學者或一般大眾資料查找的便利性，也就格外重要。

由國立臺灣文學館規畫、籌編的《臺灣現當代作家研究資料彙編》，即可說是對上述問題的最好回應。本計畫自 2010 年開始啟動，五年多來，已然為臺灣文學史及相關研究打下厚重扎實的基礎。臺文館不僅細心詳實地為作家編選創作生涯中的重要紀錄，在每一冊圖書中收錄豐富的作家照片、手稿影像，並編寫小傳、年表，再由學有專精的學者撰寫研究綜述、選刊重要評論文章，最後還附有評論資料目錄。經過長久的累積和努力，今年，已進入第六個年頭，即將完成總共 80 位作家的研究資料彙編。在本階段所出版的作家，包括詹冰、高陽、子敏、齊邦媛、趙滋蕃、蕭白、彭歌、杜潘芳格、錦連、蓉子、向明、張默、於梨華、葉笛、葉維廉、東方白共 16 位，俱為夙負盛名的重量級作者，相信必能有助於臺灣文學的推廣與研究的深化。

這套全方位的臺灣現當代文學工具書，完整呈現了臺灣作家的存在樣貌、歷史地位與影響及截至目前的相關研究成果，同時也清晰地勾勒出臺灣文學一路走來的變貌與軌跡，不但極具概覽性，亦能揭示當下的臺灣文學研究現況並指引未來研究路徑，可說是認識臺灣作家與臺灣文學發展的重要讀本依據，相信必能為臺灣文學研究奠定益加厚實的根基；懇請海內外關心及研究臺灣文學之各界方家不吝指正，以匯聚更多參與及持續前行的能量。

文化部部長 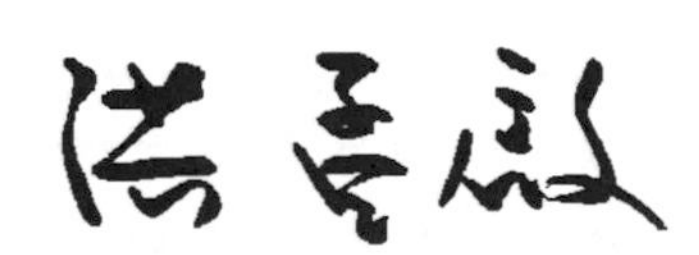

館長序

時光荏苒，「臺灣現當代作家研究資料彙編」第五階段已接近尾聲，16 冊圖書的出版，意味著這個深耕多年的計畫，又往前邁進一步，締造了新的里程碑。

「臺灣現當代作家研究資料彙編計畫」乃是以「臺灣現當代作家評論資料目錄」（2004～2009 年）為基礎，由其中所收錄的 310 位作家、十餘萬筆研究評論資料延展而來。為了厚實臺灣文學史料的根基，國立臺灣文學館組織了精實的顧問群與編輯團隊，從作家的出生年代、創作數量、研究現況……等元素進行綜合考量，精選出 100 位作家，聘請最適合的專家學者替每位作家完成一本研究資料彙編。圖書內容包括作家生平重要影像、文學活動照片、手稿或文物影像、作家小傳、作品目錄和提要、文學年表；另有主編撰寫的作家研究綜述，再從龐雜的評論資料中挑選具有代表性的評論文章，並附上完整的作家評論資料目錄。這套叢書不僅對文學研究者而言是詳實齊全的文獻寶庫，同時也為一般讀者開啟平易可親的文學之窗，讓大家可以從不同角度、多面向地認識一位作家的創作、生平與歷史地位。

本計畫自 2010 年啟動，截至目前為止，以將近六年的時間，完成了 80 位臺灣重量級作家的研究資料彙編，在本階段將與讀者見面的有詹冰、高陽、子敏、齊邦媛、趙滋蕃、蕭白、彭歌、杜潘芳格、錦連、蓉子、向明、張默、於梨華、葉笛、葉維廉、東方白共16人。這是一場充滿挑戰的馬拉松，過程漫長艱辛，卻也積聚並見證了臺灣文學創作與研究的能量。為了將這部優質的出版品推介給廣大的讀者，發揮其更大的影響力，臺文館於2015年8月接續推動「臺灣文學開講——臺灣現當代作家研究資料彙編行銷推廣閱讀計畫」，透過講座與踏查，結合文學閱讀、專家講述、土地探訪，以顯影作家創作與生活的痕跡，歡迎所有的朋友與我們一同認識作家、樂讀文學、親炙臺灣的土地，也請各界不吝給予我們批評、指教。

國立臺灣文學館館長 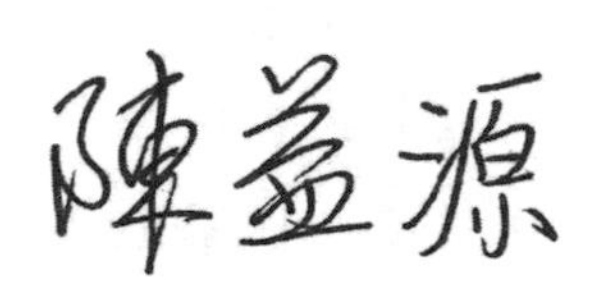

編序

◎封德屏

緣起

1995 年 10 月 25 日，在臺灣師範大學教育大樓的 201 室，一場以「面對臺灣文學」為題的座談會，在座諸位學者分別就臺灣文學的定義、發展、研究，以及文學史的寫法等，提出宏文高論，而時任國家圖書館編纂張錦郎的「臺灣文學需要什麼樣的工具書」，輕鬆幽默的言詞，鞭辟入裡的思維，更贏得在座者的共鳴。

張先生以一個圖書館工作人員自謙，認真專業地為臺灣這幾十年來究竟出版了多少有關臺灣文學的工具書，做地毯式的調查和多方面的訪問。同時條理分明地針對研究者、學生，列出了十項工具書的類型，哪些是現在亟需的，哪些是現在就可以做的，哪些是未來一步一步累積可以達成的，分別做了專業的建議及討論。

當時的文建會二處科長游淑靜，參與了整個座談會，會後她劍及履及的開始了文學工具書的委託工作，從 1996 年的《臺灣文學年鑑》起始，一年一本的編下去，一直到現在，保存延續了臺灣文學發展的基本樣貌。接著是《中華民國作家作品目錄》的新編，《臺灣文壇大事紀要》的續編，補助國家圖書館「當代文學史料影像全文系統」的建置，這些工具書、資料庫的接續完成，至少在當時對臺灣文學的研究，做到一些輔助的功能。

2003 年 10 月，籌備多年的「臺灣文學館」正式開幕運轉。同年五月《文訊》改隸「財團法人台灣文學發展基金會」，為了發揮更大的動能，開始更積極、更有效率地將過去累積至今持續在做的文學史料整理出來，讓豐厚的文藝資源與更多人共享。

於是再次的請教張錦郎先生，張先生認為文學書目、作家作品目錄、文學年鑑、文學辭典皆已完成或正在進行，現在重點應該放在有關「臺灣現當代作家評論資料目錄」的編輯工作上。

很幸運的，這個計畫的發想得到當時臺灣文學館林瑞明館長的支持，於是緊鑼密鼓的展開一切準備工作：籌組編輯團隊、召開顧問會議、擬定工作手冊、撰寫計畫書等等。

張錦郎先生花了許多時間編訂工作手冊，每一位作家的評論資料目錄分為：

（一）生平資料：可分作者自述，旁人論述及訪談，文學獎的紀錄。

（二）作品評論資料：可分作品綜論，單行本作品評論，其他作品（包括單篇作品）評論，與其他作家比較等。

此外，對重要評論加以摘要解說，譬如專書、專輯、學術會議論文集或學位論文等，凡臺灣以外地區之報刊及出版社，於書名或報刊後加註，如中國大陸、香港、新加坡等。此外，資料蒐集範圍除臺灣外，也兼及中國大陸、香港、新加坡、日本、韓國及歐美等地資料，除利用國內蒐集管道外，同時委託當地學者或研究者，擔任資料蒐集工作。

清楚記得，時任顧問的學者專家們，都十分高興這個專案的啟動，但確定收錄哪些作家名單時，也有不同的思考及看法。經過充分的討論後，終於取得基本的共識：除以一般的「文學成就」為觀察及考量作家的標準外，並以研究的迫切性與資料獲得之難易度為綜合考量。譬如說，在第一階段時，作家的選擇除文學成就外，先考量迫切性及研究性，迫切性是指已故又是日治時期臺籍作家為優先，研究性是指作品已出土或已譯成中文為優先。若是作品不少而評論少，或作品評論皆少，可暫時不考慮。此外，還要稍微顧及文類的均衡等等。基本的共識達成後，顧問群共同挑選出 310 位作家，從鄭坤五、賴和、陳虛谷以降，一直到吳錦發、陳黎、蘇偉貞，共分三個階段進行。

「臺灣現當代作家評論資料目錄」專案計畫，自 2004 年 4 月開始，至 2009 年 10 月結束，分三個階段歷時五年六個月，共發現、搜尋、記錄了十餘萬筆作家評論資料。共經歷了三位專職研究助理，近三十位兼任研究助理。這些研究助理從開始熟悉體例，到學習如何尋找資料，是一條漫長卻實用的學習過程。

接續

「臺灣現當代作家評論資料目錄」的專案完成，當代重要作家的研究，更可以在這個基礎上，開出亮麗的花朵。於是就有了「臺灣現當代作家研究資料彙編暨資料庫建置計畫」的誕生。為了便於查詢與應用，資料庫的完成勢在必行，而除了資料庫的建置外，這個計畫再從 310 位作家中精選 50 位，每人彙編一本研究資料，內容有作家圖片集，包括生平重要影像、文學活動照片、手稿及文物，小傳、作品目錄及提要、文學年表。另外每本書分別聘請一位最適當的學者或研究者負責編選，除了負責撰寫八千至一萬字的作家研究綜述外，再從龐雜的評論資料中挑選具有代表性的評論文章，平均 12～14 萬字，最後再附該作家的評論資料目錄，以期完整呈現該作家的生平、創作、研究概況，其歷史地位與影響。

第一部分除資料庫的建置外，50 位作家 50 本資料彙編（平均頁數 400～500 頁），分三個階段完成，自 2010 年 3 月開始至 2013 年 12 月，共費時 3 年 9 個月。因為內容充實，體例完整，各界反應俱佳，第二部分的 50 位作家，接著在 2014 年元月展開，第一階段出版了 14 本，此次第二階段計畫出版 16 本，預計在 2016 年 3 月完成。

首先，工作小組必須掌握每位編選者進度這件事，就是極大的挑戰。於是編輯小組在等待編選者閱讀選文的同時，開始蒐集整理作家生平照片、手稿，重編作家年表，重寫作家小傳，尋找作家出版品的正確版本、版次，重新撰寫提要。這是一個極其複雜的工程。還好這些年培養訓練出幾位日漸成熟的專案助理，在《文訊》編輯部同仁的協助之下，讓整個專案延續了一貫的品質及進度。

成果

雖然過程是如此艱辛，如此一言難盡，可是終究看到豐美的成果。每位編選者雖然忙碌，但面對自己負責的作家資料彙編，卻是一貫地認真堅持。他們每人必須面對上千或數百筆作家評論資料，挑選重要或關鍵性的評論文章，全面閱讀，然後依照編選原則，挑選評論文章。助理們此時不僅提供老師們所需要的支援，統計字數，最重要的是得找到各篇選文作者，取得同意轉載的授權。在起初進度流程初估時，我們錯估了此項工作的難度，因為許多評論文章，發表至今已有數十年的光景，部分作者行蹤難查，還得輾轉透過出版社、學校、服務單位，尋得蛛絲馬跡，再鍥而不捨地追蹤。有了前面的血淚教訓，日後關於授權方面，我們更是如臨深淵、如履薄冰，希望不要重蹈覆轍，在面對授權作業時更是戰戰兢兢，不敢懈怠。

除了挑選評論文章煞費苦心外，每個作家生平重要照片，我們也是採高標準的方式去蒐集，過世作家家屬、友人、研究者或是當初出版著作的出版社，都是我們徵詢的對象。認真誠懇而禮貌的態度，讓我們獲得許多從未出土的資料及照片，也贏得了許多珍貴的友誼。許多作家都協助提供照片手稿等相關資料，已不在世的作家，其家屬及友人在編輯過程中，也給予我們許多協助及鼓勵，藉由這個機會，與他們一起回憶、欣賞他們親人或父祖、前輩，可敬可愛的文學人生。此外，還有許多作家及研究者，熱心地幫忙我們尋找難以聯繫的授權者，辨識因年代久遠而難以記錄年代、地點、事件的作家照片，釐清文學年表資料及作家作品的版本問題，我們從他們身上學習到更多史料研究可貴的精神及經驗。

但如何在規定的時間內，完成每個階段資料彙編的編輯出版工作，對工作小組來說，確實是一大考驗。每一冊的主編老師，都是目前國內現當代臺灣文學教學及研究的重要人物，因此都十分忙碌。每一本的責任編輯，必須在這一年多的時間內，與他們所負責資料彙編的主角——傳主及主編老師，共生共榮。從作家作品的收集及整理開始，必須要掌握該作家所有出版的作品，以及盡量收集不同出版社的版本；整理作家年表，除了作家、研究者已撰述好的年表外，也必須再從訪談、自傳、評論目錄，從作品出版等線索，再作比對及增刪。再來就是緊盯每位把「研究綜述」放在所有進度最後一關的主編們，每隔一段時間提醒他們，或順便把新增的評論目錄寄給他們（每隔一段時間就有新的相關論文或學位論文出現），讓他們隨時與他們所主編的這本書，產生聯想，希望有助於「研究綜述」撰寫的進度。

在每個艱辛漫長的歲月中，因等待、因其他人力無法抗拒的因素，衍伸出來的問題，層出不窮，更有許多是始料未及的。譬如，每本書的選文，主編老師本來已經選好了，也經過授權了，為了抓緊時間，負責編輯的助理們甚至連順序、頁碼都排好了，就等主編老師的大作了，這時主編突然發現有新的文章、新的資料產生：再增加兩三篇選文吧！為了達到更好更完備的目標，工作小組當然全力以赴，聯絡，授權，打字，校對，重編順序等等工作，再度展開。

此次第二部分第二階段共需完成的 16 位作家研究資料彙編，年齡層較上兩個階段已年輕許多，因此到最後的疑難雜症，還有連主編或研究者都不太清楚的部分，譬如年表中的某一件事、某一個年代、某一篇文章、某一個得獎記錄，作家本人絕對是一個最好的諮詢對象，對解決某些問題來說，這是一個好的線索，但既然看了，關心了，參與了，就可能有不同的看法，選文、年表、照片，甚至是我們整本書的體例，於是又是一場翻天覆地的大更動，對整本書的品質來說，應該是好的，但對經過多次琢磨、修改已進入完稿階段的編輯團隊來說，這不啻是一大挑戰。

1990 年開始，各地縣市文化中心（文化局），對在地作家作品集的整理出版，以及臺灣文學館成立後對日治時期作家以迄當代重要作家全集的編纂，對臺灣文學之作家研究，也有了很好的促進作用。如《楊逵全集》、《林亨泰全集》、《鍾肇政全集》、《張文環全集》、《呂赫若日記》、《張秀亞全集》、《葉石濤全集》、《龍瑛宗全集》、《葉笛全集》、《鍾理和全集》、《錦連全集》、《楊雲萍全集》、《鍾鐵民全集》等，如雨後春筍般持續展開。

經過近二十年的努力，臺灣文學的研究與出版，也到了可以驗收或檢討成果的階段。這個說法，當然不是要停下腳步，而是可以從「臺灣現當代作家評論資料目錄」所呈現的 310 位作家、10 萬筆資料中去檢視。檢視的標的，除了從作家作品的質量、時代意義及代表性去衡量外、也可以從作家的世代、性別、文類中，去挖掘有待開墾及努力之處。因此這套「臺灣現當代作家研究資料彙編」，大部分的編選者除了概述作家的研究面向外，均有些觀察與建議。希望就已然的研究成果中，去發現不足與缺憾，研究者可以在這些不足與缺憾之處下功夫，而盡量避免在相同議題上重複。當然這都需要經過一段時間去發現、去彌補、去重建，因此，有關臺灣文學的調查、研究與論述，就格外顯得重要了。

期待

感謝臺灣文學館持續推動這兩個專案的進行。「臺灣現當代作家評論資料目錄」的完成，呈現的是臺灣文學研究的總體成果；「臺灣現當代作家研究資料彙編」的出版，則是呈現成果中最精華最優質的一面，同時對未來臺灣文學的研究面向與路徑，作最好的建議。我們可以很清楚的體會，這是一條綿長優美的臺灣文學接力賽，我們十分榮幸能參與其中，更珍惜在傳承接力的過程，與我們相遇的每一個人，每一件讓我們真心感動的事。我們更期待這個接力賽，能有更多人加入。誠如張恆豪所說「從高音獨唱到多元交響」，這是每一個人所期待的。

編輯體例

一、本書編選之目的，為呈現於梨華生平、著作及研究成果，以作為臺灣文學相關研究、教學之參考資料。

二、全書共五輯，各輯內容及體例說明如下：

輯一：圖片集。選刊作家各個時期的生活或參與文學活動的照片、著作書影、手稿（包括創作、日記、書信）、文物。

輯二：生平及作品，包括三部分：

1.小傳：主要內容包括作家本名、重要筆名，生卒年月日，籍貫，及創作風格、文學成就等。

2.作品目錄及提要：依照作品文類（論述、詩、散文、小說、劇本、報導文學、傳記、日記、書信、兒童文學、合集）及出版順序，並撰寫提要。不收錄作家翻譯或編選之作品。

3.文學年表：考訂作家生平所進行的文學創作、文學活動相關之記要，依年月順序繫之。

輯三：研究綜述。綜論作家作品研究的概況，並展現研究成果與價值的論文。

輯四：重要文章選刊。選收國內外具代表性的相關研究論文及報導。

輯五：研究評論資料目錄。收錄至 2016 年 1 月底止，有關研究、論述臺灣現當代作家生平和作品評論文獻。語文以中文為主，兼及日文和英文資料。所收文獻資料，以臺灣出版為主，酌收中國大陸、香港、日本和歐美國家的出版品。內容包含三部分：

1.「作家生平、作品評論專書與學位論文」下分為專書與學位論文。

2.「作家生平資料篇目」下分為「自述」、「他述」、「訪談」、「年表」、「其他」。

3.「作品評論篇目」下分為「綜論」、「分論」、「作品評論目錄、索引」、「其他」。

目次

【輯五】研究評論資料目錄

輯一◎圖片集

影像◎手稿◎文物

約1936年，於梨華（右）與哥哥合影於上海。（於梨華提供）

1938年，於梨華（中）與大弟於明華（右）、二弟於建華（左）合影於福建南平。（於梨華提供）

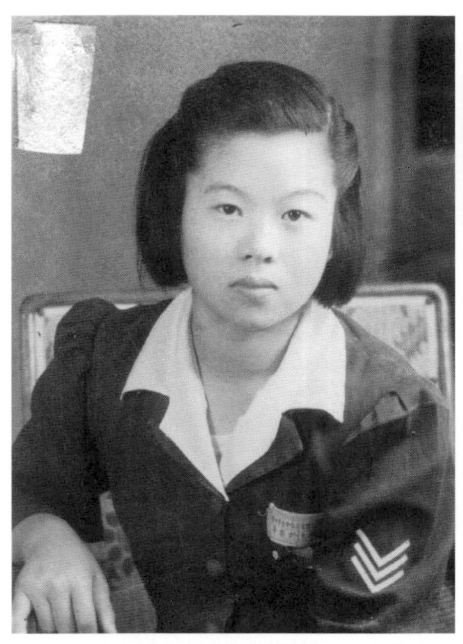

1949年，時年18歲的於梨華，就讀臺中女中。（於梨華提供）

1951年，就讀臺灣大學二年級的於梨華，由龔稼農攝。（於梨華提供）

1953年，畢業於臺灣大學的於梨華。（於梨華提供）

1953年，於梨華赴美留學前夕，與母親劉杏卿（左）告別。（於梨華提供）

1954年，就讀美國加州大學洛杉磯分校新聞系的於梨華（後排立者左），與同學合影。（於梨華提供）

1956年，於梨華畢業於美國加州大學洛杉磯分校，獲碩士學位。（於梨華提供）

1960年6月，於梨華與孫至銳（左）合影於普林斯頓家中。（於梨華提供）

1967年7月15日，因《又見棕櫚，又見棕櫚》獲得第三屆嘉新文藝創作獎的於梨華，返臺出席頒獎典禮，攝於臺北統一飯店。（於梨華提供）

1975年，於梨華與子女參觀上海普陀區少年宮，與少年宮學員們合影。後排左起：小女兒孫晏冉、於梨華、大女兒孫曉凡、兒子孫中涵。（於梨華提供）

1975年，於梨華拜訪冰心（左），攝於北京中央民族學院。（於梨華提供）

1975年，於梨華回故鄉浙江鎮海橫河鄉探親。（於梨華提供）

1977年，於梨華拜訪巴金（左），攝於上海。（於梨華提供）

1977年夏，於梨華（中）隻身赴西雙版納旅行，與當地傣族小姑娘合影。（於梨華提供）

1979年，於梨華與文友雅集，合影於上海。左起：李子云、於梨華、茹志鵑。（於梨華提供）

1979年，錢鍾書（中）隨中國社會科學院訪問團訪美，於梨華（右）、夏志清（左）歡迎接待，合影於紐約哥倫比亞大學。（於梨華提供）

1980年代初，女作家們至於梨華所任教的大學開會，會後同遊衛斯理學院。右起：楊沫、聶華苓、於梨華、李子云、陳若曦。（於梨華提供）

1981年11月，於梨華與家人歡迎二妹於美華訪美，合影於紐約長島。右起：於梨華、三弟於忠華、二妹於美華、母親劉杏卿、小弟於幼華。（於梨華提供）

1983年，於梨華參訪哥倫比亞大學翻譯中心，一行人合影於哥大圖書館前。左起：麥克瑞、麥克瑞學生、王蒙、於梨華、卞之琳、艾青、馮亦代、高瑛。（於梨華提供）

1989年，於梨華夫婦至錢鍾書家拜訪，攝於北京錢宅。左起：於梨華、楊絳、丈夫Vincent O'leary、錢鍾書。（於梨華提供）

1991年，第二屆海外華文女作家協會大會於洛杉磯舉行，於梨華（中）、陳若曦（左）、吳玲瑤（右）合影於會後慶功宴。（吳玲瑤提供）

1990年代，於梨華與家人合影，四代同堂。左起：小女兒孫晏冉、孫女孫亮（前）、母親劉杏卿（後）、於梨華（手抱孫子孫明）、大女兒孫中涵。（於梨華提供）

1998年5月23日，於梨華（中）與趙淑俠（左二）應美南作協、國建會與《世界日報．副刊》之邀，擔任演講人，演講主題「文學中的女人」，攝於美國德州休士頓。（於梨華提供）

2001年4月27日，於梨華與龔則韞（右）合影於美國馬利蘭州。（於梨華提供）

2003年，於梨華（右）接受廖玉蕙（左）專訪，攝於廖玉蕙工作室。（廖玉蕙提供）

2004年，於梨華（中）至電視劇《夢回青河》劇組探班，與主要演員劉雪華（右）、李子雄（左），攝於浙江平湖莫家大院。（於梨華提供）

2004年，於梨華與三弟於忠華一家合影。右起：三弟女兒於貽鈴、於梨華、三弟妻李雪中、三弟於忠華。（於梨華提供）

2004年11月，於梨華至北京清華大學訪問楊振寧（右）。（於梨華提供）

2006年，於梨華獲美國維蒙特州明德學院（Middlebury College）頒贈榮譽文學博士學位。（於梨華提供）

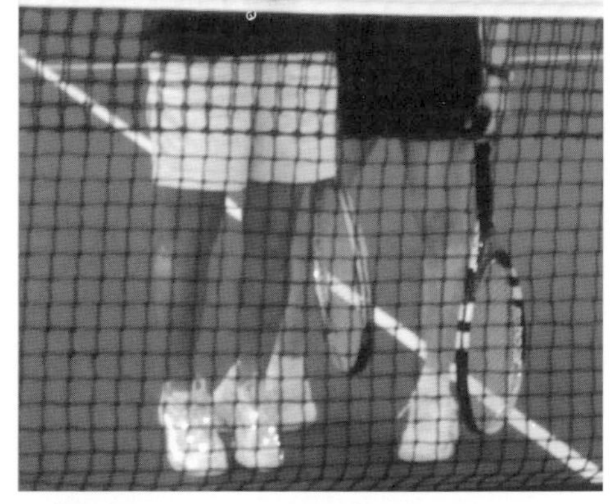

約2008年，於梨華（左）始終維持上午打網球、下午寫作的習慣。與球友合影。（於梨華提供）

2014年8月，於梨華與四個弟弟於美國芝加哥團聚。左起：小弟於幼華、大弟於明華、於梨華、二弟於建華、三弟於忠華。（於幼華提供）

2016年2月，於梨華甫獲曾孫，四代同堂。前排左起：於梨華（手抱曾孫）、孫女孫亮；後排左起：孫中涵、孫子孫杰、孫亮丈夫。（於梨華提供）

— 17 —

殞落

方莉夏

今早我跑到姐姐墳前放下了一束茉莉花——這花是姐姐生前最喜歡的。墳上野草已經長得很高了，我靠着那塊刻有「方莉秋小姐之墓」的石碑坐了下來，凝視着遠方，轟轟的一排飛機從頭頂掠過去，它們不知道是從那兒來的，也不知道將到那兒去……

一九四九年的十一月二十九日，殘秋的午後，天氣冷得很，一座獨院的屋子，正靜靜地兀立在寒風裡，這時門鈴響了。

「莉秋，怎麼好？明天清晨又要出任務，到××去炸船，怕不能參加妳今晚的慶祝晚會了，現在我把生日禮物給妳帶來，妳先別看。」林谷逸匆匆地跑了進來，穿着軍便服，連階級都沒有帶。

接過禮物，莉秋呆呆地沒說話，過了好半響：

「不能調別人去麼？你前天不是才出了一次？」

「隊上沒人，大隊長說這次責任相當重，要俯衝轟炸，小李他們調到××去了，只有我曾學過俯衝的，隊長說這次任務完了讓我休息一個禮拜，那對我們說來豈不更好嗎？」每次出任務，谷逸總要拿出比去飛行更大的勇氣來安慰她，莉秋早已經不起這種驚嚇的重擔了。

「你一個人去？」

「還有三中隊的小陳，明天清早出發，大概十點左右就能回來了。」谷逸盡量地使自已裝做平靜。

「那麼，你今天幾點回隊？」時間在莉秋現在的心裡，是比什麼都還寶貴。

「最遲九點，因為明天要清早起來發動機器，天冷的時候，發動比較困難些。」

「那麼我讓妹妹去通知朋友們，今天的晚會改延到明天。你坐一會兒，我去找莉夏。」

望着她出去了，谷逸落在沉思裡：和莉秋在一起已有兩年了，兩年來彼此都知道自已在對方心裡所佔的地位。谷逸一直不敢向她表白。的確，當自己的生命毫無保障的時候，為什麼還要把一個女孩

— 18 —

子的命運也拉進來呢？他總覺得莉秋是不應該和不幸兩字連在一起的，有時他想下意識地跟她疏遠，但理智總是向情感低頭，就這樣在矛盾中過去了兩年，以後，以後將怎麼辦呢？……

莉秋端着咖啡和蛋糕進來了，臉上的陰霾已經消失了許多，代替的是一片柔情和關懷。

「谷逸，我讓妹妹通知他們去了，明天晚上再開晚會——慶祝我的生日也慶祝你一星期的休假。後天我們一起到別處去玩玩，我心裡裝不下太多的恐懼，真要悶出神經病來了。」放下蛋糕和咖啡，莉秋在他對面坐下來。

谷逸沒說話，明天，明天不是一個最難回答的問號麼？

空氣在小客廳裡慢慢變得沉重起來，莉秋垂着頭，多少個可怕的影子又在腦海裡翻騰着，她總怕有一天……

「妳不要想的得太多，莉秋，每次出任務，我不是都安全地回來了麼？明天這時候我一定又在這兒陪妳了。妳不願意在臨行前給我一點勇氣嗎？既然我把這個生命交給工作，我就要把視死如歸的勇氣拿出來；既然，妳重視我的生命，妳就亦該重視我生命所寄託的工作。兩年來，我一直把這個問題放在心裡，我始終沒有勇氣把妳帶進我的生活裡來，因為我怕自已的生命會結束得很快，而讓痛苦伴着妳一生呢？但是，今天我還是自私地向妳表明了，等我走後，妳看看我送給妳的禮物吧！」

時間是毫不留情的，桌上的鐘一會兒已指着八時半。

莉秋從谷逸懷裡站起來。

「我走了，妳早點兒睡，明天我若來得及，會趕到妳這兒來吃中飯。」終於他去了，遠了。

莉秋一夜沒睡好，被喜悅和恐懼控制着，兩年來的等待，今天總算有着落了，摸摸頸上掛着的項鍊，這何嘗僅僅是一件禮物，這可以說是另一個生命的寄託。但是俯衝轟炸又是多麼的可怕，萬一被高射砲打中了呢？不會的，他飛得很熟了，會躲過的吧。……胡思亂想地剛要入睡，窗外已透進一片魚肚色，接着是一陣滴滴答答的聲音，莉秋起身推開了窗，馬上寒風挾着雨點飄了進來，可不真的下雨了，這會妨礙他的起飛麼？如果能因雨而不去了，那多好！但是轟轟的機聲劃破了空氣的靜寂，莉秋趕快縮進被窩裡，蒙着耳，閉着眼，呼吸都快停頓了，一秒鐘，一秒鐘，簡直是蝸牛在爬行，拿起床頭的小說，紙上的字卻像在跳舞，索性起來吧，但不知道該坐着還是站着好。莉夏上課去了，傭人出去買菜，和往日沒有兩樣，但是今天卻是意外的清

1951年1月，於梨華以筆名「方莉夏」發表短篇小說〈殞落〉於《野風》第5期。
（文訊文藝資料中心）

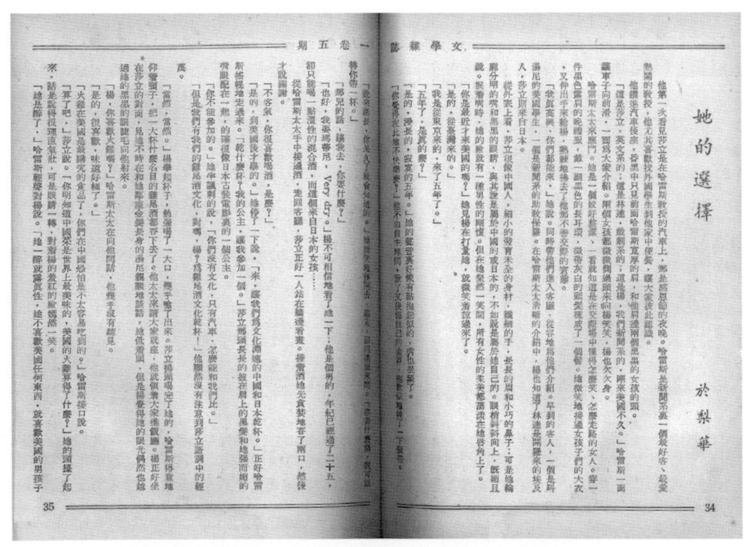
文學雜誌 一卷五期

她的選擇

於梨華

他第一次看見莎立是在哈雷斯教授的汽車上，那是感恩節的夜晚。哈雷斯是新聞系裏一個最熱鬧的教授，他尤其喜歡找外國學生到他家中便餐，讓大家彼此認識。

他鑽進汽車後座，昏黑中只見前面哈雷斯寬厚的肩，和他肩邊兩個黑黑的女孩的頭。

「這是莎立，英文系的；這是林達，戲劇系的；這是楊，我們新聞系的，剛來美國不久。」

讓車子向前滑，一面為大家介紹。兩個女孩都微微側過頭來向楊笑笑，楊也欠欠身。

「我真高興，你們都能來。」她說。

「是的，從香港來的。」

「我是從東京來的，來了五年了。」

「五年了，是真的麼？」

34　35

1957年1月，於梨華短篇小說〈她的選擇〉，發表於《文學雜誌》第1卷第5期。
（文訊文藝資料中心）

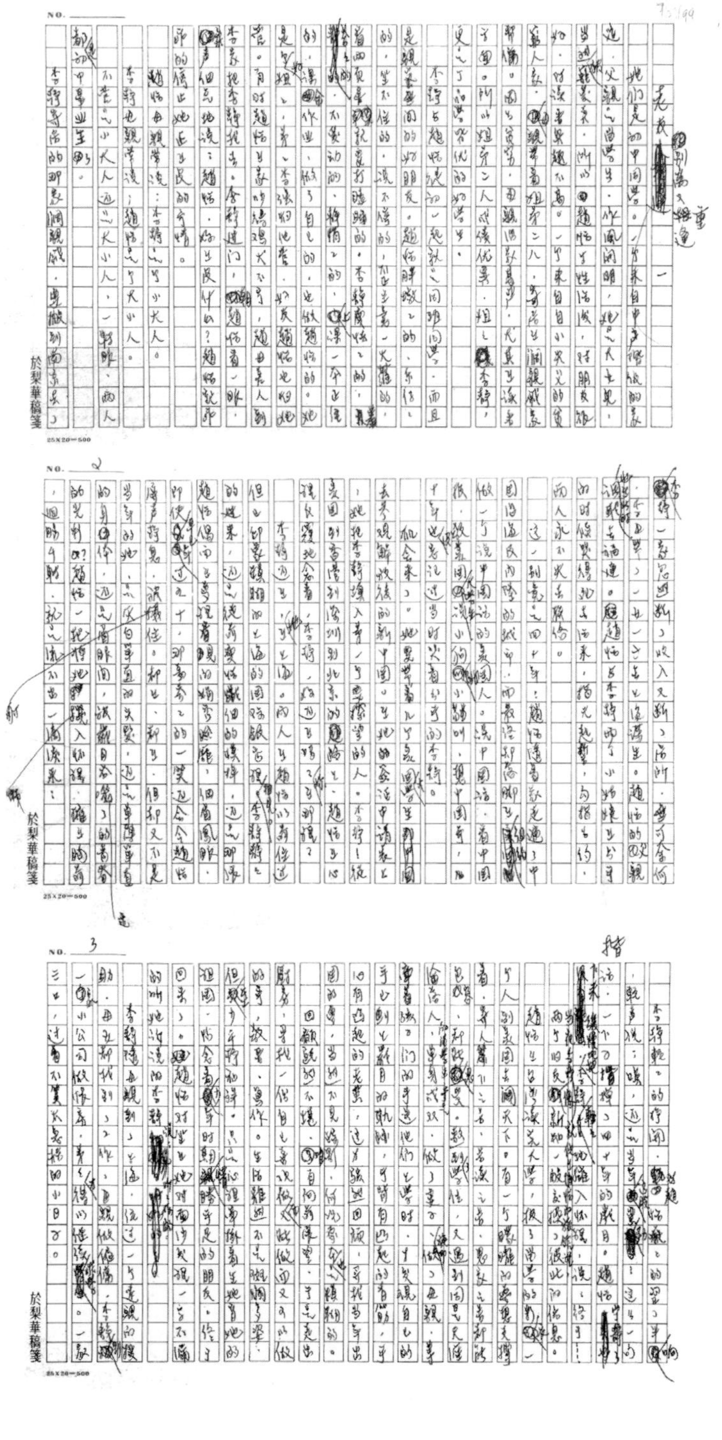

NO.

於梨華稿箋

25X20=500

NO. 2

於梨華稿箋

25X20=500

NO. 3

於梨華稿箋

25X20=500

2000年9月27日，於梨華〈老友別離又重逢〉手稿。（文訊文藝資料中心）

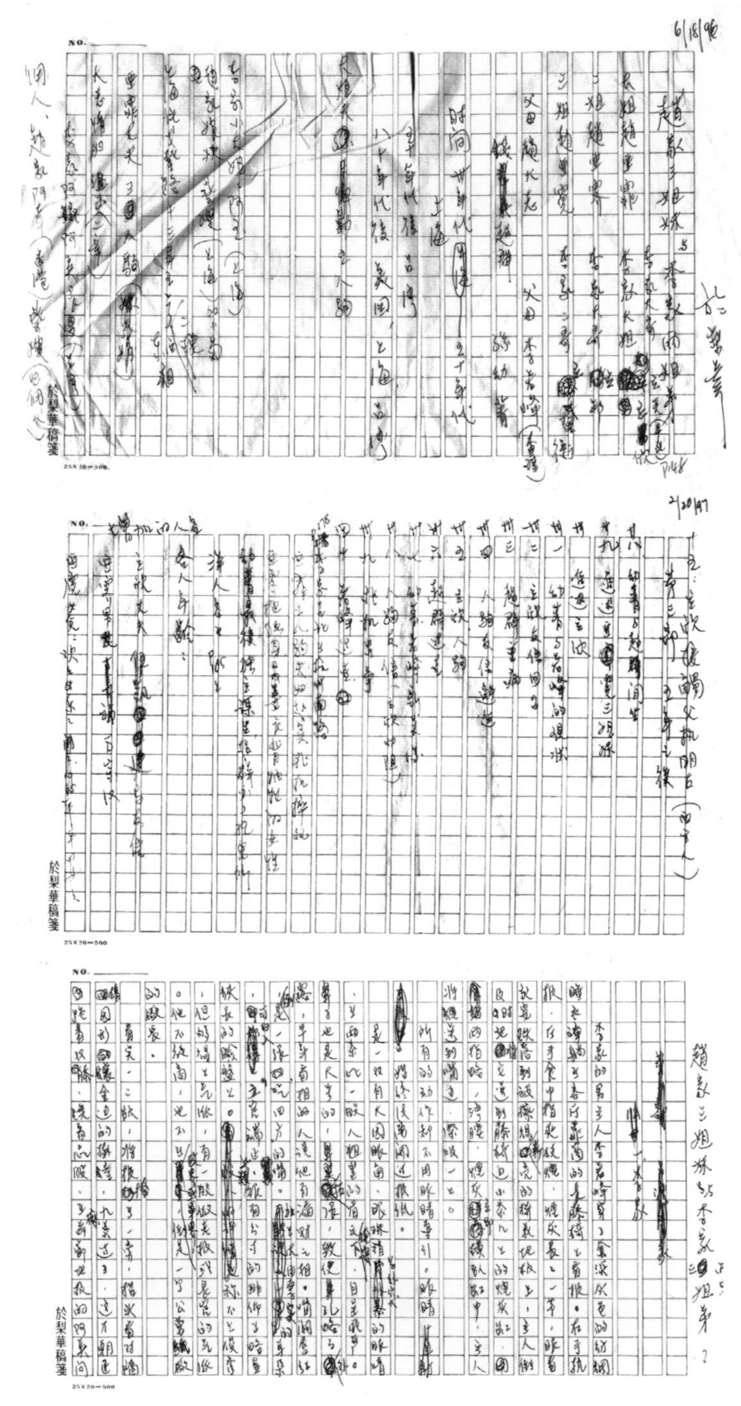

2007年6月18日，於梨華〈趙家三姊妹與李家兩姐弟〉手稿。（於梨華提供）

輯二◎生平及作品

小傳◎作品◎年表

小傳

於梨華（1931～）

於梨華，女，筆名方莉夏、鴻鳴，籍貫浙江鎮海，1931 年 11 月 28 日生於上海，1947 年遷臺。

美國加州大學洛杉磯分校新聞學碩士。曾任教於紐約州立大學奧本尼分校遠東系，1993 年退休。曾獲美國米高梅電影公司文藝獎首獎、嘉新文藝獎、富爾布萊特獎、美國維蒙特州明德學院榮譽文學博士。

於梨華的創作文類以小說為主，兼及散文。大學期間就曾以「方莉夏」、「鴻鳴」等筆名投稿，作品散見於《野風》、《中央日報》、《純文學》、《自由中國》等刊物。1954 年赴美留學，期間以短篇小說“The Sorrow at The End of Yangtse River”（揚子江頭幾多愁）獲米高梅電影公司文藝獎首獎。1963 年，首部長篇小說《夢回青河》出版，以年輕女性的視角，並以故鄉浙江鎮海為小說背景，書寫三角戀愛故事。

於梨華堅持以「誠實」為寫作原則，其創作題材廣泛，面向多元，筆調精練動人、語言自然流暢。筆下建構的人物或以形態描摹、對話襯托，著重各角色的心理書寫，突顯角色的立體與真實性，楊振寧曾評：「她善於塑造人物，善於描述極複雜的內心感情」。小說創作大致可分三階段：第一階段以旅美學生為主題，描寫留學生的寂寞和鄉愁、去留與掙扎。如《又見棕櫚，又見棕櫚》，甫推出即造成風潮，亦獲嘉新文藝獎的肯定。《傅家的兒女們》更進一步以多角形、多線路的方式書寫，多面向呈現留學生於美國生活景況，被譽為「留學生文學的鼻祖」、「沒有根的一代」的代言人；第二階段受 1970 年代美國女性運動啟發，漸趨向女性書寫，深入探討女性的內心世界，從華裔女性求職艱辛到婚變婦女的心理曲折，再到性騷擾、性侵犯等議題，皆細膩、深刻而發人省思，如：《在道別與離去之間》、《一個天使的沉淪》等，積極以健筆為女性所遭遇不平等地位發聲；第三階段則是近年來，創作層面擴及更廣大的年齡層，關懷老人生活所面臨的困境，《秋山又幾重》、《彼岸》皆是此類作品。

除小說創作，2000 年起，於梨華將平日撰寫的散文集結成書，陸續出版《別西冷莊園》、《飄零何處歸》，以誠摯感人之筆，憶往、記遊，委婉無盡，其中諸篇，真實吐露自己為人子女、為人父母的心路歷程。

1987 年 7 月，她與聶華苓、陳若曦、喻麗清、戴小華等人共同發起成立海外華文女作家協會，並擔任首任副會長，促進海外文學交流與發展。

於梨華文如其人，真誠不造作，情感細膩豐富，人生經歷饒富戲劇性，年少時戰亂的流離、留學時無根的苦悶、結婚後夢想落空的迷惘，及對周遭人事物的觀察，皆成為最佳的創作素材，她曾自言：「寫盡世間悲歡離合」。其筆觸時而敘述、時而抒情、時而議論，揉合中西兩文學殊異之處，不僅保留東方文學的細緻、內斂，亦有西方文學的句法、創作觀，造就中西合璧的特色，展現獨特的文學丰采，誠若夏志清所言：「於梨華是近年來罕見的最精緻的文體家，她給我們一個最真切的、有情有景的世界……在題材上、技巧上都自闢新徑，但在另一方面她延續了、發揚了中國文學上有高度成就的一種特殊傳統。」

作品目錄及提要

【散文】

四川人民出版社
2000

瀛舟出版社 2000

別西冷莊園

成都：四川人民出版社
2000 年 8 月，12×19 公分，228 頁
紅辣椒女性文叢（海外輯）

美國：瀛舟出版社
2000 年 9 月，25 開，251 頁
名家叢書

本書集結作者 1988～2000 年間的散文作品，內容以記遊、懷舊、雜感為主，寫情寫景，自然流暢。全書收錄〈黃石公園來去〉、〈親情・舊情〉、〈歸去來兮〉等 24 篇。正文前有〈出版前言〉、袁良駿〈小說家的散文傑構（代序）〉，正文後有於梨華〈後記〉。
2000 年瀛舟版：正文與 2000 年四川人民版同。正文前刪去〈出版前言〉。

飄零何處歸

南京：江蘇文藝出版社
2008 年 7 月，15×23 公分，268 頁

本書集結作者追憶過往、懷念故友的文章。全書分「獨憶斯人來」、「留美生活」、「家事往昔」、「家的旅程」、「迢遞千里」五部分，收錄〈來也匆匆——憶張愛玲〉、〈拜訪冰心〉、〈C.T.二三事〉、〈三十五年後的牟天磊〉等 38 篇。

【小說】

皇冠出版社 1963

天地圖書公司 1980

夢回青河

臺北：皇冠出版社
1963 年，32 開，359 頁
皇冠叢書第六七種

香港：天地圖書公司
1980 年 4 月，32 開，376 頁
於梨華作品集之一

長篇小說。本書以戰時的浙東為背景，透過一姑表兄妹的三角戀愛悲劇，寫林氏家族的興衰曲折，並揭示舊式封建社會對婦女的迫害。正文前有沈剛伯〈序〉、徐訏〈《夢回青河》序〉。
1980 年天地版：正文與 1963 年皇冠版同。正文前新增楊振寧〈「於梨華作品集」序〉。

文星書店 1963

大林出版社 1969

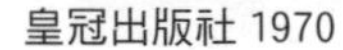
皇冠出版社 1970

天地圖書公司 1980

歸

臺北：文星書店
1963 年 9 月，40 開，212 頁
文星叢刊 9

臺北：大林出版社
1969 年 11 月，40 開，210 頁
大林文庫 22

臺北：皇冠出版社
1970 年 10 月，32 開，220 頁
皇冠叢書第二五七種

香港：天地圖書公司
1980 年，32 開，192 頁
於梨華作品集之三

短篇小說集。全書收錄〈她的選擇〉、〈小琳達〉、〈黃玲的第一個戀人〉、〈三束信〉、〈交換〉、〈情盡〉、〈移情〉、〈歸〉、〈撒了一地的玻璃球〉共九篇。正文前有於梨華〈自序〉、聶華苓〈寫在《歸》的前面〉，正文後有蕭孟能〈「文星叢刊」出版緣起〉。

1969 年大林版：正文與 1963 年文星版同。正文後刪去蕭孟能〈「文星叢刊」出版緣起〉。
1970 年皇冠版：正文與 1963 年文星版同。正文後刪去蕭孟能〈「文星叢刊」出版緣起〉。
1980 年天地版：正文與 1963 年文星版同。正文前新增楊振寧〈「於梨華作品集」序〉，正文後刪去蕭孟能〈「文星叢刊」出版緣起〉。

文星書店 1964

皇冠出版社 1970

天地圖書公司 1979

也是秋天

臺北：文星書店
1964 年 6 月，40 開，210 頁
文星叢刊 56

臺北：皇冠出版社
1970 年 10 月，32 開，226 頁
皇冠叢書第二五九種

香港：天地圖書公司
1979 年，32 開，209 頁
於梨華作品集之二

中篇小說集。全書收錄〈也是秋天〉、〈有一個春天〉共二篇。正文前有於梨華〈自序〉。
1970 年皇冠版：內容與 1964 年文星版同。
1980 天地版：正文與 1963 年文星版同。正文前新增楊振寧〈「於梨華作品集」序〉。

變

臺北：文星書店
1965 年 11 月，40 開，235 頁
文星叢刊 197

臺北：大林出版社
1969 年 6 月，40 開，235 頁
大林文庫 2

臺北：皇冠出版社
1970 年 10 月，32 開，268 頁
皇冠叢書第二五八種

香港：天地圖書公司
1980 年，32 開，221 頁
於梨華作品集之四

長篇小說。本書以美國艾城為小說場景，描寫女性在婚姻、家庭責任等現實與個人幸福、理想抱負的夢想間兩難的掙扎與抉擇。全書分 11 章。正文後有蕭孟能〈「文星叢刊」出版緣起〉。
1969 年大林版：正文與 1965 年文星版同。正文後刪去蕭孟能〈「文星叢刊」出版緣起〉。
1970 年皇冠版：正文與 1965 年文星版同。正文後刪去蕭孟能〈「文星叢刊」出版緣起〉。
1980 年天地版：正文與 1965 年文星版同。正文前新增楊振寧〈「於梨華作品集」序〉，正文後刪去蕭孟能〈「文星叢刊」出版緣起〉。

文星書店 1965

大林出版社 1969

皇冠出版社 1970

天地圖書公司 1980

皇冠出版社 1966

天地圖書公司 1980

雪地上的星星

臺北：皇冠出版社
1966 年 5 月，32 開，283 頁
皇冠叢書第一一一種

香港：天地圖書公司
1980 年，32 開，262 頁
於梨華作品集之五

短篇小說集。全書收錄〈親情・舊情・友情〉、〈寄小安娜〉、〈黃石公園來去〉、〈未亡人〉、〈別艾城〉、〈雪夜〉、〈也許〉、〈姐姐的心〉、〈黃昏・廊裡的女人〉、〈等〉、〈雪地上的星星〉、〈二二三室的陳娉〉、〈插曲〉、〈母與子〉共 14 篇。
1980 年天地版：正文與 1966 年皇冠版同。正文前新增楊振寧〈「於梨華作品集」序〉。

皇冠出版社 1967

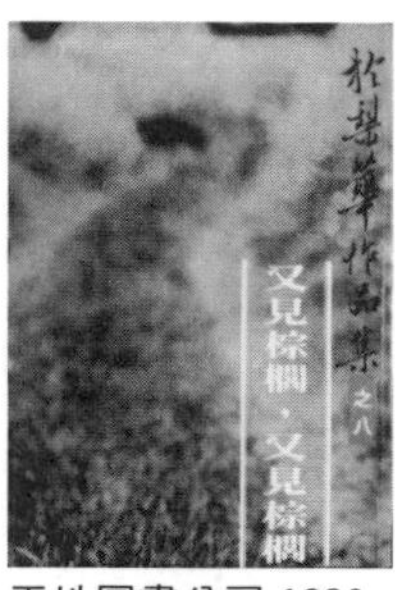

天地圖書公司 1980

ZMANZ 出版社 2013　停雲出版社 2015

又見棕櫚，又見棕櫚

臺北：皇冠出版社
1967 年 12 月，32 開，405 頁
皇冠叢書第一四一種

香港：天地圖書公司
1980 年 4 月，32 開，313 頁
於梨華作品集之八

首爾：ZMANZ 出版社
2013 年 12 月，32 開，517 頁
고혜림譯

臺北：停雲出版社
2015 年 6 月，25 開，416 頁
於梨華精選集 01

長篇小說。本書敘述 1950～1960 年代臺灣赴美留學生一代的故事，首開留學生文學的先河。書中男主角牟天磊留學十年後首度返臺，在去國與留鄉、職業與理想間徬徨，亦對愛情迷惘，揭示當時留學青年的矛盾心境。全書共 20 章。正文前有夏志清〈序〉，正文後有於梨華〈後記〉。
1980 年天地版：正文與 1967 年皇冠版同。正文前新增楊振寧〈「於梨華作品集」序〉。
2013 年 ZMANZ 版：正文與 1967 年皇冠版同。正文前刪去夏志清〈序〉，正文後新增〈해설〉、〈지은이에 대해〉、〈옮긴이에 대해〉。
2015 年停雲版：正文與 1967 年皇冠版同。正文前新增於梨華〈一封信〉、楊振寧〈推薦序〉、〈編輯室的話〉，正文後刪去於梨華〈後記〉，新增於梨華〈三十五年後的牟天磊〉、於幼華〈歷久彌新的「牟天磊」——致《又見棕櫚，又見棕櫚》五十週年精選版〉、〈於梨華作品年表〉、〈作品英譯〉。

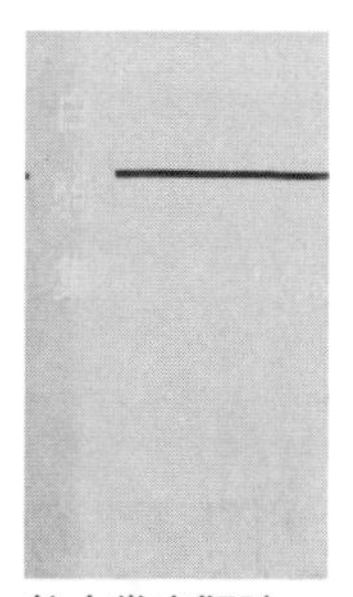
仙人掌出版社
1969

白駒集

臺北：仙人掌出版社
1969 年 3 月，40 開，178 頁
仙人掌文庫 14

香港：天地圖書公司
1980 年，32 開，164 頁
於梨華作品集之六

短篇小說集。全書收錄〈苦難中的成長〉、〈鞋的憂喜〉、〈無腿的人〉、〈再見，大偉〉、〈柳家莊上〉、〈友誼〉共六篇。正文前有〈作者簡介〉、於梨華〈歸去來兮（代序）〉。
1980 年天地版：（今查無藏本）。

皇冠出版社 1969

天地圖書公司 1980

燄

臺北：皇冠出版社
1969 年 9 月，32 開，516 頁
皇冠叢書第二〇九種

香港：天地圖書公司
1980 年，32 開，541 頁
於梨華作品集之七

長篇小說。本書以 1950 年代的臺灣大學為背景、校園中社團眾欣社為敘述中心，憶述當年大學裡不安靜的現象，呈現當時青年對現實人生的探求與對社會的批判。
1980 年天地版：正文與 1969 年皇冠版同。正文前新增楊振寧〈「於梨華作品集」序〉。

志文出版社 1972

天地圖書公司 1980

會場現形記

臺北：志文出版社
1972 年 7 月，32 開，200 頁
新潮叢書之十二

香港：天地圖書公司
1980 年，32 開，186 頁
於梨華作品集之九

短篇小說集。全書收錄〈之純的抉擇〉、〈悼吉錚〉、〈暮〉、〈兒戲〉、〈會場現形記〉、〈長短調〉、〈這一份人家〉、〈一樁意外事（也許不是）〉共八篇。正文前有〈新潮弁言〉、余光中〈序〉，正文後有於梨華〈後記〉。
1980 年天地版：正文與 1972 年志文版同。正文前新增楊振寧〈「於梨華作品集」序〉。

大地出版社 1974

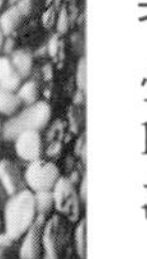
天地圖書公司 1980

人民文學出版社 1982

考驗

臺北：大地出版社
1974 年 11 月，32 開，400 頁
萬卷文庫 30

香港：天地圖書公司
1980 年，32 開，414 頁
於梨華作品集之十

北京：人民文學出版社
1982 年 3 月，32 開，364 頁

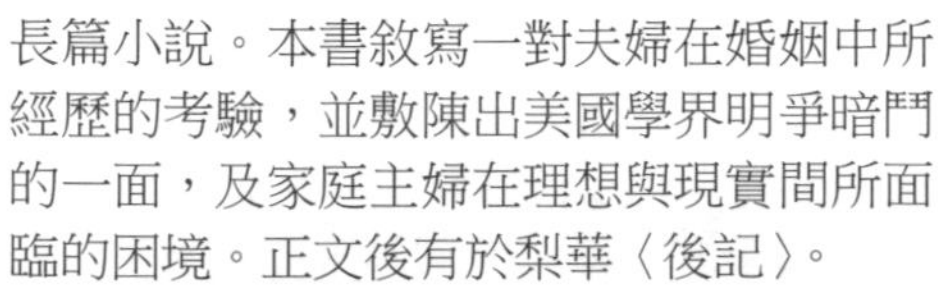
長篇小說。本書敘寫一對夫婦在婚姻中所經歷的考驗，並敷陳出美國學界明爭暗鬥的一面，及家庭主婦在理想與現實間所面臨的困境。正文後有於梨華〈後記〉。

1980 年天地版：正文與 1974 年大地版同。正文前新增楊振寧〈「於梨華作品集」序〉。

1982 年人民文學版：正文與 1974 年大地版同。正文後刪去於梨華〈後記〉新增於梨華〈《考驗》在中國出版的一些感想〉。

天地圖書公司 1978

天地圖書公司 1980

傅家的兒女們

香港：天地圖書公司
1978 年 3 月，32 開，524 頁

香港：天地圖書公司
1980 年 3 月，32 開，524 頁
於梨華作品集之十二

長篇小說。本書寫傅家六個兒女的故事，各自的際遇、起落、得意與失意、和睦與齟齬，反映 1960 年代末期在美華人現實的一面。正文前有於梨華〈前言，也是後語——序《傅家的兒女們》〉。

1980 年天地版：正文與 1978 年天地版同。正文前新增楊振寧〈「於梨華作品集」序〉。

天地圖書公司 1980

三人行

香港：天地圖書公司
1980 年，32 開，155 頁
於梨華作品集之十四

長篇小說。本書寫三個背景各異的知識分子——傅光宇、陸耀先、孟在明，懷抱著不同目的與理想回到中國，相遇並交織而成的故事。正文前有楊振寧〈「於梨華作品集」序〉。

三聯書店 1986

花城出版社 1987

尋

香港：三聯書店
1986 年 5 月，25 開，239 頁
海外文叢

廣州、香港：花城出版社、生活・讀書・新知三聯書店香港分店
1987 年 2 月，32 開，318 頁
海外文叢

短篇小說集。本書以各角色名做為篇名，看似獨立成篇，實以餐館為主軸串連起角色間的關係，揉合成一則動人故事。全書收錄〈馬二少〉、〈汪晶晶〉、〈葉真〉、〈黃伍德〉、〈尹卓鍔〉、〈江巧玲〉、〈姜士熙〉、〈王素蕙〉共八篇。正文前有於梨華〈開場白（代序）〉，正文後有〈於梨華小傳〉、〈於梨華的著作〉。
1987 年花城版：內容與 1986 年三聯版同。

相見歡

香港：天地圖書公司
1993 年 1 月，32 開，290 頁

短篇小說集。本書是作者 1986～1990 年間，多次往返兩岸所得之素材而寫成，圍繞著家庭成員的故事，記錄大變動下的歷歷軌跡。全書收錄〈姐妹吟〉、〈母女情〉、〈蝶戀花〉、〈卜算子〉、〈踏莎行〉共五篇。

九歌出版社 1996

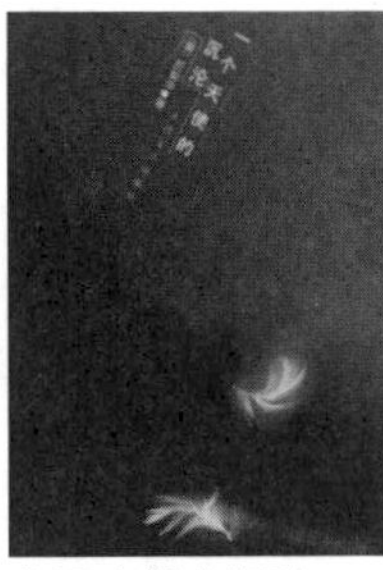
人民文學出版社 1999

停雲出版社 2015

一個天使的沉淪

臺北：九歌出版社
1996 年 11 月，25 開，315 頁
九歌文庫 961

北京：人民文學出版社
1999 年 6 月，32 開，287 頁

臺北：停雲出版社
2015 年 11 月，25 開，434 頁
於梨華精選集 02

長篇小說。本書寫一名華裔少女，自童年時屢遭姑爹性騷擾與侵犯，在不安中度過年華，最終殺人入獄的不幸故事。作者深入描繪女主角內心的世界，正視人性的脆弱與堅毅，為受虐女性發聲。正文前有於梨華〈她是我筆下最難忘的人物——序《一個天使的沉淪》〉，正文後附錄王鼎鈞〈問天下多少小三子〉。

1999 年人民文學版：正文與 1996 年九歌版同。正文後新增附錄尤今〈沉淪背後的問題〉、〈於梨華作品目錄〉。

2015 年停雲版：更名為《小三子，回家吧》。正文與 1996 年九歌版同。正文前新增於梨華〈一封信〉、尤今〈沉淪背後的問題〉、〈編輯室的話〉、原正文後附錄王鼎鈞〈問天下多少小三子〉移至正文前，正文後附錄〈於梨華作品年表〉、原正文前於梨華〈她是我筆下最難忘的人物〉移至正文後。

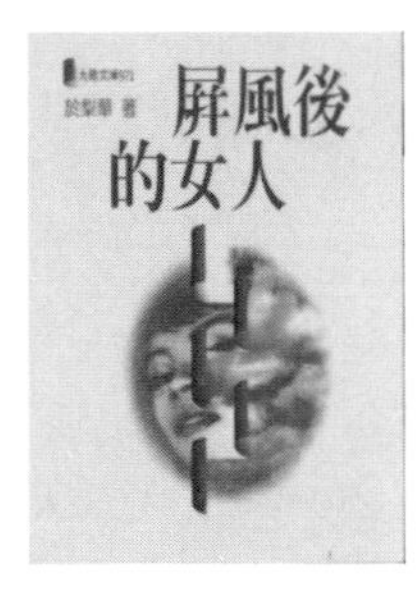

屏風後的女人

臺北：九歌出版社
1998 年 3 月，25 開，248 頁
九歌文庫 971

中、短篇小說集。本書作者刻畫曾出現於生命中的女性，為近代中國婦女塑像，亦將平時懷思化作創作靈感，敘成故事。全書收錄〈回來吧！棣棣〉、〈踏碎了的九重葛〉、「亂世男女系列」：〈一、下午茶〉，〈二、三角加一〉，〈三、向晚徜徉〉、「月兒彎彎照九州」：〈一、小妹〉，〈二、小妹再來〉，〈三、還是小妹〉，〈四、小妹三訪〉，〈五、小妹久違〉，〈六、幾家歡樂幾家愁〉、「屏風後的女人」：〈一、大姑〉，

〈二、小姑〉，〈三、娘〉、〈夕陽西下〉共 15 篇。正文前有李子云〈洋溢著一種生命的力量——評於梨華兼論《屏風後的女人》〉，正文後有於梨華〈把各種女性介紹給讀者（後記）〉。

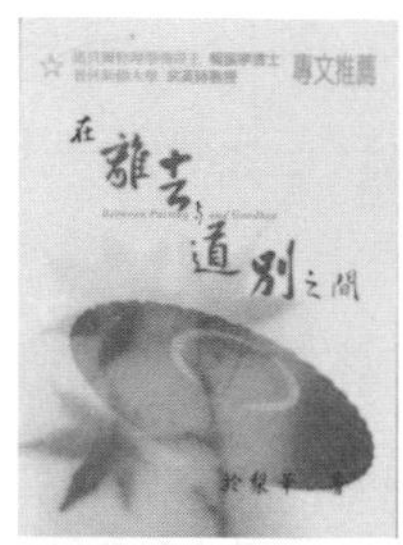

瀛舟出版社 2002

二十一世紀出版社 2003

在離去與道別之間

美國：瀛舟出版社
2002 年 11 月，25 開，387 頁
於梨華作品集 02

南昌：二十一世紀出版社
2003 年 4 月，25 開，323 頁

長篇小說。本書以兩位華人女教授段次英、方如真為主角，敘寫她們身處競爭激烈的學界，因不同性格與觀念，從相識、相交、疑猜、衝突到決裂的過程，真實的將知識分子爭鬥百態呈現於讀者眼前。全書分「在交往之前」、「在交往之後」、「在誤解之前」、「在誤解之後」、「在離去之前」五部分。正文前有楊振寧〈序〉、余英時〈題在梨華《在離去與道別之間》四首〉。

2003 年二十一世紀版：正文與 2002 年瀛舟出版社同。正文前新增瘂弦〈於梨華小說中的校園經驗——從留學生文學到北美版《儒林外史》〉。

江蘇文藝出版社 2009

允晨文化公司 2010

秋山又幾重

南京：江蘇文藝出版社
2009 年 4 月，14x20.5 公分，250 頁

臺北：允晨文化公司
2010 年 1 月，25 開，367 頁
當代名家 29

中、短篇小說集。全書收錄〈黃昏‧廊裡的女人〉、〈江小慧〉、〈尋找老伴〉、〈林曼〉、〈友誼〉、〈回來吧，棣棣〉、〈回頭不是岸〉、〈秋山又幾重〉、〈意想不到的結局〉共九篇。

2010 年允晨文化版：正文與 2009 年江蘇版同，〈友誼〉一篇後新增附錄林以亮〈於梨華的〈友誼〉〉。正文前新增於梨華〈自說自話——序《秋山又幾重》〉。

彼岸

南京：江蘇文藝出版社
2009 年 4 月，15×23.5 公分，300 頁
鳳凰長篇小說叢書

長篇小說。本書通過何洛笛一家的故事，寫海外華人晚年心境，筆下透露對老人的關懷。全書計有：1.久違；2.回顧；3.點愛情的迷香；4.天堂鳥花；5.心版印迹；6.天地一孤雁；7.攬你入懷；8.水往下流等 35 章。

黃昏，廊裡的女人

臺北：停雲出版社
2015 年 11 月，25 開，230 頁
於梨華精選集 03

短篇小說集。全書收錄〈黃昏，廊裡的女人〉、〈會場現形記〉、〈姊妹吟〉、〈王素蕙〉、〈馬二少〉、〈等〉共六篇。正文前有於梨華〈一封信〉、余光中〈中國人在美國〉、朱西甯〈千手觀音〉、〈編輯室的話〉，正文後附錄隱地〈於梨華〈等〉〉、〈於梨華作品年表〉。

【書信】

美國的來信——寫給祖國的青年朋友們

北京：人民日報出版社
1989 年 6 月，40 開，156 頁

本書集結作者 1980～1988 年間，於《人民日報》回應讀者的文章。全書收錄〈我的留美經歷〉、〈青年男女的社交〉、〈中學生的「自力更生」〉等 18 篇。正文前有人民日報出版社〈編者說明〉。

【合集】

誰在西雙版納

香港：天地圖書公司
1980 年，32 開，174 頁
於梨華作品集之十三

本書為作者唯一一本散文體遊記，記敘 1977 年遊緬甸邊境的西雙版納——傣族居住地、雲南省瀾滄江一帶，印象難忘。

七十年代雜誌社
1976

天地圖書公司 1980

新中國的女性及其他

香港：七十年代雜誌社
1976 年 10 月，32 開，194 頁

香港：天地圖書公司
1980 年，32 開，194 頁
於梨華作品集之十一

本書為 1975 年的 5～6 月間，作者回故鄉浙江鎮海探親、至新加坡旅行等過程記錄下來，並選收幾篇短篇小說、幾封給女兒的信。全書收錄報告文學「新中國的女性」:〈肯「盡量想辦法」的章同志〉、〈盧溝橋公社裡的劉大媽〉、〈在心理上「我們還年輕」的冰心〉等七篇，散文「我所看到的新嘉坡」:〈在裕廊區〉、〈在深谷裡〉、〈在牛車水前〉等五篇，短篇小說〈林曼〉、〈和平東路〇巷〇號〉、〈涵芳的故事〉共三篇，書信〈女兒的信〉一篇。正文前有於梨華〈說幾句話〉。
1980 年天地版：正文與 1976 年七十年代雜誌版同。正文前新增楊振寧〈「於梨華作品集」序〉。

於梨華作品集

臺北：皇冠出版社
1988、1989、1991 年，新 25 開

共 16 集。皇冠出版社集結作者 1989 年以前所有作品而出之典藏版。各集前有於梨華〈轉眼廿五年——於梨華作品集總序〉，正文後有〈關於於梨華〉、〈關於於梨華的作品〉。

夢回青河

臺北：皇冠出版社
1988 年 11 月，新 25 開，369 頁
皇冠叢書第 67 種

本書為《夢回青河》之內容。正文前新增於梨華〈《夢回青河》廿五年序〉。

傅家的兒女們

臺北：皇冠出版社
1988 年 11 月，新 25 開，532 頁
皇冠叢書第 1561 種

本書為《傅家的兒女們》之內容。

柳家莊上

臺北：皇冠出版社
1988 年 12 月，新 25 開，172 頁
皇冠叢書第 1570 種

短篇小說集。本書集結作者早期的短篇小說，人物不同，時空各異，寫中國婦女在社會及在社會、家庭中不平等的地位。全書收錄〈苦難中的成長〉、〈鞋的憂喜〉、〈無腿的人〉、〈再見大偉〉、〈柳家莊上〉、〈友誼〉共六篇。

尋

臺北：皇冠出版社
1989 年 1 月，新 25 開，335 頁
皇冠叢書第 1577 種

本書為《尋》之內容。

歸

臺北：皇冠出版社
1989 年 1 月，新 25 開，270 頁
皇冠叢書第 257 種

本書為《夢回青河》之內容。

會場現形記

臺北：皇冠出版社
1989 年 2 月，新 25 開，249 頁
皇冠叢書第 1570 種

本書為《會場現形記》之內容。

也是秋天

臺北：皇冠出版社
1989 年 2 月，新 25 開，259 頁
皇冠叢書第 259 種

本書為《也是秋天》之內容。

相見歡

臺北：皇冠出版社
1989 年 3 月，新 25 開，289 頁
皇冠叢書第 1609 種

短篇小說集。本書是作者 1986～1990 年間，多次往返兩岸所得之素材而寫成，圍繞著家庭成員的故事，記錄大變動下的歷歷軌跡。全書收錄〈姐妹吟〉、〈母女情〉、〈蝶戀花〉、〈卜算子〉、〈踏莎行〉共五篇。正文後有於梨華〈《相見歡》後的幾句話〉。

雪地上的星星

臺北：皇冠出版社
1989 年 3 月，新 25 開，284 頁
皇冠叢書第 111 種

本書為《雪地上的星星》之內容。

又見棕櫚，又見棕櫚

臺北：皇冠出版社
1989 年 3 月，新 25 開，361 頁
皇冠叢書第一四一種

本書為《又見棕櫚，又見棕櫚》之內容。

記得當年來水城

臺北：皇冠出版社
1989 年 4 月，新 25 開，205 頁
皇冠叢書第 1620 種

書信、散文、小說合集。全書分四部分，「書信」收錄〈我所看到的新加坡〉，「遊記散文」收錄〈別西冷莊園〉、〈記得當年來水城〉、〈匆匆來去巴西〉等五篇，「觀感散文」收錄〈女兒的信——ABC 的問題〉一篇，「小說」收錄〈林曼〉、〈和平東路○巷○號〉、〈涵芳的故事〉共三篇。

三人行

臺北：皇冠出版社
1989 年 5 月，新 25 開，202 頁
皇冠叢書第 1627 種

本書為《三人行》之內容。

餤

臺北：皇冠出版社
1989 年 5 月，新 25 開，515 頁
皇冠叢書第 209 種

本書為《餤》之內容。

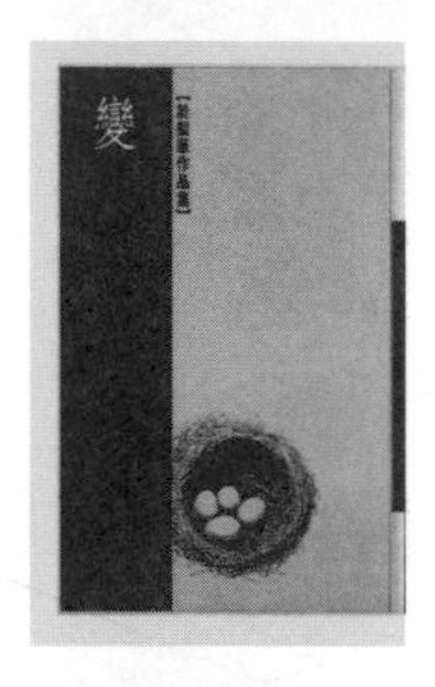

變

臺北：皇冠出版社
1989 年 6 月，新 25 開，246 頁
皇冠叢書第 258 種

本書為《變》之內容。

誰在西雙版納

臺北：皇冠出版社
1989 年 8 月，新 25 開，202 頁
皇冠叢書第 1676 種

本書為《誰在西雙版納》之內容。正文前有於梨華〈西雙版納之行〉。

考驗

臺北：皇冠出版社
1991 年 4 月，新 25 開，420 頁
皇冠叢書第一九八〇種

本書為《考驗》之內容。

文學年表

1931 年	11 月	28 日，籍貫浙江鎮海，生於上海。父於升峰，任教於上海光華大學；母劉杏卿。排行第二，上有一哥（早逝），下有四弟二妹。
1937 年	本年	中日戰爭爆發，上海吃緊，父親任教的大學暫時解散，攜家遷回浙江鎮海。
1938 年	本年	父親應聘至福建南平主持紙廠，一家人遷居至福建南平。 就讀福建南平國小。 就讀南平國小期間，作文〈冬天的太陽〉受趙淑如老師賞識並張貼於校門口布告欄上，受到鼓舞。
1940 年	本年	父親調職衡陽化工廠。日軍進犯，一家人開始逃難，輾轉於湘桂線上。
1944 年	本年	父親應聘至四川廣漢擔任酒精廠廠長。 於廣漢念中學。
1945 年	本年	中日戰爭結束，全家返上海一個月。
1946 年	本年	搬回寧波，就讀寧波湖西中學（今寧波市第二中學）。
1947 年	本年	父親調任臺糖臺中廠廠長。隨家人遷臺，並於高二上學期轉入至臺中女中就讀，直到畢業。 首度發表文章〈《邊城》讀後記〉。
1949 年	本年	考入臺灣大學外文系。
1950 年	本年	迫由臺灣大學外文系轉至歷史系。
1951 年	1 月	1 日，短篇小說〈隕落〉以筆名「方莉夏」發表於《野風》

第5期。

11月 16日，短篇小說〈追不回的幸福〉以筆名「鴻鳴」發表於《野風》第24期。

1952年 4月 1日，短篇小說〈埋葬〉以筆名「方莉夏」發表於《野風》第33期。

8月 28日，〈家事實習——暑假插曲之一〉發表於《中央日報》4版。

10月 16日，短篇小說〈路〉發表於《中央日報》6版，「婦女與家庭」第139期。

12月 4日，短篇小說〈勝利終會屬妳——表姊的話〉發表於《中央日報》6版，「婦女與家庭」第146期。

25日，短篇小說〈聖誕夜話〉發表於發表於《中央日報》6版，「婦女與家庭」第149期。

1953年 8月 〈識得愁滋味〉發表於《國風》第12期。

秋 畢業於臺灣大學歷史系，赴美留學，暫住伊萊夫婦家，先進入一間兩年制的大學，後輾轉經協助轉學至美國加州大學洛杉磯分校。

12月 27日，〈林爽文革命研究〉發表於《文獻專刊》第4卷第3、4期合刊本；此文後收入臺灣省文獻委員會編行之《廷寄》。

1954年 春 就讀美國加州大學洛杉磯分校新聞系。

4月 12日，〈工讀生涯——留美雜記之一〉發表於《聯合報・副刊》6版。

7月 20日，〈做短工・度暑假——留美通訊之二〉發表於《聯合報・副刊》6版。

8月 10日，〈看美國女孩——留美通訊之三〉發表於《聯合報・副刊》6版。

1955年 6月 22日，〈海外寄母親〉發表於發表於《中央日報》6版，「婦

		女與家庭」第272期。
1956年	本年	以短篇小說“The Sorrow at The End of Yangtse River”（揚子江頭幾多愁）獲美國米高梅電影公司高德溫徵文首獎，獎金1000元。
		獲美國加州大學洛杉磯分校碩士學位。
		與孫至銳結婚，一起搬至普林斯頓。
		至1959年間，以英文創作三篇長篇小說與無數短篇，卻由於不熟悉美國文壇市場，屢遭退稿。
1957年	1月	20日，短篇小說〈她的選擇〉發表於《文學雜誌》第1卷第5期。
	6月	1日，短篇小說〈帶淚的百合〉發表於《自由中國》第16卷第11期。
	7月	1日，〈胃氣和爭氣——海外寄語之一〉發表於《自由中國》第17卷第1期。
		16日，〈烏托邦在何處？——海外寄語之二〉發表於《自由中國》第17卷第2期。
		20日，短篇小說〈小琳達〉發表於《文學雜誌》第2卷第5期。
		22日，〈于歸之喜〉發表於《聯合報》2版，「婦女生活」第17期。
	8月	1日，〈白色小屋的主人——海外寄語之三〉發表於《自由中國》第17卷第3期。
		16日，〈一年的成績——海外寄語之四〉發表於《自由中國》第17卷第4期。
	9月	5日，〈尼加拉瀑布——海外寄語之五〉發表於《自由中國》第17卷第5期。
		16日，〈訪康克特——海外寄語之六〉發表於《自由中國》

		第17卷第6期。
	本年	大女兒孫曉凡出生。
1958年	1月	5日，〈普林斯頓大學剪影〉發表於《文星》第3期。
	6月	16日，中篇小說〈也是秋天〉連載於《自由中國》第18卷第12期～第19卷第8期，至11月5日止。
	11月	20日，短篇小說〈黃玲的第一個戀人〉發表於《文學雜誌》第5卷第3期。
1959年	3月	2日，〈普林斯頓大學（Princeton University）〉發表於《中國一周》第462期。
	10月	短篇小說〈雪夜〉發表於《文星》第24期。
	12月	20日，中篇小說〈三束信〉發表於《文學雜誌》第7卷第4～6期，至隔年2月20日止。
	本年	兒子孫中涵出生。
1960年	2月	1日，〈紫君的婚禮〉發表於《自由中國》第22卷第3期。
	11月	短篇小說〈也許〉發表於《文星》第37期。
1961年	6月	短篇小說〈交換〉發表於《自由談》第12卷第6期。
	本年	對婚姻與寫作俱感到失望，心情陷入憂鬱。 嘗試回復中文創作，開始執筆長篇小說〈夢回青河〉。
1962年	6月	20日，短篇小說〈無腿的人〉發表於《現代文學》第14期。
	12月	短篇小說〈情盡〉發表於《自由談》第13卷第12期。
	本年	小女兒孫晏冉出生。 帶著兒女回臺灣臺南娘家，整整一年。期間，完成長篇小說〈夢回青河〉及多篇短篇小說。
1963年	1月	〈寫給將出國的女同學們〉發表於《自由談》第14卷第1期。
	2月	短篇小說〈揚子江頭幾多愁——美國高德溫徵文首獎之作〉

		由張以淮翻譯，發表於《皇冠》第18卷第6期。
	3月	15日，中篇小說〈有一個春天〉連載於《聯合報》8版，至4月3日止。
		短篇小說〈移情〉發表於《自由談》第14卷第3期。
		長篇小說〈夢回青河〉發表於《皇冠》第109期。並於復興廣播電臺「小說選播」節目連載播出。
	4月	〈親情・舊情・友情〉發表於《文星》第66期。
	5月	16～17日，短篇小說〈歸〉連載於《中央日報・副刊》6版。
		中篇小說〈海天一淚〉發表於《文壇》第35期，此文後改篇名為〈母與子〉，收入短篇小說集《雪地上的星星》。
	6月	11日，短篇小說〈撒了一地的玻璃球〉發表於《聯合報・副刊》7版。
	7月	短篇小說〈黃昏，廊裏的女人〉發表於《文星》第69期。
	8月	16日，應邀擔任臺灣省婦女寫作協會於婦女之家舉行寫作座談會與談人，分享《夢回青河》寫作經驗。
	9月	〈《歸》自序〉發表於《文星》第71期。
		短篇小說集《歸》由臺北文星書店出版。
	11月	10日，〈寄小安娜〉發表於《中央日報・副刊》6版。
	本年	返美，舉家由普林斯頓搬至芝加哥北郊艾文思頓。
		任教於紐約阿柏尼州立大學，講授中國文學。
		長篇小說《夢回青河》由臺北皇冠出版社出版。
1964年	3月	31日，短篇小說〈等〉發表於《現代文學》第20期。
	4月	長篇小說〈變〉連載於《自由談》第15卷第4期～第16卷第2期，至隔年2月止。
	6月	中篇小說集《也是秋天》由臺北文星書店出版。
	8月	10日，〈黃石公園來去〉發表於《中央日報・副刊》6版。

1965年	1月	22日，短篇小說〈未亡人〉發表於《聯合報．副刊》7版。
	2月	10～12日，短篇小說〈雪地上的星星〉連載於《中央日報．副刊》5、6版。
	3月	〈溪流〉發表於《文壇》第57期。
		翻譯 Edith Whaston 短篇小說〈羅馬熱〉，發表於《皇冠》第133期。
	4月	17日，短篇小說〈223室的陳娉〉發表於《徵信新聞報．人間副刊》7版。
	5月	30日，短篇小說〈插曲〉發表於《聯合報．副刊》7版。
	8月	28日，〈別艾城〉發表於《中央日報．副刊》6版。
	11月	長篇小說《變》由臺北文星書店出版。
1966年	3月	8日，長篇小說〈又見棕櫚，又見棕櫚〉連載於《徵信新聞報．人間副刊》7版，至6月8日止。
		短篇小說集《雪地上的星星》由臺北皇冠出版社出版。
	6月	與吉錚同遊歐洲三星期。
	本年	從美國中西部搬至紐約昆士區。
1967年	1月	短篇小說〈再見，大偉〉發表於《純文學》第1期。
	6月	3～11日，翻譯 Louis Auchincloss〈伊德絲．華頓〉，連載於《聯合報．副刊》9版。
		9日，〈寫在〈生日宴〉前面〉發表於《中央日報．副刊》10版。
		16日，長篇小說〈又見棕櫚，又見棕櫚〉榮獲第三屆嘉新文藝創作獎。
		中篇小說〈柳家莊上〉發表於《純文學》第6期。
	7月	1日，與女兒孫曉凡、兒子孫中涵返臺，停留至9月。
		9日，文星書店於文星藝廊舉辦歡迎會，應邀演講，演講主題為「美國學術界對文人的重視」，王藍、林海音、司馬中

		原、隱地、尉天驄、余光中等皆出席。
	8月	14 日，長篇小說〈燄〉連載於《聯合報・副刊》9 版，至隔年1月3日止。
	12月	長篇小說《又見棕櫚，又見棕櫚》由臺北皇冠出版社出版。
1968年	6月	〈歸去來兮〉發表於《純文學》第18期。
	8月	12日，〈悼吉錚〉發表於《中央日報・副刊》9版。
	12月	短篇小說〈友誼〉發表於《純文學》第24期。
	本年	任教於紐約州立大學奧本尼分校遠東系，開設「中國現代文學（Modern Chinese Literature in English Translation）」課程，講授中國現代文學、中國會話、中文作文等。
1969年	3月	〈白先勇筆下的女人〉；短篇小說〈兒戲〉發表於《現代文學》第37期。 短篇小說集《白駒集》由臺北仙人掌出版社出版。
	4月	1日，短篇小說〈暮〉發表於《婦女雜誌》4月號。
	6月	長篇小說《變》由臺北大林出版社出版。
	7月	短篇小說〈會場現形記〉發表於《現代文學》第38期，亦為本期封面人物。
	9月	長篇小說《燄》由臺北皇冠出版社出版。
	11月	短篇小說集《歸》由臺北大林出版社出版。
1970年	2月	短篇小說〈這一份人家〉發表於《幼獅文藝》第194期。
	10月	16日，翻譯凱薩琳・安・泡特（Katherine Anne Porter）短篇小說〈繩〉，發表於《中國時報・人間副刊》10版。 短篇小說集《歸》、《也是秋天》、《變》由臺北皇冠出版社出版。
	12月	翻譯凱薩琳・安・泡特短篇小說〈二獃子〉，發表於《純文學》第48期。 與王敬羲、陳祖文、戴天合譯凱薩琳・安・泡特短篇小說集

		《盛開的猶大花》（*Flowering Judas*），由香港今日世界社出版。
1971年	5月	翻譯凱薩琳・安・泡特短篇小說〈莊園〉，發表於《幼獅文藝》第209期。
	12月	16日，由美國回臺灣。
1972年	3月	1～3日，短篇小說〈一樁意外事（也許不是）〉連載於《中國時報・人間副刊》9版。
	7月	短篇小說集《會場現形記》由臺北志文出版社出版。
1973年	6月	11日，長篇小說〈考驗〉連載於《中國時報・人間副刊》12版，至隔年3月8日止。
	本年	中篇小說〈母與子〉由宋存壽改編為電影《母親三十歲》，李湘、庹宗華、秦漢主演，大眾電影公司出品。本片被臺灣影評人協會選為1973年最佳國語片。
1974年	年初	開始執筆撰寫長篇小說〈傅家的兒女們〉，1976年年中完成。
	3月	短篇小說〈林曼〉發表於《皇冠》第241期。
	11月	9～11日，短篇小說〈和平東路〇巷〇號〉連載於《中國時報・人間副刊》12版。同年12月發表於《文壇》第174期。
		長篇小說《考驗》由臺北大地出版社出版。
		22日，〈寫在《考驗》之後〉發表於《中國時報・人間副刊》12版。
1975年	5月	7～12日，〈我所看到的新嘉坡〉連載於《聯合報・副刊》12版。
	本年	第一次回中國，短短一個月。
		因訪問中國，作品於臺灣被查禁，直至1987年解禁。
1976年	10月	《新中國的女性及其他》由香港七十年代雜誌社出版。

本年 與夏志清共譯中篇小說〈柳家莊上〉，收入 *Chinese Stories from Taiwan:1960～1970*，由美國哥倫比亞大學出版。

1977 年 本年 第二次回中國，此行隻身獨往三個月，走訪雲南、西雙版納、西安、延安等地。

擔任紐約州立大學奧本尼分校中文研究室主任一學期。

1978 年 3 月 長篇小說《傅家的兒女們》由香港天地圖書公司出版。

1979 年 本年 與學校教授團第三次走訪中國，為期一個月，訪問許多作家。

中篇小說集《也是秋天》由香港天地圖書公司出版。

1980 年 3 月 長篇小說《傅家的兒女們》由香港天地圖書公司出版。

4 月 20 日，〈我的留美經歷〉發表於《人民日報》。

長篇小說《夢回青河》、《又見棕櫚，又見棕櫚》由香港天地圖書公司出版。

本年 與孫至銳離婚。

兼任紐約州立大學奧本尼分校交換計畫顧問，為期一年。

《誰在西雙版納》、《新中國的女性及其他》，短篇小說集《歸》、《雪地上的星星》、《白駒集》、《會場現形記》，長篇小說《變》、《燄》、《考驗》、《三人行》，由香港天地圖書公司出版。

1981 年 本年 短篇小說〈暮〉由 Vivian Hsu 和 Julia Fitzgerald 翻譯，收入 *Born of the Same Roots*，由美國印第安納大學出版。

1982 年 3 月 長篇小說《考驗》由北京人民文學出版社出版。

本年 與 Vincent O'leary 結婚，遷入西冷莊園。

1983 年 3 月 〈美國的來信〉連載於《人民日報》。

1984 年 秋 申請到傅爾布萊特獎金（Fullbright Fellowship），至南斯拉夫首都貝爾格萊德（Belgrade），與當地作家進行為期三個月的交流。（1985、1991 年）

1985年	5月	20日，〈書的聯想〉發表於《紐約華僑日報》。
	本年	〈別西冷莊園〉發表於《明報月刊》。
1986年	5月	短篇小說集《尋》由香港三聯書店出版。
1987年	2月	短篇小說集《尋》由廣州花城出版社、香港生活・讀書・新知三聯書店香港分店出版。
	6月	返臺。
	7月	28日，〈記得當年在台北〉發表於《中國時報・人間副刊》8版。 與聶華苓、陳若曦、喻麗清、戴小華等女作家於美國舊金山共同成立「海外華文女作家協會」，擔任首任副會長，邀請各國華文女作家參加，每兩年召開一次年會，旨在推廣、促進華語文學交流活動。
	11月	7～9日，短篇小說〈姊妹吟——相見歡 1〉連載於《中國時報・人間副刊》8版。
	12月	13～14日，〈母女情（壹）——相見歡 2〉連載於《中國時報・人間副刊》8版。
1988年	2月	6～12日，〈母女情（貳）——相見歡 3〉連載於《中國時報・人間副刊》18版。
	3月	4～7日，〈母女情（下）——相見歡 4〉連載於《中國時報・人間副刊》18版。
	5月	23～25日，〈在南斯拉夫的土地上……〉連載於《聯合報・繽紛》16版。
	6月	〈海外華文作家面臨的挑戰〉發表於《文學自由談》1988年第6期。
	8月	19～24日，短篇小說〈秦凱立〉連載於《中國時報・人間副刊》18版。
	11月	長篇小說《夢回青河》、《傅家的兒女們》由臺北皇冠出版社

		出版。
	12月	短篇小說集《柳家莊上》由臺北皇冠出版社出版。
	本年	皇冠出版社集結其 1989 年以前所有著作，重出典藏版，共 16 集。
1989年	1月	短篇小說集《尋》、《歸》由臺北皇冠出版社出版。
	2月	短篇小說集《會場現形記》、中篇小說集《也是秋天》由臺北皇冠出版社出版。
	3月	9～17 日，短篇小說〈踏莎行〉連載於《中國時報・人間副刊》23 版。
		短篇小說集《相見歡》、《雪地上的星星》，長篇小說《又見棕櫚，又見棕櫚》由臺北皇冠出版社出版。
	4月	書信、散文、小說合集《記得當年來水城》由臺北皇冠出版社出版。
	5月	長篇小說《三人行》、《傚》由臺北皇冠出版社出版。
	6月	11 日，〈以他們的大無畏精神為標竿〉發表於《中國時報・人間副刊》23 版。
		《美國的來信——寫給祖國的青年朋友們》由北京人民日報出版社出版。
		長篇小說《變》由臺北皇冠出版社出版。
	8月	《誰在西雙版納》由臺北皇冠出版社出版。
	10月	短篇小說集《情盡》由北京中國文聯出版社出版。
1990年	3月	7 日，短篇小說〈三相逢〉發表於《中國時報・人間副刊》7 版。
	5月	15～19 日，短篇小說〈回來吧！棣棣〉連載於《中國時報・人間副刊》31 版。
	12月	27～28 日，〈搬家雜感〉連載於《中國時報・人間副刊》27、31 版。

1991年	4月	8日，〈意猶未盡〉發表於《聯合報・副刊》25版。
		14～15 日，〈印度・印度人・印度女人——新德里去來〉連載於《聯合報・副刊》25版。
		長篇小說《考驗》由臺北皇冠出版社出版。
	10月	22～29 日，短篇小說〈踏碎了九重葛〉連載於《中國時報・人間副刊》31版。
	本年	獲傅爾布萊特獎金，赴臺研究，為長篇小說取材。
1992年	1月	15 日，〈猛然回首四十年〉發表於《中國時報・人間副刊》25版。
	3月	24～25 日，短篇小說〈下午茶〉連載於《明報月刊》第 315期。同年4月1日發表於《中國時報・人間副刊》35版。
	5月	22 日，短篇小說〈向晚徜徉〉發表於《中國時報・人間副刊》35版。
	6月	14日，〈女兒三十歲〉發表於《聯合報・副刊》25版。
	7月	8～9 日，短篇小說〈三角加一〉連載於《中國時報・人間副刊》27版。
1993年	1月	短篇小說集《相見歡》由香港天地圖書公司出版。
	10月	21 日，中篇小說〈月照九州——小妹〉發表於《中華日報・副刊》11版。
		28 日，中篇小說〈月照九州——還是小妹〉發表於《中華日報・副刊》11版。
	11月	4 日，中篇小說〈月照九州——小妹三訪〉發表於《中華日報・副刊》11版。
		11 日，中篇小說〈月照九州——小妹再來〉發表於《中華日報・副刊》11版。
		18 日，中篇小說〈月兒照九州——小妹久違〉發表於《中華日報・副刊》11版。

		25 日，中篇小說〈月兒彎彎照九州——幾家歡樂幾家愁〉發表於《中華日報・副刊》11 版。
	本年	退休。遷居美國加州。
1994 年	9 月	19 日，〈又中秋〉發表於《世界日報・世界副刊》。
1995 年	7 月	29 日，長篇小說〈小三子，回家吧！〉連載於《中華日報・副刊》14 版，至隔年 2 月 1 日止。同步連載於紐約《世界日報》。
	10 月	〈來也匆匆……——憶張愛玲〉發表於《明報月刊》第 358 期「紀念張愛玲特輯」。
	本年	短篇小說〈夕陽西下〉發表於《星期日週刊》。
1996 年	2 月	中篇小說〈屏風後的女人之一：大姑〉發表於《明報月刊》第 362 期。
	3 月	中篇小說〈屏風後的女人之二：小姑〉發表於《明報月刊》第 363 期。
	4 月	中篇小說〈屏風後的女人之三：娘〉發表於《明報月刊》第 364 期。
	11 月	長篇小說《一個天使的沉淪》由臺北九歌出版社出版。
1997 年	6 月	18～20 日，〈探母有感〉連載於《聯合報・副刊》41 版。
1998 年	3 月	中、短篇小說集《屏風後的女人》由臺北九歌出版社出版。
	6 月	6 日，〈C.T.二三事〉發表於《中央日報・副刊》22 版。
1999 年	1 月	5～6 日，〈又見舊金山〉連載於《聯合報・副刊》37 版。
	6 月	長篇小說《又見棕櫚，又見棕櫚》獲《亞洲周刊》選入「二十世紀中文小說 100 強」。
		長篇小說《一個天使的沉淪》由北京人民文學出版社出版。
2000 年	2 月	〈三十五年後的牟天磊〉發表於《文訊》第 172 期。
	8 月	《別西冷莊園》由成都四川人民出版社出版。
	9 月	《別西冷莊園》由美國瀛洲出版社出版。

2002 年	11 月	7 日，應邀回母校臺灣大學文學院演講。
		長篇小說《在離去與道別之間》由美國瀛舟出版社出版。
2003 年	1 月	23 日，應邀出席中華民國婦女聯合會舊金山分會於明苑餐廳舉行的新春聯歡大會，並擔任專題演講。
	4 月	長篇小說《在離去與道別之間》由南昌二十一世紀出版社出版。
	本年	長篇小說〈在離去與道別之間〉發表於《鍾山》增刊本。
2004 年	5 月	29 日，應邀出席全球臺大早期畢業校友會，於美國芝加哥舉行，會中擔任專題演講人，演講主題「一瞬間，五十年」。
	本年	短篇小說〈尋找老伴〉發表於《鍾山》2004 年第 4 期。
		短篇小說〈意想不到的結局〉發表於《小說界》。
		長篇小說《夢回青河》被改編為電視劇，由陳國軍導演，劉雪華、李子雄、柯奐如主演。
2005 年	9 月	中篇小說〈尋找老伴〉榮獲《小說月報》第 11 屆百花獎優秀中篇作品獎。
2006 年	本年	自美國加州遷至馬利蘭州。
2007 年	5 月	20 日，應邀擔任華府作家協會、華府書友會主辦的聯合文學講座主講人，演講主題「於梨華筆下的女性」，並由韓秀擔任引言人。
2008 年	7 月	《飄零何處歸》由南京江蘇文藝出版社出版。
2009 年	4 月	中、短篇小說集《秋山又幾重》、長篇小說《彼岸》由南京江蘇文藝出版社出版。
		返臺，並接受文訊專訪，訪談稿由林麗如執筆〈又見棕櫚——專訪於梨華〉，發表於《文訊》第 286 期。
2010 年	1 月	中、短篇小說集《秋山又幾重》由臺北允晨文化公司出版。
	本年	擔任北美華文作家協會華府分會寫作小組召集人與講師，任期一年。

2013 年 12 月 長篇小說《又見棕櫚，又見棕櫚》由首爾 ZMANZ 出版社出版。

2014 年 11 月 出席於寧波舉行第一屆「於梨華青年文學獎」，擔任頒獎人，獎掖後進。

本年 與思行文化公司簽約，以每年四至五本的進度，出版「於梨華精選集」（共 18 集），2015 年 6 月，長篇小說《又見棕櫚，又見棕櫚》（停雲版）即為系列首部。

2015 年 6 月 長篇小說《又見棕櫚，又見棕櫚》由臺北停雲出版社出版。

11 月 長篇小說《小三子，回家吧》、短篇小說集《黃昏，廊裡的女人》由臺北停雲出版社出版。

2016 年 2 月 24 日，思行文化於紀州庵文學森林主辦「愛‧留臺灣——文學裡的異地鄉愁」於梨華x於幼華聯合新書發表會。

參考資料：

- 哈迎飛、呂若涵編《人在旅途——於梨華自傳》，江蘇：江蘇文藝出版社，2000 年 1 月。
- 於梨華，《別西冷莊園》，美國：瀛舟出版社，2000 年 9 月。
- 於梨華，《飄零何處歸》，南京：江蘇文藝出版社，2008 年 7 月。
- 於梨華，《又見棕櫚，又見棕櫚》，臺北：停雲出版社，2015 年 6 月。
- 電子資料庫：報紙標題索引資料庫。
- 電子資料庫：臺灣文學期刊目錄資料庫。

輯三◎
研究綜述

於梨華文學的意義

◎陳芳明

留學生文學的開創者

於梨華的名字出現在 1960 年代時，彷彿帶來一股無法抵擋的力量。她的小說勇敢為女性的身體辯護，也為漂泊海外的留學生發出聲音。她是那個時代的具體縮影，也是臺灣文學的一個重要象徵。她的名字置放在現代主義運動的行列裡，顯得非常突兀而特殊。凡是熟悉臺灣文學史者，都知道現代主義與現代小說的推動者，大部分都是由臺大外文系所主導。於梨華的知識訓練與這群叛逆者不太一樣，她是臺大歷史系畢業，所接受的思維方式，都側重在時間的議題。當時的史學訓練強調的是史料研讀，並且嘗試建立事件發展的先後關係。在歷史系裡，她反其道而行，接受史料訓練之餘，她投入現代小說的書寫。

歷史與小說都是屬於敘事的範疇，但是兩者最大的區別在於，歷史注重事實，小說則偏向虛構。於梨華能夠在這兩個領域跨越，正好可以彰顯她書寫的不凡。在 1953 年從臺大歷史系畢業時，她寫過一篇學士論文〈林爽文革命研究〉，後來這篇文字成為福康安所著《廷寄》的導論。所有讀過於梨華的研究文字者，都很難想像她與後來所寫小說的連帶關係。從時間的思考轉換成空間的營造，確實需要過人的想像力，但是她做到了。

臺灣文學史上，如果有所謂的留學生文學，於梨華不僅是開創者，而且是典型的代表人物。1967 年她出版的長篇小說《又見棕櫚，又見棕櫚》，風靡了整個世代的年輕讀者。在那段時期，臺灣知識分子對於留美的嚮往，幾乎可以用「風潮」一詞來形容。在那封閉的高壓年代，每位知識分子都在尋找精神出口，而最方便的方式，便是赴美留學。在年輕人的心目中，美國就是天堂的同義詞，它意味著一種昇華，也是一種救贖。於梨華的這部小說，把一位在美國獲得學位的青年，刻畫得相當眉目清楚，好像為那時代青年的心靈，做了最好的詮釋。

《又見棕櫚》的時代意義，便是為威權時代的文化，找到一個心靈框架。無論是崇洋媚外的情緒，或是自卑心理的呈現，都可以在這部小說裡找到恰當的詮釋。整個小說情節非常簡單，描述一位學成歸國的留學生回到臺灣，去尋找他過去的舊夢。在別人眼中，他是受到羨慕的對象。然而，這位留學生牟天磊卻是一個挫敗者。在美洲大陸，他是屬於沒有根的一代，在一個小學校任教中文，與他最初的理想有了很大落差。回到臺灣時，舊情人早已離他而去。他在異國茫然不知所終，在故鄉又悵然失落。這種雙重的落空感，具體描繪了那時代心靈世界的沒有出口。

於梨華在小說中所表現的藝術技巧，在那時代應屬傑出的寫手。她既熟悉現代主義的象徵手法，也頗知善用蒙太奇的虛實交錯。於梨華擁有她個人特殊的語言藝術，相當成功地把讀者帶進她的小說世界。那種流暢的白話文，緊緊扣住讀者的情緒起伏，與小說人物一起飛揚，一起落空。毫無疑問，於梨華開啟了「留學生文學」這樣的文類。由於她最早出發，使得臺灣文學觸鬚延伸到遙遠的土地與感覺。這種文類只有在特殊的歷史情境才能釀造出來，卻也無意中啟動華文文學的最初孕育。所謂華文文學（Sinophone literature），指的是華人因為移民的遷徙，而在世界各地藉由中文所創造出來的特殊文學書寫。今天的華文文學研究，已經開創了一個全新格局，於梨華的小說，應該可以從這個觀點去探索她所營造出來的想像。

於梨華在 1960 年代的作品，可能是最具女性意識的小說家。相較於同時代的吉錚、歐陽子、叢甦，她的筆勇於觸探性的議題，對於女性身體的感覺，她總是抱持坦承而大膽的態度去描述。她最早的長篇小說《夢回青河》（1963 年），是她文學世界裡罕見的鄉土記憶。那時，現代主義運動正在臺灣勃發，對於心理的細膩刻畫，成為許多小說家關注的焦點。於梨華的這部小說並不描寫現代人的生活情狀，而是回到她浙江的故鄉，去尋找故事人物與場景。同樣是懷鄉的主題，在反共文學裡總是注入過剩的政治解釋，於梨華則在她的故鄉環境中，帶進情慾衝突的故事。那種生動的寫法，突破了當時戒嚴體制所規範的主題，勾勒出中國農村女性懷抱的愛情憧憬是如何強烈，又是如何燃燒。

在「臺灣文學」一詞尚未成立之前，島上所生產出來的文學作品，無論作家是屬於本地或來自中國大陸，都一律被稱為「中國文學」。而在威權體制臻於盛況的 1950 年代，所有的中國文學都被稱為「反共文學」。於梨華的小說能夠具有特殊意義，就在於她未曾服膺過所謂的文藝政策，當然也未曾在反共文學年代被收編。雖然她的記憶仍然保留了豐富的中國鄉土經驗，但是接受臺灣風土的影響之後，她所表現出來的美學，已經具有臺灣性。早期的臺灣性在很大程度上受到西方文學影響，這種影響卻是由美援文化所形塑而成。在那荒蕪蒼白的年代，於梨華作品的誕生，便已經沾染著現代精神。所謂現代精神，指的並不是後來的都會文化，或資本主義生活方式，而是指文學作品本身已經開始進行人性的挖掘。於梨華說故事的方式，可能是少數幾位作家從身體開始摸索，從而在慾望的升降觀察人性的明暗。

1960 年代的現代主義運動者，無論是小說或詩，往往在無意識世界尋找無窮的想像。當時的女性作家，如歐陽子、陳若曦、施叔青、李昂，都耽溺於現代主義技巧的實驗，她們還未到達女性意識覺醒的階段，因此在那段時期，現代主義技巧的實驗，遠遠多於女性主體的建構，所以女性文學並不等於女性主義文學。相形之下，於梨華的覺醒可能是最早的一位。她出國留學時，白先勇的《現代文學》仍然還在草創階段，他們這批年輕作者正忙於翻譯外國文學，吸收西方理論，並且透過模仿而進行創作。畢業於歷史系的於梨華，是屬於第一波的留學生，完全跳過翻譯與模仿的過程，而直接在美國接受當地讀書市場的薰陶。她從未自稱女性主義者，卻在小說故事裡，最早浮現女性意識。

當她出版《又見棕櫚，又見棕櫚》，為臺灣文壇確立了留學生文學的標籤。她是暢銷作者，不僅是文學作品充滿了吸引力，而且也為當時的美國崇拜立下一個象徵。這並不是說她是美國崇拜者，而是她的文字刻畫了多少臺灣年輕男女的夢想。在她的小說世界，讓臺灣讀者窺見資本主義的生活，也多少嘗到什麼是自由的滋味。當整個臺灣社會還未享有旅行自由，而臺灣知識青年仍然受到思想檢查之際，於梨華所呈現的美國故事場景，無形中便受到膜拜。留學生文學是一種現象，於梨華是這種現象的原創者。

於梨華所走的道路，比起她同時代的作家還要遙遠，還要深長。從《夢回青河》到《又見棕櫚，又見棕櫚》，橫跨著中國農村到美國都會的旅程。在那時代，很少有作家敢於嘗試如此果敢的冒險，開展出來的美學格局不能不使當時的讀者感到訝異。即使從今天的眼光來看，兩種說故事的技巧彷彿出自不同的作家。她所營造出來的世界，跨度是那樣廣闊，幾乎已經暗示她擁有足夠的想像，介入差距甚大的時空。更確切而言，她可以觸探的議題，似乎不是同世代作家可以輕易企及。她能夠開創那樣的境界，或許與她的留美經驗息息相關。遠在太平洋彼岸，完全脫離戒嚴體制的權力干涉，在呼吸自由空氣之餘，她可以得心應手處理不同的議題。尤其她在敘述故事時，往往滲透豐富的情色想像，相對於清教徒式的文藝政策，於梨華的書寫空間無疑是獲得鬆綁了。她的小說等於為臺灣社會開啟開闊的想像，也等於在試探那封閉年代所能容忍的界線。性的議題，為臺灣女性作家開拓了遼遠的版圖，也為日後的女性書寫定下了基調。

於梨華最早的批評者，竟然是李敖。既是當時《文星》雜誌的主編，也是《文星叢刊》的主編，他所掌握的發言權也超過了同時期的作家。於梨華與李敖的名字並置在一起，所散發出來的影響力簡直不是官方文藝政策所能限制。勇於批判的李敖，寫了一篇〈於梨華和她的小說〉，出手便驚天動地。李敖不是文學評論者，而是以一位歷史系學弟的身分暢談她的小說。一如他當時的狂妄，在文字裡抖出於梨華許多祕密。這篇文章基本上不算書評，只是在嘻笑怒罵中推薦了於梨華的三本小說《夢回青河》、《歸》、《也是秋天》。把這篇文字放在當時的文壇，顯得相當突兀，並且也凸顯了李敖本人的性格。對於不看小說的讀者，或許會因為這篇文字而啟開好奇。李敖的推波助瀾並未給文學作品加持，卻使得作者的名字受到矚目。對於當時的年輕世代，毫無疑問從此也開始注意她的小說。

《夢回青河》所引起的議論，可以說相當廣泛。它所受到的評價，可以說相當肯定。不僅在中廣以廣播劇的形式播放，相當長的一段時日。她的老師沈剛伯在《中央日報》寫了一篇〈評《夢回青河》〉，特別讚揚於梨華在平凡的人物上看到不平凡的故事。尤其他說：「全書絕無陳腔濫調，更少閒句浮詞。開卷的布局同結尾的章法，均極高超巧妙，足以耐人尋思。」知名小說家徐訏也在「聯合副刊」發表〈《夢回青河》讀後〉，對於這部敵偽地區所發生的愛恨故事評價甚高。在 1960 年代，徐訏的作品與評論都受到很高的評價，由他執筆推薦於梨華，自然頗具說服力。不過，他對於小說中的情色描寫稍有微詞，認為那是不必要的贅筆。於梨華是擅長說故事的小說家，著墨在愛慾生死的情節上，往往具備過人的勇氣。事實上，故事裡的情與慾是密不可分的議題，那種生動的敘述，在某種程度上無疑也是在挑戰當時的文藝政策。身體的解放，等於是從權力的牢籠中掙脫出來，確實帶有強悍的批判力道。

於梨華在新批評中的位置

於梨華小說的成功，拜賜於她活潑有力的文字描寫。在遣詞用字之餘，不僅有畫面，也充滿了旺盛的感情。藉由人性的探索，善惡之間的擺盪，把小說人物的個性塑造得特別分明。讀者閱讀她的小說時，有時會錯覺自己也是故事人物中的一個。她真正奠定在文壇的地位，必須要到《又見棕櫚》一書的出版。這部小說由夏志清教授為她寫一篇很長的序，展現了他最擅長的新批評手法。長達兩萬字的序文，簡直為臺灣文壇立下一個示範，告訴讀者如何全程走完這本小說。當時，夏志清的《中國現代小說史》英文本甫告完成，在美國學界建立了相當穩固的發言位置。這種以小說論小說的詮釋策略，完全不同於臺灣論壇的書評或讀後感。這篇長序讓臺灣讀者獲得見識，可以看見小說人物的性格如何受到定位，也可以看見批評家如何抗拒作者的引導。他站在一個較高的位置，可以俯視小說的全局，每位故事人物的性格與語式都能獲得定位。

夏志清是相當濫情的批評家，有時不免會感情用事，容許情緒在字裡行間漫開。但是他夾評夾敘，在說理時相當冷靜客觀，在抒情時則又相當親暱。感性與知性的交融，並不影響他在批評訓練上的專業，所以往往能夠輕易說服讀者。他特別指出，這部小說使得「沒有根的一代」變成流行名詞。夏志清一語中的點出了留學生文學的核心精神，從此以後臺灣文壇開始流行「沒有根的一代」之說法。他更進一步指出，「沒有根的一代」與美國社會所說「失落的一代」截然不同。他說，「沒有根的一代」指的是一群離鄉背井的外省族群，因為戰亂而離開故鄉，到達臺灣後又進一步流浪到海外。這是雙重的失根，牽涉到國族與文化的雙重隔離。西方所盛行「失落的一代」，則是指向第二次世界大戰後，美國資本主義高度發達，而造成倫理價值與道德信仰的泯滅。許多作家選擇離開美國本土，跑到歐洲的巴黎去流浪。他們不是流民，而是浪子。從一部留學生小說，夏志清可以觀察到兩種不同生活情境的現象，這種批評既盡職地點出文學技巧的得失，又進一步指出東西文化現象的差異。

從各家的評論來看，受到最多最廣泛的評論，無疑還是以《又見棕櫚》一書最為熱門。這本書可以形成風潮，等於是定義了 1960 年代臺灣知識分子的精神結構。即使沒有趕上當年的留學潮，但內心深處對於美國生活的嚮往還是普遍存在。以一本小說作為一個時代心靈的框架，除了於梨華之外，幾乎無出其右者。相關評論，還包括朱西甯與隱地，足以說明當年於梨華現象的盛況。齊邦媛教授曾經寫過一篇擲地有聲的評論〈留學

「生」文學〉，更是精確畫出了一個版圖，留學風潮生產了許多文學作品，這是臺灣文學史的一個重要特徵。稍後的留美作者白先勇、陳若曦、李歐梵、叢甦、張系國、劉大任、李黎、郭松棻、李渝、聶華苓，都是在於梨華之後陸續出現。他們的小說題材從感時憂國到憂患意識，構成了 1960 到 1970 年代極為精彩的文壇風景。這些作家的生命歷程，基本上都是從中國大陸移植到臺灣，又從臺灣移植到美國，文學靈魂裡湧動著濃烈的飄泊感。反而是臺籍作家並未在留學生的行列裡，如楊牧、許達然、東方白，往往從留學生文學的討論中抽離出來。

《會場現形記》是於梨華小說創作的一個轉折，意味著作者逐漸融入了美國社會的生活方式。她的丈夫是物理學家，任教於知名大學，生活穩定。她常常陪伴丈夫去參加各地的學術會議，可以從旁觀察美國學界的生態。這本書是短篇小說集，而主題作品在於描述學術裡的奇形怪狀。在小說裡，學術會議幾乎是形同決鬥的場域，學術只是一個招牌而已，其實那裡是活生生的人格表演。藉由會議去尋找教職，充滿了爾虞我詐的心理對決，你死我活的人性角逐。那種高度諷刺有別於《又見棕櫚》的溫暖情感，也有別於她早期的情慾小說。這是一個個人創作史上的分界點，那種漂泊、失根的故事情節逐漸消失，代之而起的是華人在異鄉生根之起伏動盪。

1973 年她出版了《考驗》，可以視為告別臺灣文壇之作。1975 年，她與夫婿前往北京，第一次親眼觀察了猶在發展的中國文化大革命。那次北京之行對她產生巨大衝擊，稍後在《人民日報》發表一篇長文，表達她對中華人民共和國的認同。在字裡行間抨擊美國資本主義社會的墮落，也批判了國民黨政權在臺灣所進行的思想控制，這是她生命中極為重要的宣言，似乎有著否定她前半生的意味。文章發表後，在臺灣產生極大震撼，國民黨當局立即查禁了她在臺灣出版的所有作品。於梨華的名字在臺灣文壇，頓時成為一個歷史名詞，必須要到 1980 年代以後，威權體制次第產生鬆動，皇冠出版社才又重新發行她的全部作品。《傅家的兒女們》、《誰在西雙版納》、《三人行》都是在香港出版，整個書寫風格完全不同於 1970 年代之前的於梨華。

以當時她建立起來的書寫技巧，應該可以創造更為優秀的小說，卻因為有過北京之行，反而著迷於中國文化大革命的狂熱政治運動。她的意識形態也許並未向左轉，但是內心的民族主義認同遠遠超過社會主義的接受。這是她生命中的一次重要轉折，也是她文學上相當巨大的突變。從此以後，她所寫的散文與小說，逐漸告別現代主義藝術，而漸漸呈現寫實主義的面向。對於臺灣文壇而言，她的名字再度浮現已經是 1990 年代以後的事。當時，臺灣社會已經解嚴，而且也經歷了一場根本性變化的民主運動。威權體制逐漸鬆動、沒落，曾經掌控臺灣立法機構的資深代表也終於退出歷史舞臺，同時動員戡亂時期也正式宣告終結。總統民選變成了臺灣民主生活最重要的一環，從此自由的空氣瀰漫在這小小的海島。在海外曾經參加過釣魚臺運動的左翼知識分子，又回歸到臺灣，重新發表他們的全新作品。其中最受矚目的應推劉大任、郭松棻、李渝、李黎，都不約而同告別了左派運動時期的激情，而在文學創作中慢慢沉澱下來。整個大環境的改造與開放，當然也張開雙手歡迎於梨華的歸來。

在臺灣文壇重新復出的於梨華，陸續交出幾部重要作品，如《傅家的兒女們》、《三人行》，似乎也是留學生文學的遺緒。但是最大的不同是她不再寫留學生的生活，而是著墨於海外第二代華人的故事。這是相當重要的轉變，曾經在陌生異域翻滾掙扎的留學生，逐漸超越最初的折磨與痛苦。代之而起的是，他們開始迎接較為安穩的家庭生活。《又見棕櫚，又見棕櫚》出現過的飄泊、失根、流浪的情節，從此煙消雲散。於梨華的小說，自然也開始處理第二代華人的煩惱，就像她在《三人行》所描寫主角陸耀先的生活狀況：「在美國的所謂成功了的學人，在五子登科（位子、房子、車子、妻子、兒子）及頭頂變禿、腦子生銹、肚子長油之後，往往會有一種由茫然而惘然的感覺。」生命情境隨著生活環境的改變而改變，這種客觀條件也決定了留學生文學的質變。早期那種充滿了衝突、矛盾、對抗、批判的精神，從故事裡加速退潮。從而浮現出來的生活固定模式，使小說的內在張力也跟著削弱了。

臺灣文壇所迎接的於梨華，仍然是懷念中的小說家。批評界所出現的不時可以看見「又見棕櫚」或「又見於梨華」的字眼，表面上對她帶著強烈的情感，但無論是訪問或評論，不免流動著一股惆悵。這種變化自然與她的中國認同息息相關，或確切而言，他們內心裡所熟悉的於梨華，已經變得非常陌生。畢竟她在 1970 年代的突變，使許多評論者感到無所適從。遠在 1976 年的《文藝月刊》，曾經刊出一篇蕭毅虹所寫的〈於梨華何去何從〉，特別懷念於梨華的早期小說。這篇文章指出：「於梨華原是我相當喜歡的作家之一。她敏銳的心靈、熱切的直觀、剖析人性的執著以及脫略的筆觸，使得她的作品充份的表現出她所挖掘到的、現實生活中真實而不免冷酷、苦樂而不免無奈的一面，讀來極易引人鳴感而怦然心動。」這段評語精確點出了臺灣讀者為什麼喜歡她過去的作品。蕭毅虹的文字特別引述於梨華當年從北京回來時所說的話：「這次回來以後，我從前『為文藝而文藝』的信念現在已經動搖了。……我覺得他們所講的都非常有理，文藝應該要為政治服務，文藝應該作為政治的工具。」這樣的言談，完整彰顯了她對自己小說的否定，反而一面倒支持毛澤東的文藝政策。曾經享有過言論自由的現代小說家，卻願意接受中共的政治干涉，甚至放棄自己的言論自由去擁護毛澤東思想，確實讓臺灣讀者無法適應。

文化大革命結束之後，於梨華顯然已經驚覺自己對中國認識的錯誤，最後又回到原來她所信仰的文學道路。她的回歸，自然經歷了相當劇烈的辯證思考，但是在文學創作上，似乎也失去了她早年的敏銳與靈動。這說明了稍後的評論，都以「又見」一詞來概括重逢之後的於梨華。2003 年，廖玉蕙發表一篇訪談錄〈又見於梨華〉，提到的文學作品都是她早年的小說，如《夢回青河》、《又見棕櫚，又見棕櫚》、《燄》、《又是秋天》、《變》、《歸》、《考驗》，對於她最新的作品如《一個天使的沉淪》、《在離去與道別之間》，有某種程度的保留。1990 年代以後，她陸續寫出的小說所受到的矚目逐漸稀少，究其原因，可能與她的政治認同有密切關係。她回到臺灣的次數越來越少，所寫的長篇小說在發行上有一定的局限。就審美而言，似乎也與臺灣新世代讀者極為隔閡。

1980 年代以後，臺灣文壇更形開放。許多新世代作家的書寫策略，迴異於戒嚴時代的風格品味。在年輕讀者之間，於梨華的名字漸形陌生，而她的留學生小說與新世代無法構成對話。1960 年代的作家群除非持續寫作，或是作品不斷改寫，才有可能維持既有的吸引力，例如余光中、洛夫、白先勇、王文興、楊牧，一直沒有離開臺灣文壇，他們的作品也不斷受到討論而慢慢經典化。相對而言，於梨華與臺灣的聯繫，彷彿是斷了線的風箏。或確切而言，她筆下的美國華人生活，距離年輕的靈魂太過遙遠。

較為值得注意的幾篇評論，如孫康宜所寫的〈於梨華筆下的性騷擾〉，便是討論小說《一個天使的沉淪》所呈現的脆弱人性。故事裡的小三子，是一位美麗小女孩的暱稱，在香港探親之際遭到姑丈的覬覦。一個純潔的女孩受到強暴後，被無邊的黑暗所壟罩，而帶著罪惡感開始逃家、吸毒、墮胎。這是現代都會典型的醜陋故事，所謂人性是巨大的深淵，孫康宜指出，這個悲劇事件所代表的是現代家庭問題，當父母無法理解女兒的心理狀態時，便得不到任何救贖而持續沉淪下去。

瘂弦為於梨華的另一部小說《在離去與道別之間》寫序，以〈於梨華小說中的校園經驗〉為題，指出於梨華小說內容的轉變。當年她是留學生文學的開創者，如今那批留學生都升格成為學校的教授。他把這部小說拿來與錢鍾書的《圍城》相互比較，他說：「這部書的深層意涵，在於以人性的觀點，探討知識與道德、學格與人格的關係，以及從心理學和社會學的角度，去詮釋士林百態，知識分子的偽善、矛盾及軟弱。」瘂弦預言於梨華的豐富校園經驗，足夠讓她寫出一部北美版的《儒林外史》。

李子云以〈洋溢著一種生命的力量〉為題，評論於梨華所寫的《屏風後的女人》。這部小說同樣也是在描寫留學生變成學人之後的生活方式，李子云說：「在這本小說集中，看到的已不再是當年的夫妻矛盾，而代之以兩代人之間，甚至三代人之間的衝突。除去第一代移民和他們在美國長大的子女之外，還加上他們與他們的父母之間的衝突。」這種代溝不僅僅是兩個時代的差距，中間還夾帶著東方與西方文化之間的隔離。世代差距與文化差距，構成了留美學人的矛盾糾結。

從失根到生根的故事流變，代表著於梨華從 1960 年代到新世紀的文學旅程。早期的故事像急流那樣，穿越頑石累累的河道，從山谷沖刷而下。其中噴濺出來的浪花，特別動人魂魄。1980 年代以後，那道激流緩緩迎向平原，許多矛盾衝突也次第沉澱下來。她仍然維持著說故事的能量，而且還可以不斷說下去，卻不免帶著某種寂寞感。曾經受到新批評家夏志清的高度評價，意味著那正是她創作生命的巔峰。臺灣的文學生態經過幾度改變，讀者對於異國生活的題材似乎不再抱持好奇，從而對異國的華人生活也失去興趣。在文學史上，於梨華為臺灣創造了全新的文體，也為那個封閉年代的心靈作了最佳詮釋，這樣的地位無可動搖。

2015.12.28　政大臺文所

輯四◎
重要評論文章選刊

「野女孩」和「嚴肅先生」

◎林海音*

約當民國 40 年（1951 年）左右，有一天方豪神父帶了一位他的學生來舍下。當時方神父在臺大歷史系教書，這位女學生就是歷史系的學生。她是一位喜愛文藝的青年，方神父帶她來也是為了這個，我那時尚未主編副刊，只是常向報章投稿略有小名罷了！此後這位喜愛文藝的大三女生就常常自己來。她經常的打扮是穿著牛仔褲白襯衫，騎一輛有橫樑的男用自行車，上下車都是腿兒一伸，從後面跨上跨下的。個子不大，健康活潑，帶點兒野氣，所以我後來常玩笑叫她「野女孩」，她不反對。「野女孩」來到我家說說笑笑本是很自在的，但是如有何凡在，她就顯得不太自然了，也許何凡在陌生的年輕人面前不苟言笑，使人望而生畏吧？「野女孩」一直在給我的信中稱呼他「嚴肅先生」，直到有一次（1957 年）她在國外讀了何凡在《文學雜誌》上發表的一篇散文〈一根白髮〉，來信才說：「……夏先生的文章〈一根白髮〉寫得又幽默又文雅，想不到夏先生一臉嚴肅，卻是幽默無窮，我要把給他的外號改一下了！一笑」其實她並沒有真的給嚴肅先生改外號，反而在她結婚後來信管她的丈夫也叫做「我那嚴肅先生」了。

說了半天，這「野女孩」是誰？於梨華是也。她和我從民國 40 年交往至今，近 40 年，從她的成長、成年、成熟、成名，乃至成了祖母級，時間拉得這麼長，距離分得這麼遠，中間還游絲般若有若無的斷了線，但心境

---

*林海音（1918～2001），本名林含英。苗栗人。作家、編輯家、出版家，純文學出版社、《純文學》雜誌創辦人。

卻彼此深知。於梨華實在是我今生交的不平常的文友之一。

民國 42 年（1953 年）九月裡，於梨華臺大畢業要出國留學了，我這時正懷著小女兒祖葳，大腹便便的去給她送行，到她家我沒有進去，只坐在玄關格子門邊的木階層上跟她談知心話。自認識她以來，除了對於文藝上的諸般——閱讀、意見、喜愛等等交換意見外，其他家庭情況、生活瑣碎也都是談話的題目。她要走了，當然談得更多，這時她的母親出來，看見了嚇一跳，責怪女兒為什麼不請大肚子的我上來坐。

那年頭兒留學生大多是坐船出國，梨華也一樣，將近兩週，船才走到夏威夷，她忍不住上岸寄了一張明信片給我，畫面是 Waikiki 岸邊的獨木舟，這是 1953 年 10 月 2 日的事，她出國後的第一封信，我還保存著，35 年了，梨華會覺得很意外吧？一小方塊的信上，密密麻麻、疙裡疙瘩的寫下了她的海上觀感：

> ……船上生活已將兩週，終日凝望那片永不休止的海水未感厭倦，它的顏色日夜不同，在晚上，星光下雖覺更龐大可怕，但也更動人，我真恨自己笨拙的筆，寫不出對它的喜愛來，我常常在想念妳，到了火奴魯魯選買了這張畫片，我很愛那一股靜的美，不知妳喜歡不？這兩天試著寫一篇〈海上行程〉，總覺言不盡意，寫完了寄給妳，如可用請轉給武小姐（海音註：指當時《中婦》主編武月卿）——她答應過的——妳不要偷懶，給我寫信好不好？我對妳的信是看得比那些男孩子寫給我的還重要的。願抵美不久就讀到妳的長長的信……

我是拿著放大鏡把它抄錄下來的，所以這樣不厭其煩，全文照錄，一則是證明我數十年保存信件，不下於她自 15 歲就寫日記的習慣。再則也是說明梨華雖是出去留學，卻滿心還是在寫作上，由此小方塊的來信，可以看出她的文藝氣息。在出國以前，她只寫了少數小文散登各處，名氣也不大，但自出國後數年，她便年年月月達到她寫作的目的，而且大放光彩！在她讀書、寫作、結婚、育兒，無不在信中向「海音姊姊」嘮叨一番。

梨華是 1953 年出國的，一直到 12 年後的 1965 年，我受邀到美國訪問，我倆才又見面，她已是三個孩子的母親了。那時她家住在芝加哥附近西北大學的所在地艾文斯頓鎮。記得我自波士頓直飛芝加哥，一出機場聽見一聲親切、熟悉、嬌美的上海口音「海音姊姊」！原來梨華親自到機場來接我，她摟著我，好高興！

雖是三個孩子的母親，氣質仍未變，我從美國回來寫了一本《作客美國》，是這樣形容她的：

> ……在美國做了媽媽多半是不能再工作了，但是梨華卻正好在家從事寫作，所以在美國一住十二年，別人都會中文退步，她卻勤於寫作，作品一篇比一篇精采。對於一個有三個孩子的美國主婦，寫作也不是每個人都能做到的呢！她接我到她家住了一天，我見她書房裡兩張書桌上擺著兩份稿紙，不同頁數，問她是怎麼回事，她說一是翻譯稿，一是創作長篇小說，兩樣工作同時進行，真是了不起。梨華實在是一個寫作最勤的女作家，她年輕精力足，家事一把抓，有時一天開車接送孩子就要五、六趟，真是有活力的女性……

以上是我 20 多年前寫的她，那也是她最旺盛的年代。我自美返臺後，於 1967 年創辦《純文學》月刊，梨華和已故的女作家吉錚，在海外不但把最佳作品交《純文學》刊登，同時也為我在海外拉訂戶，代我請不認識的作家寫稿，使這本雜誌一開始就豐富得很，梨華是功不可沒的文友之一。吉錚寫了長篇《海那邊》，梨華則有幾個精采短篇。

這一次是於梨華給我寫信說，她將要出一本「於梨華自選集」（短篇小說），要我為這書寫點兒什麼，她說這本書選的是跨 20 年的她的重要作品短篇小說，都是在臺灣發表的，而且有幾篇是在《純文學》月刊上刊登的（〈友誼〉、〈柳家莊上〉），她的作品跨 20 年，而我們的交情跨近 40 年，我似乎沒有理由拒絕她，但是我這幾年寫的東西多是回憶之作，寫時無非藉信件、照片搜尋些資料，文章總是拉拉雜雜、婆婆媽媽的，倒不如我的女兒夏祖麗訪問她時，寫得更有意義。

梨華到美國以後的信中（1957 年）曾問起過：「……小妹妹們都長大了吧？那個長睫毛的想必出落得很漂亮了？……」這長睫毛的女孩，就是夏祖麗，梨華出國的時候祖麗六歲，寫這封信問起的時候，祖麗十歲，但是等梨華 1971 年回臺灣時，祖麗已經大學畢業，擔任臺北《婦女雜誌》的編採記者了。

祖麗為《婦女雜誌》訪問了 16 位女作家，後成單行本書名《她們的世界》。祖麗是個用心的記者，她認真深入研讀作家的作品後才做訪問，因此她的筆下確實能訪問而寫出作家的心境、思想來，我現在就把她寫的於梨華的訪問記摘出一些能代表梨華寫作、思想和觀念的，使讀者對於梨華有更深切的認識；也可算是我們「娘兒倆」對她的共同認識和了解吧！

・去國近二十年，於梨華從一個女學生變成三個孩子的母親。異國的生活把她磨練得更能幹、更堅強有活力，但仍不失那份熱情和敏感。

・於梨華的文章對於人性的描寫很透徹，對人生也有很尖銳的觀察。但總讓人覺得她是比較偏向人生黑暗一面的，她的許多作品看後會讓人心情很沉重。

・在她的小說裡，也有許多婚姻上的矛盾、愛情上的衝突，和許多無法結合的戀情的悲劇。她對於婚姻的看法是認為：她不贊成婚姻制度，但是認為沒有更好的辦法前，唯有婚姻才可以保持男女雙方的平衡。

・於梨華就是這麼一個坦白的女人。她曾說過，她不論做事、說話或寫作都是憑感覺，她的人和她的作品都給人真的感覺，這也是她能深深吸引讀者的原因之一。

・她是一個熱情、敏感、有衝勁、有活力的女子，在她的作品中或多或少可以看出她自己的影子。

・談到人生時，她說：「我覺得人生是一個悲劇。即使有喜劇，也只是悲劇的另一面。但人是不會放棄扭轉這個悲劇的命運的。也許是這樣，人才會有進步。」

——原載 1988 年 7 月 16 日《臺灣立報》副刊

——選自林海音《隔著竹簾兒看見她》
臺北：九歌出版社，1992 年 5 月

於梨華：不是上司的女兒

◎師範*

《野風》創刊後不久，我們就接到一位作者署名「方莉夏」的來稿，題目是〈隕落〉的一篇短篇小說。〈隕落〉寫的是一個女孩與一個飛行員男友的故事。那天是她的生日，雙方早已約好要好好度過這一天。但是飛行員臨時接到任務陣亡，傷心欲絕的她因此自殺。

故事裡女主角的身分是作者的姊姊，那是一年前的事。現在作者來到姊姊的墳前給她送花，而空中正掠過震耳欲聾的 F86 軍刀式噴射戰鬥機的聲音。

我是第四個看稿的。前面看過的三人中，有一正一反的意見，另一位在簽註箋上寫著「本篇情節動人，但以女主角殉情結尾，似值斟酌。故是否採用，本人棄權。」

棄權？這是我們五個人看稿以來，前所未見的立場。這樣，我就必須好好看一看。

我發現它的文筆流暢，結構完整，無論敘述或是描寫，都適可而止。也就是說，沒有不必要的敘述，也不缺少必要的描寫。長篇小說應如此，短篇小說更必須如此。換句話說，它已經表達了這篇小說主題下必須表達的東西而沒有多餘的，不必要的東西。而從作者插敘中所呈現的場景與對話，都是日常生活中——女孩子日常生活與飛行員日常生活中習見的細節，而拉近了篇中人物與讀者間的距離——這是第一人稱小說原賦的條件——而使人讀了有「這是真的」，或至少也有「即使不是親身的經歷，也必

---

*本名施魯生，作家、《野風》雜誌創辦人。

是有轉嫁的經驗」以為藍本，而增加了對讀者的吸引力。

而更重要的是，它的手法與主題。《野風》從不主張消極，而是在生活態度上鼓勵大家積極的面對人生。〈隕落〉在手法上，它先用第一人稱開頭並且也用第一人稱的手法結尾，但是主體部分卻完全用第三人稱來描敘。這樣的安排，在 1950 年代初期的臺灣非常少見。換句話說，作者在對這一篇小說的人稱上，是經過一番安排的，也展現了作者應該是在題材的取捨以外，對要用哪一種人稱去表達，是經過一些斟酌的。至於結尾是不是消極，是另一個層面的問題。這些層面，不是一個年輕單純的心靈應該負責的，雖然我當然同意上一位審稿者的意見。於是，我寫下了我的意見：

一、文筆流暢，結構完整，故事動人，主題清晰，小說的基本條件俱備，賦予選用。二、結尾確可更進一步，但此屬表現小說主題的一部分，將來如有機會，似可與作者交換意見。

最後看這篇稿的人是金文。他看完後在簽註箋上寫著：

一、本篇可用。發表時可置於當期首篇之後。二、此人有寫作潛力，應予鼓勵。結尾部分，同意所見，但不宜修改。可在適當機會，提供參考意見。（可否在稿費通知上「順便」提及？）

就這樣，〈隕落〉被排入最近一期，也就是 1951 年 1 月 1 日出版的《野風》第五期刊出。1 月 1 日是元旦，又是《野風》首次徵文發表入選作品的一期，不論在時令上或是眾所企盼的徵文發表上，都極令人矚目。那是《野風》首次徵文的發表，徵文的題目是「我最難忘的一件事」。在七十幾篇的徵文稿中，僅入選了一個第三名，題目是〈我最難忘的一個雨天〉，作者是當時在臺大讀書的一個女生張藹蕾，寫她的父親在東北遇害的事，那個令人難忘的雨天。原來她的爸爸就是張莘夫，那位全國皆知，著名的礦業專家，對日抗戰勝利後在東北撫順煤礦遇害的故事，那天下著不停的雨。〈隕落〉就在同一期刊出，緊接著〈我最難忘的一個雨天〉後面，位置同樣顯著。

在發稿費通知的時候，意外的注意到〈隕落〉的作者跟〈我最難忘的一個雨天〉作者的通訊處都是臺大女生宿舍。方莉夏的本名叫於梨華。

但是我們在最後一刻，只寄稿費通知，而未提任何建議。文章天下事，得失寸心知。她自己知道該怎麼寫她的小說，我們不必自以為是。

然後，我們又接到一位署名鴻鳴的〈追不回的幸福〉的小說。這次寫一個游泳溺水的男友，主角去他骨灰寄放的寺廟祭拜，接受老尼的開導。這種面對人生的作品是我們需要的。而在《野風》第 24 期刊出時，在查看作者姓名寄發稿費時，發現鴻鳴也是於梨華。

過了一段時間，我們又接到方莉夏寄來了一篇小說〈埋葬〉。她在稿末簡短的寫了幾行字，一方面謝謝刊出她的〈隕落〉，並告知收到稿費，一方面說再寄上這篇，敬請指教等等。這次她使用了那篇世界名著的短篇小說〈一封陌生女子的來信〉的手法，把一個單戀女孩的心理刻畫入微。但是不同於〈陌〉文的處理，也不同於〈隕落〉的處理，她不但把那個單戀女孩的心理刻畫入微，更重要的是，她使她最後終於從自己不斷的失望中覺醒。

她懂得了如何避免悲劇。或者，懂得了如何面對現實，真正的人生。我們從她的作品中看到一個作家的成長過程，一顆新星應會誕生。

因為她自己已很快的找到了寫小說的要件。僅從題目上，就可看出，她已自我突破，然後是內涵：而破繭而出。

不過一直到這個時候為止，我們還未見過她本人，直到有一天。

農曆新年來到，那時作興拜年。拜年是不能不去，不能多去的麻煩事。我們想出了集體拜年的辦法，這對雙方都好。於是我們幾個人在金文的率領下向公司的主管拜年。我們要在一個上午都拜完，這樣下午就可皆大歡喜了。那天轉來轉去，轉到一位副總經理的家裡。副總經理家出來開門的是一個年輕女孩。她延我們進入，脫了鞋子，走上榻榻米來向副總拜年。大家抱手為禮後，副總請我們入座喝茶，吃點心。他看見那個女孩把茶端過來時，就拉著她的手向我們說：

「你一直希望見到《野風》的人。現在你好好請他們指教。」我們一面說「不敢當，不敢當」，一面聽那位副總一一把我們的名字告訴那個女孩，然後他向我們大家說：「這是小女於梨華，現在臺大讀書。」

我們才知道，她就是於梨華，那個給我們〈隕落〉、〈埋葬〉等小說的臺大女生方莉夏，與〈追不回的幸福〉的鴻鳴。

然後我們有了來往。她來公司看她的爸爸時，也會到我們的辦公室來，跟大家稍微聊上一陣。原來張藹蕾跟她在同一個宿舍。有一次談起〈隕落〉，談起〈埋葬〉，她說：

「我寄〈埋葬〉給《野風》時，自己覺得稍微有點進步，」她依舊謙虛的說：「你們覺得我是不是有點進步？」

這時想起她寄〈隕落〉給我們時，我們的意見。

「你不要生氣，」我把當時大家想過，但是沒有提出的「意見」笑著告訴她說：「我們都很自以為是。」

「那你們就錯了，」她說：「當時你們就應該告訴我——你知道嗎？我是從〈隕落〉中走出來的。你們不覺得假如〈隕落〉是一個故事，經過〈追不回的幸福〉，而〈埋葬〉已像一篇小說了嗎？」

這種直爽，自我批判的個性，使我們大家與她都成了真正的朋友，知無不言的諍友，而不是上司的女兒。然後大家相處得更熟的時候，她告訴我說：「我原來想讀外文系。可是系方認為我讀別的系比較好。不讀就不讀。所以我就讀歷史系。」

從她以後不斷的在文學創作上的成就而言，塞翁失馬，焉知非福。她開始在各報刊登出很多的小說，聲名日高。她去美國留學，應徵有名的米高梅電影公司的劇本故事徵選，她的〈揚子江頭的嗚咽〉是唯一入選的華人作家的英文作品。到那時為止，甚至直到現在，我還沒有聽說那一位臺大外文系出身的華人以英文作品被美國或其他任何英語系統國家的出版社或電影公司錄用過。但是，讀歷史系的於梨華卻入選了。「不讀就不讀。」我還記得她噘嘴的樣子。

我們一直保持著聯繫。她回臺時，我們就會聚敘，她離開臺灣時，我們就看報刊中陸續出現的她的作品。1963 年她的第一個長篇《夢回青河》出版時，她回到臺灣，見面時先送我一本。

「你看看，我寫的對不對。」她翻開封面後的首頁，指著一行字說：「如不合適，我就收回。——我自認你這個多年的朋友，是我寫作途上最早的知音：知無不言，時通音信。」

我笑著把《夢回青河》的首頁翻開。我看到臺大文學院長沈剛伯，以及旅居香港的知名作家徐訏等為她寫的序，那些不輕易為後生小子推介的耆宿對她作品中肯的評介，只有像她這樣有才華的人才能獲得的榮譽與評介。然後，我看到裡面寫著：

送給師範——多年的朋友

梨華　1963 年旅臺

「如這樣不合適，那你要怎樣寫？」我笑著說：「難道下款要寫上司的女兒某某人嗎？」

「唉，」她嘆了口氣：「你們當年拚命的為這塊土地耕耘發掘，使多少有志寫作的人，有適當的園地可以發揮，而成就他們的理想，這就是我們真正的朋友。我多年的朋友。——更重要的，你們從沒有把我看作上司的女兒。」

真的，我們從未這樣想過。雖然她確實是我們上司的女兒。因為，我們當時認識的是那個寫出〈隕落〉、〈追不回的幸福〉、〈埋葬〉以及包括《夢回青河》、《又見棕櫚，又見棕櫚》等等許許多多好文章的方莉夏與鴻鳴，後來叫於梨華的人——不，她本來就叫於梨華。

——選自《文訊》第 268 期，2008 年 2 月

又見於梨華

◎殷允芃*

楔子

於梨華文章，字裡行間在在都給人濃烈敏銳的感覺，那麼，人如其文嗎？

是，但也不全是。因為誠如她所說的：「人是很複雜的。」

她是在布置淡雅的客廳中委婉督促兒女彈鋼琴的母親；她是頭一揚，帶著些孩子氣的驚訝和成人的調侃的妻子：「咦，怎麼啦？Jerry？」（她似乎喜歡用英文名字稱呼別人，而自己的署名卻常是連名帶姓的——於梨華。）

在廚房裡，她會抱怨：「如果下個禮拜要請客了，那我會在這個禮拜就痛苦的不得了。」她也會在路中央，一面把她那輛德製紅色甲蟲車慢下來，搖下車窗，和已經不會講中國話的中國人大聲寒暄：「You must come over some time！」（什麼時候，你一定要過來玩！）

車駛在公路上，聽見「波」的一聲，她問：「你聽見了嗎？車胎爆了嗎？」於是，在下個加油站停下來請人檢查：「Do I have a flat？」（有一個車胎是扁的嗎？）開走時，她帶著一絲笑容和得意：「做女人在這方面就占便宜，檢查，也可以不用加油的。」

在家裡，她穿著件無袖套頭線衫和短短的彩色印花裙褲，有時也打著赤腳，一舉一動充滿了活力，即使好好的走著，好像也使人覺得她是在跑

---

*資深媒體人、編輯，天下雜誌群創辦人。

跑跳跳。她講起話來，往往一瀉千里似的，語調又急又快，手勢也多。笑起來又好像是毫無保留的，沒有一絲憂慮。

但是，迎著陽光，坐在臥室她的「角落」裡，面對著成堆的稿紙，她說：「我每天總要在這裡坐上三、四個小時，寫點東西，那怕是五百字也好，否則生活就一切都不對了。」五斗櫃上自然的擺著些結婚照和年輕時的相片，張張眉目舒展，平滑圓潤的。而她卻從壁櫥裡找出張 8×10 吋的黑白近影，並排放著比看，那是一張略帶憂苦而成熟的臉，她說她最喜歡，因為那絲絲痕跡都記載下她曾生活過，而她又確信：「一些辛辣和痛苦，能充實一個人的生活。」

坐在院中的遮陽傘下，在繽紛的鬱金香旁，她一面拿著香煙，說的是很沉重的話題：「和一個文人在一起生活是很難的。」

在紐約州立大學比較文學系的辦公室裡，我們談到吉錚，她那斷斷續續，緩慢而沙啞的聲音，使人也感到那份悲哀與茫然：「生與死，覺得都是一種徒然。」講到激動的時候，她衝口而出的是成串的英文，急促而高昂的音調，在空空的辦公室裡回響：「……An honest writer, I want to be！I want to write the things I really feel deeply about, the things I really have conviction in……」（我要做一個誠實的作家，我要寫使我感受最深的事，我所確信的……）

從紐約回來一路上滿腦子都是於梨華！我覺得描述於梨華最妥切的一句話，還是夏志清先生所寫過的：「一個正義感極強，個性爽朗而心軟的異常，在現實的生活中永遠追求著夢幻的女人。」

而給我印象最深是她那句執著倔強的話：「不管成功不成功，人總不應該放棄嘗試，You should never give up trying！」

這裡讓我們來數一數於梨華的「身世」。她是浙江鎮海人，出生於民國 20 年。民國 42 年畢業於臺大歷史系，1954 年入洛杉磯的加州大學攻讀新聞，1956 年得碩士學位。同年與孫至銳先生結婚，現有二女一男。

她發表的第一篇文章，是在臺中女中時所寫的一篇書評，評論沈從文的《邊城》。進入臺大後就時常投稿。而引起讀者普遍注意的，是她在加州大學時，以一篇英文小說〈揚子江頭幾多愁〉贏得米高梅徵文首獎。其後結婚成家，曾停筆六年，民國 51 年發表第一部長篇小說〈夢回青河〉，然後陸續出版的作品有三個短篇小說集《歸》、《雪地上的星星》、和《白駒集》，一個中篇《也是秋天》，兩個長篇《變》和《又見棕櫚，又見棕櫚》。現正在寫作中的是另一長篇小說《燄》。

以下的訪問是綜合筆者與於女士先後兩次談話的錄音。第一次是去年四月在她普林斯頓的家中，第二次是今年五月，阿柏尼的紐約州立大學比較文學系辦公室裡。

●

殷：您認為作為一個作家最重要的是什麼？

於：有人說天才很重要，但我認為一個寫作的人，最重要的是必須要多看書，好的壞的，總歸會得到一些東西，對寫作的範圍和深度都有幫助。此外得有恆心，養成一個習慣，每天要寫。

殷：您看的是那一類的書？

於：我多半看的是文學，最主要的是小說和傳記，以後要多看些心理學和哲學的書。中國的古小說我看的實在不夠多，今年夏天空下來的時候，我希望能多看一些小說，譬如《兒女英雄傳》嘍。

你想我現在生活在美國，我把中國的慣用語法整個不能捉摸了，寫出來不是很真實的感覺，我希望能多看點書，不致於和中國的風格失去聯絡。我現在寫的，我覺得受西洋的影響多，這個我自己不喜歡。

你看白先勇寫的語言就很中國化，比我要中國化的多。或者張愛玲寫的〈惘然記〉(〈半生緣〉)，許多用的句法，對話人的語氣和一切小細節，真的很中國化的。可是我自己就寫不來，像我在〈友誼〉裡面，……好像整個和中國環境脫節了。

殷：但是您的〈友誼〉是寫的留學生的生活，一般留學生用的語言當然和張愛玲的〈半生緣〉或白先勇的〈遊園驚夢〉裡的不同，不是嗎？

於：可是你曉得像張愛玲的〈半生緣〉，白先勇的〈遊園驚夢〉和我的〈友誼〉，基本上我們都是寫的人類的感情。像〈友誼〉是三角戀愛，那麼〈半生緣〉裡面也有三角戀愛的情節，我們都是寫人與人之間的關係，都脫不了父母與子女，兄弟間或男女間的情感。我只是把背景搬到這裡（美國），可是你覺不覺得很多口語，她的就比我的更接近中國人，白先勇的也是。現在先撇開別的不講，對話的語氣，他們的就比我的中國化，你同意不同意？

殷：或許是比較中國化。但問題是現在許多從臺灣來的留學生本身就已經西化了，他們講話的語氣也是比較西化了的。事實是如此。

於：你說我寫的還是真實的？還是沒有脫離？不過我心理還是想寫〈柳家莊上〉這樣的文章，因為對我講來，寫留學生活比較容易，寫〈柳家莊上〉是比較難，可是我就要去試試看這個比較難的。〈柳家莊上〉是寫中日抗戰時代的事，我希望能寫同一時代的故事，看我能不能用那個時代的衣服、講話的語調和人物來描寫，使人看了感覺不出是已經來到美國十幾年的人所寫的。

殷：為什麼呢？

於：對我講來這是一種嘗試，能不能寫成功我就不曉得。我希望能寫這一類的東西，我腦裡常常想找這一類的題材，有時我在這兒碰到一個人物，我就想能不能把她擺到那個時代去。

在潛意識裡，我希望自己不要失去我這一點點中國的背景。如果我不去寫它，我慢慢會更疏遠了，我以後也許看人家的小說都會覺得生疏了。大概是一種想抓住「根」，抓住原來的我吧，現在的我完全是已經美國化了的我，可是我不想放棄沒來美國前那些生活所給我的經驗，這對我也是一種挑戰（much more challenging）。

現在許多人都把我和留學生生活放在一起了，「於梨華？噢——是寫留學生的！」我當然也有一點反感，為什麼你要這樣講我呢，我難道沒寫別的東西嗎？大概是這樣。是一種很複雜的心理。

我想我除了留學生以外，應該還能寫別的東西，因為一個作家應該能寫各式各樣的人物和故事，至於會不會寫得好是另外一個問題。

像〈柳家莊上〉之類的故事，我想我應該能夠把它寫好，我大學以前的生活都是很中國的，大學生應該很成熟了。

殷：但是大學生的生活和〈柳家莊上〉裡的農村生活不也不同？

於：我是生長在農村的，我應該能抓住那種生活的最主要的本質，一個能幹的作家掌握住要點後，是應該能從那兒寫出東西來的。像〈柳家莊上〉一定是我小時候聽到或見到的，如果一點印象都沒有，憑空是沒法寫的。

普通寫小說的時候，我都是先有了一個人物或一個故事，然後再補足起來。有的時候是聽到一個故事再找一個人物放進去，有的時候覺得這人物很有趣，再從她發展出一個故事。每一次都不一樣的，這是很奇怪的。

像〈友誼〉這樣的故事在紐約發生的太多了，我是聽過後再去找三個人放在裡面——不是憑空造的，那樣看起來就沒有真實感，但也不是真的就抓出一個人來寫，是兩種的混合，你無法確切指出我是寫誰。我可能借你的眼睛再去配上另一個人的眉毛、鼻子。是混合的，但是他的某一部分一定是屬於真實生活中某一個人，那是沒有問題的。

殷：您的小說裡到底有多少是真實、多少是想像的呢？

於：記得湯瑪士吳爾甫好像說過這麼一句話：「一個好的作家應該使真實與想像混合，使讀者無法說出真實到何處止，想像自何處起。」我覺得這說法適合於任何一個作家。你不能憑空揑造，你也不能完全照實的去記載某一個人，否則你何不去寫傳記。你要使讀者覺得他像某一個人，另外的讀者又覺得他像另外的一個人，你揉合了許多人的外形和個性。

我記得我在〈也是秋天〉裡寫一個人，後來被朋友指出來了。對一個作家講來這是很不愉快的一件事，那個人也很討厭你，因為你寫了他，別的人也覺得你的技巧怎麼這麼差——你為什麼寫的這麼明顯呢？我先生也這樣批評，他說我早期寫的東西他幾乎都可以找出來誰是誰，可是現在他看不出我寫的是什麼人了。

殷：在《又見棕櫚》的序裡面，夏志清先生說從您寫的「一連串不同姓名的少女少婦身上我們多少看到了梨華的本人，」以及您的發展過程。您認為您的小說裡有您自己在裡邊嗎？

於：這是絕對免不了的，在任何一個故事裡，或多或少總是有這個作者的某些性格在裡面。寫多的話，這個作者的性格慢慢分散到書裡人物去。最早的時候我寫《夢回青河》，人家一看就曉得我是定玉，因為她和我的個性太接近了。當然我自己本人絕對沒有定玉那麼壞。

剛寫的時候和故事的關係是非常密切的，女主角和寫作的人二者為一，是不可分的。慢慢的，能把自己提煉出來，然後站在比較高的地位，看小說裡面的人物。可能這裡面某人有你個性的某一部分，但大半是經過你提煉後，有自己生命，自己靈魂的一個個性，跟你已脫了一大截了。我很高興我現在能把自己提出來，然後再看他們，再寫他們的喜怒哀樂等，從前我自己是完全陷入裡面的。所以我認為年輕時寫的東西是充滿了感情，是非常濃烈的，到年歲漸長後，比較冷靜，比較能保持一段距離，是好，也是不好，因為你增加了經驗，而也失去了一部分活力，你的創作力沒有以前那麼強，那麼濃，那麼多色彩。

殷：譬如海明威，有人說他這個人和他所寫的，從頭到尾都不可分，他只是一個例外嗎？

於：我想海明威應該是個例外，因為他的個性這麼強，這麼特殊。像我現在看的約翰・厄普載克（John Updike）寫的，*Couples* 你就找不到他的影子，他是真的在寫芸芸眾生。還有菲力甫羅斯（Philip Roth）的 *Portnoy's Complaint*，你就覺得書中的男孩子就是早年的他。像約翰奇弗（John Cheever）的 *The Swimmer* 裡面，他整個不在，但是"The Country Husband"裡就完全是他。

我看這是不一定的，看你寫的是那一種故事，而且也和作者的個性有關。像奇弗的個性就比較冷靜，對生活沒有那麼熱烈，比較像哲學家，能夠置身其外，而海明威則是盡量的生活，享受每一分鐘的生命，他的影子籠罩了他所有的著作。

殷：您認為您只是在早期比較把自己放進去嗎？

於：嗯，我在想我是什麼開始能掙脫了的？

好像我寫《變》時，我自己完全浸在裡面，我寫一個家庭主婦的生活，她的和我的是多麼的相像。她對生活的埋怨，她掙不脫孩子，日常瑣雜；這對她的藝術生命是多麼的不利，但是又無法放棄。那個之後我寫《又見棕櫚》，我自己就比較退到背景裡去，這裡面寫的比較代表各方面的留學生生活，是比較多面的和立體的。從那以後，我都朝這個方向走，我認為一個作家應該這樣的。

殷：您個人比較喜歡那一種呢？是把自己放進去較多的那本書呢？還是技巧上較好的？

於：感情上講，我當然比較喜歡《變》，寫那本書好像把許多怨煩都發洩了，覺得有一種解除後的慰藉，可是我曉得是不應該這樣做的，寫完後我並不覺得達到了什麼目標，得到了什麼。可是寫了《又見棕櫚》，我的感覺是比較滿足，好像完成了什麼似的。

殷：可不可以這樣說，您在《又見棕櫚》以後，對寫作的態度就更加嚴肅了？

於：對的，好像從《又見棕櫚》以後，我的態度有個大轉變，我想留下一些東西是比較更普遍（universal）的，而不僅僅是一個女人對家庭生活的埋怨和反叛。《又見棕櫚》多少反映了我們這一代的許多矛盾和不能解決的問題。

可是我覺得這還是不夠，我希望能寫更 universal 的，即使離開了這個時代也仍然能給人一種感受的。如果能，就是一種進步，我不知我如何才能做到，但是這就是我的目標。這當然也可能是對某種批評的一種反抗——你怎麼覺得我只能寫這個呢？我就要寫別的給你看看。所以這種批評對我是有好處的，要比一些恭維對我有益處的多。

殷：是的。自從您在《又見棕櫚》裡提出留學生是「沒有根的一代」，這句話在留學生之間已經很流行了。

於：是嗎？但是你不覺得這是真的嗎？這一代的留學生不是到那裡都覺得不是永久的，除非很成功的中國人，但是成功的定義是什麼呢！更重要的是你是否快樂和滿足，你願意你以後的一生都這樣嗎？可是你不覺得。

殷：那麼您認為大部分來到美國的中國人，不管成功不成功，他們都是不快樂的嗎？

於：嗯，他可能有某種快樂，可是大部分的人都覺得這只是一種暫時性的，他是不是願意以後子子孫孫都這樣過下去呢？我想不是的。很多人都抱著等等看的態度，但是美國人是絕對沒有這種態度。甚至於許多家庭安定、事業有成就的人也都有這感覺——沒有屬於的一種感覺。

殷：那怎麼辦呢？

於：唉，不曉得要怎麼辦，這樣下去也不好。或許有人有一種消極的方法——這種感覺慢慢會隨著時間而減少，那麼你慢慢的對這現實妥協了，承認了，認了！年齡越大，這種「認了！」的成分就越多，或者說是麻木了。對沒有根的感覺最強的還是這些年輕人，沒有家的，正在做事的孩子們。對我，已經沒有這麼強了，往大處講我沒有根，但我有了孩子，有家，從小處講我有了根。但是我就是要替他們（這些年輕人）講話。

殷：在《又見棕櫚》裡，牟天磊這個人的個性很不開朗，猶猶豫豫的，他的個性是典型的留學生嗎？

於：不是的，一般男孩比他強，他文學氣質比較重。我們一般接觸的學理工的比較多是不是？他們多半比較能夠滿足於現實，熱中於他們的事業，能把一切別的忘掉，全心放在事業上，這也是一種屬於，他認為他的根就在他的事業上。

天磊不是代表大多數的。他的沒有根的感覺是普遍的，但是他無法接受現實——把一切都丟在事業裡去，他比較不肯，比較還有點自我。

殷：這種比較有自我，生活的是否也比較痛苦？

於：那當然。不過我寧願這樣生活，真實的生活是有一些痛苦，有一些煩惱。如果你什麼都滿足，生活不是很平淡嗎？像牟天磊這樣的人比較敏感，他的喜怒哀樂也特別強烈，特別多，他的歡喜比較深，他的煩惱也比較深。

像藝術、文學是需要像他這樣的人，才能創造出來——有靈性的生活。如果你把這些人都抹殺，只剩下理工的話，就沒有藝術了。有些學理工的或許把靈性這一方面的生活看的低的不得了，甚至根本不需要。他或是閉著眼睛不去看，或者是「不屑」，覺得你們是在自尋煩惱，在這裡的生活不是很好嗎？在那裡不都是一樣？他也不覺得在美國是沒有根的。可是我覺得——我覺得這樣的生活是沒有內容的。我知道這樣講會引起一些人的反感，可是我心裡的想法喜歡講出來。

殷：提到生活，記起徐訏先生寫的一篇〈悼吉錚〉的文章裡，說到作家的「江郎才盡」是由於「生活枯竭」，所以作家要不斷的擴展生活範圍，尋找新的經驗等，您的看法如何？

於：我想倒不一定要像徐訏所說的要去「旅行、遊獵、冒險、參加戰爭……」等等，你不一定要到歐洲到羅馬才能找到寫作的材料。我想一個作家是需要擴大感受的範圍，你可以從書裡或別人那裡得來間接的體驗，體驗多了你感受的角度也能擴展到多方面。只要一個人有感受，他的生活，他的材料永遠不會枯竭的。

殷：您上次信上提到吉錚死後，您久久無法執筆？

於：是的，我很心灰意懶，對我的打擊很大。我的第一個感覺是憤怒，氣她這樣輕輕的把自己放棄了，她為什麼要這樣糟蹋她自己、她的才，她這樣有才氣。

然後我感到可惜，一個生命就沒有了。太不值得了。她的生活也是非常的激烈，一死什麼都沒有了，對生死，覺得都是一種徒然！一死，什麼都空了！何必呢！一切都是徒勞，一切都是空的！這樣一直有七、八個月。

但是寫文章的人，很久不寫，生活都失去了平衡，後來就慢慢又拾起來。但寫出來的幾篇文章都比我以前的差，好像比較生疏，到現在我還沒有一篇滿意過。我的〈友誼〉是在她……以前寫的。

她的死對我是一個很不尋常的打擊，主要還是可惜她這一個生命。還有就是在美國寫作的人，他們所感到的孤立，是比任何一個地方都大的。我現在最需要的是對文章，對寫作有興趣的，大家能夠一、兩個星期在一起聊聊，那我的生活就不曉得會有意義多少，可是這點我就是不能得到。常常會想到，哎呀，我乾脆放棄這種生活，回到臺灣去。常常會有這種衝動。

殷：關於您為什麼要寫作，可不可以再說詳細點兒？

於：我不寫，就覺得生活失去平衡，一切都不對了。其實我寫出來不滿意，感覺也一樣的難受，只是不寫，這感覺會更強。如果我能一天中寫出一頁東西，自己覺得還不錯的，那我——那是我最快樂的一刻，任何事情都沒有像這一刻這麼快樂，可是這種情形很少了。

殷：這可能是您對自己要求嚴了，這也是一種進步。

於：我不曉得，也許是一種退步，也許是進步。不過如果我不寫就覺得生活一點都沒有意義了，聽起來好像是老套，可是我真正是這樣感覺到。

殷：在那兒看到過，好像說作家大半都是很孤獨寂寞的，是不是這也是他們為什麼要創作的原因？

於：oh, ya，是的……但是你說他們是因寂寞而寫呢？還是寫了以後更寂寞？我是覺得寫了以後更寂寞。我覺得我整個是孤立的。也許我的情形不同，我每天從早上八點到下午三點，都是我一個人，當然我可以去和朋友喝喝咖啡，打打電話，看看電視，也許會不覺得我是這樣的孤獨，可是我不能這樣做。我把時間用來寫作，我就覺得我完全是自己單獨一個人，很奇怪，很可怕的一種感覺。所以很難講，是因寂寞而寫呢？還是寫了更寂寞。

殷：是的。不過我想問的是一些作家所說的與生俱來的寂寞感，譬如吳爾甫或海明威的，即使在人群中也有的寂寞感，是不是這也是促使他們寫作的因素？

於：我想是的。像我常常和很多人在一起的時候，我也在一起的講啊笑啊，可是同時另一個（我），好像跑到遠遠的地方，覺得這樣到底搞什麼嘛！好像整個靈魂都暴露著，好像是深山裡面的一棵——一棵枯了的樹，四面八方來的……而我是孤零零。常會有這種感覺，我想這是和我寫作有關。

殷：您能不能談談您那篇得獎的英文小說？

於：這也和我天生的個性有關。在加州大學念書的時候，有一個日本女孩子，她很聰明，英文很好，她好像有點看不起我，她比我高班，我寫的新聞稿她都要改的，她有一篇小說叫〈日本花園〉得米高梅的第二獎，我就想她能寫，我為什麼不能寫呢？所以我就偷偷的寫，那時我的英文實在不好，寫了改，改了寫的，我只是不服氣，也沒有想到會得獎。不管成功不成功，我想人總不應該放棄去嘗試，這是我奉為信條的。

殷：您什麼時候開始教書的？

於：唉呀，這個又得感謝我先生。我那時寫小說寫的不順手，心情不痛快，我先生就建議我出去教書，把寫作暫時忘掉一下，否則那樣天天寫會發神經的。後來很順利的就在紐約市立昆士大學教中國文學，去年到阿柏尼州立大學，現在我對教書不曉得有多喜歡。上學期我班上有 16 個學生，這學期有 36 個。

殷：您教些什麼？

於：我開的是中國現代文學，可是我又不懂詩或其他的，所以教的多半還是小說，我一學期讓他們看七、八本中國小說，然後在堂上討論，其實我以前看過的，再去看，每次也都能得到新的東西，而且學生的反應很好，他們問的問題是從美國人的角度看的，許多是我沒想到的。可是教書或多或少占去了些我寫作的時間，因為我還得準備，至於是否對我整個的寫作有幫助，現在還看不出來。

現在我選的多半是五四以後的小說，比如老舍等人的。還有張愛玲的——我上次還請她來給我的學生演講——是啊，是很難得。

因為臺灣的小說沒有英譯本。其實我真希望能教些白先勇、朱西甯等人的，我真希望能有些英文好的，能把它們翻成英文。

殷：您能不能稍微談談您對人生的看法。

於：我很少寫人之初、性本善為出發點的作品，我不知道為什麼會有這種看法。人人看我都覺得我很快樂，無憂無慮的，但我對人生的看法是很悲觀的。我覺得人之初性本善，或性本惡，都是太簡單的說法，應該是人之初，性本複雜。可是我的作品好像偏向人生黑暗的一面。

殷：是有人說看了您的小說心裡很沉重，尤其早期的，譬如那篇〈雪地上的星星〉。

於：是啊，我也不曉得為什麼那篇特別引起人的反感？是不是因為我寫的太消極了呢？還是剝露得太多呢？因為人都希望把自己遮蓋起來的。可是我最恨這一點，你怎麼能掩遮，如果是真的，你怎麼能把眼睛硬閉起來呢？你必須要面對事實，然後才能有勇氣。

別人也和我說——你為什麼那樣寫，尤其是把女孩子，那麼無助、絕望。但是是有這樣的事的。——也許我以後應該要給她們一點希望，對了，我應該這樣做的，因為個性比較弱的人看了後可能會更覺得沮喪的，但這不是我希望看到的反應。我以後不要寫的這麼絕望。

我也在想，許多在美國的讀者都對我覺得有點不高興，因為沒有人願意讓人家知道自己失意的，為什麼我偏要把這失意抓出來呢？我觸到他的傷痕，他就不高興。可是我不喜歡人去自己騙自己，你必須要去面對，即使是很不愉快的。任何事都是如此，如果你真的能夠面對了赤裸裸的事實，你就覺得並不是那麼糟的，那麼可怕的，然後才可以改善你自己，反而好了。

許多人批評——為什麼於梨華老是寫留學生黑暗的、不愉快的一面，留學生生活也有亮的、快樂的一面。

OK，但是我不需要再去榮耀他們。我要寫這些不快樂的，把一切寫的很尖銳，使他們更感覺到，然後他們會轉變，他們會站起來，這是我的目的。

像有些作家，寫留美生活就寫汽車、洋房。這是什麼意思！小說也不應和事實差得太遠，臺灣對出國已經這麼畸形了，你不能再故意的把一幅美化了的圖片寄回去，那麼當他來後，發覺這和整個的事實都不一樣，那麼你叫他怎麼去適應呢？你看若你在臺灣把美國想的如何如何，但一下了飛機馬上就要去做工，馬上就住進貧民窟，這樣真會發神經病的。與其使他們在臺灣有錯覺，以為來到美國後一切都可解決，來了後再一落千丈，還不如讓他們小小心心的來。

雖然我使一些在這邊的留學生不痛快，我也沒有辦法。一個作家不應該迎合讀者或討好某些人而寫，否則是出賣自己。這是一個寫作的人的道德問題。不管它流行不流行，暢銷不暢銷，我要誠實，我要做一個誠實的作家，我要寫使我感受最深的，我確信的，我要寫出來。

1969 年、7 月、《幼獅文藝》

——選自殷允芃《中國人的光輝及其他》

臺北：志文出版社，1971 年 6 月

熱情敏感的於梨華

◎夏祖麗*

初冬的早上，空氣清冷潮濕，地上還留著昨夜的雨水。走進那座矗立在臺北市林園大道邊的建築物，在第十層樓裡見到了於梨華。她穿著一件帶了嬉皮鮮豔色彩的晨褸、一雙深色的絨鞋，剛剛梳洗過的臉上仍透露出一絲晏起的疲倦。

「對不起！對不起！昨天下午五點多鐘我才從香港趕回來，晚上又和幾個朋友到白先勇家去聊天、打麻將，回到家已經很晚了，所以剛剛才起床。」她用略帶沙啞的聲音，一連串的說出一堆話。

桌上有一包煎包，是她的妹妹特地從永康街買回來給她的。她喝著熱茶，吃著包子，說著家鄉話，屋子裡進進出出的都是她的家人。這一切的景象就好像她在〈親情‧舊情‧友情〉這篇文章中所描寫的她那年回國的情形一樣：「我放下行囊，停留下來，重拾起被拋下了十年的女兒的夢，白天，母親為我勞碌，試著填滿我在異國十多年來被忽略的食慾。夜晚，我們對坐空屋，我帶著傷感，描述旅居海外的生活，試著將它連到舊時的日子……。面對雙親的落寞與安祥，那串充滿了掙扎的日子顯得遙遠而陌生，以致我懷疑自己是否在陌生的世界裡消度了十年……。」

去美國近二十年，於梨華從一個女學生變成了三個孩子的母親。異國的生活把她磨練得更能幹、更堅強有活力，但仍不失那份熱情和敏感。她的作品也更成熟，美國哥倫比亞大學的夏志清教授曾說過她是近年來罕見的最精緻的文體家，她在美國的生活是緊張忙碌而有規律的。

---

*作家。發表文章時為《婦女雜誌》編輯。

每天早上十點到下午一點這段時間是完全屬於她自己的，那時她的丈夫孫至銳上班去了，孩子也去上學了，她就把自己關在書房裡寫或想，寫得好壞，她不管，即使只寫幾個字，她也不在乎。如果一天不寫，她就會覺得生活失去了失衡。她說，書桌對於她就好像飯桌對於一個飢餓的人一樣，有無盡的吸引力。

下午一點鐘以後，她就得把時間還給家了。小孩放學了，她要開車送他們去學彈鋼琴、拉小提琴，到超級市場去買菜。她開快車在美國是有名的，比許多男人都快，回家還要煮飯、做家事。將近二十年的美國生活，把她訓練得比許多美國主婦都要能幹，她把家理得乾乾淨淨的，她會買東西，也會自己修理或製作東西。

晚飯時，她喜歡看中國的書報，比較不費腦筋。晚飯後，安排孩子上了床，除非有特別節目，她很少看電視，多半看英文小說。她對西洋近代小說和戲劇很有興趣，也很花了一番功夫去研究。她較偏愛美國作家的作品，像海明威、福克納、亨利詹姆斯等人，他們的作品多半是描寫人的本性，人類的善與惡，以及人與人之間利慾的衝突等。

於梨華的文章對於人性的描寫很透徹，對人生也有很尖銳的觀察。但總讓人覺得她是比較偏向人生黑暗一面的，她的許多作品看後會讓人心情很沉重。

就像她寫的許多以留學生為背景的小說，說出了留學生在精神上，在生活上艱苦的現象，也報導出了那麼多無助、絕望的事實。

望著雨濛濛的窗外，她沉思了一下說：「當然，留學生的生活也不見得都是那麼灰暗、消極，只是我對這方面的感覺特別尖銳。我這樣寫是希望給國內的年輕人一個警惕，不要對出國抱著太高的夢想和期望，這樣失望會更大。

「十多年前，我剛剛出國時，那時女學生很少，男學生很多，男學生追女學生很艱苦。後來女學生漸漸多了，這種情況也就正常化了。近幾年來女學生出國的越來越多，情形跟十多年前反了過來，許多女學生找不到對象，男學生多喜歡在寒暑假時回國找對象，娶個太太再去美國。我覺得男學生回國找對象，在那麼短的時間內並不一定會找到合適的，一個美滿的婚姻還是要彼此有相近的生活背景、學歷和興趣的。」

「留學生的婚姻問題越來越嚴重，妳看應該怎麼辦呢？」

「我不知道，我真的不知道。我也常在想這件事情應該怎麼辦啊！你覺得呢？」

在她的小說裡也有許多婚姻上的矛盾、愛情上的衝突和許多無法結合的戀情的悲劇。她對於婚姻與愛情的看法怎樣呢？

她燃起一根煙，沉思了一下說：「我個人認為在基本上婚姻制度是不合人性的，因為把婚姻當成公事，強迫兩個人住在一起是沒有道理的。現在美國的年輕人流行沒有婚姻制度，引起許多人的非議，我對這些年輕人倒很同情，我覺得他們有這種想法並不過火，在不妨礙原則的情形下，他們是不應該受到這樣苛刻的批評的。許多美國年輕人當初很積極地主張這種沒有婚姻約束的生活方式，等到後來有了孩子，為了下一代的名分，又不得不補行婚禮。就又說明婚姻制度雖不是很完美的，但在沒有想出別的更好的方法以前，它是保持人與人之間平衡的最好方法。」

她把雙腿蜷曲在沙發上，改變了一個更舒適的坐姿，接著說：「我不贊成婚姻制度，也並不就是表示我贊成亂來。男女之間如果是因為感情而有親密關係是無妨的，如果只是為了生理上的需要那就不對了。」

於梨華就是這麼一個坦白的女人。她曾說過，她不論做事、說話或寫作都是憑感覺，她的人和她的作品都給人真的感覺，這也是她能深深吸引讀者的原因之一。

有人認為她的作品比較開放和大膽，她比一般中國女作家更能談些性問題，她自己卻不以為她的作品是大膽或開放的，她認為：「這要看你是怎麼去看。」

她是一個熱情、敏感、有衝勁、有活力的女子，在她的作品中或多或少可以看出她自己的影子。一個作家寫作時到底是應該把自己遠遠遠地撇開，還是拉近些呢？

她說：「作家寫出來的作品中難免都有些自己影子，我自己覺得我和筆下的主角間的距離要比別人短些，有些人寫的主角和自己較遠，作品也就較理智些。我不知道這是好是壞？」

說著，說著，她站了起來，把窗簾唰地一下拉開，室內倏然一片明亮，這時才讓人感到竟是坐在十層樓的房間裡。

她坐了下來繼續說：「我常覺得以前寫稿比較順手，那時我一天至少可寫兩、三千字，現在比以前慢多了，一天能寫一、兩千字已經很不錯了。」

「為什麼呢？」

「我也不知道，我想是現在比從前謹慎的緣故。從前一本書都還沒出版時，我很勇敢，想寫就寫。出版了一本書以後，心情上的負擔就重了，總想第二本千萬要比第一本好，筆下也就謹慎了。」

「我寫作時是很神經質的，嘴裡不停地吃零食，還不斷地抽煙，這樣腦子才能想。」

你如沒有看過她寫作的樣子，你也可以想像得出來：滿煙灰缸的煙頭、滿桌的零食和稿紙，她穿著晨褸坐在書桌前……。

「我在心中打一個故事的腹稿時，我很開心，寫時很苦，寫完後會有一種解脫感覺。每寫完一個故事，我會把它擱在那裡不去管它，幾天後再用一種讀者的心情去讀它，修改它。」

「那妳是不是認為一個作家在寫作時應該想到讀者呢？」

「我想或多或少是會想到的，但讀者只是一種副作用，不應該影響作者的。」

作家寫作的範圍很廣，常會寫出許多他（她）們幼年時代的事情，讓讀者覺得他（她）們都有驚人的記憶力。於梨華說她能記憶許多過去的事情要歸功於她寫日記的習慣。她從 15 歲就開始寫日記，到現在已經寫了 25 年，有 25 大本。當她寫到那些過去發生的事或看到的人時，連他們當時穿什麼樣的衣服都會一一湧上她的腦中，她認為這是一種神奇。

我們又談到了人生，她用緩慢而沙啞的聲音說：「我覺得人生是一個悲劇。即使有喜劇，那也只是悲劇的另一面。但人是不會放棄扭轉這個悲劇的命運的。也許是這樣，人才會有進步。」

中午，走出了那幢高樓時，她的神情、她的聲音和她的話仍盤桓在腦中久久不能散去，她爽朗、聰慧、真實、富同情心，她的人一如她的文章一樣，深深地吸引住人。

——選自夏祖麗《她們的世界》

臺北：純文學出版社，1973 年 1 月

又見於梨華
於梨華女士訪談錄

◎廖玉蕙*

一身豔紅，在福華飯店的中庭，我一眼便認出了她。比想像中的小說家略顯袖珍，卻又意外的年輕、精神。年少時，對她的小說痴迷若狂，這一回的約會有著面見偶像的忐忑。

夏天造訪舊金山前，曾聯絡再三。於女士雖然熱情慨允接受訪談，卻因她們家族在紐約的聚會和我預定的訪談時間衝突，幾經折衝，最後只好頹然放棄。沒料到，幾個月後，因為新書問世，於女士翩然返臺，我們意外有了一次美麗的邂逅。

約莫高中階段，初見於梨華的小說，從《夢回青河》、《又見棕櫚，又見棕櫚》一直到《燄》、《也是秋天》、《歸》、《變》、《考驗》……年少輕狂時期，就這樣讓於梨華的小說引領著，在文字裡密密尋春，在生活中具體實驗小說人物的輕顰淺笑。然後，於梨華忽然就神祕失蹤！文壇中耳語流傳於女士回歸大陸，在嚴密「反共」思想教育下，回歸是不能饒恕的變節，我的偶像夢瞬間被擊得碎紛紛。

二十餘年過去，事過境遷，昔日的斬釘截鐵或青紅皂白，都蒙上了一層灰，漢賊不再不兩立，國仇也好，家恨也罷，一笑原來都可以泯恩仇。於梨華現身臺北街頭，被迎進了我的工作室。她頂著俐落的短髮，神采飛揚地敘說前塵，爽利中不掩懊惱；自信中夾帶謙和。我驀地憶起少女時期躲進棉被裡偷看《燄》時，內心中燃燒的青春烈焰，不由得心思攪

---

*作家。發表文章時為世新大學中國文學系副教授，現已自國立臺北教育大學語文與創作學系教授職務退休。

擾、纏綿悱惻起來。

廖：您創作多年，讀者甚多，可否談談寫作過程會不會受到干擾？譬如說，長篇連載時，有沒有熱情的讀者會寫信給您？或影響您的寫作？

於：有啊！我記得我從前寫個短篇叫〈柳家莊上〉，寫浙東一個婦女被漢奸給強姦了以後，婆婆就唆使她丈夫把她趕出去，要置她於死地，原先的結尾，是寫這個女的跳河了。當時，作品是給林海音的《純文學》的，後來有很多讀者來信，表達不滿意，非常的不滿意，說她有哪一點做得不對！我只好將結尾改了，就讓她出去，可能到上海去追隨她的丈夫，她的丈夫在上海開店，因為丈夫實在太愛她了。另外，長篇小說《考驗》，是講拿永久聘書的事。可是，那個時候是著重於夫妻之間，覺得該不該拿聘任，這個時期，太太儘管心裡百般不願意，還是很支持他。可是，在丈夫拿到永久聘任之後，太太突然開始思考「我」在哪裡呢？我是他的妻子，也是孩子的母親，那我自己呢？我的地位在哪裡？對文章的結局，有些讀者便有不同的意見。所以，《考驗》的結尾，就跟先前寫的《變》的結尾有點差別。我想這也是跟女性意識抬頭有關係吧！我的女性意識是逐漸、逐漸在抬頭。

廖：您的近作《在離去與道別之間》，書裡討論的就不僅是夫妻之間的問題，涉及到更寬闊的人際關係了？

於：對，這本書裡面，雖然也講家庭的糾紛，但相較之下，比較著重兩個女性之間的鬥爭，著重今日女性獨立的探討。這本書的寫作靈感，或多或少跟最近在惠普發生的一件事情有關。你或者聽說過，惠普裡面有一個哈佛出來的女強人，非常精明，非常棒的，她要去另外一家公司，和原惠普起了非常劇烈的競爭，在最後的對抗裡得勝。報紙登這個新聞時，我滿開心的。倒不是我一定要把男性壓下去，而是覺得現代女性應該站起來、獨立為人的。聽說這個女強人的確能力很高、能做事，也很能表現自己，她一切才能都有，唯一的毛病就是人事處得不好。於是，我就集中心力寫兩位在學界的女性，因為誤解而失和，導致後來兩敗俱傷，主要在警惕「女人何苦難為女人」。

廖：您的許多作品，比如說《考驗》、《變》和這本《在離去與道別之間》場景都圍繞在學界，裡頭有很大一部分都提到聘書的焦慮！您這是反映真實的狀況嗎？在美國，拿聘書有那麼焦慮嗎？

於：非常嚴重的狀況，幾乎是你死我活！我的小女兒在 Vermont 一個很有名的 Middlebury College。她在那個學校幫東亞系做點事情。東亞所裡從前有三個東方的教授，兩個從臺灣去的，一個從大陸去，三個人鬧得烏煙瘴氣，現在這個系裡面有三個美國人，東方人一個也沒有。永久聘約這件事是非常嚴重的事。中國人的本性是不太願意團結的，常常搞內鬥。反觀韓國人完全不一樣。韓國人非常團結，你需要我幫助的時候，就有人出來幫忙，而且他們有個教堂，是精神寄託所，很多人會到那裡去。假如有什麼困難的話，教堂會幫忙去募捐、貸款，或看能幫什麼忙。現在的中國人已經比過去好，一方面是西方人對東方人的歧視減少一點也是有關係的，另一方面是時代不一樣了。在新書裡，我主要是提女性，女性能夠發揮潛力的機會要比以前多得多，可是，你所提到的永久聘約，在美國是一個大掙扎，如果到了四、五十歲以後還拿不到聘書的話，要到別的學校去也不太可能了。因為它是個年輕的國家，它把你腦子都拿去用完了，50 歲以後就慢慢讓你退到一邊去，所以，聘約這件事情是有這麼重要，這是個鐵飯碗的問題。

廖：在您的小說裡面，學界似乎經常會舉行一些 Party，在臺灣，類似的活動很少的。

於：在美國，雞尾酒會大概是在下午五點到七點或三點或五點舉行，雞尾酒會能夠完成的事情非常多。它是流動的，不必坐在固定位置上，可以完成更多任務。比如說，我有事要跟你商量，一桌十個人，你坐在我對面，我就很難跟你講事情，如果端著一杯酒，拿著一片 Cheese，可以隨意走，有事找你商量，不管辦一點交涉或有求於你，都可以在這個時候完成。這點我當然有些特別的機會，因為我先生當過校長，所以我參加這種雞尾酒會比較多，我可以旁觀，可以看看他們在幹什麼。這些教授們、校長們往往在這樣的場合完成一些事情，決定某人的去留，我覺得這滿有意思的。

廖：小說家描寫自己熟悉的環境，本來是無可厚非！不過，我覺得您似乎常常將同一題材做多重處理，比如說您的小說《一個天使的沉淪》裡就有散文〈女人三十〉的影子在裡頭，而您個人的經歷背景和《在離去與道別之間》也很難不讓人產生聯想，我這樣的觀察對嗎？

於：這我不能承認，說了，不就承認寫得不行了嗎？隨時隨地就被你看出來了。不過的確是，因為每個你所塑造的人物，多少都會有你的影子，或許都有你熟悉人物的影子，這是免不了的。或許我把名字換一下、形象換一下，這是免不了的，因為我的生活圈子畢竟就只有那麼大，對不對？所以，儘管已經將想像力盡量擴大到一種程度，但畢竟還是有它的局限。所以，我相信寫這麼多本書之後，必定有重複的可能，這當然也是我的弱點，我不能再塑造一些以前沒有看見過的人物，當然還是我這個作家的弱點。

廖：我只是覺得很多的小說家把自己和小說抽離得很遠；而顯然您是屬於比較和小說接近的典型。

於：這就是張愛玲比別人厲害的地方。〈傾城之戀〉裡的流蘇，〈金鎖記〉裡面的七巧，都有某一部分的張愛玲。張愛玲的童年經過那麼多的苦難，這麼樣的波折和痛苦，她把這些統統分散在文章裡面，不過她把這些隱藏得很好。張愛玲熱情地去寫，卻冷感地在觀察，這就跟我有些差距。我是全部進入、全部投入，所以就免不了有些我的影子在某些角色裡出現。我是覺得現在的作家沒有一個能夠超過張愛玲的，你看任何人的作品都多少可以看到這個作家的影子，就是張愛玲看不出來，你要仔仔細細把她的短篇小說一讀再讀，把她那個時候的精品一讀再讀，才能夠看得到。我現在是完全知道，因為我對她的人也比較了解……

廖：您在《別西冷莊園》裡有非常自剖式的散文寫作，滿顛覆的。一般寫作散文多半為生者諱、為死者隱，看來您並沒有這樣做，反倒用非常白描的方式，對內心的感覺一點都沒有加以隱藏！我記得您曾經在一篇散文中提到家人對此事不甚諒解。您曾經為了這些反應而對這樣坦露的寫作感到後悔嗎？

於：我有點難過，可是我不後悔。我認為不管寫散文，或者是小說，一定要有個「真」字，真假的「真」，你不能虛假，一虛假，讀者一下就看出來了。我是很愛我父親的，可是我覺得父親很對不起母親，我不能說我母親一生都沒過過好日子，不過她過的壞日子比好日子多。像我母親這樣一個人，腦筋這樣聰明，反應這樣快，她有如此好的資質，就只是因為生在舊社會，沒有受到好的教育，一生就只能這樣鬱鬱寡歡。我是始終覺得父親對不起母親的。

可是，在另外一方面，我又有一個父女的情結，我的父親實在是一個太帥的男人了！他 19 歲到 27 歲到法國去，我相信他沒有念到什麼博士學位，可是他回來的派頭之好，而且他在光華大學教書，女學生真是喜歡他喜歡得不得了。從前上海有回力球場，是種賭博，因為他喜歡玩這個，需要多的錢，所以，他才會幫這些女學生補法文。那時候我實在太小，後來聽我媽媽講，來的都是一些很漂亮的女孩子，所以我父親在這一方面是十分對不起我母親的。

當年，我父親是臺中糖廠總廠長，他是所謂國民黨的接收大員，在 1945 年，他就來了，那時候找他的女人多得不得了，所以我母親遲遲都沒有來，最後有個人寫信給我母親，教她趕快到臺灣來，不然就要出大事情了，所以我母親才來。我不能說外面的人誘惑他，是他自己不夠堅決，人家外面的人才誘惑得動你。

我覺得子女一定要對這件事有個交代，以慰母親在天之靈，可是我的弟弟們從來也不 mention 我這篇文章，你曉得父女的關係跟父子的關係又不一樣，所以他們就覺得你怎麼可以這樣揭發父親的事，使他們覺得失去面子。我的確覺得很不安，我為什麼不在我父親還在世的時候寫，至少他還可以 defend himself，有些事情也許我對他有所曲解，現在他過世了之後我再來寫，對這一點，我覺得稍稍有點不安。

廖：這篇文章應該是 1999 年寫的吧？

於：我母親是 1999 年過世的，我是在她下葬了以後，回美國寫的，差不多是在 2000 年。

廖：傳統散文的寫法，確實都不太去碰觸這樣的禁忌。可是，就在前幾年，突然相繼出現類似的文章，譬如陳文玲的《多桑與紅玫瑰》、隱地的《漲潮日》都是。我相信讀者看了，並不覺得驚異，反而覺得您的父親是一個很瀟灑的人，當然也很同情您母親的遭遇，可是裡頭也沒有把父親寫得很糟。

於：是呀！我也在後記裡補了一段，寫他其實是一位相當和藹的上司。最近我從大陸來，有一個人寫了本《這樣一個母親》，把母親攻擊得體無完膚。簡直有點兒像多年前美國電影明星瓊・克勞馥的女兒寫的一本書，把她的母親攻擊得體無完膚，不但拍成了電影，後來又拍了連續劇。大家對這個女兒非常攻擊，因為她寫得實在太不公平了！所以，寫作第一要真，第二要公平，你不能完全偏嘛！如果所寫的東西只是要引起人家注意，成為暢銷書，用這種心態寫就不對啦！我主要是希望大家都知道我的母親是這樣走過來的一個人。

廖：來談談您的第一本小說《夢回青河》吧！我年輕的時候，簡直被這本書迷死了。

於：大陸才買了這本小說的電影版權。他們打算先拍 25 集電視，然後再把它抽出來拍電影。說是先拍電視，再拍電影，會比較容易。導演是個非常聰明的人，所以我也很高興。這回，我到北京去，就是為了碰碰他們這些人。

廖：從《夢回青河》一路看下來，一直到現在的這本《在離去與道別之間》，我總覺得您的小說故事性很強。您是刻意地把重點放在情節的轉折上面嗎？

於：也沒有耶，這大概真的是與生俱來的，我一寫，人家就說喜歡看我的故事，喜歡看下去到底發生了什麼。我一動筆，心裡就有一個故事，我覺得這個故事滿好的，我不會刻意，我的故事一定在那裡，我最刻意的還是人物噢！我希望各個人物都有他的特性，這是我比較著重的一點。至於文字，我有一定文字的風格，我也改變不了，有一定的 style，我想每個作家都一樣。

廖：是呀！每個作家都有屬於自己的風格，如果一個作家沒有個人風格，也不見得就叫成功。

於：可是，我常聽到有人說這個作家沒有什麼突破！或者於梨華寫文章沒有什麼突破啊！我不曉得什麼叫做突破，我一動筆，文字就是這個樣子，你要我改變成別人的文筆，我也不會。我若是想摹仿張愛玲，又怎麼摹仿得來！就像海明威從前講的一句話，他說一個初學的人，一定先是摹仿他喜歡作家的文筆，慢慢地就發展出自己的風格出來。

廖：您回頭再看您早期的作品會是什麼樣的心情？比如說曾經膾炙人口的《又見棕櫚，又見棕櫚》。幾十年後，您再回頭看這些書，仍舊喜歡嗎？

於：有的書，我還可以看；有的書，不能看。我的《又見棕櫚，又見棕櫚》現在在大陸風行，受歡迎的程度就跟當初六、七十年在臺灣一樣。我碰到的人，尤其是要出國的，他們都傳閱這書，傳來傳去都快散頁啦！有時候我會重看，但不能全部看。有些內容會讓我覺得當初為什麼要這樣寫；可是有些，就是重看還是滿喜歡的。每本書都會有它的缺陷，現在要我重寫《夢回青河》的話，我絕不會這樣單線地寫。我現在發現《夢回青河》裡面的人物都是很單線的，當時，我寫的時候才三十歲左右，七十歲來寫就是不一樣。可是，我這麼多書裡面，有一些人物我還是很記得的，你剛剛提到了《燄》,《燄》裡面有三個女性，我就很喜歡那個很安靜的叫王修慧的角色，她男朋友後來把她捨棄了，這個人物一再在我的小說裡出現，我絕對忘不了她，她是我臺大的一位同學，真有其人，後來我在「人間副刊」寫了一篇〈猛然回首四十年〉，我最想念的就是那位同學，真是奇怪。她在《在離去與道別之間》又出現了，很有意思的！有的人，不管你一生中遇見了什麼，你就是不能忘了她，男的女的不管，也不一定是你的戀人。寫作的人，就是永遠會把他拿出來改頭換面。

廖：您曾經在一篇文章裡說 1980 年以來就一直在考慮突破跟題材的問題。當時好像是 1983 年，而現在是 2002 年，您有沒有重新思考過您的小說及寫作路線？

於：對我來說，這是一個新發現。因為我最近在美國接觸一些人，我就想有沒有人用小說的體裁寫小留學生？你知道這些被母親帶到美國念書的，父母親通常都分開兩地，小留學生常會有一種被拋棄、被流放的感覺。而且這種家庭，夫妻長久地分開，必定會發生一些事情，那麼這些夫妻之間或者是家庭之間的變故，會對小留學生造成什麼樣的衝擊，而這些小留學生將來是怎麼樣的一個心態……我都很想探索，我想我會寫一本書，寫寫這些年輕人，然後再間接介紹他們的家庭，從大留學生寫到小留學生。

廖：您寫那麼多的小說，堪稱經驗豐富的小說家，對有志於小說創作的人，有些什麼樣的叮嚀，或者您認為他們應該要儲備一些怎麼樣的功夫？如果他將來打算寫小說。

於：我認為寫小說的，天分大概有三分吧！那剩下的七分就是努力，那努力裡面就包含了寫，不停地寫，我覺得滿自傲的就是我能夠堅持，持之以恆，我每天都要寫一點，不管寫不寫，每天我都要到書房去。寫出來最好，寫不出來我也要使自己養成這個習慣。所以，寫作必須持之以恆，不能光等靈感來。另外絕對不可少的，就是要念中國古典文學。你看張愛玲為什麼寫那麼好，她的舊文學多好呀，而且她到我們學校來演講，用的是英文。她讀過很多很多書，她不是來演講，你也知道她不太能演講，她不太喜歡面對人，很害羞的，可是她東西很豐富，準備得非常充實，而且英文又很好，那就表示說她在英文上面的造詣必定很高。你看她的小說可以看出來，她的《紅樓夢》不知道看了幾十遍、幾百遍了，都可以背了。所以，年輕人不要太浮了，要能使自己靜下來。如果你說房間很不安靜，寫不下來，其實不是你的房間不安靜，而是你的心不安靜。

廖：我看到有些資料顯示，您非常注重家族的活動，在晚一輩的活動中，您都在其中扮演推手的角色。您是一個很重視家族的人嗎？

於：我很重視，由於現在子女都不在面前，我們也有我們自己的生活，所以並不常看到我的子女們。但是，我跟孩子們每年有一個禮拜的相聚，主要的目的是要看看孫子們，我要教他們中文。我現在覺得很可惜的是我的兩個女兒跟一個兒子都不能看我的東西，我覺得這是我畢生的遺憾。我的三個兒女都會講中文，而且都沒有美國口音，可是卻是文盲。這次我的女兒跟我到北京及上海旅行，我要告訴她到那一家館子去吃飯，我一定要把那個館子的名字寫得正正經經，她才看得懂。

所以，我希望能夠給他們一點點中國的文化，我的孩子們再教育他們的孩子們，這是小我部分。至於大我，我們下一代在國外的，已經沒有了，完全是美國人了，這是很可惜的。現在滿世界都是中國人，幸好已經有人開始注意這件事，譬如辦中文學校啦！我們這代能夠做的，也就是個人教養自己的子女，讓中國文化能夠延續下去。另外，我和我的弟弟們，也每年相聚一次，因為我的父母都不在了，我是長姐如母，到了這個年齡，我們已經變成朋友了，都可以聊天、對話，我是很看重這點的。而且，在美國的生活，的確比較寂寞，比較需要有這個溫暖。

廖：請教一個也許比較不禮貌的問題：聽說您在 1987 年才獲准回臺，那時，您甚至錯過父親的喪禮！當時的心情如何？後不後悔到大陸去了呢？

於：我不後悔到大陸去，我是後悔當初不知道大陸要統戰我，統戰部派了人來，一個禮拜、兩個禮拜，一路帶我去看，都是看正面的東西。我去訪問冰心，冰心也跟我講正面的事情，冰心其實吃過很多苦，可是，她一句都沒有洩露；當年我們逃離大陸的時候，經濟情形比較困難，曾經把一個妹妹寄養在別人家，沒帶出來。這個事情一直在我心裡，我發誓，要回到大陸去找我妹。所以在 1975 年，我和我的前夫從新加坡回到大陸去。經過香港，和余光中吃中飯，余先生還警告我，到大陸去要小心，不要太激動，去了，看了東西，要先消化一下，先不要馬上寫東西，我當然能夠 fully accept。

當時，大陸需要很多人去幫他們做宣傳。所以，我們一到廣州，就有人接了我們，我不知道是統戰部派來的，一路玩了兩個禮拜。他說幫我們找到妹妹了，我簡直是佩服得不得了！這樣一個茫茫大海，他們居然可以找到我妹，把我妹妹的背景都弄清楚。她從 12 歲開始就在鋁製水壺工廠裡做女工，而且是工廠的模範，常常得到很大的紅花，被她們表揚。所以，那個時候我到大陸去，對他們的印象好得不得了，我妹妹百般讚揚共產黨，說「沒有共產黨，就沒有我的今天」。

她到現在都還是一個忠貞的共產黨員，沒有人可以批評共產黨。那時，我妹講好話，上海工人都講好話，冰心也講好話，我回去，馬上就寫新中國的七個女性，寫冰心、寫我妹妹、寫上海的滾地龍……想到 1930 年代上海貧富懸殊的狀況，美國人在馬路上大搖大擺，我印象很深刻的，現在新中國變成這樣，我怎麼不感動！此書一出，這裡的人都大怒，開了大會，決定冷凍我。從那天起，凡有關我的報章雜誌、書籍統統都不准賣，就當我死了。

一直到 1987 年，1977 至 1987 年，我父親過世我不能回來，後來李煥當教育部長，邀請美國的大學校長來，也請了我的丈夫，結果因為我沒有簽證，我的丈夫提出了抗議，才終於讓我回來。

在這十年間沒有人知道我於梨華這個人。你說我是什麼感覺，我一點也不後悔到大陸去，我是覺得大陸欺騙了我，可是，我也對臺灣很憤怒，我沒有寫過文章攻擊過臺灣，我就是讚揚在共產主義下的生活，那是因為我看到的一面就是這樣。可是我也對自己感到不滿，我為什麼不把這些東西多消化一下，多拿點資料，為什麼就這樣一鼓作氣，這樣衝動，這就是我整個過程。

廖：在那段時間內，你寫了小說嗎？

於：有，我寫了《相見歡》、《屏風後的女人》。比較寫得少，在香港的雜誌發表，因為心情非常不好。

廖：你寫作通常有預先做一些計畫嗎？

於：《在離去與道別之間》我先有一個章節，人物、地點我都列出來了。

廖：通常寫著、寫著，會不會出現意料之外的⋯⋯

於：會，常常出現一些我沒有籌備好的人物。忽然冒出一個人來，這個人就活生生的。這就是寫小說的一種意外收穫，而且要堅持下去，才能得到這種趣味⋯⋯我現在最難過的就是來日無多，很多人不能了解，問我幹嘛那麼辛苦，應該退休了！很多人到我這個年齡都停筆了，所以，她們都不能理解寫作的快樂，真的不能與外人道也。

廖：謝謝接受採訪。

——選自《中央日報》，2003 年 7 月 3～4 日，17 版

又見棕櫚
專訪於梨華

◎林麗如*

十年離亂後，長大一相逢。
問姓驚初見，稱名憶舊容。
別來滄海事，語罷暮天鐘。
明日巴陵道，秋山又幾重。

——唐李益〈喜見外弟又言別〉

喜見老友

數十年來，於梨華往返兩岸三地，長居美國，遷移有時，與老友相見，隨緣聚散，因此，她特別喜愛唐朝詩人李益所寫〈喜見外弟又言別〉，恰恰道盡這些年來她與親友聚散的心情：每一回道了別離，不知道下一次見面是何年何月？就算見了面，又不知彼此是何等模樣了！

約定專訪的這一天，於梨華和 60 年不見的師範重逢，兩人先來個大擁抱，那股喜見老友的興奮，充分感染了我們在場的晚輩，師範設宴款待於梨華，他們敘舊，而我們聽得津津有味，憶往《野風》，作家們瞬間都年輕了起來。

午宴席間，一名於梨華的粉絲，扛了一大包於梨華舊作前來，她是師範的外甥女，她面對偶像，侃侃而談文學閱讀經驗——正是於梨華的小說

---

*文字工作者。發表文章時為聯合報社編輯。

開啟了她閱讀臺灣文學的歷程，小說家很誠懇地為她一一簽名，這場簽書會，溫馨而小巧，讓人見識到於梨華的親切，以及對晚輩的疼惜。

這一趟，於梨華回臺短短四天，主要是為父母親掃墓，返臺之前，她停留上海，出席新書發表會，今年四月甫熱騰騰上市的兩本新書《秋山又幾重》、《彼岸》，由江蘇文藝出版社出版，《秋山又幾重》收錄新舊短篇小說共九篇，《彼岸》則是最新的長篇，一寫四年。

於梨華的創作是典型的文如其人，她個性直率、爽朗，一如作品——直接、不拐彎抹角，讀她的小說，往往一氣呵成，欲罷不能。她堅持寫自己熟悉的故事，稍有隔膜、不是太能掌握的題材，就不貿然處理。新書《彼岸》就是最新例證，故事以在美國退休的華人為主角，描寫上了年紀的老人住在養老院的心情點滴，現實生活裡，於梨華和先生也搬進了老人公寓，果然，她筆下人物也進去了，寫作觸角延伸到關注老年化社會的安養問題。

自 1998 年出版《屏風後的女人》，於梨華在臺沒有作品發表，這一回，《彼岸》花了將近四年才完成，訪談中，於梨華不斷提醒我們——她是一位上了年紀的作家，雖然神采奕奕的外貌完全感受不到她的實際年齡，但她深感精神、體力不如以往，這也讓她體悟到，未來寫作將以短篇為主，長篇可能會寫得少了。

往寫作的路上走

與許多早慧型作家有相同的寫作啟蒙經驗，於梨華初一時，作文〈冬天裡的太陽〉獲老師賞識，張貼在學校布告欄；評寫沈從文《邊城》，歷史老師代投報紙副刊獲刊登，初嘗不少因寫作而來的快樂與鼓勵；中學時期，她已確立寫作是終生志向了。當時文學雜誌興盛，諸如：《文壇》、《文學雜誌》、《自由談》、《野風》、《現代文學》，她都投稿，最早發表的作品刊於《野風》，有鑑於部分故事是真人真事，她分別以筆名方莉夏發表〈隕落〉、〈埋葬〉，以及鴻鳴〈追不回的幸福〉，其他投稿作品均以本名發表。

臺大時期就在文壇嶄露頭角的她，其實也是在這兒經歷受挫的滋味，大一時，她的英文散文不符老師要求，這位老師逕自強迫她與班上其他五位同學從外文系轉出去，這件事讓她記憶猶新，因為，六人當中，有幾位同學因此大受打擊，從此失去了信心，而幸好，她還有寫作。這件事讓她耿耿於懷，也影響甚深，她下定決心：一定要做出一番成績來！

臺大歷史系畢業後，於梨華出國留學，25 歲取得加州大學洛杉磯分校新聞碩士學位，那年（1956 年）美國著名的米高梅公司舉辦文藝獎徵文，她以短篇小說〈揚子江頭幾多愁〉獲得首獎，這筆一千美元的獎金成了她當年的結婚基金。故事講的是一位女孩沿著長江萬里尋父，有了外遇的父親離家多年，連女兒都認不出來了，女孩看報應徵到父親家裡幫傭，有一天，她彈了一首曲子，這是兒時睡前父親最常唱給她聽的一首歌，父親一聽大驚，問她來歷，父女倆終於相認，她順利完成把父親帶回家的任務，沒想到，一進家門，就看見客廳完全是白的，才知道母親剛剛過世了。

於梨華自喻這個故事情節猶如當今肥皂劇，但她用她的文字打動了評審。〈揚子江頭幾多愁〉當年發表於校刊，作家賽珍珠讀過，也給了她一些寫作上的意見。接下來，於梨華陸續寫了六部英文小說，經紀人基於當地創作市場、閱讀口味、題材接受度等種種考量，最後都沒有出版。

當年之憾

六部英文小說一直在她的抽屜裡，幾經思索，於梨華回到中文創作，第一部長篇《夢回青河》於 1963 年在皇冠連載，隨即引起廣大回響，當年中廣每晚八點的廣播劇也播出這部長篇，受歡迎的程度可想而知。2003 年，大陸將《夢回青河》改編拍成電視劇，並推崇這部小說「演繹現代紅樓夢」。《夢回青河》故事背景，雖然是在戰亂流離的時空下，但小說主角的機鋒、敏感、由妒生恨……，擺在任何時空皆宜，明明是青春故事，卻如此慘烈，讀罷真能體會何謂「掩卷三嘆」！

除了《夢回青河》，於梨華還有不少作品被拍成電視電影，如短篇〈母與子〉，即電影《母親三十歲》；〈柳家莊上〉、〈母女情〉、〈變〉則分別在香港、大陸、臺灣拍成電視劇；特別要提的是短篇〈黃昏，廊裡的女人〉，就是張艾嘉執導的電影《最愛》，可惜的是，當年，於梨華完全不知情，情形和她的某些出版品相似，她是經由友人告知，才知道作品被使用了。

這個境況，緣於 1975 年到 1987 年，整整 12 年，於梨華被當局列入黑名單，她在 1975 年，因緣際會回大陸去探看妹妹，回美之後，把在大陸的所見所聞寫了書出版，不料卻因此惹來一身腥。這期間歷經父喪，無法回臺奔喪，以及後來得知部分作品在臺灣未經她授權就出版、改編上演，這兩件事是於梨華最為在意的。父親是摯親的人，作品何嘗不是？為了一個莫虛有的「投匪」罪名，讓她在海外孤寂地思親，雖然事過境遷，心中的遺憾，豈是當年草率為之的人能夠體會的。

在作品裡可以深刻感受到她對家人的愛，部分散文如〈探母有感〉，詳寫家庭點滴、父母情感生活，雖然熟悉的親友對部分往事寧可不提，但她毫不掩蓋真實情感；〈寄小安娜〉、〈女兒三十歲〉、〈記得當年在臺北〉這些篇章，不管是憶舊還是對親情的描寫，完完全全讓讀者深刻感受到作者的情感狀態，以及婦女在職場、家庭裡的掙扎，尤其是對一度情感疏離的兒女親情喊話，讀來讓人深受感動；〈別西冷莊園〉、〈搬家雜感〉則先後提到 24 年婚姻觸礁，散文裡頭的真實生活經驗往往蔓延到她的小說世界裡，於梨華自剖，這個真實的特質可能是好的，也可能是壞的，但這是她的一貫作風——不躲避所有發生的一切，包括婚變的心情調整、最後與小女兒的重拾親情，筆下都一一流洩，有心的讀者不難跟隨著小說家的生命歷程一同成長。

虛構的真實

於梨華不否認筆下的小說人物與自身經歷相當密切，她長期在紐約州立大學奧本尼分校執教，教學經驗豐富，不少作品寫華人在學界鬥爭的陰暗面，《考驗》、《變》、《在離去與道別之間》場景都在學界，尤其被痖弦喻為「北美版儒林外史」的《在離去與道別之間》，讀來也是讓人緊張連連，大學教授在校園裡的勾心鬥角，曝露知識分子的焦慮及軟弱，書中主角的身分是專業作家，同時身兼教職，在境遇上離婚、再婚，加上其他人物的描寫，種種背景難免讓人對號入座，於梨華說，「性格部分當然有一點點的我」。尤其，女主角受邀到大陸校園演講創作心得，究竟是借用了小說家的身分，抑或這根本就是她的親身故事？於梨華笑而不答；再追問，她一律哈哈，以「no comment」一語帶過。

她的小說和散文，某些也是在這種情況下，產生些微邊界游移的現象，文類看似清晰，但真實故事卻在小說裡虛構了起來。《別西冷莊園》雖說是她的第一本散文集，其實是把早期散落在各個小說集裡的散文歸隊重整，穿插著讀，赫然發現，散文和小說裡的故事，竟如此相似，性情、背景、遭遇……。基於寫熟悉事物為原則，她寫同時代的人居多，藉由作品與人群和社會對話，寫作題材廣泛，創作手法細緻，故事節奏緊湊，讀來每每欲罷不能。

讀於梨華作品，無法用暢快來形容閱讀的快感，但隨著情節的鋪陳，讀者很難不神經緊繃，想要一氣呵成讀完它。讀完小說的悵然之感，在她的很多作品都會出現。類似的閱讀經驗往往讓人印象深刻，我向小說家坦言，我讀完《一個天使的沉淪》時，闔上書卻嘆息連連，孰料，於梨華頻頻點頭說：「我在寫作的過程，也是很不舒服的。」

《一個天使的沉淪》在報上連載時原名〈小三子，回家吧！〉，寫的是一個小女生，被親人性侵害，而造成她一輩子不幸的成長故事，這部小說寫實到讓人有點喘不過氣來，伴隨著驚悚嘆息，讀者一步步跟著作家的伏筆在前進，於梨華非常重視種種社會現象，儘管這個題材驚悚，寫來讀來都不舒服，她還是堅持非如此寫不可，否則不能敲警鐘，她一貫走在社會之先，堅持以文學之筆，揭發、提醒社會各個層面應該要正視類似的家庭問題，盡到身為作家的社會責任。

把結局留給讀者

雖然早期被稱為「留學生文學代表作家」、「留學生文學鼻祖」、「無根的一代」的代言人……，但從於梨華的作品可以讀出她的企圖心絕不僅僅是留學生文學這樣一個概念，除了學界，商界、醫界等種種領域，於梨華都碰觸過，唯獨未見政治議題，於梨華說：「要關注的事情太多了，政治排不進順位來。」誠如她所言，她的筆鋒觸及層面相當廣，尤其是移民家庭的教育問題，她關心所處環境周遭切身的家庭社會問題，不僅《一個天使的沉淪》關注焦點在移民第二代，許多篇章也有兩代之間，甚至三代間的對話，更多關懷面向正是從她自己出發。

創作生涯中，於梨華甚少修改已刊登過的作品，但有幾次例外，她印象最深刻的一次是，〈柳家莊上〉描寫一位弱勢的婦人，這也是婦女遭欺侮的故事，在強勢的婆婆操控下，與在外經商的丈夫久久才見面，婦人恪守婦道，卻不幸慘遭村裡盜賊凌辱，小說原本在《純文學》發表，刊出後，接到很多讀者來電，表示婦人沒有做錯事，為什麼要讓她跳河？於梨華從善如流，出版時遂把結尾改成婦人離家出走，最後沒有為她下決定。

這個例子也反映在其他作品上，代表作《夢回青河》、《又見棕櫚，又見棕櫚》、《傅家的兒女們》一部部叫好又叫座，故事的結尾，卻往往讓人充滿想像。於梨華說，小說人物與她俱存在，不能把誰給寫死了，何況，她的人物都是活生生的，所以，她預留伏筆，讓小說人物在故事結束之後，還有無窮無盡的發展可能。

《傅家的兒女們》創作期間，因為她返大陸遭臺灣當局列入黑名單，這起事件，讓她心情沮喪，影響她創作的進度，也因為這趟見識，她在小說最後加入一個知青的角色，這是小說受到親身見聞而影響故事結尾的另一個例子。

《又見棕櫚，又見棕櫚》是於梨華的第三部長篇，也是代表作之一，1965 年出版，1967 年獲國內嘉新文藝獎，小說裡的男主角牟天磊學成歸國，出國前的女友已改嫁，他回鄉咀嚼著失落的這一切，思索出國的目的，家人卻早已規畫好他的未來，為他找好新的娶妻對象，故事寫盡男主角的掙扎，借由牟天磊的口，說出：「為了逃避寂寞而結婚，寂寞卻永遠是個拖著的影子，摔不開的……。」

於梨華擅寫婚姻與愛情之間的矛盾，留學回國的牟天磊一心想回臺，通信多年的結婚對象卻堅持婚後赴美，兩人交集甚少，牟天磊的苦悶代表著多數留學生的心情，故事的糾葛隨著男女主角心意的不同而顯現。牟天磊好不容易鼓起勇氣表白自己想留在國內奮鬥的決心，然而女主角卻直嗆：「不出國就不嫁。」小說家一貫的寫作風格，把結局的想像空間留給讀者，最後天磊是否求親成功，依舊沒有答案。

2000 年 2 月於梨華在《文訊》雜誌發表了〈35 年後的牟天磊〉，借由牟天磊暢談許多教職生涯的心境，文末還是沒有交代牟天磊的現況。有趣的是，訪談中，小說家反問我們：「你們喜歡意珊嗎？如果你們是天磊，你們會娶這位以出國為前提的女生嗎？」我毫不考慮地搖搖頭，小說家做民調似地探詢，尤見牟天磊的終身大事恐能演繹出多種版本。於梨華不臧否世俗的價值，她反而說：「我也會同情意珊，因為她在小島上待得太久，想出去看看天地，沒有替牟天磊決定命運是尊重，只是把他的故事告訴你，沒有權利替他決定命運。」

關切女性的困境

教職生涯 25 年，1993 年退休之後，於梨華有更多時間投入寫作，她自喻寫作成癮，每天有固定時數的寫作作息，還有很多東西想寫，從來沒有想過從寫作上退休，未來，她會持續寫些短篇。對於作品品質很重視的她，提到張愛玲《小團圓》的被出版，不禁搖頭嘆息，她為好友不平，深覺這部小說沒有張愛玲的作品水準，在出版把關上，若以文學價值來看，這部小說其實不應該出版。

於梨華善於透視、掌握各種女性心理，作品感染力強，故事中的人物背景跟隨著她的歷程走，很特殊的，有些人物會一直不斷出現，在這、在那不同篇章裡可以看到同一個原型的人物。比如，單身的圖書館雇員，在〈別艾城〉、〈給某某某的信〉都有出現；「她」與《傅家的兒女們》中的老大，職業背景也相同；《屏風後的女人》出現的某位女性，也在她第一個長篇《夢回青河》中出現過；《焱》裡頭的王修慧真有其人，〈猛然回首四十年〉寫的也是她，《在離去與道別之間》她又出現了；這些揮之不去的身影，不斷變形化身在不同小說裡扮演說故事的人，互文性特別強，也顯見於梨華特別重視並且關切女性的困境。

顯而易見，她的作品視點常常聚焦女性，她在《屏風後的女人》跋中提及：「要把各種女性介紹給讀者。」她從女性立場出發，擴及的是職場、家庭、三代之間的種種糾葛，作家把思索的深度，以流暢的筆鋒緩緩道來，女性意識早已在她作品萌發。

文字是永恆的

於梨華這幾年出版重心在大陸，《別西冷莊園》、《在離去與道別之間》先在美國出版，《別西冷莊園》（瀛舟出版社）在大陸另收錄新作，更名《飄零何處歸》，其他作品也同樣先後重新編選出版，全集由江蘇文藝出版社出版。

相較於《在離去與道別之間》寫了兩年半，生活上的變化讓作品產出速度慢了下來，但完成過程和多數作品一樣，寫作節奏暢快，目前為止，寫作比較困難的是《彼岸》，她認為，應該是和心情較為沉重有關。

於梨華自剖觀察細膩，心細敏感，特別注意社會問題，婦女被家人性騷擾，從家庭衍生到社會問題，醜惡與美好都要寫出來，她藉由文字提出問題，解決問題則要靠大眾。近年來寫老人問題亦然，她關心老化的問題、生與死的問題，一位老寡婦住在養老院，她的種種感受，對生與死的註解，跟她對死的看法，及子女對死的看法，所引起的衝擊，於梨華強調，「這些問題，跟著我的年齡，感受就愈來愈深，我相信，用真情寫熟悉的東西才寫得好。」

即使回臺時間短促，於梨華還是把握時間讀了報紙副刊，對於副刊文章不如以往精采，難免有些沮喪。我也好奇是什麼力量讓於梨華在被禁回臺期間，作品即使被打壓再怎麼沮喪，都還是堅持要寫？於梨華說，文字是永恆，不能放棄的，「我對文字的信心，對我的寫作是有推動力的。」真正讓她沮喪的是，自己小孩看不懂她寫的書，不懂中國的世界，另一方面，堪可欣慰的是，混血兒外孫女研究現代文學，會講中文，未來，這位孫輩應該有機會讀外婆寫的書。

我們的訪談在作家趕著下一個行程中結束，訪臺僅四天，於梨華還和弟弟相約打球，精神奕奕的她，天天運動、寫作不輟，人生 70 才開始，正是於梨華最佳寫照。

——選自《文訊》第 286 期，2009 年 8 月

揮之不去的疏離
留學生文學領頭雁於梨華

◎姚嘉為*

於梨華小傳

祖籍浙江鎮海，1931 年生於上海，1947 年到臺灣，臺大歷史系畢業，1953 年留美。1956 年以英文短篇小說〈揚子江頭幾多愁〉獲米高梅電影公司文藝獎首獎。1968 年在紐約州立大學奧本尼校區執教，講授中國文學，1977 年任中文研究部主任，1980 年兼任交換計畫顧問，1993 年退休，現居馬里蘭州。著有小說《夢回青河》、《又見棕櫚，又見棕櫚》、《傅家的兒女們》、《也是秋天》、《會場現形記》、《考驗》、《變》、《歸》、《談》、《雪地上的星星》、《柳家莊上》、《屏風後的女人》、《一個天使的沉淪》、《在離去與道別之間》、《誰在西雙版納》、《秋山又幾重》、《彼岸》、散文《別西冷莊園》等三十餘部。作品翻譯成英文，改編為電影和電視劇。2006 年獲佛蒙特州 Middlebury College 榮譽文學博士。

夏志清教授曾說，1960 年代旅美作家中最有毅力，潛心追求藝術進步，想留下幾篇傳世之作的有兩位——於梨華和白先勇。幾十年來，於梨華的《又見棕櫚，又見棕櫚》和白先勇的《臺北人》家喻戶曉，是兩位名家的代表作。

《又見棕櫚，又見棕櫚》描寫留學生在異鄉生活的種種艱辛，文化的

*作家，北美華文作家協會副會長暨網站主編，海外華文女作家協會會員。

適應，婚姻和事業的衝擊，鄉愁與失根，去留之間的掙扎，1960 年代末期在臺灣風靡一時，引起文壇注目。書中「無根的一代」一詞從此流行，是留學生文學的代表作，於梨華被稱為「留學生文學的鼻祖」，瘂弦稱她為「留學生文學的領頭雁」。

第一次見到於梨華是 1998 年，她和趙淑俠來德州休士頓同臺主講「文學中的女人」。於梨華一身黑色套裝，個子嬌小，一頭俐落短髮，笑起來眼睛彎彎的，很嫵媚。從前看於梨華的小說，以為她多愁善感，一見面，立刻感受到她渾身散發的活力，熱情直爽，快人快語，難怪張愛玲猜她應該是開著一輛紅色的跑車。

當時於梨華寫作的關懷已從留學生轉移到女性的處境，語言鋒利明快，充滿激情，洋溢著生命力。那天她談中國古典文學中的女性，指出她們都是三從四德的烈女和貞女，順服謙卑，直到李汝珍寫《鏡花緣》，才提出了男女平等的思想，反對三從四德，提倡女子參政。說起長篇小說《一個天使的沉淪》，她有點激動地指出，在中國社會性騷擾問題更為嚴重，卻一直沒人關注，她身為作家，有責任提出來，充滿了社會關懷。

2008 年她再來休士頓，談張愛玲，並在萊斯大學亞洲電影節擔任《色戒》的引言人。有人問她，她和張愛玲最大的不同，她爽快地說，「張愛玲很有文才，我很有生命力」，贏來了如雷掌聲。會後，文友陪她打網球，只見她在網球場上飛奔，接球殺球，身手矯健，反應靈敏，看不出已經七十多歲。

她每天早上打網球，下午寫作，數十年如一日，她同時代的作家大多停筆了，她仍然視寫作為生命，「如果不寫作，就不知道該如何過日子了」。她寫作的原則是誠實，「不管流不流行，暢銷不暢銷，我要誠實，寫感受最深、最確信的事」

在美國生活半世紀，丈夫是美國人，應該已經融入主流社會了吧？她不無惆悵地說：「那種沒著落的感覺依然存在。」

親愛的，你寫得太美了！

初中時，一篇作文〈冬天的太陽〉獲得國文老師趙淑如的賞識，張貼在布告欄上，趙老師把她叫到辦公室去，鼓勵她繼續努力，將來一定會成為很好的作家。1977 年《夢回青河》在福州出版，趙老師也看到了。大學時代，她寫了幾個短篇，教授帶她去見林海音，林海音很喜歡她的小說，推薦給「中央副刊」發表。

臺中女中畢業後，她考入臺大外文系，大一下學期，有位老師嫌她英文不夠好，被迫轉到歷史系。畢業後到美國留學，在加州大學洛杉磯校區念新聞系，1956 年以英文短篇小說〈揚子江頭幾多愁〉獲米高梅電影公司文藝獎第一名，揚眉吐氣。

談起這篇小說的內容，於梨華笑道：「這是中國的通俗劇，寫給美國人看的。講一個中國女孩順著長江去找父親，他遺棄妻兒，在重慶娶了小老婆。女孩應徵到父親家當女傭，巧妙地讓父親回心轉意，隨她回家團圓，可悲的是，到家時，母親已經過世了。」

頒獎典禮那天，她上臺領獎，米高梅老闆 Samuel Goldwyn 對她說，「親愛的，你寫得太美了！」教授把這篇小說寄給賽珍珠看，於梨華信心大增，一連寫了六部英文長篇，想進軍美國文壇。後來她決定回歸中文寫作，這幾篇英文小說至今還放在抽屜裡。

1956 年是她人生中最美好的一年，取得加州大學新聞碩士，小說得獎、結婚，領了一千美元獎金後，搬家到普林斯頓。

1962 年她回臺灣娘家居住一年，母親替她照顧三個孩子，讓她有時間寫作。帶回來的《夢回青河》書稿，1963 年由皇冠出版，在中國廣播公司小說選播中播出，她決定往後的人生目標是寫作。在臺期間，她完成多篇小說，收入短篇小說集《歸》中，於 1963 年出版。

留學生文學的領頭雁

於梨華的第一篇留學生小說是短篇〈小琳達〉，是 1954 年在加州大學念書時寫的，寫一個中國女孩到美國人家當褓母，被美國女孩欺負的故事。第一部中篇留學生小說是 1964 年的《也是秋天》，題材來自紐約長島一個中上等家庭發生的悲劇，因為父母堅決反對兒子和美國女孩結婚，兒子憤而自殺身亡。於梨華聽到後，非常震動，感到非寫不可。

這種「非寫不可」的使命感，讓她在 1960 年代，平均每一、二年，就出版一本小說，包括短篇《歸》（1963 年），長篇《變》（1965 年）、短篇《雪地上的星星》（1966 年），主題都和留學生的生活適應，愛情婚姻有關。1967 年《又見棕櫚，又見棕櫚》是巔峰之作，寫文科博士牟天磊回臺探親的過程和去留之間的內心掙扎。在《徵信新聞》連載時，風靡大學校園，得到社會上廣大的回響，並榮獲嘉新小說獎。

《又見棕櫚，又見棕櫚》成為留學生文學的開山之作，是水到渠成的結果。當時於梨華已寫了不少留學生小說，這是她最關心最熟悉的主題，早已掌握得很好，《又見棕櫚，又見棕櫚》寫來順暢，一年多就寫成了，比其他長篇順利。其次是，小說的寫作技巧翻新，以意識流的手法，描寫三個時空和三段愛情，回臺探親期間的見聞，大學時代的回憶，留學生活的省思，交疊穿插，增加了繁複的層次感，結局為開放式，留給讀者思考和想像的空間。

夏志清教授說，這本小說文體精緻，寫情寫景逼真，意象不落俗套，善於複製感官印象，有超人的視覺記憶。許多情節的發展靠對話，受到西洋劇本影響。他也指出，她的小說人物的寂寞不是存在主義式，與人隔絕的寂寞，而是中國傳統式，李清照式的寂寞。

白先勇在〈流浪的中國人〉論文中，以於梨華的《又見棕櫚，又見棕櫚》，探討留美知識分子與傳統文化隔絕的問題，稱於梨華是「沒有根的一代」的代言人。

江寶釵教授認為，於梨華處理的是個人化的身家安頓問題。她所觀察的中國人，不論在哪裡，都充滿了人情味，沒有傳染到隔閡的絕症。

當於梨華遇見張愛玲

1968 年於梨華在紐約州立大學奧本尼校區教中國文學，1969 年請到張愛玲到該校演說，相當不容易。張愛玲 1955 年來美，1995 年離世，40 年間，深居簡出，幾近遁世，遑論發表演說，這是唯一的例外。於梨華說：「大概是我們有緣吧！」

1966 年夏志清教授帶於梨華去紐約百老匯見張愛玲。於梨華和張愛玲是兩個對比，張高瘦，她嬌小，張文靜，她愛說話。愛說話的於梨華第一坎見到張愛玲，竟然說不出話來。第二次是他們三人一起吃早餐，於梨華說張愛玲很秀氣，「小籠湯包要吃半天，我一口就吞下去了」。1969 年她去波士頓參加夏志清主持的學術座談，張愛玲當時在波士頓 Radcliffe 學院擔任駐校作家，她邀請張愛玲到她執教的紐約州立大學演講，張愛玲答應了。

於梨華當時在紐約州立大學教「英譯現代中國文學」，教材中必有張愛玲以英文創作的《秧歌》和《怨女》(又名《北地胭脂》)。兩本書都不容易買到，她找張愛玲幫忙，張愛玲請英國的出版公司運來了《怨女》，並把手邊十餘本英文版的《秧歌》都捐給了於梨華。

演講那天，於梨華去機場接張愛玲，張愛玲對她說：「我猜你開的是紅色跑車。」於梨華嚇了一跳，她的車子雖然不是跑車，但的確是紅色！張愛玲短短的一句話，點出了她心目中的於梨華！熱情奔放，活力充沛。

於梨華眼中的張愛玲很愛美，英文造詣極高。那天她穿一身灰色衣裙，頸間繫一條紫紅絲巾，十分高雅。到校時已經遲了，她還要去洗手間整理儀容。由於時間不夠，她照稿子唸，講題是「The Exotic West: From Rider Haggard On」，微帶英國腔的英語無懈可擊。講完後從容回答問題，時間一到，立刻停住，走下臺來。她婉謝了校方招待的茶點，和於梨華去咖啡店喝飲料。

張愛玲點了一杯香草冰淇淋蘇打，那「孩子般企盼的眼神」，吸第一口蘇打時，那「全心全意的享受」，喝完後，半閉眼睛休息，那「滿足自在的樣子」，讓於梨華陷入兩難。面對自己仰慕的作家，滿腦子問題想問，卻不忍打擾張愛玲那片刻的滿足自在，而強忍住了，「乖乖地送她去機場」。

兩位女作家的交會雖短暫，卻表現了彼此的惺惺相惜。這段期間，她們時有書信往來。於梨華的散文集《別西冷莊園》中，有一篇〈來也匆匆——憶張愛玲〉，寫她和張愛玲四次見面的經過，並附有 1968 年至 1971 年張愛玲寫給她的信。

關懷女性與老人

1970 年代美國的女性解放運動給於梨華很大的啟發，創作的觸角從校園延伸到社會。1977 年出版的短篇小說集《屏風後的女人》，寫各種女性，有童年記憶最深的女性，婚變婦女的掙扎，大陸留學生的故事，表達她對女性處境的關懷。《一個天使的沉淪》寫一個女孩遭到姑父性騷擾的悲慘故事，因為描寫大膽逼真，曾引起不少爭議。

1978 年出版的《傅家的兒女們》是她最滿意的作品。她收集了很久的資料，有聽來的故事，親友的面貌，加上想像力虛構而成，共二十餘萬字。這部作品跳出了留學生文學的範圍，觸角延伸到各行各業的華人，描寫他們安身立命的故事。大陸文學評論家李子云認為《傅家的兒女們》比《又見棕櫚，又見棕櫚》複雜得多。

2002 年出版的散文集《別西冷莊園》，她直抒胸臆，寫自己和女兒間的疏離與和解，為母親抱屈，表達對父親的不滿，率直敢言的個性表露無遺。她寫得很痛苦，家人也不太能諒解。但她堅持，「我要誠實，這是我寫作的原則」。

近年來，她的創作關懷又延伸到老人。2009 年長篇小說《彼岸》由江蘇文藝出版社出版，寫一個住在老人院的華裔女子洛笛的故事。於梨華花了四年多的時間寫成，修改多次定稿。她寫這本小說是因為「海外中國老人的處境和心情還沒人寫，我已步入老年，不由得不關心這方面的問題。我要替老人說話，讓人們知道老年人是多麼孤單無助。」

於梨華以她一貫細膩敏感的筆觸描寫三代母女的婚姻與愛情，女性內心千迴百轉的情感世界。流暢的文筆在過去與現在之間跳接自如，帶出東方人與西方人不同的思維方式與價值觀，卻能和諧共處，流露出她的人生閱歷。洛笛不願繼續接受痛苦的化療，又拗不過兒孫們的苦苦哀求，經過深思熟慮，結束了自己的生命。這樣的結局讓人感到不捨，但也領悟到，老人有自己的尊嚴，他們是自己生命的主人。

最新短篇——《秋山又幾重》

2010 年短篇小說集《秋山又幾重》由允晨文化出版。九篇小說有四篇是舊作，五篇是新作。在自序中，她像介紹自己的兒女一樣，道出對他們的寵愛，也有誠實的批評。

無論是舊作或新作，於梨華的文筆一逕溫暖多情，擅長以對話推動情節，使人物立體化。這本小說集的另一特色是題材多元，如〈友誼〉寫三角戀愛，最後失戀者出賣了朋友，是對友誼的反諷。〈回來吧，棣棣〉寫人狗之間的感情，細膩生動，感人至深。〈黃昏，廊裡的女人〉層層抽絲剝繭，攤開兩家人的情感糾結等。

字裡行間，不時閃現作者的真性情，一種不失節制的愛憎分明。〈尋找老伴〉和〈江小慧〉中的「我」，彷彿是於梨華的化身。〈江小慧〉寫一位與學界教授發生婚外情的女性，被當作生兒子的機器，「我」義憤填膺，伸出援手。〈尋找老伴〉寫六十多歲喪偶的文達成為失偶女性追逐的對象，有急進的女記者，有失婚的工程女博士，「我」熱心慫恿但不失圓融地助他找到第二春。這篇小說得到 2004 年大陸《小說月報》百花獎。

在自序中她坦言最喜歡的女性是「容貌之外，特有個性，有毅力，有悲憫胸懷，尤其有韌性的女性。林曼就是其中之一。」書中大部分的女性人物，如江小慧、爾媚、吳虹都被情感牽制，付出代價。於梨華把舊作〈林曼〉放在此書中，也許是期許女性能像林曼一樣灑脫，拿得起放得下吧！

作品與時空

於梨華的作品寫實，表現當下的人與事，若按照發表的年代閱讀，幾乎可以看到她一生的軌跡。

一直在學界的於梨華，最初是留學生，1960 年代至 1970 年代的作品寫留學生的處境，質量均豐，成為留學生文學的代表作家。隨著生活圈的改變，她書寫的人物轉變為學界的知識分子，寫他們的婚姻愛情，事業的艱辛，職場的權力鬥爭。

1980 年代華人移民增加，她的作品開始聚焦於社會議題，關懷女性處境，近年來更延伸到老人安養問題。1990 年代的作品，如《屏風後的女人》，出現了大陸留學生，2009 年的長篇《彼岸》有兩岸三地的華人，2010 年的短篇集《秋山又幾重》，寫作年代橫跨數十年，人物有臺灣的知識分子和移民以及大陸移民，反映了北美華人社會的變遷。

居住的城市和她的創作也有關聯。寧靜幽美的大學城普林斯頓讓她想起江南的家鄉，寫了長篇小說《夢回青河》。寫學界的《又見棕櫚，又見棕櫚》和《變》則以西北大學所在地的艾文斯頓為背景。近期寫女性與老人的作品，背景是十幾年來居住的北加州和華府。

1947 年從大陸到臺灣，1953 年從臺灣去美國，於梨華在臺灣生活的時間僅僅六年，但是她小說中的人物多半是臺灣去美國的知識分子和移民，反映了當年的留學熱潮。她的作品在臺灣出版，在臺灣成名，擁有很多讀者。除了 1969 年的《餤》稍稍觸及校園內的白色恐怖，她的作品很少寫到政治，但她也未能免於政治的波及。

1975 年她回家鄉寧波探親，是最早到大陸訪問的北美作家之一。當地政府安排她參觀建設，幫她找到妹妹，安排她見到冰心，給她的印象太好了。回美後，她發表文章讚美新中國，未料被列入「投匪」的黑名單中，作品遭封殺。這段期間，她的作品主要是在香港和大陸出版，1987 年解禁後，方在臺灣重見天日。

以下是 2008 年 2 月於梨華訪問休士頓時的專訪。

留學生文學

姚：在《又見棕櫚，又見棕櫚》之前，您已經寫了不少留學生小說。依您看，為什麼這本小說被稱為留學生文學的代表作，而不是您其他的作品？

於：是時機對了，當時留學蔚為風潮，《又見棕櫚，又見棕櫚》在臺灣《徵信新聞》連載，風靡大學校園，因為寫的是大學生的切身問題。主編王鼎鈞和我通過很多信，分析這篇小說的文字，他有真知灼見，能深入看作品。其實，我覺得 1978 年的《傅家的兒女們》更好，寫傅家的幾個兒女，從事不同行業，各有得失，能更全面地反映在美華人的生活，更為多樣化。

姚：《又見棕櫚，又見棕櫚》想傳達什麼信息？

於：我想勸大家不要幻想美化，不要期望子女在美國一定成功，不要慫恿兒女出國，言下之意是最好不要來美國，所以，小說是開放式的，讓讀者自己去想像結局。父母不要以為子女到美國才有出息，留在臺灣，不見得沒出息，來美國也不見得有出息。當年因為地方小，環境很鬱悶，年輕人都想出去闖闖，就像女主角意珊說的：「我一直在這小島上，當然希望出去看看外面的世界。」寫的時候沒料到會有這樣的結果，就像起初沒有天美這個人物，寫著寫著，這個可愛的女子就跳出來了，寫作就是這麼其樂無窮！

姚：在〈三十五年後的牟天磊〉這篇文章中，您比較 1950、1960 年代的留學生和現在的新移民，您覺得最大的差別在哪裡？

於：當初我們來美國，回臺灣的機會不大，大陸又回不去，現在的年輕人想回去就回去，機會多得很，比我們踏實。他們比較激進，比較現實，一來就買房子，開 BMW 轎車，兒女在美國念書，自己在大陸開工廠，他們的夢和理想在哪裡？他們沒有我們以前的「土」，我懷念這種「土」，這是以前的留學生可愛之處。現在的年輕人很能幹，勇往直前，不退縮，以前的留學生比較退縮，有十分好說成五分好，畢業後，在學界和工業界做事，很單純。現在的新移民職業五花八門，沒有包袱，只有謀生。三百六十五行，行行出狀元，哪像我們，只有一行，學而優則仕，所以他們更投入生活，一心一意追逐。

藝術來自生活

姚：您為何而寫？為誰而寫？

於：我不贊成文以載道，太被動了，沒有創意，創作要自然產生。我寫作是因為有話要說，有個中心點要寫，最明顯的是《一個天使的沉淪》，這個主題一直縈繞在我心中。過去寫留學生文學，也是因為我一定要告訴讀者，在美國留學，找事之難，生活之苦，一個人最痛苦的是不被需要。就像魯迅說的：「我把問題攤開在你眼前，解決問題是另一群人的事。」

姚：〈揚子江頭幾多愁〉得到米高梅電影公司小說徵文獎第一名後，有沒有想過以英文寫作打入美國主流文壇？

於：得獎後，我的教授把這篇小說寄給賽珍珠看，我信心大增，一連寫了六部英文長篇，異想天開，要打進美國文壇，你以為只有張愛玲想打入美國文壇啊？結果一直被退稿，但是我一點也不覺得可羞。那幾篇小說的內容仍是留學生文學，因為我最關心中國知識分子在美國的生存問題，但是外國人愛看外婆的三寸金蓮。我大夢初醒，改用中文寫作，中國讀者這麼多，臺灣、香港、大陸和東南亞，何苦寫給比中國人少太多的外國讀者看？這六部英文長篇還在我的抽屜裡，沒改寫成中文，因為我有太多題材要寫。

姚：《別西冷莊園》是您的第一本散文集，您寫散文和寫小說有何不同的感受？

於：想要抒發心中的喜怒哀樂時，我寫散文，因為不用構思和安排人物。但是我比較愛寫小說，辛苦一點，但更有趣，reward 比較大。散文是開胃小菜，小說是主食。同一個主題，用散文寫往往不夠深入，讀者看了，當時也許有感受，但不持久。小說比較能打動人心，所以現在還會有人看《又見棕櫚，又見棕櫚》。

姚：您的小說有多少是根據個人經驗？有對號入座的顧慮嗎？如何轉換成虛構？

於：隱隱約約會看到真實的人物，藝術來自生活，這是免不了的，但是我把幾個人揉合在一起，不太可能對號入座。寫長篇時，不論日常生活如何，構思和人物一直在我腦海裡醞釀，漸漸變成完整的人物後才開始寫，《又見棕櫚，又見棕櫚》不到一年就寫完了。那時候寫留學生，是還沒有開墾的園地，這些東西甩都甩不掉嘛！有很多苦悶要發洩，很多人告訴我他們的故事，我聽了感到難過，一定得寫下來，沒想到會成為留學生文學。

姚：您後來的寫作題材脫離留學生文學。這些作品在寫作技巧上有何不同？

於：我一直在尋求突破，形式一直在改變，嘗試用跟以前不一樣的形式，這是一種新的刺激，來挑戰自己，還是很有樂趣。年紀大了，不如以前激情，比較哲學性一點，比較接受現實，這就是認命吧！

姚：您的風格受到哪些作家的影響？您受批評家的影響嗎？

於：我有自己的風格，那就是生命力。一般而言，我不太受批評家的影響，我知道自己作品的分量，我信任那些從文學批評的角度看作品的批評家。

姚：您最希望達到的文學成就是什麼？

於：我希望幾十年後，還有人看我的作品，我就很滿意了。我希望能達到《傲慢與偏見》的境界，主題具普遍性，刻畫人性的虛榮和貪婪，都能讓人完全接納，在世界任何角落都適合。這部小說我看了不知多少遍，每次都有新發現，它的價值永不會減低。又像《老人與海》，老人和小孩的關係，老人的掙扎，都是永恆的，有普遍性。一部好小說，人物很重要，要有一貫性，若頭尾不一，就失敗了。

作品主題關懷

姚：最新長篇小說《彼岸》寫老人安養問題，洛笛住的是高級的養老院，一般華人移民可能住不起，即使住得起，住進去後，也可能因為語言障礙，而感到孤獨寂寞吧！不論貧富，您認為老人最好的安養方式是甚麼？

於：我認為還是搬入養老院比較好。在美國，老人（尤其是單身），不宜住在子女家，對他們，對自己都是一個負擔。養老院當然有較貴的，但也有較適合中等收入的老人居住。據我所知，大華府附近，因華人較多，有不少華人設立的養老院，語言相通，的確可以減少孤獨感，但寂寞，總有的，不管老少男女，人，基本上是寂寞的。

姚：洛笛不願繼續痛苦的化療，又拗不過兒孫們的苦苦哀求，選擇了自殺，這樣的結局有何深意？

於：我個人認為一個人一定要活得有尊嚴。我知道有不少朋友自願捨棄藥物治療，因為帶來不少身心的痛苦，而寧願安靜的告別塵世。

姚：《秋山又幾重》收入四篇舊作，和五篇新作，整本書的題旨是甚麼？

於：這九篇小說寫的是愛情和友情，尤其是友情。如第一篇〈黃昏，廊裡的女人〉寫的是友情的反面，〈尋找老伴〉裡的湯婕與茜如，（以及文達）之間的友誼。〈友誼〉裡，連兩個男主角之間的愛恨，也是變相的友誼。〈回來吧！棣棣〉是人狗之間最珍貴的友誼。〈秋山又幾重〉裡趙怡與李靜間幾十年沒有變質也沒有褪色的恆久友誼。這是我特別著重的，其他的重點，我已在序裡解釋了。

姚：《一個天使的沉淪》寫性騷擾，當初寫作的動機是甚麼？問世後，引起不少批評，您有甚麼回應？

於：1970 年代美國的女性解放，讓我眼界大開，覺得有很多東西應該寫。性騷擾這個禁忌的話題對東方婦女尤其重要，由於種種原因，女人被家人或外人騷擾，不敢講，認為不可告人，可是被騷擾的人怎麼辦？身為作家，我一定要提出來。美國人很重視這個問題，設有專線，讓人求救，替她們說話，處罰犯罪的人，使這種事變少。中國人這方面的問題，嚴重得多，卻沒人關注。我有責任提出來，世上有很多醜陋的事，不講，就更醜陋，人生不能只看美好的一面，不看醜陋的一面，要指出來，才能改進。

姚：和 1950 年代您出國時相比，北美華人社會的女性意識有進展嗎？有何難題仍待突破？

於：當然有進展。現在的女性真的是托起了半邊天，有時還多過半邊天。主要還是因為客觀環境的轉變，使得女性終於有機會展現她們被埋沒了幾十年的才能和機智，更要緊的是，她們持久的韌力。現在她們在各種事業舞臺上出色的表現也為她們帶來前所未有的困難，那就是身兼三職的平衡。職業婦女、母親、妻子，都需要她們的全力投入，使得她們身心皆疲。如何突破這個困難是 21 世紀女性面臨的新挑戰。

下輩子還要當作家

姚：寫一部小說前，您做哪些準備？閱讀很多資料嗎？是否有大綱？您改寫嗎？

於：動筆前，我要找很多資料，年代和背景絕不能弄錯。普林斯頓大學和西北大學圖書館有很多中文資料，非常方便。開始寫時，腦中已有故事格局了，雖然細節會有些改變，但一定先有大綱，人物和篇章，我把每篇的人物和細節都列出來，掛在牆上，以免疏漏。寫完後，我不太改寫，覺得不需要，因為作品在腦中太久了。

姚：寫長篇時，最大的難題是什麼？碰到瓶頸，您如何處理？

於：最大的難題是，有時會感到沒有向前進展，推不動，輾轉苦思也沒用，很苦惱，只好擺在一邊，奇妙的是，後來問題會自然解決，好像冥冥中有人在幫忙。和許多作家一樣，我有個毛病，不能割愛，捨不得刪。我常碰到瓶頸，《又見棕櫚，又見棕櫚》一年多寫完，算是比較順利的，別的長篇都會碰上瓶頸，短篇除了〈柳家莊上〉外，也不是都很順利。有時幾星期沒東西出來，我就把心思移開，看別的書，然後豁然貫通，百試不爽。最好是看非文學類，因為一看文學類，就會想起自己的創作。

姚：沒有經驗過的事，您怎麼寫？

於：我的方法是去看別人的作品，譬如寫犯人，就先看很多這方面的書，然後去監獄參觀，回來後寫筆記。做這些事我總是很情願，必須經歷這些。世上有這麼多資料，還有那些知道這些事的人，你總會找到的。

姚：您最滿意自己的哪部作品？

於：我比較滿意《傅家的兒女們》，它是多角形的，多條線同時進行，各種生活面都涵蓋了，不像《又見棕櫚，又見棕櫚》，較為單面，一切從天磊出發，談他的三個女人，一個少女的出國夢，比較平面，背景只限於學界。我收集了很久的資料，1975 年開始寫，三年半才完成，寫寫停停，這期間去過大陸，想法改變了，回來後改寫了好幾章，1978 年推出，字數比《又見棕櫚，又見棕櫚》多了一倍，有二、三十萬字。故事來源有我聽說的，其中有很多親友的面貌，在我腦海中編織而成。比較滿意的還有《餤》，寫大學生活，三個不同性格的女性，校園裡的白色恐怖。

姚：寫作是苦還是樂？

於：寫作是苦中有樂，樂中有苦。寫不出來之苦，寫出一個好句子之樂，都不是文字可以形容的。如果再活一次，我還是要當作家。我一直喜歡寫，得獎後才想到當作家，念頭很堅定，不寫作就很空虛，惶惶然，生活沒中心。我一輩子在寫，寫了半個世紀，寫作是我人生的目的。

姚：北美華文作家的作品，與中港臺文學比較，在主題關懷上有何異同？

於：我想大主題應該是大同小異吧！不外乎是人性的探索，社會現象的反映以及人的七情六慾。

姚：今後有甚麼寫作計畫？

於：《彼岸》之後，一時不會再寫長篇。《秋山》之後，大概會寫些散文或別的，現在在停筆狀態中。

姚：您被稱為「無根的一代」代言人，在美國居住了幾十年，仍然有鄉愁、無根和漂泊之感嗎？

於：鄉愁比以前淡了，但永遠存在，不會消失。但是，我也喜歡這種失落感，就像張愛玲喜歡蒼涼一樣，人生有點缺陷，有點別人沒有的感覺，也滿好的。漂泊感比以前淡多了，無根之感卻一直存在，我嫁給美國人，先生是大學校長，一直生活在大學的環境裡，應該是他們當中的一分子，但越是這樣，越有疏離感。在雞尾酒會中，喝酒吃起士，我什麼話題都能談，但心裡很孤獨，另一個我站在一旁，冷眼看自己表演，自問：「我是他們的一分子嗎？」這種距離可以拉近的話，很好，不能拉近，永遠是個距離，這就是悲哀的開始。

——選自姚嘉為《在寫作中還鄉——北美的天空下》
臺北：允晨文化公司，2011 年 10 月

鏗鏘玫瑰・嬌柔卻有鋼鐵般的敏銳

專訪於梨華

◎傅士玲*

歐洲的葡萄莊園必種著玫瑰。

玫瑰對氣溫變化與病蟲害十分敏感，先天下之憂；

玫瑰帶刺，姿容豔麗外型強悍，其實莖骨非常嬌柔。

然而，它的嬌柔卻有著鋼鐵般的示警作用。

擅長整治男女情慾議題的於梨華，和她筆下的女性，

也正是這樣具有鋼鐵般作用的鏗鏘玫瑰，

以生命的榮枯，反映環境對她們的殘害。

在通俗的說法裡，於梨華是「留學生文學鼻祖」，擅長剖析 1960 年代以來，客居北美留學生、留學人的失落，以及女性意識抬頭下的男女情慾衝突。這個說法，給了於梨華在華人現代文學史上的光環，卻也容易讓人忽略她在文體上的成就。

幸而於梨華文字的匠心獨具沒有完全被掩蓋。2010 年她帶領「華府作家協會」寫作小組，2012 年起又擔任寫作工坊講師，在課室上朗讀作品，讓我們得以體會「於式文體」經營字句的才華與用心。

*發表文章時為華府華文作家協會會長，現為華府華文作家協會顧問。

於式文體精緻俐落

3 月 10 日現身華府作家協會「寫作工坊」，於梨華環視圍坐大圓桌的十數名學員，手邊一本本夾著各色標籤的書頁裡，註記著近兩個月以來的備課教材。性情爽朗的她，從不吝於評論自己的作品；對神來之筆，像孩子般得意讚嘆，對不滿意的字句、情節蹙眉懊惱，流露出孩子般的坦然率真。但她說，作品完成後，有缺陷也不修改了。

這天，上課主題是：「看見・聽到・領悟・接受・看我的」。於梨華以收錄在《秋山又幾重》小說集裡的〈林曼〉為例講解：

> ……門外一聲喇叭，接著朗朗地說：等一等，旋風似地進來了一個年紀很輕的女孩。……除了桃紅合身旗袍及黑濛高跟皮鞋之外，臉上有粉、胭脂及口紅，外加一副像公共汽車上給乘客吊手的環形的耳墜。連她齊耳的短髮，都有人工的曲折。……她的五官，不過中等而已，但放在那張圓臉上，恰是放得好，加上粉嫩的皮膚，加上她說話的聲音很脆，脆中帶一絲很特別的鼻音，令我覺得她是個動人的女孩。美，不見得，卻是惹人注意，至少，惹我。
>
> ——節錄自〈林曼〉

類似「美，不見得，卻是惹人注意，至少，惹我」的文句像俠女藏在袖中的短刃，出手俐落帶勁，有聶華苓的霸氣，海明威的派頭。余光中說她「下筆之際有一股豪氣」[1]。早期文章和《夢回青河》還受到《紅樓夢》和張愛玲影響，但很快地於梨華就建立了特有的文體氣魄。在至今 26 部小說作品裡，類似的語句俯拾皆是，經常以令人望塵莫及的才華，削鐵如泥示範「於式文體」中，語意精準所創造的無窮力道：

---

[1]余光中，〈序〉，《會場現形記》（臺北：皇冠出版社，1989 年 2 月）。

原是公園，一時變為遊樂場所，原是看楓葉的，一時變成觀賞別人了。女人們看別人的服裝，男人們看別人的女人，孩子們注意別家的食物，各家的狗互相虎視眈眈。

——節錄自《考驗》第12章

夏志清說，在製造恰當意象時，她有著永遠不落俗套的苦心：「這些句子，在結構上老是翻花樣，從不給人累贅沉重的感覺；句法是歐化的，而從不給人歐化的印象。」[2]像這類人物性格、互動、內心思維生動躍然紙上，一次到位的描述，是於梨華的拿手絕活兒：

才是入秋，她倒已在頸上掛了狐狸毛，穿了套茶色薄呢西裝裙，配了同色皮包及半高露跟鞋。臉上更是全副配備，連假眼睫毛都夾上了，閃忽閃忽的，令我眼花目眩，心裡發慌。她一見我，忙伸出塗了銀紅色蔻丹的尖尖十指，我還以為她要同我握手，正想叱她一句：「見妳的鬼哦！」不想她卻搭到我肩膀……

——節錄自〈汪晶晶〉，《尋》

經典之作當屬夏志清推崇的這一段，不但寫了主角眼中的景與人，也反映出他飄忽的心緒：

意珊的臉像太陽，耀眼地亮，耀眼得令人注意，你知道它在那裡。而這個女人的臉是一片雲，你覺得它存在，但是你追隨不了它，它是輕柔的，但又似沉重，它不給任何光亮，但你忍不住要去探索它……太陽使人看到，而雲片是只令人感到的。

——節錄自《又見棕櫚，又見棕櫚》

---

[2]夏志清，〈序〉，《又見棕櫚，又見棕櫚》（南京：江蘇文藝出版社，2010年）。

《又見棕櫚，又見棕櫚》的出版，讓於梨華戴上「留學生文學鼻祖」的桂冠，也成了「沒有根的一代」的文學代言人。1975 年，於梨華到中國探親，事後她寫下了臨別的複雜心情：

> 明天就離開了。應該說回家，或是說回國。但就是說不出來。家，是自己的家，國，則是人家的國。回，不願，不想回，但又只好回去。

這心情擺盪在心中，從 16 歲離開大陸起，於梨華確實成了「沒有根的一代」，直至今日定居北美長達數十年，漂泊的心情依舊。不只是心情寫照，「漂泊」幾乎是於梨華創作的原動力，是作品主題，也是她的文字靈魂——身分認同的，感情婚姻的，學業事業的，家國故鄉的，都在演繹「沒有根的」失落。

「當年中國弱，內亂，中國人在美國受到偏見，更加深有家歸不得的無奈。」而對於代言人的稱號，於梨華不敢獨占光環，「有點太 emphasize 了，因為在美國無家無國的流浪，有人悶在心裡，有人寫出來，1956 至 1968 年之間，吉錚、叢甦等很多作家都寫了出來。」

干冒大不諱為女權發聲

女性的處境、性別歧視、女性價值，更是她關注的「失落中的失落」。於梨華筆下的女性多半比男性更勇敢、更自覺，反省力與實踐力也更強。若說，張愛玲的女性角色是「可憐身是眼中人」的宿命論者，於梨華的女性角色是積極主宰命運的女權豪傑。張愛玲的女人是虛無的，絕望的，自我耽溺的，自我放棄的。於梨華的女人會失望，卻不絕望，會迷惘，但不虛無；她們不想成為命運擺弄中的失敗者，不論是前途、事業或愛情，都勇於實踐自我的主張。

被選為「二十世紀中文小說 100 強」的《又見棕櫚，又見棕櫚》[3]，就是「於式女權豪傑」的最佳例證。男主角牟天磊初戀女友眉立寧為生活拋棄愛情，紅粉知己佳利圓融經營婚姻與婚外情，論及婚嫁的筆友意珊為求婚姻與出國夢想能兩全毫不退讓。

年輕一代的讀者會疑問：這樣的女性在 1980 年代以降，不是比比皆是嗎？其實，在 1970 年代，女性一度以為捐棄女性化特質才能換取性別平等權。但《又見棕櫚，又見棕櫚》成書於 1967 年，卻已有女性主義不必犧牲女性柔美特質的領悟。於梨華不啻是葡萄園裡敏感的玫瑰，她想要呈現給世界的真女人，也正是這樣具有剛鐵般作用的鏗鏘玫瑰，以生命的榮枯，反映環境對她們的殘害。

於梨華對女性處境的關注，持續了一甲子。閱讀她的小說，彷彿踩著她曾經痛徹心扉的傷痕，一步一腳印見證女性自我實踐的漫長荊棘路。

真情投入絕不迴避

於梨華說，真實的情感是寫作裡面最重要的，「自己的情感一定要百分之百投入進去！If you don't feel it, how would the reader feel it?」所以，婚變、初戀男友溺水身亡的錐心之痛，她坦然書寫，「不躲避所有發生的一切。」於梨華承認，「最初寫作時無法掩飾、修飾，」後來寫多了就懂得哪裡該戲劇化。換言之，愈是早期的作品，愈可窺見於梨華的真實人生，「……中後期的作品則因為女性自我意識抬頭，比較展現出一種 I am going to show you 的企圖心。」

種種心路歷程的轉變，於梨華都赤裸呈現在她列舉的人生各階段代表作當中。比《又見棕櫚，又見棕櫚》早兩年的《變》(1965 年)，女主角文璐放棄新歡，選擇兒女和原來的丈夫，寫的是那個時代裡女性權衡自我價值與家庭意義時，願意犧牲愛情。到了《考驗》(1974 年)的思羽，愛情

---

[3]《亞洲周刊》在 1999 年仿效西方的「20 世紀百大英文小說」選出的書單。

不可以被犧牲，沒有愛情的婚姻可以被犧牲，而女人不只是人妻與人母，她還有自己。

談到《變》，於梨華坦承，「我也不喜歡那樣的結局，但那是當時候的社會，也是自己的想法。事實上，文璐的丈夫怎麼可能接納出軌的妻子？不可能嘛！如果是現在寫，結局不會這樣。」當年於梨華才 30 出頭，但青澀女權豪傑的相貌，藉著小說，永遠被寫在歷史裡。而到了《傅家的兒女們》（1978 年）的如曼，活出自己想要的人生，未必要有愛情。進入 21 世紀後，《離去與道別之間》（2002 年）的方如真在外遇曝光遭丈夫離棄後，雖然新歡尚未離婚表態，但已能自信說出「他即使不同我結婚，我也覺得我這一生已經很幸福了。」在兩性情慾的迷霧中，於梨華其實很嚴肅地記錄並探討性自主、女性意識，卻以高明的文學藝術，將這些尖銳的概念隱藏起來，不著痕跡引導讀者進入哲學性的辯證。這使得她的作品具有通俗文學的皮相，嚴肅文學的內涵。這項文學成就，也令她在文壇擁有異於同期女性作家的地位。

捍衛正義跨越性別

飽受議論的《一個天使的沉淪》（1996 年）則在女性意識之外，多了社會使命感。這部長篇小說問世後，負面批評排山倒海，但於梨華拿出女權豪傑的本色，堅決捍衛創作良心，因為，「作家有使命呈現社會的真面目。」

於梨華總是替女人說話比較多，「男人比較勇猛，女人比較勇敢，像竹子，很柔韌，特別是東方女性，比外國女性更溫順些。」要她描寫各種女人並不困難，但她竟能超越生理障礙，也將男性刻畫入骨。「我會去觀察分析身旁男性的言語、行為，了解背後的內心世界。」更難得的是，她能以各種口吻敘事，以各種適合題旨的節奏經營對話，精準創造人物的立體感。這使於梨華的小說非常「耐讀」，人物可能職業、遭遇雷同，卻各自活靈活現，讓人印象深刻。

「我自知文字還可以，知道盡量不用陳腔濫調，用新的句子。在對話上，用最白的文字，要簡潔有力。以對話呈現靈氣、卓見。要小心去讀別人作品裡的對話，多讀、吸收出色的句子。」除了營造戲劇伏筆，於梨華在對話上的用心，也是成就「於式文體」的要素。

被夏志清譽為「最精緻的文體家」，於梨華鼓勵後進，「多讀！注意怎麼把文字巧妙地放在一起。」2003 年於梨華在臺北接受專訪時，曾這樣說：「……不管寫不寫，每天我都要到書房去。寫出來最好，寫不出來我也要使自己養成這個習慣。所以，寫作必須持之以恆，不能光等靈感來。另外絕對不可少的，就是要念中國古典文學。你看張愛玲為什麼寫那麼好，她的舊文學多好呀！」[4]她建議，一定要讀《紅樓夢》，還有張愛玲、馮鍾璞（筆名宗璞）、楊絳、朱西甯、海明威、福克納（William Faulkner）、萊辛（Doris Lessing）、曼絲菲爾德（Katherine Mansfield），以及奧康納（Flannery O'Connor）的作品[5]。

如此用心經營，創作肯定無法速成。於梨華說，她的每部作品在動筆前平均要醞釀三年，人物、對話、故事時時刻刻在腦中搬演。《彼岸》（2009 年）耗時四年成書，與前一部長篇小說《在離去與道別之間》（2002 年）的問世相隔六年多。而花了五年、寫最久的《傅家的兒女們》呈現的是電影蒙太奇手法，時空交疊，卻剪輯巧妙的複雜結構，簡直是一部完美的藝術電影劇本。

高齡超過八十的於梨華，現在獨居馬里蘭的退休公寓。4 月 3 日我依約登門拜訪，車行在壯闊的莊園，如在畫中。入得門來，高居六樓視野遼闊，光亮通透，一室清雅，於梨華笑盈盈一會兒指著室外如茵碧草上漫步的鹿兒，說：「這是我丈夫選的位置！」一會兒轉身引我去看依舊如昔的小書房，「這是他的書房，他把有窗戶的大間留給我寫作。」靈魂伴侶如影隨

---

[4]廖玉蕙，〈又見於梨華——於梨華女士訪談錄〉。（世界華文文學資料庫，http://ocl.shu.edu.tw/ data/talk/21.pdf）

[5]於梨華特別提到一定要讀他的"A good man is hard to find"。

形，幸福像春日的粉櫻暖洋洋綻放在於梨華眉睫與微揚的嘴角。

寫作是一條寂寞的路，而且於梨華說，作家不可能成功掌握超出個人體驗的素材，但如何灌溉寂寞的園地？《離去與道別之間》有如她化身的方如真這樣說：

> 踽踽獨行不但辛苦，一路走來，兩旁回憶的花朵也有被採擷用盡的一日，還是要開拓資源的新天地，那就必須投入人間，在人間找尋奇葩香草，才能編織出又是故事又是世事的小說。

是，必須投入人間。於梨華如常天天讀書寫作、運動、散步，不時打打網球；兩頰光潔透著健康的紅暈，步履輕快身形矯捷，常被誤認是社區訪客，因為看起來比實際年齡年輕 17、8 歲。

彼岸仍是彼岸，沒有變成此岸。對於梨華而言，寫作仍是進行式，世事也是進行式，故事當然也就還沒有說完。下一個故事是什麼？於梨華如水的雙眼忽然閃過兩道光。我相信她已經在腦海中說了千百回，只是還不到告訴我們的時候。

——選自《中華日報》，2013 年 5 月 22 日，B4 版

海外華人的血淚與魂魄

談於梨華的小說藝術

◎袁良駿*

於梨華，是著名的海外華人女作家之一，她已經走過了四十多年的創作歷程。在其代表作《又見棕櫚，又見棕櫚》的初版序言中，著名旅美華人夏志清先生這樣說：

> 臺灣文壇情形我不太熟，同旅美的作家倒有好幾位保持通信的關係，其中最有毅力、潛心求自己藝術進步，想為當今文壇留下幾篇值得給後世誦讀的作品的，我知道的有兩位：於梨華和白先勇。[1]

於梨華的藝術實踐符合不符合夏氏的這一高度評價呢？在「誦讀」了《於梨華作品集》14 卷[2]以及另外一些作品之後，我們不能不深感夏氏所言不虛，於梨華不愧為一位值得誦讀的有高度藝術造詣的小說家。

於梨華幾十年來的創作主要是以旅美華人為題材，如她所說，寫的是「留學生、留學人、自留人」，她因此而被譽為「留學生文學的鼻祖」、「無根的一代的代言人」，如果我們深入於梨華留學生文學的內部，就會發現一個豐富多彩、波瀾壯闊的感情世界，作家的筆觸已經進入了各色人等的靈魂深處，作品中凝聚著海外華人的血淚與魂魄。這裡有一個藝術視野不斷擴展的過程。在她 1960 年代初的以《也是秋天》、《變》為代表的留學生文

---

*中國社會科學院文學研究所研究員、博士生導師。

[1]寫於 1966 年 8 月，收入《又見棕櫚，又見棕櫚》。

[2]香港天地圖書有限公司 1980 年出版。

學中，寫得較多的是留美華人的家庭衝突、婚姻變故和愛情波折。《也是秋天》幾乎還不能說是嚴格意義上的留學生文學，它幾乎可說是「五四」反包辦婚姻文學的美國版。小說中的家長陸志聰和陸太太雖然充分享受著美國資本主義的物質文明，但他們滿腦子的封建意識卻並未因他們移居美國而有絲毫減褪。他們實行殘酷的家長統治，活活地拆散了女兒鄭雲與美國青年迪克的幸福婚姻，並將她一步步逼上了死路。這樣的中國封建家長在美國土地上也許是絕無僅有，但作家卻從這裡開始了她的留學生題材的中長篇創作。這說明當時的作家還停留在旅美華人生活的表層，還未能深入這一特殊社會階層的內蘊。當然，比起她剛到美國後寫的那些「我你他」格局的短篇來，這已經是很大的拓展了。

《也是秋天》這樣的保留了較濃重的舊家庭色彩的留學生文學，表明了作家與她的童年生活、與她無法忘懷的中國舊大陸的藕斷絲連。大約在《也是秋天》的兩三年後，作家寫出了她的第一部長篇《夢回青河》。這部長篇和所謂留學生文學毫無干係，按照徐訏先生的說法，這是他所見到的「最晚的一部家庭小說」。[3]《夢回青河》的寫出，正說明作家尚徘徊於留學生文學和舊家庭文學之間。實際上，舊的生活積累時時刻刻撞擊著作家的心靈，如骨鯁在喉，芒刺在背，不吐不快。儘管已經身在美國，舊的家山早在萬里之外，但這並不能使她忘懷過去（尤其童年）的一切，甚至在經過較長的時、空間隔之後，要表現這往昔生活的願望反而更迫切、更強烈了。對於那些有過哪怕短暫的中國大陸生活經驗的旅美作家來說，這幾乎是一個帶有規律性的現象。白先勇《紐約客》系列和《臺北人》系列創作的交錯情況和於梨華的這一情況便極為類似。[4]

假如我們把《也是秋天》看作於梨華筆下舊家庭文學向留學生文學的一種過渡，那麼，長篇小說《變》也許就可以算作真正的留學生文學了。

《變》描寫了一對旅美華人婚變的故事。女主人公李文璐學業未成，

[3]《夢回青河》序，刊1963年4月7日《聯合報》。
[4]詳見拙著《白先勇論》（臺北：爾雅出版社，1991年6月），茲不贅。

嫁給學業有成的王仲達，生兒育女，悠然十載，痛感這種相夫教子的賢妻良母生活極端無聊而空虛。王仲達雖然對她十分信賴，但卻並不懂得愛情，他不理解她內心的寂寞與苦悶。結果，年輕的第三者唐凌出現了，文璐熱烈地投入了他的懷抱。遭到「拋棄」的王仲達如夢方醒，痛悔自己對不起文璐。但是，文璐從唐凌的畸異的熱戀中並不能獲取永久的幸福與安全，終於，在感受到唐凌的自私與乖僻之後，她又毅然回到了仲達身邊。圍繞這一場婚變，小說點染了仲達所在的艾城西北大學，他的同事、學生以及同事們的太太和子女。小說前半部甚見功力，李文璐的心理刻畫很有特色，唐凌與王仲達也都有鮮明的性格特徵。無論在深度和廣度上，《變》都比《也是秋天》前進了一大步。

但是，毋庸諱言，假如與這以後的幾部長篇比較起來，它仍表現了明顯的不足。一個較大的問題是李文璐和王仲達的正面衝突太少，矛盾主要是「背對背」展開，因此，無論離異還是回歸，就還缺少那種扣人心弦的藝術力量。其次，唐凌身世的筆墨花費太多，節外生枝，喧賓奪主，分散了小說的藝術力量。而唐凌的身世描繪，歸根結柢還是無法忘懷於中國舊大陸的過往歲月。

這種狀況在《又見棕櫚，又見棕櫚》、《考驗》、《傅家的兒女們》幾部長篇中得到了根本改觀，作家入乎其內，出乎其外，正面地揭示尖銳複雜的矛盾衝突，多層次、多角度地描繪人物的心理情態，從而充分展示了旅美華人社會的形形色色，塑造了牟天磊、鍾樂平、吳思羽、傅如曼、傅如杰等立體化的典型形象。這些作品具有極強的藝術魅力，足以震撼讀者的心靈，使人們和那些作品中的主人公們一起奮鬥、掙扎、歡樂、痛苦，即使毫無旅美生活經驗的臺灣或大陸讀者，也完全恍如置身於那種非常獨特的、光怪陸離的美華社會之中。這些作品，既顯示了作家非凡的藝術才華，也展示了她對這個獨特社會的了解之深，她的藝術視野的不斷擴大。

於梨華中長篇小說的一大特色是思路開闊，筆力雄健，放得開，收得攏，精騖八極、心遊萬仞而又能收束得恰到好處。《又見棕櫚，又見棕櫚》

巧妙地聯結了美國和臺灣，寫的是一個「身在曹營心在漢」的故事。主人公牟天磊完全可以像他的同齡人莫大、莫二那樣全部認同美國社會，然而他做不到，他與美國社會格格不入，他忘不了臺灣，忘不了臺灣的父老兄弟、師長親友、風土人情乃至那些風味小吃。尤其使他不能忘懷的是事業，他魂牽夢縈的是要為臺灣的文化教育事業貢獻自己所學的一切知識。牟天磊之所思所想，完全合情合理，無可指責。然而，卻不容於整個臺灣社會。未婚妻意珊之所以要嫁他，就是為了要去美國。牟天磊如若決定留臺，她馬上就要隨莫大或莫二而去。他的父母雖然想念他、疼愛他，但卻也絕不願他留臺不走，因為那會將他們的面子丟光，使他們在社會上無法做人。而在一般人的心目中，留美而又返臺定居者都是窩囊廢和可憐蟲。弄來弄去，支持牟天磊留在臺灣者，都只剩了她的老師邱尚峰。而這個唯一的志同道合者，又被汽車撞死了。小說確乎是留美的無根的一代的哀歌，但他又何嘗不是臺灣社會乃至整個中華民族的哀歌呢？作家這種宏大的構思、豐富的想像往往使讀者目不暇接、不忍釋手，這是一種不可多得的大手筆。尤為巧妙的是，利用牟天磊到金門島參觀，作家讓他從望遠鏡中看到了朦朧模糊中的祖國大陸，由之不由得想起了自己幼時逃離大陸的不堪回首的一幕幕，從而使小說又大大增添了深厚的歷史內容和長長的時代跨度，臺灣——美國——大陸，對牟天磊來說，變成了一個渾然一體的傷心大三角，而他，則是這個大三角中一個上不沾天、下不著地的梁上君子，一個徒有滿腔抱負卻「有志不獲聘」的時代孑遺人！

徒有宏大的構思、豐富的想像也不能保證小說創作的成功。它們還必須和縝密的行文、細緻的刻畫緊緊結合起來。在文學史上，志大才疏的失敗之作人們見識得太多太多了。於梨華中長篇小說所以成功，正在於她不是一個志大才疏的小說家，嫻熟的藝術技巧保證了她的宏大構思、豐富想像獲得了血肉生動的豐滿之軀。《傅家的兒女們》也許最能說明這一點。

小說寫傅家姐弟兄妹五人乘留學生包機由美返臺為父親生日祝壽。在這架夜航包機上，五人（特別是如曼、如杰和如俊三人）一個個醒來又睡去，睡去又醒來，朦朧恍惚中閃現了各自半生的事業、生活、愛情：赴美前一個個被摧殘的愛情花朵，赴美後學業和生活的艱辛，特別他（她）們愛情和事業上的雙重失意，像一條條毒蛇，啃齕著他們姐弟三人的心。小說在包機座上的小小空間裡，讓三個人的意識自由流動，忽而機上，忽而機外，忽而歷史，忽而現實，忽而美國，忽而臺灣，在極大幅度的時空交錯中，充分展示了姐弟三人的命運和心態。老四如豪和老五如玉雖然筆墨較少，但也同樣刻畫了他們兄妹二人的精神面貌。三、四十萬字的長篇，百分之八十的篇幅沒有離開包機機座，弄不好會枯燥、沉悶到讓人看不下去。然而小說卻寫得波瀾橫生，饒有興味，逼得人非得一口氣讀完不可，表現了十分超卓的藝術匠心。吸引人的當然首先是姐弟三人的拼搏史和風流債，但要充分展示這種拼搏史和風流債，而又一步也不離開小小的包機機座，沒有巧妙的安排、細心的設計和縝密的行文是根本不可思議的。包機在臺北機場降落後，父母迎接、安樂大廈團聚，應該是十分融洽歡快的大團圓氣氛。然而，這種氣氛並未出現，姐弟五人各有懷抱，一場團圓飯便吃得七零八落。這種不景氣，就為小說的高潮——年夜飯後、牌九桌上如杰、如豪兄弟二人的大打出手，做了很好的鋪墊。而這場對打，也就敲響了傅老爺子的喪鐘，祝壽的華誕變成催命的鬼門關了。

我們反對為技巧而技巧，但能夠表現思想內容和人物性格的技巧卻是多多益善。顯然，《傅家的兒女們》是運用了藝術技巧的，這種技巧，也完全屬於多多益善的範圍。正因為這樣，於梨華以《傅家的兒女們》為代表的一系列中長篇作品才獲得了非凡的成功。

「文學是語言的藝術」這至理名言，近年來曾經遭到過不少嘲弄。在某些作家看來，只要有才氣、有生活就可以寫出小說來。事實確實如此，有才氣、有生活，可以寫出小說來，也可以成為小說家。但是，假如這樣的小說家不注意在語言上下功夫，換言之，不好好錘煉自己的藝術語言，那麼，這樣的小說家充其量只能成為一名徒有虛名的蹩腳小說家，一名經不起推敲的小說家。而這樣的小說家，即使再有「轟動效應」，也是經不起歷史檢驗的。

於梨華不是這樣，她對語言的用心和考究達到了執著的程度。她的不少小說語言，鏗鏘作響、擲地作金石聲，可以當作優美的、耐人咀嚼的散文讀。短篇如是，中長篇亦如是。請看《三人行》中的這樣一句話：

> 父親一直是個安分守己的公務員，由工程師升到總工程師升到副廠長升到廠長升到副總經理升到總經理而降到公司的顧問而退休。

這樣一個一氣呵成的長句子，一下子概括了「父親」——一個「安分守己的公務員」的一生：由升而降而退休。妙在他的步步高升由五個「升」字一下子串了起來，效果特別突出；而一下子又「降」為顧問的反差效果也就特別強烈。利用反差突出語言效果可以說是於梨華的拿手好戲，這裡不妨再舉幾例：

> 1.為一些過了做夢的年齡而仍然無法放棄夢，在現實的生活中又無法屈服於現實的女人們——也許不快樂，也許不是不快樂——而寫。
> 2.36 歲的女人，抓的是 16 歲的少女的愛情。
> 3.比黃種人白比白種人黃。
> 4.怕唐凌來。更怕他不來。一有門鈴響，她的心完全停止跳動。來的不是她，她的心又無力跳動。[5]

1.是《變》的扉頁題詞，十分精當地概括了小說的命意。之所以精當，關鍵就是「集束手榴彈」似地利用反差。「過了做夢年齡而仍然無法放棄夢」，這是時間反差；「在現實的生活中又無法屈服於現實」，這是精神反差；而「也許不快樂，也許不是不快樂」，則是心情反差。處在這麼多的反

[5]此四例均引自《變》。

差作用下，女主人公心態之不平衡也就可想而知了；2.是數字反差，36 歲的女人已屬半老徐娘，而 16 歲的少女卻是情竇初開；3.是色彩反差：是對中、英混血兒唐凌的膚色的準確描繪；4.可謂邏輯反差：怕——不怕，停止跳動——無力跳動。這些反差的語言效果是十分明顯的。

利用反差自然不是於梨華唯一的拿手好戲，她有自己整套的藝術語言。再請看這樣一段：

> 地下車擠得把我肚子裡的悶氣全給壓了出來，於是我渾身虛脫，一手緊緊吊住車環，車子往前飛馳，車外的人臉往後飛逝，漸過的卻僅是林曼的臉：和平東路的林曼、美軍俱樂部的林曼、西門町的林曼、舞會的林曼、床上的林曼、我的林曼、人家的林曼。[6]

這裡的林曼是臺灣一個富商的千金小姐，但卻厭學而嗜唱，17、18 歲便到酒吧當了歌女（藝名曼麗），並嫁給了菲律賓籍的一名喇叭手，招致父親與她斷絕了父女關係。不久，她與丈夫一起赴美，女兒則留給母親。未幾，夫妻離異，林曼作了一個有錢人的外室。這裡的「我」則是林曼哥哥的朋友，赴美留學，在一個舞會上與林曼邂逅，以後曾有兩夜風流並欲娶林曼為妻，但當得知她已成為別人的外室時，只好悻然作罷。然而他忘不了林曼，在地下車裡還一直想著她。這裡一連用了七個重疊句，非常簡潔、非常扼要地概括了林曼由臺至美的全部風流而又淪落的歲月，也寫出了我對林曼的無法忘情。一般說來，重疊句並不難用，但像這裡這樣筆酣墨飽的例子卻頗不多見。而這樣筆酣墨飽的例子在於梨華的小說作品中卻是屢見不鮮的。

在人物語言的個性化方面，於梨華也有自己獨特的造詣。限於篇幅，這裡只能引《考驗》中的一段話，是有正義感的美國教授百龍對正在遭受

---

[6]見〈林曼〉。收入《新中國的女性及其他》(《於梨華作品集》第 11 卷)。

系主任打擊排擠的小說男主角鍾樂平說的：

> 學界和任何機關一樣，黑幕重重，光憑真才實學是不夠的，就像一顆鑽石，沒有修潤裝飾過，光澤再好，都不容易被人看出來。……在學界，交際啦，吹牛啦，拍馬屁啦，拉關係啦，給院長的女兒找一個暑期工作啦，等等，都是修潤琢磨的工作……[7]

這是一個深諳美國學界內幕的美國正直教授的一席大徹大悟之言。唯其正直，他才肯將這篇人生了悟和盤托出，用以表示對處於困難中的無辜的同事鍾樂平的同情、支持與幫助；唯其大澈大悟，才更見出這位正直教授豐富的人生經驗。正因為這段話出自百龍這樣具有豐富人生經驗的正直教授之口，它才是得體的、性格化的、耐人尋味的。

做為一位「文體家」，除語言的高度錘煉外，還必須有自己獨特的語言風格，於梨華自然也不例外。總體來說，她的小說語言既有女性的細膩明麗，又有男性的粗獷豪放，形成了陽剛與陰柔兩種美學風格的和諧統一。

於梨華認為作家分三個等次，一流的必須是思想家，如俄國的杜思妥也夫斯基，中國的魯迅；二流的作家能寫很動人的故事並創造人物，使讀者難以忘懷；第三流的作家便是只說故事的。她把自己歸入第二類：「我是第二流的。當然想當第一流的作家。所以要努力爭上游。」[8]現在，於梨華正在寫一個大部頭的長篇，預計在百萬字以上。她說：人生長得很，慢慢的寫，重要的是要對得起良心。[9]

這就是於梨華，這就是忠於藝術、努力攀登的於梨華。

——選自袁良駿《冷板凳集》

北京：學苑出版社，1999年9月

---

[7]《於梨華作品集》第十卷，頁176。

[8]朱蕊，〈魂牽故里——訪美籍華裔作家於梨華女士〉，《臺港文學選刊》1990 年第 12 期（1990年）。

[9]莊美華，〈千樹萬樹梨花開——於梨華的寫作世界〉，《四海》1991年第1期（1991年）。

視寫作為生命

於梨華和她的近作

◎彭沁陽*

1980 年秋，我曾聆聽過著名美籍華文作家於梨華女士的一次演講。當時的中國社會剛剛把門窗打開，外面世界的新鮮空氣令久被封閉的心胸為之一振，那次演講的記憶也就深印腦海。那年於梨華已近五旬，但看上去卻年輕得多，她身材小巧，精力充沛，白長褲藍 T 恤，透發出現代職業女性大方、幹練、坦率、平等的作風，沒有絲毫時下某些女作家明星化的做作之態。那時海峽兩岸已被隔絕了近三十年，當我們第一次讀到於梨華、白先勇、聶華苓、陳若曦等著名臺灣旅美作家的作品時，驚喜之極。後來，我做了於梨華的長篇小說《考驗》的責編，又瀏覽了她的其他作品（臺灣版），對她的了解更多了。她旅居海外四十餘年，寫了一系列反映赴美學人生活及心態的作品，成名作《又見棕櫚，又見棕櫚》是中國留學生文學的先驅之作，《傅家的兒女們》則是代表作，至今暢銷不衰，她被稱為「留學生文學的鼻祖」。從 1963 年的第一部《夢回青河》到 1998 年的《屏風後的女人》，她筆耕不輟，前期作品描寫了臺灣留學生無根的漂泊感和寂寞感；後期作品則表現了他們身在海外心存故國的民族感和憂患感，並且在作品的深度和廣度上也有了進一步的拓展。於梨華受東西方文化的薰陶，在創作中對東西方價值觀和文化傳統作了比較和介紹，刻畫人物時將中國的傳統白描和西方的心理描寫相結合，使筆下人物真實生動，多姿多采。她的小說意蘊含蓄而又深刻，文風清新俊逸，具有現代節奏和色彩。

---

*發表文章時為人民文學出版社編輯，現已退休。

各界名人對於梨華的作品都十分激賞：

諾貝爾獎獲得者楊振寧說：「我喜歡看她的書主要有兩種原因：一方面我欣賞她對人物性格及心理狀況的細緻觀察；另一方面我很高興她引入了不少西方文學的語法和句法，大膽地創作出既清暢可讀又相當嚴謹的一種白話文風格。」

臺灣著名詩人余光中說：「她在下筆之際常常帶一股豪氣，和一種身在海外心存故國的充沛的民族感。在女作家中，她是少數能免於脂粉氣和閨怨腔中的一位。」

著名美籍華人女作家聶華苓說她的作品「乾淨俐落，閒閒幾筆，就把人物寫活了；她對於文字的運用有獨創性，因此文字特別新鮮簡潔。」

最近人民文學出版社又推出了於梨華的近作《一個天使的沉淪》和《屏風後的女人》，並再版了《考驗》。6 月 11 日，趁她來中國參加文學會議之機，我去她下榻的飯店送樣書和稿費，她剛步出電梯我便一眼認出了她。近二十年了，時光老人讓她仍然保留了盛年的容貌儀態，她的裝束還是那麼瀟灑隨意，品味高雅：米色長褲，黑色無領衫外是一件白亞麻布長袖襯衣，顯得和諧自然，唯一醒目的就是胸前佩帶的一塊長方形的碧綠翡翠，如同畫龍點睛之筆。我們聊了近兩個小時，她平易、熱情、坦率，使我忘記眼前是位享譽海內外的著名作家。她問訊了人民文學出版社的老社長嚴文井、韋君宜的近況，稱讚韋君宜的《思痛錄》寫得好，又說國內的女作家中她最欣賞馮宗璞和王安憶，馮是慢工出細活，從容不迫；王是扎實勤奮，新作不斷。而對一些僅僅表現個人小天地的作品，她認為題材太狹窄，說到此，她笑道：「大概我落伍了。」

談及她自己的近作《一個天使的沉淪》，她顯得有幾分激動，此書先在臺北的《中華日報》和美國的《世界日報》同步連載，引起強烈的社會反響，小說觸及了一個既普遍又隱晦的社會問題——少女遭受性騷擾。她相信不僅在美國在中國也同樣會有這樣的社會現象，她十分同情這些女孩子，她要為她們呼籲，讓家長愛護她們，讓社會關注她們，讓她們有一個正常健康的人生。小說中的主人公羅心玫本是個漂亮、活潑、可愛的美籍華裔女孩，由於十幾年中不斷遭受姑夫的凌辱，她的身心受到嚴重傷害，她吸毒、早戀、出走，荒廢了學業，她自暴自棄，不知如何擺脫困境。在遭受了一次殘無人道的性虐待後，她懷著對姑父的仇恨鄙夷以及對自己的不齒，毅然拿起了刀向那個毀了她一生的惡人砍去……書的結尾處，獄中的羅心玫給父母寫了一封懺悔錄式的長信，凡做父母的看了不能不動容；做子女的看了不能不動心。此書寫得如同一部紀實之作，真實得令人戰慄，看了發人深省。聯想到去年冬天，北京「流星雨」之夜就發生了一件讓人們既憤恨又痛惜的案件——一名 14 歲的女孩和她的堂弟被騙，導致如花少女遭強暴慘死。人們驚呼罪惡之手就躲藏在我們的身邊，社會、學校、家庭對未成年人的教育不僅僅是「真善美」，而且要讓他們知道「假惡醜」，教育孩子善於保護自己。於梨華正是懷著愛心寫下了這本小說，與當年關注留學生一樣，她年近七十仍關心社會問題，證明她的胸襟博大，筆力強健，她沒有落伍。

於梨基本上屬於經驗型作家，她的作品和她的經歷及所見所聞密切相關。《考驗》裡就有她的前夫、物理系博士在美國學界為爭取永久聘書而奮爭的體驗，書中主人公鐘樂平為求得公正，請猶太律師和系主任打官司的描寫，至今讀來仍令人興味盎然；而女主人公思羽對個人價值和自我的尋求，至今仍是婦女思考的問題。《考驗》寫了留美學人在美國經受著事業和愛情的考驗，《一個天使的沉淪》則寫了留美學人的後代在美國所面臨的新困惑、新問題，《屏風後的女人》由《尋》、《相見歡》、《屏風後的女人》三部分組成，反映了 1980 年代後從大陸、香港、臺灣赴美華人的曲折經歷以及新老移民之間的代溝，記錄了大時代的歷史軌跡，傾吐了幸運或不幸的女人們的心聲。《尋》中有熱情俠義的老板娘江彩霞、風流浪漫的汪晶晶、善良淳樸的北京姑娘葉真、工於心計的上海女人王素蕙，《相見歡》中於梨華將母女、母子、父子、姊妹之間的衝突和割捨不斷的親情細膩曲折地表現出來，《屏風後的女人》中刻畫了一個與張愛玲的「七巧」可以媲美的機敏刁鑽人物大姑，也表現了吳老太身老心強，不甘受子女擺布的煩惱。總之於梨華筆下的主人公都是作者深藏於心、揮之不去的人物，他們的一顰一笑、一嗔一怒都被作者捕捉住，使他們在白紙黑字中活轉過來，用各自的聲音訴說著各自動人心弦的故事，使讀者和他們同喜同憂，享受一份難得的閱讀陶醉感。

綜觀這三本書，你可以了解近四十年來中國人在美國的真實經歷和他們所面臨的一切挑戰，而且還能從中對大陸、臺灣以及美國的社會、文化、習俗作一番了解、比較和認識，開闊眼界見聞。綜觀這三本書，你可以感受到一腔活力，這活力表現在人物形象上，那就是有個性有生命力；表現在作者身上，那就是有朝氣有韌性，對生活、對生命還是那麼摯愛，對寫作還是那麼鍾情。正如著名文學評論家李子云女士所言：「於梨華寶刀未老，與她同時代的作家大部分已擱筆或寫得很少了，她仍視寫作為生命，仍一如既往地觀察感受生活，滿懷激情地去表現她終身感興趣的那種性格強悍的人物，表現她們在不同時空背景下的自我衝突和相互間的衝突，毫不懈怠。」

當我和於梨華女士告別時，暮色已籠罩北京城，想說的話、問的話還有很多很多……聽說她明年還將到九寨溝旅遊，心頭不由得一喜，只盼九寨溝的美景能引來她輕捷的步履。

（文中所提及的三本書已由人民文學出版社出版）

1999.6.16

——選自《世界華文文學》第 70 期，1999 年 11 月

留學生小說的開山祖

於梨華

◎陳若曦*

於梨華，民國 20 年生於上海，祖籍浙江鎮海。民國 36 年，父親被國民政府派任臺中糖場總經理，全家移居臺灣。當年秋季入讀臺灣大學外文系，散文科教師是以嚴厲著名的俞大綵，學期成績不及格，憤而轉讀歷史系。民國 42 年大學畢業，即赴美就讀洛杉磯加大英文系。大學鄰近影城好萊塢，米高梅電影公司在大學設立文藝獎，於梨華以英文小說〈揚子江頭幾多愁〉獲選首獎，洗刷了沒資格讀臺大外文系的譏諷。

民國 45 年自洛杉磯加大取得新聞學碩士，隨即過起結婚生子的主婦生活。為了排遣家庭主婦的無聊與無望，她提筆創作長篇小說，民國 50 年以《夢回青河》而聲名大噪，在臺灣文壇備受矚目。小說以上世紀 20 年代抗日戰爭為背景，但對國難僅一筆帶過，突出的是女性的愛情和婚姻困境，這成為她後來一貫的創作主題。接著發表臺灣學生在美求學和奮鬥的故事，被譽為「留學生小說」的開山祖。

民國 57 年受聘紐約州立大學阿伯尼分校，教授中文及英譯現代文學，於民國 82 年退休。她第一次婚姻以性情不合分手。民國 64 年參加紐大訪華之旅，與訪問團領隊紐大校長墜入愛河，後者返美即辦離婚以便和她結婚，事件轟動校園及美國華人圈子。

首次訪華後，於梨華在香港的《七十年代》雜誌發表一系列有關「新中國」女性的報導，結集為《新中國的女性及其他》。此書表揚中國大陸的

---

*作家，《現代文學》創辦人之一。

人民雄心萬丈、生活安寧，以對比「舊中國」的諸多災難，以及當前美國物欲橫流的墮落，包括臺灣社會的貪婪與空洞。這是於梨華作品中首次出現的民族意識。由於公開演講和作品都對中共大加吹捧，一度被臺灣的國民政府視為「親共」、「投共」，並封殺其作品，但民國 67 年即解禁。

民國 76 年臺灣開放大陸探親。適逢於梨華出版《三人行》，描寫不同背景的三位主角返回祖國作尋根之旅，感動、感慨與憂國憂民的情緒兼而有之，頌多於貶，但也非一面倒。對臺灣興起的「探親文學熱」，小說起了推波助瀾之效。

執教紐大期間，於梨華曾邀張愛玲到校演講。這是張愛玲民國 44 年到民國 84 年居美歲月中，僅有的一次公開演講。多年後，曾有人問她，自認與張愛玲有何不同。快人快語的於梨華回答：「她很有文才，我很有生命力！」

其實，她既富生命力，也富文才，迄今仍寫作不輟，每日有三小時雷打不動，專心面桌著述，作品也源源不絕，是文壇一棵長青樹。

於梨華很早就展現寫作天分，大學期間已有小說創作，發表於《文學雜誌》、《自由中國》和《現代文學》等，被歸屬於 1950 年代現代主義流派。長篇《又見棕櫚，又見棕櫚》公認是代表作，曾獲臺灣嘉新文藝獎，並入選 20 世紀中文小說一百強。

她的寫作題材來自生活，寫自己經歷或耳聞目睹等事物，加以剪裁、變化和重建，因貼近生活而特別感動讀者。作品主題和其個人經歷息息相關，也即個人閱歷和領悟都透過作品加以反映、思考和沉澱。

作品大致可分（一）懷念故土，如《夢回青河》；（二）失根與疏離，如《又見棕櫚，又見棕櫚》；（三）落地生根，描述華僑在異鄉打拚的奮鬥史；（四）生老病死，銀髮族生活等人生哲學。其中，異鄉奮鬥故事中，相當突出女性和社會議題，顯示她時時緊跟潮流，也反映她自信自尊的性格。

「她一點都不顯老！」這是文友和讀者對於梨華的讚賞。她雖個頭矮小，但動作靈活俐落，十分活潑開朗；天天運動，每週固定打三次網球，予人精力無限的印象，堪稱老年人最佳榜樣。人口老化是舉世注目的趨勢，太平洋兩岸都面臨「老人社會」的壓力。身為老人而寫老人，梨華顯然樂在其中。她以為自己對一些生老病死的問題，是隨著年齡增長而感受越來越深。

「用真情寫熟悉的東西才會寫得好。」無根、流浪曾是早期留學生文學的主題，但是隨著文化交流和社會地位的變動，海外華人面對一個是否融入所在國或當邊緣人的兩難抉擇。華僑以前相信「落葉歸根」，朝思暮想的是如何埋骨故土，至少也要「魂飛故土」。然而隨著「地球村」概念的普及，逐漸理解「落地生根」的客觀優點和必要性，包括融入社會主流、對入籍所在國的誓言是否履行、責任感等等。20 世紀末，「落地生根」已漸成絕大多數華裔作家的共識。

於梨華因為婚姻關係，對「落地生根」的感受特別深刻。曾在接受文友姚嘉為訪問時，強調：「我在美國這麼久，丈夫是美國人，但沒著落的感覺仍然存在。海外中國人和美國人之間的距離若能拉近，很好；不能拉近，便永遠是個距離，這就是悲哀的開始。」

天性樂觀好強的於梨華，與悲哀絕緣，而是文思源源不絕，絕對是「活到老，寫到老」的文壇好榜樣。

——選自世界女記者與作家協會中華民國分會編《誰領風騷一百年：女作家》臺北：天下遠見出版公司，2011 年 9 月

遊子尋根歸不歸？
七〇年代的留學生文學（節錄）

◎朱芳玲*

從「覺醒的一代」到「回歸的一代」：於梨華

於梨華《又見棕櫚，又見棕櫚》除了有在回歸與否中掙扎的留學生牟天磊，小說也形塑了天磊的大學老師邱尚峰這樣一個「出走後回歸」的留美學人形象。邱尚峰曾得到福特獎學金的資助到美國史丹福大學研究一年，而後毅然決然放棄大學教授中文的聘書回到臺大任教、辦雜誌，只是理想尚未成就就因車禍意外死亡。1974 年出版的《考驗》裡，於梨華進一步反映了美國學術圈的現實，並生動地塑造了一個去而不歸、患有性格「軟骨症」的留美學人鍾樂平形象，同時也表達了女性在異國尋找自我的渴望與突圍。

《考驗》的留學生鍾樂平在美國取得一流大學、熱門學科的博士學位，然而這一切並沒有為他開闢事業的坦途。一開始，他先是在一所著名大學任教，致力學術研究，把所有的時間與精力都用在向他的上司證明他的才具。但是鍾樂平不善交際，又不會拉關係的處世性格，讓他在人際關係複雜的美國社會處處被人排擠，後來三次被解聘；先是因得罪一位大學理事會的委員而被解聘；後來到芝加哥附近一所大學執教，又因不滿系主任竊取他的研究成果而與他鬧翻，再度被解聘；最後他到東北部一所學校

---

*長庚科技大學通識教育中心副教授。

教書，任勞任怨，工作十分出色，甚至勝過有長期聘書的教授，但系主任對他有偏見，想盡辦法擠掉他，雖然請律師向申冤委員會申訴，終於勝訴，獲得長期聘書，但系主任卻對他記仇懷恨，給他的工作設置了種種障礙，而一些不明真相的同事也怪他把系裡的醜事張揚出去有失禮統，鍾樂平陷入了孤立無援的境地，不得不再度轉校。

鍾樂平學術事業的挫折絕非他的學歷或能力比人差，相反的，他還是箇中翹楚，但為什麼他的事業會由順轉入逆境呢？原因出在鍾樂平的性格。鍾樂平是一個專注於學術工作的人，他不懂交際，與上司不往來，又不會要政治手腕，除了學術交流，他從不跟同事有任何互動，等到出事，根本沒有人支持他或事先知會他一聲；加上他的個性怯懦怕事，明知自己有理，卻不肯據理力爭，自然會處處受挫了。從鍾樂平的遭遇可以看到旅美學人在美國從事學術工作的危機，而這也影響到留學生夫妻的感情生活。鍾樂平太太思羽本擁有高學識，理應嫁給條件比鍾樂平更好的男性，但她欣賞樂平的單純，又是名校高材生，前途應當大好。無奈在美國社會，華人要躋身東部一流大學執教並不容易，而樂平又頑固老實到常被人欺負，導致兩人的夫妻生活在美國社會時時遭遇無情的「考驗」。

《考驗》出版的這一年，於梨華也著手撰寫《傅家的兒女們》。《傅家的兒女們》是於梨華寫留美學子從「無根的一代」跨越到「覺醒的一代」的代表作，這轉變與她的人生經驗有關。《傅家的兒女們》完成一大半時，有一天於梨華在芝加哥大學看到報導片《中國》，內心為之震撼，此後開始涉獵有關中國的書籍，1970 年代的保釣運動加速了她回中國的意念。1975年，於梨華第一次回到大陸省親，返回美國後，她改變了寫作方向，從原本關注「由臺灣到美國留學而落戶」的人如何在美國掙扎，勝利或失敗，失戀或春風得意，過渡到關心「他們生活面內的思想面」，除了寫一個由大陸到臺灣再到美國的留學生心態外，還「尋找他們以一個中國人立場作出發點的心態」[1]。《傅家的兒女們》原稿在 1976 年中完成，是於梨華創作由前期轉變至中期的轉捩點，作品緊扣時代的政治脈動，不再有苦悶失落的無根的一代的情緒，代之而起的是充滿抱負的「覺醒的一代」與「尋根的一代」形象。

《傅家的兒女們》裡的傅家的兒女們各自擁有不同的命運：長女如曼出國前和臺大電機系的郭志宏相愛，出國後中斷聯繫，在美國多次被人玩弄，始終沒有遇到一個真情以對的人，最後成了個「晚三十早四十左右」的「老處女」；長子如杰出國前曾和女友查文美訂婚，在美國三年沒有拿到學位，寂寞的生活迫使他與並不愛他的黃珍珠結婚，婚前婚後不斷爭吵，加上失業威脅，根本沒有幸福可言；二子如俊出國前在臺灣已有女友，出國後在極度苦悶下與護士白秀貞結婚，婚後一直無法忘情女友，夫妻兩人不斷產生磨擦，甚至大打出手；三子如豪在事業上是個失敗者，苦讀五年一直拿不到學位，最後只好棄學從工，在餐館做事。小說中的幾個傅家兒女若留在臺灣發展，他（她）們都可以與情投意合的戀人結合，也可從事符合志趣的工作，卻在爸爸「我的兒子要做博士，我的女兒要嫁博士」的心理下留美，然而出國後得到了什麼？學位、婚姻、事業樣樣受挫，都成了沒有夢的人。

《傅家的兒女們》除了真實地呈現 1960 年代末期，留美學生們所遭遇到的愛情、家庭和事業的不幸，也塑造了新加坡華人留學生李泰拓這個「覺醒的一代」的形象。李泰拓是新加坡籍的中國人，中學時由臺灣搬家至新加坡。李泰拓讀新加坡大學時因討厭新加坡人對英國諂媚的態度而選擇留美，在美國又不屑美國對功名利祿死命追求的哲學，後來看到許多關於「中國」的報導而希望回大陸，在那兒做點事。李泰拓的想法嚇壞了女友如玉的哥哥如傑，他對如玉竟支持李泰拓的想法而感覺荒唐，因家在臺灣，父母也在臺灣，如玉怎麼可以支持李泰拓回到中國？他認為泰拓多半

[1]於梨華，〈前言，也是後語——序《傅家的兒女們》〉，《傅家的兒女們》（臺北：皇冠出版社，1988 年 11 月），頁 10。

是受了共產黨宣傳的毒，要如玉勸阻他。從如傑的反應可以看出臺灣留學生雖對中國有莫名的懷念感，但他們未曾想過回中國，這是「文化中國」和「政治／地理中國」對臺灣留學生在意識形態上所造成的分野，留學生們對「中國」的感情是從教科書或古籍中得到的一種文化記憶、故國回憶，屬於文化上的認同，但在政治上卻有著明確的認同傾向。另一方面，小說也刻畫了傅家六個兄弟姊妹中的么兒如華「覺醒的一代」的形象。如華是傅家兒女們唯一一個大學畢業後堅決留在臺灣教書，不去美國留學的人，理由是現在臺灣是中國，將來臺灣解放了也還是中國，身為中國人，為何不能留在這裡？李泰拓和傅如華是於梨華所塑造的一群失根迷惘的留學生中，少數找到認同的留學生，他們不再像牟天磊一樣找不到自己的根，而是已經覺醒，不再徬徨與迷惘而有所歸依了。

從《考驗》和《傅家的兒女們》可以看出於梨華的留學生小說主題，明顯脫離 1960 年代「無根的一代」因「尋根」挫折而有的無根與飄泊感，朝國家民族認同主題轉向，內容與格局較 1960 年代留學生文學擴大許多。

——選自朱秀玲《流動的鄉愁——從留學生文學到移民文學》

臺南：國立臺灣文學館，2013 年 8 月

《夢回青河》序

◎徐訏*

我第一次讀到於梨華的作品是在《自由中國》半月刊上，我當時就被她耀目的才華所吸引，雖然我覺得這些作品都不夠成熟。我讀年輕朋友的文章常看出人家欠成熟的地方，這事實上也許正是一種偏見。

經過了幾十年寫作上的摸索與體驗，慢慢的就形成了自己獨特的偏好。雖然這些偏好也有原則上信念的根據，但並不是許多人可同意的。所以我的意見只能同幾個朋友交換談談，並不敢以自己的偏好來批評別人的作品的。許多大家說得很熱鬧的小說，我看了以後，覺得平凡而且庸俗的有之；許多大家不注意的作品，我偶然讀到，發現作者心血功力特到之處，頗感欽佩的有之。總之，這是一種偏見。但有一點則是真的，我說的都是自己老老實實的所感所想，絕不會是人云亦云的。

最近於梨華寫了一部《夢回青河》的長篇，要我為她寫一篇序，給她一點意見。寫序文本來不一定要說什麼意見，四平八穩官冕堂皇的話說幾句，也就可算一篇序，但規定要寫點意見，這就有點為難，特別是作者是一個年輕漂亮的女作家。

中國自新文學運動以來，女作家都比較容易得別人稱讚，如以前的文學研究會之對於冰心，《現代評論》與《晨報》副刊之對於凌叔華，1930年代左派之對於丁玲，以及前幾年因為美國新聞處有位美國官吏捧了張愛玲，所有美新處津貼的文藝刊物與作家，都一列誇稱頌揚張愛玲，大都是言過其實，跡近肉麻。這使以後批評女作家的作品就很難，如果我老老實

---

*徐訏（1908～1980），本名徐傳琮。作家、學者。

實說 70 分好，別人以為也是言過其實的慣例，打了一個折扣來聽，這就把稱讚變成了貶抑；如果加 50 分變成 120 分好，以備別人還價來聽，則對於老實的讀者又變成一種違背良心的侮辱。

因此，在這篇小序裡，我要特別申明的是第一我說的是老實話，相信我話的人不需要打折扣來聽，第二我說的是我自己的偏見，並不一定是公正的批評。

自從《紅樓夢》被認為文學上的傑作以後，五四以來，中國出現了一種大家庭小說，這是以大家庭為背景寫裡面人物的綜錯與蛻變的，其內容與主題往往稍有不同，有的寫大家庭的黑幕與悲劇，有的寫新舊兩代的衝突，有的寫社會的變化大家庭的沒落，諸如此類，雖具有新的時代意義，但實際上也沒有脫離紅樓夢所暗示與光照的範圍。

中國的大家庭傳統，第一次動搖於辛亥革命，第二次動搖於五四運動，第三次動搖於北伐，第四次動搖於抗戰。小說家戲劇家，根據自己的生活經驗寫大家庭在這些時代變亂中的沒落與蛻變，正是反映各地農業社會家庭的實際情況，所以很能得一般讀者的歡迎。以後有許多作家寫一個鄉村或一個學校或別的社會圈子的人事糾葛及蛻變，也用這種寫大家庭變化的手法，有的也都獲得相當的成功。

《夢回青河》是寫大家庭的綜錯而以敵偽統治的時地為背景的小說。可以說是我所見到的最晚的一部家庭小說，而我想這也許是大家庭小說的殿軍，以後一定不會還有人可有這類大家庭生活的經驗了。

我於抗戰勝利後回到上海時，很想看看敵偽時期占領區的文藝。文藝的表現不外是生活的生命的或是社會的時代的，無論是歌頌咒詛或諷刺，總是最可以反映這一個時間裡的生命的活動與社會的活動。在長長抗戰的歷史中，我們的後方出現了不少的小說戲劇散文與詩歌，雖然不敢說有多少偉大的收穫，但至少可以看出偉大的抗戰時期人民生活中悲喜的面貌，社會行進中動盪的情形。但是可憐得很，整個的廣大淪陷區竟沒有一本可代表那一個社會的小說，沒有一本能表現那個時代的戲劇，也沒有動人心弦的詩歌。我只看到一些散文，而也只是些零星的萎弱的作品，既不足代表獨特的生命的產物，也不能代表反映特殊社會的作品，有人介紹我兩個在當時見紅的女作家的作品，一個是張愛玲一個是蘇青。張愛玲有一本短篇小說集，一本散文集：小說所表現的人物範圍極小，取材又限於狹窄的視野，主題又是大同小異，筆觸上信口堆砌，拉雜拉扯處有時偶見才華，低級幼稚要弄文筆處太多。散文集比小說稍完整，但也只是文字上一點俏皮，並無一個作家應該有而必有的深沉的亡國之深痛與乎迴盪內心的苦悶之表露；也無散文家所必需的縝密的思考與哲理的修養。蘇青所寫的則也只限於一點散文，以俏皮活潑的筆調寫人間膚淺的表象，其成就自然更差。能夠讓我們有點時代反省與可以讓我們見到那個社會的知識階級的感受的，遠不如周作人的幾篇散文。可惜周作人也只有幾篇散文。如果當時有一個小說家在淪陷區寫一部可稍稍籠括那一個時代社會的小說，如果有一個詩人在當時淪陷區反覆迴盪的寫他個人的深淺曲直的觀察感受，這該是多麼可愛呢？可是竟沒有！現在我們要談到中國現代文學史的「敵偽時期淪陷區的文學」的一章，則幾乎是要交白卷的可憐。

我所以想到這些，是因為於梨華的《夢回青河》是以敵偽時代地區為背景的；而這竟是我這個孤陋寡聞的人讀到的第一部以敵偽時代地區為背景的長篇小說。但是，如果我想以這部小說來補充那一段時地所缺少的反映，這當然並不夠滿足我們的慾望。因為於梨華那時候還是一個小學生，她的所憶所感自然是不廣不深的。但在勝利以後十幾年的時期中，長住在敵偽地區的作家們都沒有寫出什麼，這本小說也就值得我們珍視了。

這本小說的時地雖是在敵偽時代的浙東，但是故事所表現的則與時地沒有什麼關係，放在別的背景前也還是可以成立的，這也就是少了時代與社會意義的原因。故事以一個姑表兄妹的三角戀愛的悲劇為經，以複雜大家庭幾個無法分離又不能和洽相處的幾個家庭中前輩幾對夫婦為緯。作者在故事組織上非常縝密，發展也極為自然。寫來有一氣呵成之勢。中國這一類大家庭的關係很普遍；作者寫得非常寫實，而且很成功。細究其成功的原因，故事的緊湊還在其次，主要的是作者在人物的創造與心理的刻畫上非常生動，場合氣氛的控制又非常得力。作者在創造人物中，顯示出作者特殊的才力，無論在寫「大姨」、「阿姆」、「外婆」都有很細膩的筆觸，而且隨時能運用人物心理去駕御場合，控制場合，用場合氣氛去刻畫人物心理，但可惜有時缺乏統一，在某一場合人物呈現極其生動，在另一場合上，性格的反應則往往有疏忽之處。如像外婆這樣一個控制外公小舅的女人，在以後許多變故場合上，缺少獨特的表現，唯一自始至終貫澈得一筆不懈的則是「定玉」的創造，作者筆觸所及不但聲聲如聞其聲，幾乎是息息如見其人。作者寫美雲也不可謂不成功，淡淡的幾筆都見有力，因稍顯不夠統一，所以不如定玉。

大致說來作者寫男性，則似稍遜，但總仍能在一定場合中，用不多的筆墨寫出其恰好的性格與其心理的發展來控制故事的進行。而且作者的筆觸始終是像有帶電磁般的力量吸引讀者進入她所創造的氣氛之中。其運用對白，簡潔有力；不拖脫，不浪費，這當然也是人物與氣氛成功的原因。

我所最不喜歡的則是美雲的遇害兩個場合，我們且不說這兩個場合的布置不合情理。即使必須的話，這樣寫來也變成了兩幕鬧劇，有點近乎黑幕小說的布局。以作者的才力與想像，實在可以避免這種趣味的，美雲的遇害是全書的高潮，全書在作者筆下，行雲流水，曲折迴瀾，處處都見格調，但用這兩場合來推入高潮，悲劇的趣味就一落千丈，這實在是非常可惜之事。

為這點惋惜，我曾在讀完《夢回青河》之後，為作者設想，如何把這個故事改動一下，可以避免這些欠缺。我現在把想到的幾種寫在這裡，作為作者的一個參考，也聊充我與作者在小說寫作上的一種探討，也許這不會使作者厭棄的吧？

一、使大姨與祖善以及定玉布置了一個場合，利用茵如或其他的人物疑心馬浪蕩與美雲的有染，使整個大家庭有一種謠言，造成了一種人言可畏的氣氛，促成國一猜疑，美雲想辯白都沒有機會，最後以至於自殺。也可以布置國一於棄絕美雲後，同定玉接近，可能於他們商議結合或同去自由區時，被美雲聽到因絕望而自殺；也可於美雲自殺後，國一發現美雲的冤枉而再棄絕定玉。其中聯帶著要寫到國一他的父親因為要美雲的嫁妝與國一的衝突。

如果作這樣的布局，牽動全書上面暗示的地方可能不少，這當然連帶著要改動的。但主要的自然在寫作上比較很費力，在氣氛的發展與心理轉變的控制上尤需工力。但是我相信作者如果集中心力，用一天寫五百字的速度來寫，一定可以勝任的。

二、把美雲遠嫁給一個遠地的富有的漢奸地主做妾媵，不妨讓馬浪蕩做跑腿，使他為利而去拍該地主的馬屁，可以由大姨與美雲的一個姊姊勾通，美雲的姊姊為可吞沒美雲的存款，接受其利用，先將美雲搬到姊姊家，從其姊姊家把她嫁出去，或騙她是嫁給國一。這個布局比第一個設想容易寫，也可多有點「故事」。

三、即使要使馬浪蕩強姦美雲，大可以用把美雲灌醉，甚至用蒙迷藥的方法，在王新塘隨便找一個房間小屋——柴間或傭人房——都可以完成，而且比較輕易而合於情理。

這個布局自然更容易寫。美雲也可於被強姦後，自殺了之。

我個人覺得這個設想，都比作者所用的高潮要好。而我則特別喜歡用第一個。我想在小說寫作上，對於這種地方的選擇顯然是與每個作者的年齡修養氣質都有關係。《夢回青河》的作者筆力矯健，文氣濃郁如烈酒，所以故事也要愛看強烈的顏色。這與我現在的趣味太不相同，因此幾乎許多地方——如夏成德在女生宿舍裡公開探手到女生被窩裡，以及到校園宣淫……等等——我都覺得刺目，這是太現實的題材而寫法又是偏不合現實的事理與心理，所以這像是畫幅上過分渲染的大團顏色，覺得很不乾淨。

此外我想到的是作者在文字方言的運用，因為我也是浙東人，所以作者所滲雜的方言，有時覺得很有趣味，但對於不懂這些方言的人，我想可能會是一種隔膜，如「光火」、如「吃生活」、如「把我吃癟」、如「斯文」、如「打起來倒結棍」……等，都不一定是能懂的。但也有些方言上的成語，作者寫成合理的文字，運用得很成功的，如「亮晶晶，黑幽幽」、如「見眼變色」、如「眼睛生在額角上」、如「做起弟弟的規矩來」、如「水米不沾」……等，我都覺得都使文字添加了一些色澤。

我覺得中國語言，因為文法簡約，所以成語特別多，各地方言的各種成語，往往是無法翻譯成別一種方言的。為使我們寫作的語彙擴充，色彩豐富，縱的方面我們要在古文學文言文吸引有力的表現，橫的方面就是要從方言中，以及從外來語中去吸引那些多采多姿的成語。如果作家自然而自由地隨其方言的趣味各自採用，則我想凡不好的經過一二個人一二次用後也就淘汰，好的大家沿用著，慢慢就會成為極普遍的詞彙的。這是自從五四以來，新文學的語文就是這樣演進的，但是許多人似乎不承認這些事實，想提倡純粹的北京話，這實在是很幼稚的想法。抗戰時，我們在四川，作品中滲染了四川成語，有的如「傷腦筋」之類，早已為我們普遍接受。現在在香港，許多作品中，見到廣東成語，如「生猛」、「撈家」之類，我覺得也很可採用，北京話裡面如「壓根兒」、「串門兒」我也喜歡，但我很不喜歡有幾個朋友愛用的「棒」、「帥」這兩個字。這些當然只是個人的感覺，並不是想強人相同，語言文字是有生命的，他的生長是極其自然，愈讓其自由發展愈會多姿多采的。因為我也是浙東人，見到《夢回青河》的作者運用方言的成語，能涉詞見趣，因此更覺得親切可愛了。

上面這些意見，都是個人的私見。也就是一個讀者讀後的感想。寫出來成為《夢回青河》的序，其用意或者還是在拋磚引玉，希望每個讀者都說出他們讀後的意見。中國自有新文藝運動以來，有人說最有收穫是散文，最無成績的是戲劇，我常不以為然，我以為最無成績實在是文藝批評。中國在幾十年中好好壞壞也出了些小說家詩人散文家及戲劇家等，獨獨沒有一個文藝批評家，其原因很多，這裡無法詳論，但一個偉大的文藝批評家需要有淵博的美學的文學的修養，博覽古今中外的名著而又能了解其與時代的意義，此外還應有公正的態度，犀利的眼光，浩涵的氣魄則是真的，而這當然是不容易產生的。一個小說家失敗了，還是小說家，最多說他是次等的，文藝批評家一失敗，則往往什麼都不是了。中國近幾十年來，在文壇上擺出文藝批評家的姿態來呼嘯幾聲的，十九都淪為打手與捧角家。倒是把文藝批評的知識作為古文學的欣賞與西洋文學的介紹者，對於文藝教育上頗有幫助，但這則只是課室裡書房裡的研究，不是文壇上或社會上的文藝批評的使命了。

在這樣沒有文藝批評家的時代與社會中，我們能多有些老老實實的讀者，說點「實實惠惠」的私見也許對於文藝氣氛可以有點幫助吧。

這也就是我敢為《夢回青河》寫一篇充滿偏見的序文的原因。

——1963 年・尹白生日

——轉載自 4 月 17 日《聯合報》

——選自《皇冠》第 111 期，1963 年 5 月

寫在於梨華《歸》的前面

◎聶華苓[*]

每次看見了梨華，我都很快活。她就有那股子勁兒，能使人的精神飛揚起來。我們以前也常常通信，但直到去年夏天，她從美國回到臺灣，我們才見面。第一次看到她，我有點兒失望，因為她不大像我由她小說裡所想像的樣子，不夠「野」，也不夠熱，只是從她帶笑的眼睛裡才看出一點兒她的慧黠。

她住在臺南，只有在她偶而來臺北的時候，我們才能見面。我們很少有機會坐下來聊天，見面的時候，不是在飛機上，就是在火車上，在大街上，在店鋪裡。也許就是由於這份倉促的感覺，我們才特別容易接近，才談了許多話，什麼都談，不談就來不及了。

一天中午，我們在西門町，走到中華路鐵路前面，欄柵正好放下了，我們在人堆裡停下。白閃閃的陽光，滾動的灰塵，人身上發出難聞的汗氣體氣，小店裡堆滿了祭死人的香、燭、錢紙、錫箔；火車在我們面前衝過去的時候，我忽然告訴梨華，我喜歡色彩強烈的花邊，譬如粉紅配黛綠，明黃配黑色。她楞楞望了我一會兒說：

「嗯。不同。我們完全不同。妳人素淨，偏喜歡強烈的顏色；我人強烈，偏喜歡素淨的顏色。」

也許我們彼此所吸引的，正是自己所沒有的那點兒顏色。

一天，她約我到綢緞店去買衣料。強烈的日光燈，刺鼻的染料氣味，

---

*作家，美國愛荷華大學「國際寫作計劃」的創辦者之一。發表文章時為臺灣大學中國文學系副教授。

紅紅綠綠的衣料，叫人覺得自己活得很實在，心裡特別高興。梨華為自己挑了一件寶藍絲料子；我為她挑了一件鸚哥綠絲料子。兩件她都喜歡，不知道應該買哪一件，便用五角錢的銅幣占了個卦。她一隻手蒙著錢，神色非常嚴肅，彷彿是決定一件人生大事。她、我、周圍的店員，全望著她蒙著錢的手。她手一揚，大叫一聲，撇著嘴，指指那匹鸚哥綠的料子：「是那一件！」我把那匹料子往旁邊一推，指著寶藍綢子對店員說：「要這個，剪七尺半！」梨華緊緊抓著我的手臂，一疊連聲叫著：「你真好！你真好！你真好！」店員把綢子剪得繱繱綷綷地響；梨華望著我笑，張著嘴，我發覺她的下唇厚一點兒。我就喜歡她那點兒「厚」。

一天大雨，我們在冰店躲雨。雨唰唰下著，門樓底下站了許多人。冰店裡很悶熱，只有我們兩個人。雨過之後，我們就要分手的。我們批評彼此寫的東西。我對她說，她的作品乾淨俐落，閒閒幾筆，就把人物寫活了；她對於文字的運用有獨創性，因此文字特別新鮮簡潔。但是，她的小說往往太戲劇化，真實的人生並不是那個樣子。那樣的小說可以用特殊的場面、特殊的人物來吸引讀者。但好的現代小說家應該是更人性、更「平凡」的。〈情盡〉、〈交換〉、〈歸〉，便是太戲劇化的小說。而〈小琳達〉卻是一篇平實的作品，用簡潔自然的文字把一個沒有家庭溫暖，狡黠、刻薄、喜怒無常，卻又可愛的孩子寫活了。我認為這是梨華最好的一個短篇，她的長處全表現在這篇小說裡，我要挑眼也不行。〈她的選擇〉也是她較好的小說。描寫在美國的東方人那種沒有著落的心情。此外，〈三束信〉、〈黃玲的第一個戀人〉、〈移情〉，雖然不是她最好的小說，但都有她特殊可愛的地方。〈撒了一地的玻璃球〉風格有些改變，是運用象徵的手法，描寫一個沒有愛卻想占有弟弟的女人。她用玻璃球打發獨守的長夜。在梨華最近的作品中，我最喜歡這一篇。這幾篇小說是梨華幾年來陸續發表的作品，不足以代表目前的於梨華。她還會改變，還會進步。每次見面，她都會談到一些看過的新書。她對於生活，對於書本，都一樣熱愛，吸收力也很大。因此，她那個人，她的腦子，總是那麼新鮮有活力。

在冰店裡，我還對梨華講到我對《夢回青河》的意見：開場太亂，人物一下子全湧了上來；美雲遇害的兩個場面太戲劇化。但我喜歡書裡兩個角色：「定玉」和「阿姆」。我尤其喜歡「阿姆」被「阿爸」抽打之後的那一段描寫，把一個舊式女人蒼涼的心情和忍受命運的力量寫得恰到好處，我看的時候非常感動。

梨華聽了我的話，激動得不知如何是好，兩隻手一會兒捏著拳頭放在桌子上，一會兒蒙著臉，一會兒想伸過來握我的手，又一疊連聲對我說：「你真好！你真好！你的話一點兒也不錯。一個作家，要想打動讀者的心，應該先打動自己才行。妳知道，關於『阿姆』那段文字，我是哭著寫的。真是用淚寫的！一面寫，一面哭，我簡直忍不住！」

她在笑，但我發覺她的眼睛紅了。我把她的手緊緊捏了一下，感動得一句話也說不出來，不為別的，只為我們對於寫作所共有的那份熱誠。

五十二年七月卅一日　臺北

——選自《文星》第 72 期，1963 年 10 月

於梨華〈又見棕櫚，又見棕櫚〉讀後

◎隱地*

〈又見棕櫚，又見棕櫚〉自今年 3 月 9 日起，在《徵信新聞報・人間副刊》連載，至 6 月 9 日結束，前後整整三月；這個 15 萬字左右的長篇，每個人都可以在這部小說裡找到合乎他需要的東西。

「人間」編輯室曾向讀者推薦：「您最好注意〈又見棕櫚，又見棕櫚〉，這樣的好文章，並不是任何一天打開報紙都能看到的。」

我深有同感。的確，做一個小說家，如果能寫出像〈又見棕櫚，又見棕櫚〉這樣好的作品，一部，只要一部，就應當心滿意足了，但認識於梨華和熟悉於梨華的人必定知道她不是這樣一個人，她永不以現有的成就自喜，相反的，她很急，急自己還沒寫出她想寫的那種有分量有深度的小說，事實上，她老早已經寫出來了，短篇〈等〉（《現代文學》），中篇〈海天一淚〉（《文壇》）、長篇《夢回青河》（皇冠）以及文星書店替她出版的短篇小說集《歸》、中篇小說集《也是秋天》、長篇小說《變》等，都是富有哲理，又使人讀得趣味盎然的作品，如果說，於梨華的小說是一種食物，我要說這種食物不但好吃，而且頗富營養價值。

或者我們可以這麼說，於梨華的小說是一杯酒，一杯濃烈的高粱酒；一道菜，一道辣味極重的湖南菜。

因此呢，也有人並不頂欣賞她的作品，總覺得她筆下的世界太冷、太薄、太狠。隨便什麼鮮美好吃的，要是有一股濃烈的辛辣味有人不願嘗，

*本名柯青華。作家，爾雅出版社創辦人。

這是必然的。

不知是於梨華本身有感於此，還是一種偶然的巧合，她這部最新的作品，已經能適合更多人的脾胃。儘管〈又見棕櫚，又見棕櫚〉寫的是這個時代一些聰明人所做的愚蠢事情，一群年輕人的苦悶和煩惱以及一種人們因生存而必須忍受各種各樣對生活的失望的嘆息，但我們發現於梨華寫得比她以前溫和、敦厚，她已經能冷靜客觀地來描繪人生，注入一針同情。也就是說，她以前是在人群圍成的圈子裡看人群，有時不免為人間的現實，寡情而氣忿，這一回，她也站出圈子來，因而發現圈子裡的婆婆固然說得頭頭是道，圈子外的公公，原來也有一本苦經。

更可愛的一點，〈又見棕櫚，又見棕櫚〉很像一部外景詩情畫意的電影，於梨華描寫太魯閣、天祥、金門、安平港以及美國的大城小鎮，避暑海濱……湖光山色，使人想起歐德麗赫本主演的《羅馬之戀》和凱薩琳哈本的《豔陽天》。

除了這些，〈又見棕櫚，又見棕櫚〉和她以前寫的小說最大的不同之處就是：這本小說幾乎全部都是用比較的方式寫的——人和人的比較，人和事的比較，事和事的比較，事和時的比較，時和時的比較，時和空的比較，空和空的比較……我們看：男主角牟天磊學成業就從美國歸來，自飛機場回家的路上就有比較的句子：「信義路二段的小巷仍是那樣狹窄，巷口那家山東麵館還開著，掌櫃的卻是一個陌生人了。……太陽光下，巷邊溝裡一片汙濁，零落的垃圾、果皮、紙片、爛了的香蕉，一球一球的甘蔗渣。十多年的時間在小巷的汙濁中是停頓的，一切如舊。」

又如家人和親戚朋友因為他剛從國外回來，不免要為他接風、洗塵，並帶他到各處看看玩玩，走進第一大飯店的喜臨門，他聽見櫃檯上的人及管電梯的僕人都講英文，又見到樂臺上正在敲著急喘的扭扭舞，臺下的舞池裡，擠滿了像犯了肚痛病而全身扭扯的男女，他馬上聯想到芝加哥勒盧街的舞廳，以為自己又到了美國。

另外，當他從小提箱中拿出一張曾經在美國時和他有一段情的佳利的照片時，他立刻拿她和已經通了四、五年信，準備嫁給他後可以跟他出國，卻在下飛機時才初次碰面的意珊比：「那是張和意珊完全不同的臉。意珊的臉像太陽，耀眼的亮，耀眼的令人注意，你知道它在那裡。而這個女人的臉是一片雲，你覺得它存在，但是你追隨不了它，它是輕柔的，但又似沉重，它不給任何光亮，但你忍不住要去探索它，它的顏色，它的形狀。」

等到他後來在南部妹妹家見到他的初戀女友呂眉立，他又拿意珊和他比。」大家坐定之後，意珊恰巧和眉立同時坐在朝天井的長沙發上。天磊坐在她們的對面，他看到意珊臉上的光潔，眉立臉上的脂肪；意珊兩角彎彎的圓眼睛，眉立細眼睛；意珊嘴唇的自然光澤，眉立口紅的濃澀；意珊的尖下巴所帶來的俏皮，眉立雙層下巴的厚重，十年，難道一個女孩子十年會失去那麼多東西？還是把一個卅多歲的女人和一個廿多歲的少女比根本是不公平的？」

除了比外表，天磊也比她們在她內心的分量：「他與眉立的愛情是少年期的一種純羅曼蒂克的感情，他走後日夜思念她，她結婚時他會偷偷哭過，將她的照片撕得稀爛，然後又邊哭邊將碎片拼起來。那是他的第一個戀，那種戀愛，最甜的時候就在戀愛的時候。他與意珊之間的愛情純是人為的，為了要愛而愛，為了要結婚，也純是建築在紙上的。她的信給了他一種生活的目的。一種往前看的希望。他從飛機上下來看見她時，立刻就覺得她很可愛。他將來要對她很體貼。要教她如何習慣於美國的生活，那純是一種帶有大哥對不解事的小妹所感到的疼愛。他與佳利的那段事件，只是一個事件，而卻是令他永生不忘，但又永生不會再連接起來得事件而已。那是一種情，可以把人的心燙焦，痊癒之後永遠留著痕跡的情，不該有，但又阻擋不了的『偶而的事件』。」

當寫到 14 章天磊坐上觀光號客車，車過萬華，而眼前是一片晃眼悅心的綠，有稻田、有收了麥而還未插秧的大片平地、有樹木及電線桿、有偶而的牛羊，他就想起從柏城到芝加哥的高架電車，車上的一切以及車兩邊的風景，開始和臺灣的觀光號客車比較。

16 章遊太魯閣與天祥時，比得更好：「天磊才震驚、才嘆服、才領會到人工與自然結合起來的、難以比喻的、雄壯不失詩意，驚險而帶著人工所製造的安全的美。他想到加州的夢居里爾，但它沒有燕子口的雄偉，他想到尤塞未推的奔騰氣勢，但它又沒有九曲洞的奇妙。」、「坐在太魯閣的涼亭裡，他一口吸進在紐約五十八層的公寓裡絕對不可能有的新鮮得叫人想擁抱的空氣。」

這種比較從第一頁到最後一頁，第 1 章到第 20 章，比比皆是，整部〈又見棕櫚〉，都是在比較中進行，東方與西方，過去與現在，感情與理智，貧與富，文明與野蠻以及繁榮與繁榮，髒和髒，亂和亂，幼稚與幼稚……

其次，這是一本屬於批判的小說。它告訴我們某些人，如莫氏兄弟，即使得到了博士學位，他們仍然幼稚得近乎愚蠢；它批判此時此地一部分的人心，一部分已經生了根的「崇洋」人心，以及許多「洋」得過分的措施；它更批判已經成為一種制度，一種習慣，一種理所當然的「留美狂」和「出國熱」，這是重點。另外，它還批判了許多迂腐的社會習俗和觀念，冷落學文法的怪現象以及交通無秩序而使人產生紊亂擁擠的感覺和政府對某些回國學人過分殷勤的招待是否有此必要等等，但所有這些批判，我們看得出來於梨華已經加了「仁慈」在裡面，好像一個母親打孩子，真正痛心的還是她自己。同時她本身也曾是一個留學生，深知留學生的辛酸。11 章中有一段天磊和他的老師邱尚峰先生的對話，把人們為了出國而不擇手段甚至於到了要發瘋的地步的因果說了出來：

「一定有許多人問過你同樣的問題，你為什麼不回來呢？現在我們有很好的新聞學校，你去開一兩門課絕對沒有問題。學理工的人不肯回來我還能了解，但我就不懂為什麼學文法的同學們也一去不返，而寧願留在那邊做沒有意義的工作？」

天磊痛苦地沉默著。當然有許多人問過他同樣的問題：「你怎麼不回臺灣去？」可是問過他最多次的還是他自己。為什麼？沒有任何理由，唯一的，最不能叫人諒解但也許最能使人了解的一個答案就是：「大家都不回去，我也不。」就好像多年之前出國，他曾私下問過他自己為什麼他要出國？而他的答案是「大家都出國了，我也去。」一樣的簡單而又不簡單。還有一點就是連他自己不敢也不願承諾的！虛榮，因為出國及留在國外一樣的是件令人——至少在臺灣的人——羨慕的事，而「令人羨慕」是最能滿足自己的虛榮心。即使要付出很大的代價，守住很深的寂寞，都願意。他恨自己這份庸俗的虛榮心，但是他摔不掉虛榮心，他恨自己沒有勇氣做一件別人做不到，或是別人不做，或是別人認為不必做的事。但是他抓不住勇氣……」因而他一再無言的感嘆：「該怪這個時代呢？還是怪這個時代裡的人？」對於當今在臺灣的，不管男女老少，都覺得唯一的出路是留美，不管學得是什麼，唯一的希望是留美的這種畸形心理的養成，於梨華予以善意的批判。我認為政府某些機構，如掌管留學政策的教育部，似應當作一個問題研究；而青年人本身以及一心一意要把兒女送出國去的父母，也應當冷靜，不能老是停留在一窩蜂的風氣。

再者，這部以男人口氣，用第三人稱方式表達故事的小說共有五十多位人物，所有這些人物都由男主角牟天磊將他們像一條線似的串連起來，每個人都有每個人的個性，每個人有每個人的特徵，而於梨華描寫人物最成功的是「不典型」，眉立就是眉立，意珊就是意珊，佳利就是佳利，她們都有可愛之處，有時候卻不免幼稚、倔強、浪蕩，因此我們對於於梨華筆下的人物，有時愛、有時恨、有時替他可惜、有時禁不住要罵他。這些人物踏實而有血肉，可以在我們生活周圍看到，摸到，嗅到，聽到。於梨華不刻意製造一個「典型的好人」彷彿所有的好事全集中在他身上好的連心都可以掏出來；同樣的於梨華也不刻意製作一個「典型的壞人」或「典型的美人」。她寫牟天磊，很多時候我們同情他，因為，我們看到他如何在為畢業、職業、愛情、前途孤苦的奮鬥，當他的代價有了收穫，我們也為他感到安慰，然而他對意珊的不必要的冷淡以及自以為比意珊懂得這個社會懂得這個時代的孤傲又覺得可咒。第 20 章寫他回憶在大學時和眉立到同學家跳舞，因為眉立和法學院一個姓保的自稱小白臉的同學多跳了幾隻舞，他就很生氣，送眉立回家時車子騎得很快，一句話也不和她說，把她送到了家，放她下來，她還沒有站穩，他已經縱身上車，騎著走了，還聽見她啊呀一聲，險些跌倒的驚呼。他嘿嘿冷笑了兩下，還說了聲：「活該！」我們讀到這裡，幾乎想罵：「這小子太不夠君子風度了。」於梨華世界裡的人物就是這樣容易使我們激動的活著，這是她的拿手，她以前所寫的每一篇小說裡的人物都能使我們笑，使我們哭，使我們感受我們的生命，使我們嘆息我們的命運，而且，我們的往事。我們的歡樂和我們的悲哀，都在讀到她的小說時被勾引，被串連起來，而覺得我們自己就是她筆下的人物。

當然，世界上沒有十全十美的小說，就像沒有十全十美的女人，或表象，或內裡，總有一點瑕疵，〈又見棕櫚，又見棕櫚〉，從 13 章寫參觀金門起到 16 章寫由蘇花公路，固然情節在繼續推展，故事也不停地在進行，但由於於梨華有一個到了過分使人吃驚的觀察立和記憶力的頭腦，任何一個地方，即使她回國後又已經三年，卻仍能細微而詳盡的描繪，以至於因有太多並且太好的寫景的文字，無形中就分散了我們原本集中在故事上的注意力，而且有故事中斷的感覺，進而認為這些文字實在應該「犧牲」一部分。

無論如何，我的結論是：這是一本好小說，它非但表現了這個時代的精神，也剖析了這個時代大部分的人心，讓我們清楚明白的了解某種觀念的轉變和它形成的過程，我們不但認識了別人，也認識了自己，而這是很重要的一點，我們總應該曉得我們為什麼活著？活著又是為什麼？

——選自《徵信新聞報》，1966 年 6 月 18 日，7 版

《又見棕櫚，又見棕櫚》推薦序

◎夏志清*

我同梨華相識還不到一年，去年八、九月間她從伊利諾州搬到紐約市昆士區居住，由朋友介紹相見，雖然我注意到她這個人早在十年前，當她初期小說在臺北《文學雜誌》發表時，《文學雜誌》的主編是先兄濟安。記得當時我還寫信去問於梨華是何許人，他回信告訴我的是現在一般讀者所熟知的事實：梨華在臺大原是讀外文系的，有一位教授覺得她英文不夠好迫她轉系，出國後在洛杉磯加州大學讀新聞系，發憤用功，在未拿碩士學位前即以一篇英文創作拿到了高爾溫徵文首獎[1]，引起國內外廣大注意。之後她結婚治家，生了三個孩子，1962 年回臺灣住了一年多，但多少年來她把空餘時間都放在寫作上。《又見棕櫚，又見棕櫚》是梨華第六本單行本，第三部長篇小說。

臺灣的作家是相當寂寞的，倒不是他們沒有讀者，而是沒有書評人關心他們作品的好壞；不斷督策他們、鼓勵他們。正如《又見棕櫚》裡的臺大外文系教授邱尚峰所感到的「中國文藝最落後的一部分就是沒有純然對文而不是對人的冷靜分析與批評。」在一般人看來，文藝作品供人消遣，好像無關國家大計；對於認真寫作的作家，這是一種不健康，可能使他沮喪的現象。他的作品如能暢銷，當然帶給他一些精神上、物質上的滿足，但他所要急切知道的，並不是他能否投合一般讀者的趣味，而是他在中國

---

*夏志清（1921～2013），江蘇吳縣人。作家、文學評論家。發表文章時為美國哥倫比亞大學東亞語文系副教授。

[1]高爾溫徵文首獎就是米高梅電影公司在加州大學洛杉磯分校所設立的文藝獎 Samuel Goldwyn Creative Writing Award，後也簡稱為米高梅文藝獎。

文壇上是否可能有真正的貢獻。在沒有書評人不斷提高讀者水準的情形之下，一本書的暢銷往往可能是對作者藝術成就的正面諷刺。

因為大家不關心作品的好壞，十多年來臺灣究竟產生了幾個有重要性的作家，幾本有分量的小說、詩集，還沒有一個定論。但在臺灣的作家，至少還有自己的小團體，幾個給他們精神上援助的同道，相比起來，旅美的中國作家情形更是寂寞：他們分居四面八方的大城小鎮，沒有什麼團體組織，很少有見面交談的機會。因為文藝作品在臺灣不受重視，他們更感到中國文壇毫無國際地位。若真要寫，率性用英文寫一本小說給報章一捧，立刻可以成名。但中國人寫小說當然只好找有關中國人的材料，而美國書商對中國題材自有一套成見，不合這些成見的書稿很難被採用，不管你英文寫得怎樣好。

《又見棕櫚》的主人翁牟天磊很感慨地對一位返臺講學的數學教授說：「……闖進美國文壇？除非你寫長辮子裹小腳，把幾萬元美金藏在皮箱裡那一類小說，否則你怎麼和人家從小到大除了英文以外不知有別國語言的美國作家去比？那個夢早已碎了……」把幾萬元美金藏在皮箱裡的事，講來好像是笑話，但黎錦揚在《花鼓歌》（*The Flower Drum Song*）內確實有這樣一段記載。

黎錦揚因《花鼓歌》而成名，後來還寫了幾本幽默作品和「長辮子裹小腳」時代賽金花的故事。其實，他的第二本多少帶自傳性的小說 *Lover's Point*，寫一個教中文的失意華人和美國軍官競戀一個日本女招待的故事，題材很嚴肅，文字也很感人，可惜沒有受到美國讀者的注意。後來黎錦揚為迎合美國人心理起見，不再走寫實主義之路，這是很可惜的事。

旅美年輕作家，大抵不是在念學位，就是在教書。他們有寫英文巨著的野心，但英文還不夠好；他們有用中文創作的熱忱，但為了目前的安全和將來生活的保障，他們不得不改變出國前的計畫：寫完一篇博士論文，以後生活不成問題，再寫兩篇學術論文，馬上可以加薪，或者升換到更理想的職位。何況一篇最枯燥的學術論文，常常有人認真去讀，而花心血寫了一篇小說，刊出後究竟有多少人讀，讀後有什麼反應，自己毫無把握。至於這篇小說在中國文壇上會起些什麼作用，更是個不敢奢求有答案的問題。

在這種情形下，有造就的作家可能一大半都跑進了教育界，他們教授中國語言、中國文化（牟天磊即是一例），擔承的當然不是無用的工作，但這項工作沒有寫作才能的人也可以勝任。更有些人，生活不愜意，或者讀學位不順利，就在美國拖下去，放棄了早年創作的夢，不再有任何別的野心。

臺灣的文壇我不太熟，同旅美的作家倒有好幾位還保持通信的關係，其中最有毅力、潛心求自己藝術進步，想為當今文壇留下幾篇值得給後世頌讀的作品的，我知道的有兩位：於梨華和白先勇。（當然還有張愛玲，她蟄居華府，閉門寫作，但她抗戰時期寫的短篇，早已成為中國文學史的一部分，這裡暫且不論。）

白先勇慘澹經營《現代文學》已有好幾年了，那本雜誌上登載過不少不成熟的作品，但白先勇自己的小說篇篇紮硬，尤其是最近發表的幾篇。白先勇旅美不上四年，頭兩年過的是比較自在的學生生活（因為他學的是他的老本行——寫作），現在在加州大學聖芭芭拉分校（University of California, Santa Barbara）也擔承中國語文的課程。為了鞏固自己在美國教育界的地位，博士學位對他可能也是一個誘惑，但至今他仍把教書當作副業看待，畢生從事創作的志願並沒有動搖。據我所知，他在埋頭寫他的第一篇長篇。

梨華情形和白先勇不同：她拿到碩士後即同一位原很有作為的物理博士結了婚，生活不成問題。隨了她先生，她先後住在普林斯登、芝加哥附近的艾文斯登（Evanston，西北大學所在地）——兩座梨華的讀者所熟知的小鎮——去年遷居紐約市昆士區。但在美國，親自照料孩子，每天煮飯洗碗是比念學位、寫論文更不利於創作的一種生活。佳利在《又見棕櫚》裡憤憤地說：「……孩子生下來之後，起碼交給他五年的時間……」梨華帶老大老二兩個小孩子的時候，寫作較少，但絕沒有輟作。近三、四年她創作很勤，但她的動機絕不如佳利所說的：「……等到孩子上了學校，手上有一大堆空的時間，但是已沒有當年打天下的雄心，怎麼辦呢？只好把自己的牢騷和希望用筆寫下來，好像洩恨，又好像找個事情做做。」梨華要寫，因為這樣才對得起她天賦的創作才能。

十年來寫小說，她各方面都有不斷的進步，但她最卓越的成就是在她文字上的成就。梨華還不能算是一個偉大的小說家，雖然在《又見棕櫚》裡，她的小說藝術已進入了新的成熟階段，但無疑的，她是近年來罕見的最精緻的文體家。她描寫景物的細膩逼真，製造恰當意象時永遠不落俗套的苦心，在《又見棕櫚》裡更有超前的表現。一個深夜，剛回臺北沒幾天的天磊從小提箱裡把佳利的照片拿出來，「靜靜地看」，同時他把立在書桌上的那張陳意珊的五彩照片「輕輕覆在玻璃墊上」。佳利是他在美國曾一度熱戀過的有夫之婦，意珊是他靠通信維持相當感情而返臺後才見面的女友。天磊接著把這兩個女子的相貌做了個對比，這段文字很能代表梨華擅用比喻，著力描繪的特殊風格：

> 那是張和意珊的完全不同的臉。意珊的臉像太陽，耀眼的亮，耀眼得令人注意，你知道它在哪裡。而這個女人的臉是一片雲，你覺得它存在，但是你追隨不了它；它是輕柔的，但又似沉重，它不給任何光亮，但你忍不住要去探索它；它的顏色，它的形狀。它給人一種美的感覺，美在何處，可又無從分析。太陽使人看到，而雲片是只令人感到的。那是一張矛盾得叫人不得不多看幾眼的臉，她的眉毛是開朗的，而眼裡充滿了成熟之後，經過痛苦之後的憂愁。她的鼻子是堅決的，而熱情聚在那兩片抿著的唇。一個小圓的下巴帶著一股抑壓不住的任性往前微翹，唇邊兩條細細的紋路卻說明了她是如何在抑壓著自己的任性。不是一個美麗的女人，甚至不是好看的，卻是一個引人注意，令人探索，叫人回味的女人。她已不年輕，而有一股青春少女所沒有的成熟的韻味。照片是黑

白的。她穿了件黑旗袍，身上耳上沒有一件飾物，卻在左耳上方的頭髮上，別了一枚銀亮的珍珠，把頭髮、旗袍及眼睛襯得更黑，而使嘴唇的線條更柔了。

一年來和梨華談話所得的印象是：近年來她對西洋近代的小說和戲劇花了很大一番功夫研究。在《又見棕櫚》裡提到的歐美小說家、劇作家有亨利・詹姆斯、伊德絲・華頓、卡夫卡、海明威、福克納、阿塞・密勒、諾門・梅勒、哈洛德・平德諸人，這些我想一大半是梨華愛讀的作家。《又見棕櫚》有好多節故事的進展，全憑兩個人的對話，這些對話的布排自然且引人入勝，我想同梨華多讀西洋劇本不無關係。攻讀西洋小說在梨華文字上直接的表現，是她造句的用心。中國人很少有耐心讀亨利・詹姆斯，而佳利（可能代表作者說話）卻說她喜歡他最獨特的，沒有一個人學到他的風格。梨華沒有學亨利・詹姆斯，他們的文體是迥然不同的（正如佳利所說，「……他形容一個女人，從不寫她眼睛怎樣，鼻子怎樣，只讓讀者感到她的樣子……」，而我們讀了前面所引的那段文字，不僅感覺到了佳利的樣子，也看到了她的眼睛、鼻子、嘴唇、下巴），但值得注意的是，在《又見棕櫚》裡不斷有超過普通長度的句子出現。這些句子，在結構上老是翻花樣，從不給人累贅沉重的感覺；句法是歐化的，而從不給人歐化的印象。

我們再細讀形容佳利的那段文字，只覺得這是 1960 年代中國人應該都會應用的一種白話，而普通人絕對不會寫的白話。梨華能表達天磊極複雜的心境，一半是因為她多少年來在造句上花的苦工，而《又見棕櫚》裡所表現的已是熟練的境界。但梨華文字最突出的地方是在於她擅於複製感官的印象，還給我們一個真切的、有情有景的世界。感官的經驗有很多是不能靠文字複製的，譬如聽音樂的經驗，用文字去表達，總給人吃力不討好的感覺。普羅斯德用大氣力描寫出一節史璜愛聽的曲子，在文學史上是少有的成功。我國文學史上最有名的音樂描寫，可能是《老殘遊記》內白妞黑妞唱大鼓的那一節。劉鶚製造了不少意象，使我們體會二妞唱歌藝術的高超，但我們一方面欣賞這段絕妙好文，一方面好像無動於衷，並不因為聽了那些唱詞，而觸動了情感上的連繫（當然，劉鶚也並沒有這種企圖）。

梨華知道文字表達感官經驗最後的憑藉是人類或一般人共有的回憶（一個生下來就瞎眼的人，我們無法對他解釋「紅」的意義）。在她小說裡，雖然不少場面有音樂的伴奏，尤其是一對相愛的男女在一起的時候，但他們聽到的都是一般大中學生所熟知，一直流行著或早幾年前流行的中外名曲，這些曲子，不必費力描寫，而能引起我們無限的感觸。天磊有一次到佳利家去，聽了一張中國唱片，都是些舊歌：「……第四支古老遙遠的《蘇武牧羊》，這支歌使他尖銳地憶起小時候，他母親在燈下一面縫衣服，一面哼『蘇武……牧羊北海邊，雪地又冰天……』，他坐在一邊，一面聽，一面做功課的情景。突然，手指擋不住，掌心盛不住的眼淚匆促地奔流下來……」

在梨華的小說中，假如音樂是情感的速記，凡用筆墨可描摹的形色，她都盡力描摹，從不放過。她所描摹的不是一個地區不變的小世界：她到過不少地方，所看到的一切，她都能憑她超人的視覺記憶，記載在紙上。好多梨華的讀者，沒有到過美國，但他們在梨華的書上聞到了美國的氣息，看到了美國真正的形象。《又見棕櫚》的故事在臺灣展開，但憑天磊的記憶憧憬所及，小說包括了美國、中國大陸。我們跟著天磊開卡車從三藩市到卡美爾，乘坐從柏城到芝加哥的高架電車，車內見到的是「車裡肥胖呆木，翻著厚唇的黑女人，多半是在芝加哥北郊森林湖或微而美一帶給有錢的白人做打掃洗刷的短工的。此外還有醉醺醺、臉上身上許多毛的波多利加人，以及手裡一本偵探小說，勾鼻下一支煙的猶太人。當然還有美國人，多半是去密西根大街裝潢華麗的時裝公司搶購大減價的中級家庭主婦。還有，分不出是日本還是韓國還是中國的東方人」。車外見到的「都是大建築物的背面、大倉庫的晦灰的後牆，一排排快要倒坍而仍舊住著貧苦的白種人或生活尚過得去的黑人的陳舊的公寓的後窗。」我們也跟著天磊搭乘飛機到了金門，望著對岸廈門「模糊的房屋」，隨著天磊的聯想，回到了他童年的景象：「戰前小鎮裡寧靜的單調的、沒有柏油的大街，街邊的雜貨店，雜貨店的櫃檯上排著的玻璃瓶，瓶裡的橄欖、冰糖、生薑糖、黏在一起的牛皮糖，站在櫃檯前，矮小得像從小人國裡來的自己，自己抬著的臉，臉上那雙貪饞的眼睛，望著櫃檯後的掌櫃，一個瓜皮帽上的一粒紅絨球，一根旱煙管，一副黃黑的牙，一雙混濁的眼睛，望著店外面靜得完全睡著了的午後的太陽。」（抄了一大段，不妨加兩句評語：這一連串名詞靜語，是作者在造句上努力創新得到顯著成功的一個例子。同時，也只有一個真正的小說家才會記清楚一個饞嘴的男孩站在雜貨店櫃檯前所看到的一排玻璃瓶，瓶裡的橄欖、冰糖、生薑糖、黏在一起的牛皮糖。）

在形式上，《又見棕櫚》是近乎遊記體的小說。天磊在美國拿到博士學位，做事教書，「沒有成功，也沒有失敗」，十年後返臺省親，也可能同意珊結婚。一到家，舊感新觸交集於胸，但腳踏的是臺灣土地，交談的是在臺灣的中國人，口嚐的是在臺灣做的中國飯菜小吃，因之作者對臺灣的聲色形態，風土景物，描寫得最是詳盡，複製了她自己在 1962 至 1963 那年看到、聽到、嗅到的一切。我第一次讀到《又見棕櫚》時，還在紐約。剛來臺北不到三、四天，在中山北路的一家小旅館又把三個月積著的剪報一口氣讀完。那時我已上了幾家菜館，走了不少街道，再讀梨華的小說，真覺得她把臺北的形形色色寫絕了。我在上海住過好多年，也讀過不少以上海為背景的小說，但從沒有得到過這種地方性的真切感。

有人說——至少她小說的廣告上曾這樣說過——於梨華是個新型作家，專寫留美華人的戀愛和生活，以題材新穎取勝。其實梨華並無意專寫留學生的生活，同每個真正小說家一樣，她所親自經歷的，她所見到、聽到的事情都是她創作的材料。大學畢業後就出國，美國自然是她創作極重要的一部分，假如大陸未遭淪陷，她一直在國內長大，假如大學畢業後一直留在臺灣，她照樣是個小說家，雖然她所採取的題材，也隨她生活環境不同而改變。梨華的著作，我還沒有全部讀過，最遺憾的是《夢回青河》，那部回憶她中學時代在浙東故鄉那段生活的長篇，至今沒讀，使我對《又見棕櫚》缺少了從各種作品上互證得來的全面了解。但從我已讀過的作品中，可看到作者從一個不知天高地厚的少女轉成憂鬱加濃、已生了孩子的少婦的成熟過程。〈黃玲的第一個戀人〉中的初戀少女，在〈小琳達〉中已是剛到美國的留學生，在洛杉磯的有錢人家裡照顧一個小女孩；在〈三束信〉裡，這位小姐已在和她大學女同學交換在美國被追而結婚的這一段時間的經驗；而在《變》那部長篇及《雪地上的星星》中好幾篇短篇，我們竟讀到了婚變的故事。婚變的故事當然是虛構的，因為梨華婚後生活很幸福，但從一連串不同姓名的少女少婦身上我們多少看到了梨華的本人：一個正義感極強，個性爽朗而心軟得異常，在現實生活中永遠追求著夢幻的女人。成熟，照天磊的想法，「是經過各種各樣對生活的失望」，成熟了的梨華在現實生活上仍是個富有活力、富有衝勁的女子（聶華苓在《歸》的序言內在這一方面給我們梨華最好的寫照），但同時生活的固定化，使她增添了因為年齡漸長而生活可能性逐漸縮小的那種不可名狀的悲哀。

在她過去的小說中，梨華常以相戀的青年不能按理想結合，一個女子為結婚而結婚而造成不快樂的後果，這兩種基本故事來表達她的悲哀。在《又見棕櫚》，這兩種故事依舊出現：天磊和眉立是極相配的一對情侶，天磊出國後，眉立隨著也嫁人了；佳利在美國是為怕寂寞求安全而同陸伯淵結婚的，他們的生活，書內並沒有正面地描寫，但她和天磊相愛，遣散了天磊的寂寞，也暫時填滿了她自己生命的空虛。但在《又見棕櫚》，梨華這種感傷的情調也超越了愛情的主題，在天磊身上作了更有哲學意味的深刻表現：因大家出國而出國的他，十年中反而把當年的壯志消磨了一大半，人變得謹慎而少決斷，好像專為娶媳婦而回國，心裡很彆扭，想在臺灣作一番自己覺得有用的事，也想鬆散一下「整個身體和精神」。在國外患的是懷鄉病，但回國後也不見得如何快樂，除了初見到自己的親人，特別激動，初吃到自己想吃的東西，特別高興外。有一晚，天磊和他從臺南趕來的妹妹天美，討論他美國去留問題：

天磊喝完了杯裡的檸檬，把杯子在手裡轉。

「你覺得留在那邊就有根嗎？」然後他放下茶杯，在脫下的長褲口袋裡掏出香煙，點燃了，天美遞了一個煙灰缸過來，他就深長地吸了幾口，「Gertrude Stein 對海明威說你們是失落的一代，我們呢？我們這一代呢，應該是沒有根的一代了吧？是的，妳猜對了，我會回去的，不全是為了爸媽。他們，尤其是媽，即使對我的不回去覺得失望，但是因為我是他們的兒子，他們慢慢會原諒我。也不是為了意珊，即使她因為我不回美國而不願和我結婚，我也許會失望，但是……」他又重重地吸了兩口煙，把煙蒂壓死在煙灰缸裡，「我也不見得會很難過。我回去，還是為了我自己。在那邊雖然沒有根，但是，我也習慣了，認了，又習慣了生活中帶那麼一點懷鄉的思念。同時，我發現，我比較習慣那邊的生活。最重要的，我會有一個快樂的希望，希望每隔幾年可以回來，有了那麼樣一個希望，就可以遐想希望所帶來的各種快樂，像現在這樣，和妳對坐，聊聊心裡的話。」

《又見棕櫚，又見棕櫚》單行本出版後，「沒有根的一代」可能成為一個流行的名詞。（書題上的棕櫚，根深蒂固，筆直著，經得起雨打風吹，正是「沒有根的一代」最好的反面象徵。）但從天磊自己那一段說明也可以看得出，「沒有根的一代」和海明威他們「失落的一代」本質上是不同的。「失落的一代」一方面可說是和傳統道德絕緣，自甘墮落的一代；即以最有成就的作家說，他們自動離開美國，到巴黎去過比較波希米亞的生活，所表示的精神是對美國商業文明的反抗。在 *A Moveable Feast* 裡面，年輕的海明威只想在價廉物美的巴黎館子吃法國菜、喝法國酒，他對本國的熱狗和肉餅的興趣，並不比天磊高多少。相反的，天磊在臺北小館子吃小吃，簡直是狼吞虎嚥。這種對本國文化最原始的接受，表示他對本國生活並沒有脫節，也沒有抱著什麼不滿、反抗的態度。天磊和他同代「沒有根」的感覺，是在事業上沒有根的感覺，大陸淪陷了，臺灣局面太小，美國又不是自己的國家，作了番事業，除名利外，別無所得。唯其如此，正如天磊所說的：那些留在美國沒有根的人「更習慣了生活中帶那麼一點懷鄉的思念」和抱著不時回國的「快樂希望」。

天磊在美國教中文餬口，志氣相當消沉，但同時他有豐富的情感生活，像華茲華斯一樣，在片段的回憶中找到了安慰，找到了生活的意義。他有他的男子氣概，但他多情善感，在強烈的情感激動下，他好多次想哭，好多次真的哭了（他聽到了《蘇武牧羊》的曲子，就按不住自己的眼淚）。在梨華的世界中，多情善感是一種最寶貴的質量。

梨華在題材上、技巧上都自闢新徑，但在另一方面她延續了、發揚了中國文學上有高度成就的一種特殊傳統。胡適在宣導文學革命的時候，寫了一首詩，表示自己不再悲秋，不再傷春，好像一個作家要對季節的變化無動於衷，才能寫出有益於社會國家的作品來。梨華的作品打碎了功利主義文學的信條，恢復了「風花雪月」的尊嚴。她證明了假如一個作者對自然界的景物，真有所托，「春花秋月」是避免不掉的抒情題材。李後主、李清照善用少數自然界的意象來托出亡國後，喪夫南渡後生活的寂寥無寄；在她的小說裡，梨華不時假借中國詩詞中所少見的美國花草，來象徵寄居美國，沒有根的一代的苦惱。

因為梨華賦予了天磊她自己的和中國傳統的感傷氣質，他雖然面臨著當今歐美作家所最關心的「隔閡」問題，他們的作品中絕少可以看到他這樣充滿人情味的人物。梨華所觀察到的中國人，不論在臺灣在美國，還沒有傳染到在歐美流行的現代病，那種人與人隔緣的絕症。卡繆的《異鄉人》可算是第二次大戰後有代表性的歐洲小說，那位異鄉人收到了母親去世的電報後，無動於衷，也裝不出母親死後一個人子應有的感情。下午獨自看了場電影，在影院搭上一位不相識的女子，晚上同她睡覺，早晨走後，她在他的心上也不曾留下一條痕跡。這位異鄉人的行徑，自有他可怕的真實性：一種人與人間不能建立關係後的真實性。而梨華所要表達的真實，相反的是建立於人與人間有情感連繫可能的基礎上。

假如天磊返臺後有什麼發現，那就是人都是寂寞的。在臺北住久了，他的寂寞可能與日俱增。有好多關心他的人在一起，情形可能和在美國時不同，但他並不會更快樂。回臺後，他會了老友張平天、最敬愛的老師邱尚峰。前者好像很知足，因為他對生活無奢求，氣質上不是敏感的人；後者表面上也很知足，起勁地和天磊討論創辦文藝雜誌的計畫。但他被機車撞死後，天磊讀到他臨死前寫給他的信：「……除了為了雜誌，我還有個自私的原因沒有向你說，我很寂寞，有時候很悶很苦，連武俠小說都救不了我。你決定留下來，我的高興，一半固然為你，一半還是為我自己……」天磊要意珊了解他在美國時寂寞的心情，意珊直率地回答他：「……你說透不出氣，我才覺得快悶得發炸了。我想去看看外面的世界……」天磊決定要留下來，繼續邱尚峰的工作，因為自己是過來人，對意珊「快悶得發炸」的處境已不大能同情，只覺得她淺薄崇美，而邱尚峰的寂寞，撼動了他整個身心，自己從美國跑回來，想解救自己的寂寞，想不到待人誠懇、誨人不倦、情願在臺北清苦而不願意去史丹福大學教中文的邱老師，內心比他更寂寞，情形比他更慘；死後一個憑弔的親人也沒有。

《又見棕櫚》故事的重心在於意珊、邱尚峰二人對天磊提出要求後，他自己應作的選擇。關懷天磊的人不少：父母、天美、眉立，還有在美國的佳利。但這些人對天磊並無所求：父母當然希望他留在美國，但他堅持要留臺，他們也不會反對。眉立、佳利已跳出了他現實生活的圈子。事實上，最懂得天磊個性而一直以直言良友姿態出現的是天美。剛開始她覺得她哥哥和意珊並不太配，但最後給他加油打氣，鼓勵他把意珊奪回來。故事很簡單，但這是引人入勝、富於戲劇性的故事。

正因為它並沒有什麼過分戲劇性的高潮。比較出人意外的是邱尚峰的被撞死，但在車和人雜擠的臺北街道，隨時有被撞死的可能性，何況邱尚峰的死，按故事的邏輯講來，自有其必然性。這種不假借意外事件來決定故事進展的寫法，對梨華來說，是她小說藝術的大進步。她過去寫的長、中篇，都有極好的題材，但寫到了故事的緊要關頭，作者往往避免讀者所期待的正面衝突，代之以比較俗套的、緩和正面衝突的意外高潮。

《又見棕櫚》中，我們察覺到三種時間的同時存在：過去、現在和未來。在別的小說裡，梨華也常運用過去和現在揉合在一起的寫法，但同時她仍不免用比較刻板的長篇倒敘法，把一個人物未登場前的過去生活總括地敘述一下。本書第一章起，天磊從飛機場回到家，看到客廳內掛著自己的照片，回到自己十年前的臥室，看到書桌上玻璃板下「壓著一張大四下學期的課程表」，觸景生情，他過去的生活在回憶中展開，作者也就這樣片段地寫下來，避免傳記式的倒序，差不多一直保持天磊意識活動的流暢性。

但在《又見棕櫚》裡，我們更感到未來的日子所包含的希望和威脅。天磊在臺灣才停留了兩個月，他的過去不斷在追思中出現，即使是最苦痛的經驗也變成了夢境似的現實，一種苦中帶甜的回憶，但未來更長的歲月，為自己，為國家，如何有利地去支使它們，他自己也不知道。天磊憶想過去，不能充分享受現在，因為他對將來沒有把握。梨華把小說結束在天磊是否會把意珊奪回去的這個疑問上，更強調了困擾了他沒有根的一代的未來之謎。相反的，意珊過去的生活中沒有留下多少甜蜜的回憶（即使有，因為大半時間我們按照天磊的觀察角度去看她，我們不會知道），目前臺北咖啡館、跳舞廳的生活過膩了，她把希望寄託在未來——到了美國後的未來。她和天磊的衝突表示了以兩種不同時間觀點作依據的人生價值之不和諧：被過去占住了的天磊不再能了解、同情意珊對美國、對未來的那種憧憬，他覺得她俗、幼稚；同樣的，她覺得他消沉，缺少了青年的活力。

天磊和眉立、佳利的兩段戀愛故事，雖然文筆比以前更細膩了，仍有一貫作者感傷氣質的作風。在天磊和意珊的故事中，我們得到一些對人生更尖銳的觀察：愛情不再是雙方一見傾心，意氣相投，要滿足飢渴想望的過程，愛情也是雙方意志的角力賽，在美的吸引、性的需要，生活空虛的填補的種種實際考慮以外，每人還想保持自己的志趣和理想而不斷考察對方的談判。

這一則不太溫馨而充分象徵時代苦悶的戀愛故事，是梨華小說藝術已臻新階段的明證。意珊這個人物的刻畫更是出乎我們意外的成功。我們預期梨華會把佳利、天美、眉立寫得很好，因為她比較偏愛她們的性格。但梨華雖討厭俗人，意珊卻俗得可愛而可憐，她對生命的企求，一心要往美國跑的打算，並不因為她的淺薄而失去了我們的同情。梨華把一個和她本人脾氣、性格、志趣完全不同的女子寫活，這是她同情心的擴大，也是她對人生了解，離開了個人好惡更高層智慧的表現。

臺北，1966 年 8 月

——選自於梨華《又見棕櫚，又見棕櫚》

臺北：停雲出版社，2015 年 6 月

人文主義旗下的《又見棕櫚，又見棕櫚》

◎蜀弓*

一夢章江已十年，故人重見想皤然，
祇應兩岸當時柳，能到春來尚可憐。

——王安石

生活在「現代」的人類，由於能夠把握事實、應付現實，所以在物慾上大有收穫。同時也由於既有的繁複性，而無形中使人們沉溺於物質的享樂中，本然地，人類所持有的道德觀念，即因之而式微。由此，出身於哈佛的白璧德（Irving Babbitt，1865～1933）教授，曾聲嘶力竭地呼籲：「唯有回到人文主義，才是治療我們社會疾病，消弭異端邪說的唯一可救之良方。」白璧德教授之所以有感而發，主因則在於人們追求物慾的漫無止境。當筆者讀完《又見棕櫚，又見棕櫚》以後，首先令自己心靈顫抖的，就是精神與物質相互抗衡的問題。以作者於梨華女士在美國十餘年的耳聞目睹，深深地體會到留美青年陷身於異域的精神苦悶，這些苦悶既不為國內有關人士所知，更難得父母親戚的諒解，因而形成諸多意料不到的悲劇。作者以這種現象為題材，寫出書中主人翁牟天磊，雖取得博士學位，但這項榮譽卻驅不走屬於他個人的哀愁。

其實於女士的寫作態度，與史蒂文生極相吻合，史氏在〈塵與影〉一文中說：「處處都有一些美德，有時是人們自己愛惜保留下來的，有時卻是

*本名張效愚，詩人，發表文章時為防空砲兵部隊人員。

人們假意扮演的；處處都有一些思想上的純潔！處處都有一些人類無效的善良標識……在各種各樣失敗的情形下，沒有希望，得不到援助，得不到感謝。然而，仍舊得沒沒無聞地支撐著；美德是註定失敗的，然而仍舊掙扎著，在妓院裡或是在絞刑臺上，人類緊拉著這一小片榮譽的破布，他們靈魂裡僅存的一點可憐的珍寶，不肯放手。他們也許想逃走，然而，他們不能夠；這不但是他們的特權與光榮，同時也是他們的悲傷的命運；他們命該如此，因為他們具有高貴的品質，無法規避……」。

於女士的寫作背景，與史氏的時代背景，有過之而無不及，故她在《又見棕櫚，又見棕櫚》中，把人生的苦悶，發揮得盡性無遺：牟天磊的苦悶是魚與熊掌，不可兼得；陳意珊的苦悶是對新大陸的醉意陶然；眉立的苦悶是生活迫使她走著相反的道路；佳利的苦悶是不甘寂寞，邱尚峰的苦悶連武俠小說都救不了他；而老一代的苦悶，卻是緊拉著那一塊「望子成龍」的破布，死不鬆手，雖然他們明明知道，破布的後面是無盡的空虛與無邊的寂寞。於女士大膽地解剖著我們中國社會的人生現象，說明了人類的盲目，與人類的無理性。因之她假借邱尚峰寫給牟天磊那封信的口氣中，道出了本書的主題：「……我十分歡迎在美國的文藝朋友們的作品。以國外為背景的寫實作品，可以糾正在這裡一般人對出國的錯誤觀念。」作者執筆寫本書的動機，即在於此。她以「人文主義」來喚醒國人的迷夢，更是別具深心。

但是，於女士的「人文主義」，並非橫的移植，更不是得之於西方的上帝，而是縱的繼承，從中國的傳統文化著手。從《又見棕櫚，又見棕櫚》的故事發展中，我們看得出作者的處心積慮，煞費苦心。因為她既欲維護老一輩「望子成龍，望女成鳳」的特權，又得傾訴下一代不得已的苦衷；既不能把西方的生活背景融合到東方的家庭環境中來，又無法把中土的人生觀硬塞到純理性的機械觀上面去，作者處理此項嚴肅的問題，唯有從我們自己的文化——紮根看手。在《又》書 176 頁中，作者假借天磊與天美談心的機會，道出了中國留學生的心聲。

「天磊喝完了杯裡的檸檬，把杯子在手裡轉。『妳覺得留在那邊就有根嗎？』然後他放下茶杯，在脫下的長褲口袋裡掏出香煙，點燃了，天美遞了一個煙灰缸過來，他就深長的吸了幾口，『Gertrude Stein 對海明威說你們是失落的一代，我們呢？我們這一代呢？應該是沒根的一代了吧？是的，妳猜對了，我會回去的，不全是為了爸媽。他們，尤其是媽，即使對我的不回去覺得失望，但是因為我是他們的兒子，他們慢慢會原諒我。也不是為了意珊，即使她因為我不回美國而不願和我結婚，我也許會失望，但是……』他又重重的吸了兩口煙，把煙蒂壓死在煙灰缸裡，『我也不見得會很難過。我回去，還是為了我自己。在那邊雖然沒有根，但是，我也習慣了，認了，又習慣了生活中帶那麼一點懷鄉的思念。同時，我發現，我比較習慣那邊的生活。最重要的，我會有一個快樂的希望，希望每隔幾年可以回來，有了那麼一個希望，就可以遐想希望所帶來的快樂；像現在這樣，和妳對坐，聊聊心裡的話。」

從以上的連鎖言行中，我們不難看出於女士的寫作技巧。連鎖言行的最大妙處是足以把讀者拉到故事中去，使你恰當地與書中人物共呼吸、同歡笑，這種不落俗套的意象，足以使你達到忘我的境界，足以使你同情天磊所傾訴的心聲。其實天磊明明知道生活在美國人的天地裡並不是自己所願，明明知道自己即使是博士，但卻是學非所願，而教書，又顯然是大材小用（頁 253：「說出來你也許會笑，我現在在××大學教中文，用的是這裡（指臺灣）最淺的小學教材。」）

東方與西方各異之點殊多，正如詩人夏菁在其散文〈落磯山下〉的問俗篇中所說：「我們寫字行行直，你們寫字蟹爬泥。我們打拱作揖，保持距離，你們握手言歡，親人肌膚。你們聞胖則憂，我們發福則喜……中國人是粗枝大葉，喜歡高談闊論；西洋人是精益求精，卻愛小處著手。中國人順應自然，西洋人征服自然。中國人傾向藝術，西洋人長於科學……」正因為如此，《又見棕櫚》中當陳伯伯請天磊吃飯其目的是為了求天磊寫推薦信，被天磊婉詞拒絕的時候，天磊的父親卻正言厲色地教訓他：「……我看你出去了十年，不但對人情淡薄，對事情也看不清楚了……」這種在美國不講面子專憑本事的作風，除了設身處地的在美國呆過多年的於女士比較清楚，又豈是諸如牟老之流的士大夫所能體會得到的。

美國「惡劣」的一面還不止此，當天磊家遭小偷光顧的時候，警察的意見是：「……這裡不比美國，可以夜不閉戶。」警察如此肯定地認為「外國的月亮比中國的圓」，其實這種自欺欺人的說法實在可笑，正如作者在《又見棕櫚》中說：「每天翻看芝加哥的鏡報，那一天第一頁上不是登載著搶劫、偷竊、強姦，槍殺的事件呢？」

談了不少東西方的異同之點，現在該談談本書的結構與技巧諸問題。於女士的寫作技巧是多方面的，諸如描寫景物的細膩逼真，製造感官印象，以及對話推動故事的進展等，在在都顯示出她經營的苦心與功力。其中尤以人物素描的簡潔，簡潔到近乎畫家的速寫，而又不失其真。作者勾畫意珊的臉型為：「圓圓的臉面帶個俏皮的下巴，那雙眼睛，不說話似在笑，而笑時卻在說話。薄薄的嘴唇勾在上翹的兩個嘴角之間。……」簡短的幾筆，即足以使我們看出意珊世俗而輕浮的個性。作者描繪佳利，卻又轉變筆調，用對比的方式去映襯佳利的爽朗性格：「那是張和意珊完全不同的臉。意珊的臉像太陽，耀眼的亮，耀眼得令人注意，你知道她在那裡。而這個人的臉是一片雲，你覺得它存在，但是你追隨不了它。它是輕柔的，但又似沉重，它不給你任何光亮，但你忍不住要去探索它……」對比的形象，在作者來說，可以說是一種大膽的嘗試。在這裡，卻試驗得十分成功，因為她把佳利的臉型，賦予讀者的，雖只是一種感官印象，但我們從佳利的生活言行中，覺得出佳利是一種什麼樣的女人，除非我們「不感無覺」，否則像佳利這樣「提得起來放得下」的個性，我們是永遠也忘不了的。天美的形象，則是「那雙和他一樣的圓眼睛也還明亮，可是明亮裡帶了一些活潑以外的東西。嘴唇原是她臉上最值得喝采的地方，現在塗著鮮紅的唇膏，就完全掩沒了她當時做女孩子時唇線上所表現的倔強。下巴由尖變圓，趕走了初時的俏皮……」眉立的形象則是「眉毛由深變濃，由寧變窄，由直變彎了。眼睛原先是長而圓的，但因雙頰比以前豐潤多了，而奪去了眼睛的圓，使它變成細長的兩條，圓眼睛所代表的少女對世界的訝異，也由少婦鳳眼的媚所代替了……」對於天美與眉立，作者用的對比法，不是物與物的對比，而是時間的對比，時間把兩位少女變成少婦，環境把女人蛻變成另一種定型。足見作者的用心。

作者另一卓越的成就，是她對文字的駕馭功夫，其爐火純青，不單是用在描繪景物上，勾畫臉譜上，即使在人物對白上，她也不浪費一字一句，除了簡短雋永，更難得的是，足以在文字的風格中把人物的官能反映出來，增強讀者的印象。如她假借天美的嘴，說出長期飯票的觀點：「……一張長期飯票，總要用東西去換的，不知別的女人用的是什麼，我是用自己的理想作為代價的。」假借佳利的嘴，向天磊提出忠告：「堅強的男人能得到女人的尊敬，而懦弱的，只能得到她們的同情。」假借意珊的嘴，向天磊提出要求：「……我要你帶我出去，我求你，天磊，從小學，到中學，到大學，我就在這塊四面都是海的乾地上活著，給我一個機會去看看海是什麼樣，海那邊是什麼樣，這難道是過分的要求嗎？」簡短的幾句話，道出某些女人的無可奈何、某些女人的堅毅果敢、以及某些女人的淺薄無知。要達到這種效果，作者本身自然應具有敏銳的觀察力及運用自如的筆力，筆力自如對輕描淡寫或閑話家常都不是一件難事。如作者近期在《現代文學》上刊出的〈兒戲〉，即是在輕描淡寫中寫出的平凡故事，〈兒戲〉之所以扣人心弦，就因為它有一個嚴正的主題。

《又見棕櫚》的故事重心，是在探討中國學生的留美問題，而作者用倒敘的方式，把新大陸的所見所聞，透過牟天磊這個人物，在舊感與新情交集於心靈之際，毫無保留地在故事中穿插出來。其實牟天磊的情感，本來就是作者的情感，而這種情感，可以說是真正中國人的情感，李後主、李清照式的情感，這種情感的最大特性，即使是物質慾望達到高峰，也難免「春花秋月何時了……」、「尋尋覓覓冷冷清清淒淒慘慘戚戚……」的中國夢。

於女士在《又》書中所顯示的另一特色，是溶合了空間，縮短了時間，把時空觀念揉合在一起，使人物與事物錯雜紛陳。這種寫作技巧，套用一句現代作家的術語，即是所謂意識流（Stream of Consciousness），在這種筆調下所產生出來的故事，難免使讀慣了寫實主義、自然主義作品的讀者不易消化，感覺雜亂無章。因它本身就沒有循正規途徑去平鋪直敘，而從空間著手，運用智慧去通過「觀點人物」（Viewpoint Character）的心理活動而步步回溯，在回溯中讓過去的情節一一畢現。《又見棕櫚》裡的牟天磊回到家後，看到自己臥室中書桌上的玻璃板下「壓著一張大四下期的課程表」，即觸景生情，回憶起他過去與眉立遊關子嶺爬好漢坡的日子；看到侍者謙卑的笑，也想到自己在美國削洋蔥，端盤子時候的辛酸。回憶中有歡笑有眼淚、有快樂有苦悶，即使是自己，也永遠掌握不住方向。在闖天下的日子中，現寶把自己塑造成種種不同的典型，種種不同的自己，「烈日下的果園，果園裡的自己，黃昏中的女廁所，廁所裡的自己，海邊的城市，城邊的餐館，餐館裡的自己。」在長約十五萬字的《又見棕櫚》中，作者的筆觸，泰半在回憶中渡過。作者保持天磊意識活動的流動性，並非無的放矢，而是尋求脈絡一貫，從紛歧的脈絡中，作者掌握其統一觀點（Unitied Point of View），通過天磊的「心路歷程」，去看東方與西方的社會，去體念東方與西方的人生，從而把他本來是倔強的性格，折磨得微弱而易感。作者創造這種「觀點人物」，就作者本身來說，重要的是，不能把自己泥淖到故事中去，用自己的思想和見解，代替故事中的天磊說話。而讓每一個讀者去與書中的「觀點人物」神交，讓讀者去了解他，親近他，與他共進退，同安樂。牟天磊本身，值得人同情，就因為作者抓住了這種觀點，為他注入了真情感。

在《又見棕櫚》的幾個重要人物中，最難能可貴的是，除了天磊以外，作者把與她自己性格相反的意珊創造得十分成功，意珊在幾個女子中，是一個比較世俗的女子，她堅欲去美國的目的無他，只是想去見識一美國人的現代生活，享受一下物質文明的真正樂趣，理想如此簡略，動機如此單純，這種可憐而可嘆的理想，就情理而言，自是未可厚非。但她從不知道美國的物質文明是擺在智慧的天秤上的，沒有專精的學術基礎，不付出相等的法碼，同樣地得不到。很不幸的是與她筆交多年的天磊，卻正是洞悉西方文明洞悉得十分澈底的人，故爾他對東方與西方的觀點是：「外國的月亮並不比中國的圓」。作者能把意珊寫活，足見其摒棄私見，不以個人好惡為重，而以人物性格配合故事為主。因此當我們看到意珊的種種幼稚說法時，除了覺得她淺薄的意志，使我們感到十分同情，而這種同情心的擴大，無疑地得之於作者的感染。

——選自《自由青年》第 42 卷第 3 期，1969 年 9 月

流浪的中國人
臺灣小說的放逐主題（節錄）

◎白先勇*

在年輕一代作家行列中，於梨華無疑是最受歡迎、最具影響力之表表者。於氏早年畢業國立臺灣大學，1953 年赴美，在加州大學深造，隨後在紐約州立大學執教中國文學，就此住了下來。她是個多產的作家，早期的小說多以年輕一代的旅美臺灣人的生活為題材，描寫這類知識分子流亡海外，自甘放逐的境況，這正是她自己的寫照。這些作品早已在臺灣文壇引起了好些爭論，但直到《又見棕櫚，又見棕櫚》出版，於氏才真正成了「沒有根的一代」的代言人，這說法正是在該小說中新創的，一語道破了年輕一代的處境。在全面描繪中國知識分子旅美生涯方面，沒有臺灣作家比得上於梨華，她的作品，從此被稱為「放逐者之歌」。

《又見棕櫚》被譽為於氏代表作，書中主人翁牟天磊是個年輕的教授，在美國一所不見經傳的大學講授初級中國話，由於他對美國社會那種人情冷漠的現象深感失望，又厭惡當地那種貪得無饜的文化精神，這位孤獨的放逐者重訪久別的臺灣家園，希望找到一處歸宿，寄碇他那流浪無依的心靈。可是他回國之後，發覺自己在熟人之中竟然被隔膜，不禁極端失望；牟天磊不像希臘神話中的優里西斯一樣，在流放中尚有一位貞婦佩內洛普（Penelope）在家忠心地等待著他；他從前的戀人已作他人婦，這次與未婚妻的一段情也未帶來慰藉，因為這女孩唯一希望就是他把她帶到黃金國，到那滿是荷里活明星的夢中國度。牟天磊看到了臺灣人崇美的狂熱，

*作家、《現代文學》創辦人之一、晨鐘出版社創辦人。發表文章時為美國加州大學聖塔芭芭拉分校東方語文系副教授。

臺北氾濫著爵士樂，兜搭美國大兵的酒吧充斥，令他震駭莫名；只有一回他走到路旁一處簡陋的食肆，才得以飽沃文化認同的渴望，所以唯有在食經方面，中國文化方保留得住一座未倒的堡壘，未為美國的文化侵略淹蓋。於是牟天磊明白了，他知道自己再沒有真正的家可回去，連臺灣這號稱儒學的最後防線也崩潰了，不能保護他，讓他珍存自己本國的文化，在小說的結尾，天磊以前的老師請他留在臺灣，幫助他創辦一份文學雜誌，可是他的未婚妻卻立場堅定，必要他履行先前答允的條件：婚後與她一道赴美。於是他就像哈姆雷特一樣，每一舉一動都遲疑躊躇：留下來呢，還是不留？在太平洋的兩岸之間，不知如何抉擇。

《又見棕櫚》出版之後，大受臺灣及海外年輕學生歡迎，於梨華亦因此獲得「嘉新文藝」獎。這篇小說受到擁護其實不難理解：年輕的讀者很容易代入牟天磊這角色，讀到他的遭遇時感同身受。「沒有根的一代」一詞，就成了流放異域的年輕知識分子的代名詞，他們都像牟天磊一樣，旅居陌生的土地，卻又因拋棄臺灣而內疚不已。

牟天磊是個沒有根的人，因為他與傳統隔絕，無所適從，自己未及充分汲取傳統的遺產，結出果實之前，已遭連根拔起、移離了祖國；他不只肉體不能接觸到國土，精神上也完全脫節。流放的中國人在文化上未能承繼過去，成了精神上的放逐者；臺灣絕不能與家鄉比擬，於是只好不斷遷徙，像優里西斯一樣，飄洋過海，但他們的旅程卻沒有終點，沒有終向，沒有希望，只有黑漆一片，因此注定永遠要浪跡天涯。

《又見棕櫚》故事中有一場情緒激昂的情景，那是牟天磊到訪金門，有機會望見對岸大陸一個城市，因而挑起連串童年生活的回憶；這情節中有一點值得留意，就是他透過基地的望遠鏡，才看到中國大陸，祖國只有在回憶中才重展過來。中國的流放者不像西方「失落的一代」，要徹底推翻自己本有的文化與傳統，沉迷酒色，只顧當前那一刻，他卻竭力找尋「失樂園」、希望重獲那給奪去了的文化遺產。牟天磊一次在美國聽到中國古代的民歌，竟不禁眼淚奔流下來，他不斷緬懷舊事，確是個道地的中國式感情主義者，事實上小說中有相當篇幅是以倒敘形式寫成，他只好頻頻回憶過去以竭力維持精神正常，至少暫時忘卻極度的孤寂。這個「沒有根的人」不像卡繆筆下的《異鄉人》那樣不能維持一般人際關係，他卻是另一種形式的流浪者，仍握著一絲希望，相信在曠野裡愛的呼喚會得到反應，這正是由於對他來說，愛之可能性在過去曾經存在過。這「沒有根的人」也不像西方那種「憤怒的年輕人」，因為剩下來值得他憤怒的東西也不多了。他是個悲哀的人， 因為他被逐出了樂土伊甸園，變成一無所有，承繼權給奪去了，成了精神上的孤兒，內心肩負著五千年回憶的重擔。這篇小說滲透著默默的悲情，近乎哀悼的情懷。

臺灣的青年，會代入牟天磊這種角色，很令人感到擔憂，因為這人四處流浪，生命沒有肯定目標，內心紊亂，無所依歸，他世故謹慎，受著過去的經驗所羈絆，在處理當下事情時無法果斷行事。如果把《又見棕櫚》與巴金同樣受歡迎的作品比較，更可以見到其中可悲之處，因為在 1930 及 1940 年代，中國青年紛紛效尤巴金筆下那些理想崇高的英雄人物，不少還像高覺慧一樣反抗舊禮教與傳統家庭制度，投身革命事業。事實上，巴金的小說的確改革了社會，達到了作者的期望。當然，一篇小說蘊含了崇高的理想，未必等於保證藝術成就超卓；比起巴金筆下那批振奮人心、激勵改革的人物，「沒有根的一代」無疑在產生鼓舞作用方面相形見絀，但作為藝術作品而論，《又見棕櫚》卻比巴金大多數缺乏深度、充滿陳腔濫調與浪漫色彩的作品優勝，雖然也許有一天時移世易，「沒有根的一代」這詞不再適用，但於梨華筆下那生動真實的情景，對小說中人心理的細膩描寫，將會經得起時代的考驗流傳下去。而巴金的《激流三部曲》，到今日不少人已望它的冗長而生畏了。

——選自《明報月刊》第 121 期，1976 年 1 月

留學「生」文學

由非常心到平常心（節錄）

◎齊邦媛*

《歸》是於梨華的第一篇留學生小說，出版於 1963 年。以留學生在美國的羈留與衣錦「榮」歸臺灣的矛盾為題，感傷與嘲諷交織的敘述手法鋪排成書。接著她以一年一本的速度出版了中篇小說《也是秋天》，長篇《變》和短篇小說集《雪地上的星星》。1967 年出版的《又見棕櫚，又見棕櫚》是她最著名的小說，也可稱之為最早由臺赴美留學生文學的代表作。她尋著留學前的憧憬，異鄉的艱辛孤獨，到衣錦還鄉所見的人性虛榮和幻滅的過程，寫出一個徘徊在兩種文化間的徬徨心態。1960 年代的臺灣讀者對當年視為天之驕子的留學生充滿了好奇與羨慕，由於隔閡，對外面世界產生甚大的嚮往，進而對自己送出去的子女產生了非常心態的企盼。在中國歷史上，送子弟進京趕考，求取功名原是件正常事，由萬卷樓來鋪出光宗耀祖的前途和今日飛越太平洋大西洋修得博士其實是完全相同的行為。中國舊小說戲劇中充滿了那些步行千里、萬里進京趕考的書生的故事。他們構成了才子佳人文學中主要的才子群，和今日的青年才俊相較，毫不遜色。

由文化觀點看來，留學並非新現象。但是二十多年前由臺灣去歐美求取功名的留學生形象，在文學作品中卻有一種前所未見的風光。第一是交通工具的速度，當年在臺北松山機場哭別時生離死別的感覺常常立刻被飛機衝霄而去的壯姿沖淡，甚至慶幸美麗的憧憬即將實現。第二是現代的留

---

*作家。發表文章時為臺灣大學外國語文學系教授，現為臺灣大學外國語文學系榮譽教授。

學生深知他們有足夠的時間與機會求取功名，不似往昔進京趕考的書生，進得闈場即須孤注一擲，幾篇詩文即決定了一生命運（那時的前途似乎只有宦途）。第三是他們知道外面的世界頗為多采多姿。圖書館和實驗室並非寒窗；「才子」邂逅現代佳人的機會甚多，儘可從容覓得志趣相投的好匹配，豈是舊小說中後花園盲目私訂終身者所能夢想！可惜 1960 年代的留學生小說中幾乎沒有人坦白地承認這種種優勢的「留學光明面」，而寫出來的盡是些失落、孤悽、徬徨的憂患面。今日隔了十多年的變化回顧，頗驚訝於它們的缺乏嚇阻力，臺灣的留學生在歐美都是有增無減，似乎無懼那杯苦酒！

《又見棕櫚，又見棕櫚》的書名即明顯地闡明了衣錦榮歸者由沒有棕櫚的國度回到以棕櫚著稱的臺灣的鄉情主題。男主角牟天磊離國十年終於得到博士學位，回臺省親兼相親，書名重複「又見」這重歸的行為，當是看了又看，深思不已的意思；而棕櫚當然也滿含象徵的意義。在溫帶的人心中，棕櫚象徵熱帶海島的浪漫兼閒散的情調；對應經滄桑的牟天磊，它們曾一度象徵青年的壯志，他出國前「對著幾棵棕櫚許願——自己也要像它們的主幹一樣，挺直無畏而出人頭地。」如果修得博士學位就是出人頭地，他做到了。只是他得的博士學位是文科的，在美國「留」下，沒有理工科吃香，（留學生文學中陷入基本進退兩難困境的幾乎全是文科的人。擴大觀之，普天下何處不如此！）所以他回到臺灣才會又陷入婚姻與事業的衝突中。這一本近四百頁的小說可說是由大量的會話和遊記式的寫景構成。她所描寫的臺灣和美國景物在今日讀者看來已無何新奇之處，描寫亦頗平庸，但是在那個年月，那一雙歸鄉者的眼睛，由始至終都加上了雙重的鏡片，一重是記憶，一重是十年在外的歷練，再加上一顆敏感的心的詮釋，所見大自山川樹石，小至室內擺設都另具新貌。這種心情的投射，文字呈現的是「一個真切的，有情有景的世界」。全書的故事可以說是很簡單的個人的抉擇——是娶了那個美麗卻庸俗地嚮往美國的女子而帶她回美國去呢，還是滿足自己的心願，留在臺灣教書辦文學雜誌，「把歐美現代文學即作家介紹過來」？

為了使留學生留與不留的抉擇更具戲劇性，書中另一個代表性人物邱尚峰被摩托車撞死。（摩托車繼肺病、癌症，是 20 世紀許多文學作品的「流行」結局，但在 20 年前尚不如今日這般普遍。）邱先生是男主角在臺大讀書時佩服的老師。有學問，有見解，但是不修邊幅。他也是吸引留學生回臺灣的理想的發言人。在他死後，牟天磊又回到校園中，太陽已落了，「而夜還沒有來，天空是一派青蒼，把校門外兩排棕櫚襯得更挺直。它們不像校門邊的冬青，那麼樣擠在一起，有個伴，有個依靠，它們看起來比較孤單，因此更顯出獨立性。他看到邱先生的為人，不就是一棵棕櫚樹嗎？他沒有像別人那樣留在美國，他也沒有像別人那樣為了結婚而結婚，他過他認為是對的，是快樂的生活，雖然是寂寞的，但他獨立。他就在棕櫚樹下徘徊，想著邱先生，也想著他自己，以及他十年前在同樣的樹下發過的願望。」（《又見棕櫚，又見棕櫚》，皇冠出版社，1967 年版，頁 372）。

和邱先生持完全相反看法的是 22 歲的陳意珊，男主角回臺相親的對象，她明豔耀眼的青春魅力和邱尚峰的文化理想把衣錦榮歸者留臺或「返」美的內心衝突具象化了，意珊的一段話堪稱那些年出國熱的典型辯詞：

> 「你如果要和我結婚，就要立刻帶我去美國。這麼多年來，我最想望的就是出國。……我想去看看外面的世界，我想到臺灣以外的地方去嘗嘗生活的味道，即使苦，我也願受，但是我就受不了困在這裡，撞來撞去的都是這張臉，過來過去都是老套的生活，我就是想出去透透氣，難道這是過分的要求嗎？你說！我們同班的，幾乎都走了，她們來信當然訴苦，當然寂寞，但是她們都不想回來，好像出了籠子的雞。……」
>
> 「意珊，外面還是一隻籠子，你知道嗎？」
>
> ——頁 340

當然她更無法明白整個人生也是個籠子，為出國而結婚的生活會是個更令人窒息的籠子。意珊的人生經驗有限，到了大學畢業仍在父母蔭庇下編織幻夢，從未「經過各種各樣對生活的失望」，所以也沒有成熟的人生觀。於梨華在長篇小說〈變〉和許多中短篇小說中寫了在美國婚變的故事，幾乎全是意珊這型的女子想衝出籠子的悲喜劇。夏志清在《又見棕櫚，又見棕櫚》的序中說她「常以相戀的青年不能按理想結合，一個女子為結婚而結婚而造成不快樂的後果這兩種基本故事來表達她的悲哀。……在《又見棕櫚》，這種感傷的情調也超過了愛情的主題。」（頁 19）感傷的情調大約也是當年吸引臺灣讀者的因素吧。那個階段的留學生文學實際上多是西方所說的成長（initiative）的故事，對生長過程的懷戀、好奇，對未來的企望與畏懼是正常的反應，而由於當年臺灣與外界的隔閡，西方文化的衝擊一批正在成長的青年人之間就不免產生了一種悲喜莫名的非常心態了。無可否認的衣錦榮歸的留學生或多或少的都有一些優越感（國內的家庭、社會也有助於此。）敏感一些的即用自己曾在餐館打工等等苦況遮掩這分優越感，或述異國的寂寞沖淡自己對留學成果都無關係。當然，他們不是不知道，人生總有許多寂寞的時光，與留學不留學都無關係。由本省鄉鎮到臺北來謀生就學的人何嘗不飽嘗寂寞孤單之苦！夏志清在序中說：「於梨華的小說不夠現代化，因為她太重情感。」她書中的寂寞「不是存在主義與人絕緣後的寂寞，而是中國傳統式，李清照的寂寞。」（頁 22）這種清雅浪漫的寂寞不時出現在西方景物之中，卻也給留學生故事增加不少多情魅力，但是並未增加文學的藝術性。它們只是流暢地，細膩寫實地寫出了作者熟知的「生活在美國，但在生活裡仍然統一性地充滿了成功與失敗的憂喜，男人事業的搏鬥，女人自我的尋索，以及基本的、恆久不變的、夫婦、手足、親子、情人、朋友的情感糾紛。」（於梨華《考驗》後記，1974 年，臺北大地出版社出版。）

總括看來，這是一種前所未見的留學生文學。它的題材幾乎全是相當瑣碎的個人遭遇，對生活的環境，無論是臺灣或國外都觀照不遠。除了奮力求得工作生存之外，只在愛情與婚姻中跑小圈子，而所謂愛情常與慾情混淆，婚姻也常似海灘上的沙堡，海浪沖積幾次就倒塌了。

——選自齊邦媛《千年之淚》

臺北：爾雅出版社，1990 年 7 月

嫁出國的女兒
海外女作家的母國情結

◎范銘如*

留學是中國現代化運動中的產品之一。由晚清以迄，政府高層不斷鼓舞獎勵知識分子前往先進國家，學習新的科技知識，挽救中國瀕臨被殖民的劣勢地位，重溫國富民強的天朝舊夢。懷抱著崇高幻想的學子，在出國親眼見證了人我的優劣強弱之後，有的化悲痛為力量，如魯迅，想用吶喊振聾發聵鐵屋裡的人；有的自卑沉淪，如郁達夫，將被異族閹割的恐慌遷罪於國族的積弊無能。關於留學的表述因此不單是個人的選擇，而是跟國族論述息息相關。

1960、1970 年代臺灣興起的出國風氣，是繼五四後另一波大規模的留學潮。描述海外學人生涯的創作也應運而生，形成所謂「留學生文學」的次文類。與充滿欽羨的一般社會眼光相反，海外作家們呈現的異鄉生活盡是苦澀、挫敗與幻滅，自喻為「沒有根的一代」；另一重矛盾卻是，儘管文本充斥著思歸悲鳴，甚至屢以死亡暗喻他鄉末路，現實中的學子多是選擇居留，遑論隔洋阻擋臺灣留學浪潮的蔓延。留學生文學裡的真實與謊言、事實與虛構，值得我們深究。

饒富趣味的是，探討海外華人問題的留學生文學，主角的性別往往關係著小說的主旨。當小說的主題觸及到移民的「根源」時，幾乎都會塑造出男性角色為國族象徵。這個傾向不僅存在於男作家的文本中，更明顯地出現在女作家的作品裡。即使比男作家多用女性主角，海外女作家的小說

*發表文章時為淡江大學中國文學學系副教授，現為政治大學臺灣文學研究所特聘教授兼所長。

有此二分法：運用女性主角探討個人的、小我的，觸及性別、種族與階級等具體的社會問題，男性主角則隱含著國族寓言，統攝海外華人，甚至全部中國人的整體性命運。我們因而發現一個特別的現象，當海外女作家表達她們對母國的思慕與渴望時，敘述中輒以男性分身代言。究竟女性「不愛國」抑或另有隱言？本文將以帶領出這一波文類的於梨華小說《又見棕櫚，又見棕櫚》以及叢甦的《中國人》系列為分析對象，嘗試使用母女關係的觀念，尤其是出嫁後女兒與母親的關係，討論在其「有家歸不得」表象下不能敘述的衷曲，以及海外女性文學中性別與種族身分矛盾扞格的困境。

歸國？歸寧？

留學生文學的內容可概分為兩類：一類是描寫在異鄉求學求生的境況，另一類則探索學子返國時的心理衝擊。於梨華的《又見棕櫚，又見棕櫚》屬於後者。故事講述留美博士牟天磊歷經十年艱辛終於拿到學位、謀得教職，熬不過思鄉情切返國省親，兼相親。不但全家人待如上賓，親友鄰居熱切迎接「歸國學人」，在洋博士稀少的 1960 年代，甚至媒體記者爭相採訪，女友暨家人更視為乘龍快婿。雖然風光榮寵，卻也讓他產生陌生疏離的感受。當昔日師長邀請他返國回母校服務、貢獻所長時，他卻遲疑不決，儘管他一再哀怨留在美國學非所用，新聞學博士的學歷也只能找到教中國語言的工作。百般掙扎後，他試探性地向家人提出留臺一年的詢問，不料多年來思子心切的父母堅決反對，寧可繼續牽腸掛肚也「不想妨礙他的前途」，即使他誠實托出異國發展的局限；女友更不惜以悔婚相脅，以免破壞了她一心藉結婚渡洋的如意算盤。去留之間，牟天磊的信心又動搖了[1]。

《又見棕櫚，又見棕櫚》雖然風靡文壇，文評家對它的評論卻參差不

[1]於梨華，《又見棕櫚，又見棕櫚》(臺北：皇冠出版社，1967 年 12 月)。1992 年重刊，收入《於梨華作品集》第 11 卷。本文關於此書的引文依據 1967 年初版。

一。夏志清和張信生兩位美國學者傾向從個人的層面來詮釋這部小說，前者認為「沒有根的一代」是源自事業無著、愛情迷惘的時代苦悶[2]，後者則認為它凸顯出個人想要銜接過去與未來、希望與夢想、東西方文化的失敗[3]。相較於這兩位對《又見棕櫚》藝術性的讚許，齊邦媛認為這部由大量會話和遊記式寫景構成的小說以今日眼光看來並無新奇之處，只不過透過歸鄉者的敘述角度，呈現出一種異國情調和浪漫感傷。齊邦媛更老實不客氣地批評 1960 年代文本裡流露出的留學生心態，「他們對自己在國外的困境固然感到苦悶，但對留在家鄉的人卻潛存著一種微妙的優越感。」、「他們常常為了找不到當年穿著木屐徜徉過的小巷而惆悵，乃至惱怒『臺灣庸俗的改變』。」[4]齊邦媛認為，留學生比古代書生進京趕考的處境有過之無不及：成功後同樣衣錦還鄉光宗耀祖，過程又比古人精采而低風險，但「幾乎沒有人坦白地承認這種種優勢的『留學光明面』，而寫出來的盡是些失落、孤悽、徬徨的憂患面。」[5]

文評家的批評立場不同，導致詮釋價值的差異，亦各有其擅長與不見。前兩位的新批評分析固然給予小說藝術較詳盡的評鑑，但其封閉文本式的閱讀無法將小說置於留學生文學的歷史語境中，探索超越「個人」以外的問題；後者站在國族文化的立場上，對整個文類提出後殖民式的批判，堪稱直指問題核心。然而高漲的民族情感，難免覆沒文本中的叨叨絮絮地自我解嘲／殖，甚至近乎痛苦自責的聲音。平心而論，小說針砭中華民族因應異族強勢威脅下建構出的雙重論述，確有幾分道理。於梨華並不

[2]夏志清，〈序〉，《又見棕櫚，又見棕櫚》，頁 20。
[3]Hsin-sheng C. Kao, "Yu Lihua's Blueprint for the Development of a New Poetics: Chinese Literature Overseas" in *Nativism Overseas: Contemporary Chinese Women Writers*, ed. Hsin-Sheng C. Kao (New York: State University of New York Press, 1993), pp. 85-86.「無根的一代」本是於梨華藉牟天磊指稱海外留學生的辭彙，《又見棕櫚》暢銷之後，這個名詞就變成海外留學生的同義詞。而張信生在這篇論文裡將於梨華創作分為三個階段：無根與諷刺的主題，女性人物與自我追逐，返鄉與覺醒。對於梨華作品研究很有參考價值。
[4]齊邦媛，〈留學「生」文學——由非常心到平常心〉，收入《千年之淚》（臺北：爾雅出版社，1990 年 7 月），頁 150、151。
[5]同前註，頁 153。

諱言臺灣學生出國和滯留的部分原因是盲從。對絕大多數的人而言，留洋早已演變為提升個人與家庭地位的手段，無關乎國力的提振。牟天磊坦誠地自我剖析：

> 還有一點就是連他自己不敢也不願承認的：虛榮。因為出國及留在國外一樣的是件令人——至少在臺灣的人——羨慕的事，而「令人羨慕」是最能滿足自己的虛榮心。即使要付出很大的代價，守住很深的寂寞，都願意。
>
> ——頁 219

諷刺的是，學人一旦如國族論述宣揚般返國「貢獻」，民族自卑感作祟下的社會輿論往往難以相信自己族群的吸引力，反而質疑「取笑某人的兒子在美國一定混得不好」（頁 377）。如小說中放棄美國高薪返臺教書的邱教授，返國日久，光暈漸褪，滿腔報國才情也未必得以施展，只落得清苦孤獨以終。

將留學生比喻為中舉的書生並不十分貼切。書生只要中舉，立刻鯉躍入統治階級的行列，獲得最高階層的某些政治授權。衣錦還鄉，不只代表聲名上的「虛榮」，更賦有對家／鄉的決定權和某種擁有權；即使在異鄉當官，甚或貶官辭官，他都取得父權宗法制度中大家長的位置，所屬的士紳階級亦不致動搖。反觀第三世界菁英，即使從第一世界的一流學府取得學位認可，謀得教職，也未必能夠輕易地被白種主流文化所接納認同——當種族身分加入經濟因素考慮時，資產階級並不等同於統治階層；即使歸國，擁有階級上的優越性亦不等於擁有對家鄉的任何權力。換言之，第三世界留學生，無論性別，相較於僑居國的白種人不啻為被閹割的弱勢；相較於本國人民雖有優勢，但這種優勢是依附在第一世界的權勢上，一旦脫離與「異族」的關係，與「我類」的差異亦逐漸泯滅，強弱對比隨之調整回復。在中國現代化運動衍生的雙重國族論述操縱下，留學生的處境與其比喻為中舉的書生，我認為不如理解成是嫁入豪門的女兒。

我們不妨先比較一下，《又見棕櫚，又見棕櫚》中留學生歸國的敘述原型，多麼類似《紅樓夢》裡「元妃省親」的模式。《紅樓夢》裡的賈元春，選為貴妃深得皇帝寵愛。賈府一家階級與經濟上的地位也藉由與皇家結親擢升。入宮多年後，某日皇上恩准元妃返家省親，賈府特地為這短短的返家一日遊建造一座大觀園，更將女兒奉為太上貴賓地伺候接待。鮮少紅迷注意到，這一回舉家歡騰的榮景正是植基於女性的交換經濟上。賈元春之所以不是一般潑出去的廢水，正因為她賣得了好價錢，是可以繼續回收、再利用的資源。

在父權經濟體系裡，女兒的利用價值是確保、促進家族運作延續的重要因素之一。李維斯陀（Claude Levi-Strauss）在《親屬關係的基本結構》（*The Elementary Structures of Kinship*）裡即赤裸地揭示，婚姻關係是原始社會裡禮品交換最基本的形式，女人是其中最珍貴的禮物。以女人為交換物品的結果比其他互換貨物更有意義，因為它可以衍生出血緣聯繫。藉通婚方式將兩群人組織成一個廣泛的關係網絡，這個關係網絡繼而規範出其他不同層次、數量、面向上的交換。值得注意的是，做為交易客體的女性是此脈絡裡的導管而非夥伴，收受女人的男性才是經濟主體[6]。既然身為中介物，女性的任務除了被交易以外，最好還能推動雙邊供輸上的流通。李維斯陀在《神話學》（*Mythologies*）第二卷裡，解釋了為什麼查科神話組「癡迷蜂蜜的少女」的結局多是悲慘地變成動物甚或消失——以茲懲罰這已婚女性「打斷了姻親間的供給循環。她截留蜂蜜供一己食用，而不是讓它可以從採集它的丈夫流向她的父母，而他有責任供給他們蜂蜜食用。」[7]

從性別經濟的角度評量，中國傳統的家庭體系並沒比李維斯陀觀察的原始社會高明多少。這種父權家庭論述可以將元春塑造成出嫁女兒對娘家

---

[6]Claude Levi-Strauss, *The Elementary Structures of Kinship* (London: Eyre & Spottiswoode, 1969), pp. 478-481.

[7]李維斯陀著；周昌忠譯，《神話學——從蜂蜜到煙灰》（臺北：時報出版公司，1994 年 9 月），頁 141。

最大回饋的象徵，也可以殘忍地棄顧缺乏交換效益的迎春、探春，美其名為「窮通皆有定」。國族論述之於留學生的偽善正如家族對女兒的要求。正如李維斯陀陳證，交換本身即有社會價值，它是運用造假的方式將原來不相干的兩方（暫時）聯結。以擺脫弱國地位為訴求的中國現代化論述，鼓吹留學生，又名交換學生，前往先進強國學習，形成兩國間聯繫仲介，不斷自優勢種族處引進科技、知識與各種資源回饋；同時不斷以親情與道德的柔性訴求，提醒思源顧本的職責。在交易經濟的考量下，回國與否，忠誠與認同並非重點。假使學人在歸國後失去身為導管功能，不再提供供輸效益，交換價值跌停，「報效」反成「報銷」，猶如被休離遣返娘家的女兒，不受族人敬重[8]。在此雙重論述下，學子身陷兩難困境，出國或不出國，歸國或不歸國，都可能遭逢稱讚及詰難的正反意見，成為殖民主義與反殖民主義論述下的共同受害者。

看誰在說話？

由於肩負回饋期許，留學生即使選擇居留異域也很難切斷對原鄉的認同、思念，或者愧疚。海外華人雖然自願滯留，但是處境與艾德華・薩依德（Edward Said）所觀察的流亡者類似，同樣「存在於一種中間狀態，既非完全與新環境合一，也未完全與舊環境分離，而是處於若即若離的困境，一方面懷鄉而感傷，一方面又是巧妙的模仿者或祕密的流浪人。精於生存之道成為必要的措施，但其危險卻在過於安逸，因而要一直防範過於安逸這種威脅。」[9]以居留海外數十年的經驗，陳若曦挑明直陳，不懷鄉就沒有海外文學。在懷鄉與拒絕新環境同化的掙扎中，作家轉而藉由寫作紓解壓力，書寫是情緒最大的抒發與心靈的安慰。客鄉與中國結交織累積成

[8]其實自晚清迄五四小說中即有大量描寫留學生在國外及返國後行徑，其中譏誚醜化的小說占相當大比例，詳見王德威〈賈寶玉也是留學生——晚清的留學生小說〉及〈出國・歸國・去國——五四與三、四〇年代的留學生小說〉，俱收入《小說中國》（臺北：麥田出版，1993 年），頁 229～236、237～247。

[9]艾德華・薩依德著；單德興譯，《知識分子論》（臺北：麥田出版，1997 年），頁 87。

文本中鬱結的情懷[10]。

也許正是在這種思鄉而不可得、定居而不能安的驅動下，我們看到了描寫海外華人處境的作品常常運用幻滅，甚至死亡的悲劇結局。叢甦的《中國人》即言明立意描繪出「這個年代裡流浪的中國人」的苦悶與徬徨。出版於 1978 年的《中國人》，明顯可看出海外文學在經過 1970 年代保釣運動衝擊後，突破以前專注留學生問題的格局[11]，擴展到探討唐人街龍蛇雜處的情狀，留學生的政治認同取向。這幾篇的主旨雖有異，共同的基調都是灰色、悲觀的。故事主角無一不在現實中苟延殘喘，在功利掛帥、種族歧視的異域裡折磨得千瘡百孔。最能代表小說集精神的當然是同名短篇〈中國人〉，以及此篇的上集〈野宴〉。〈野宴〉主要是敘述南方小鎮裡一群華人，有餐館領檯、小職員、留學生，趁假去郊外野餐，卻遭白人群體誣陷敲詐的故事，透露白種優越意識強勢到連法律都保護不了華人良民的悲哀。這篇小說裡男女主角的愛情至〈中國人〉一篇中才有進展。在〈野宴〉裡象徵中國人精神的歷史系博士文超峰，終於不敵擁有跑車房子等穩定豐裕物質條件的數理博士，眼睜睜看美女沈夢嫁做他人婦。過了幾年枯燥乏味的婚姻生活後，在與文超峰的重逢裡，沈夢壓抑的熱情突然爆湧，驅使她下定與舊愛私奔的勇氣。就在約定好的時間，她反悔爽約，而他也感到如釋重負與驕傲：他們畢竟沒有背叛中國人的倫理道德。這個精神層面上的啟發使他了悟到，即使做為這個年代的流浪人，也毋須感傷流淚，因為「中國是一種精神，一種默契，中國就在你我的心裡，有中國人的地方就是中國，有說中國話的地方就是中國。」[12]

《中國人》裡的小說，理性掛帥，充滿「感時憂國」的新文學情操，與她早先現代主義時期偏重個人主義、意識曖昧的文風相悖。但是即使如

[10] Chen Ruoxi, "Prologue: Chinese Overseas Writers and Nativism," trans. Hsin-sheng C. Kao, in *Nativism Overseas*, pp. 13-15。

[11] 叢甦，《中國人》（臺北：時報出版公司，1979 年），頁 6。關於留學生文學的嬗變脈流，參見蔡雅薰，〈臺灣留學文學到移民文學的發展與近況〉，暨劉秀美，〈略論留外華人小說中主題意識之轉變〉，俱收於《文訊》第 172 期（2000 年 2 月），頁 31～34、35～37。

[12] 《中國人》，頁 240。

叢甦這樣思辨性強的作家，也和她同時期的多數海外作家一般，沒有給故事中這些在美國不如意、又未遭受臺灣方面政治迫害的海外華人，任何不能返臺發展定居的理由。滿腔愛國熱忱反倒令人感覺矛盾，甚至有些聲嘶力竭到虛張聲勢的效果。其實由文超峰的「宣言」裡，我們似乎不難臆測，他（們）如此認同中國卻又選擇流落異鄉的部分緣故，正是他（們）認同的中國，是遠古、抽象、傳說中的「想像的共同體」，而非現實上、地理上的臺灣或大陸。

真正有趣的問題在於，為什麼於梨華與叢甦這兩位女作家，在臺灣時對家國論述並不感興趣，出國後反而念茲在茲中國人的「根」源？更為什麼她們對母國強烈地思慕，必須透過文本中的異性角色來傾訴，而不能與處理類似題材的男作家一樣，運用無論在心理與生理描寫上都更能掌控的與自己同樣性別的主角[13]？我們不妨先參考一下佛洛伊德的古典心理學理論。佛洛伊德的家庭羅曼史論述，雖然漏洞百出，深為女性主義者詬病，但是他明確地指證出父權體制在家庭機制的操作下，如何誘導威脅女兒拒絕母親，並且把對母親的繾綣愛意轉為對父親的迷戀崇拜。因此，在一個家庭中，女兒與母親的親密關係受到父親的禁制，不得不壓抑或轉換。女性主義者在嘗試各種解套母女關係的策略時，不免質疑，那麼，如果女兒離家呢？莫罕蘭（Radhika Mohanram）論證，母女關係只有在分離後才出現，或是轉強，因為她們不再接受同一個屋簷下父權的監督。她更將性別與國籍身分聯結起來，由印度女性小說的閱讀中，解釋了為什麼去美國的女兒反而與留在印度家鄉的母親建立起前所未有的親密[14]。

嚴格說來，佛洛伊德的母女理論只處理到女兒出嫁前與母親的糾葛，女兒結婚後的身分似乎即蛻變為另一個家庭的母親角色。佛洛伊德似乎假

[13]例如白先勇〈芝加哥之死〉的吳漢魂、張系國〈紅孩兒〉裡的高強，或是劉大任〈長廊三號〉裡視蟑螂為陽具圖騰般膜拜的俊彥。

[14] Radhika Mohanram, “The Problems of Reading: Mother-Daughter Relationships and Indian Postcoloniality,” in *Women of Color: Mother-Daughter Relationships in 20th-Century Literature*, ed. Elizabeth Brown-Guillory (Austin: University of Texas Press, 1996), pp. 20-37.

設，女兒只能複製原有家庭的性別運作模式，而且即使女兒有了不同的身分與歷練也絲毫無損她和母親早年建立的僵局。這個架基於西方核心家庭結構與理念發展出來的學說，在跨過文化鴻溝套用於中國的家庭關係時勢必出現更大的破綻。在強調宗族對個人的約束力，以倫理道德之言掩蓋交換經濟之實的中國家庭論述裡，婚後的女兒並非獨立的主體，或完全隸屬於另一家族的個體。她未能被充分運用的經濟價值使她成為娘家念念不忘的「賠錢貨」[15]。不管有無（再）利用的價值與機會，出嫁的女兒之於娘家總有某些職責，甚至歉疚。這樣的歉疚導致她即使對娘家滿腹掛念，卻也未必暢所欲言，尤其在她似乎有能力卻回饋不足時。

海外華人女作家直如同中國出嫁的女兒。在國內，她們與母親／臺灣的關係並不存在，強勢的政治論述正似父之律法掩蔽了她們與土地文化的關聯。出國後，在中文語法結構裡，臺灣占據母國的象徵位置突然明顯。脫離父權的女兒不必再屈居於沉默的角色，因為相較於更強勢的美國，臺灣的政府權威變成了被閹割的父親，再也起不了規範作用。但是異族人的出現，又使出嫁的女兒明顯產生二分的差異對立。透過斥責異姓／族，指責「他們」美國人的不是，海外女作家順利地把自我跟母國變成「我們」，獲得了她在國內時從未被授權的身分。她，代表了臺灣／中國。在論述場域中，她從原來緘默的位置變成發聲的主體，成為她原來家／國族的代言人。由於「高攀」了豪門，留美華人女作家的身分與階級似乎相對提升，娘家的讀者頗樂於傾聽。這也許可部分解釋了為什麼留美的華人文學比起東南亞及其他地區華人文學，在臺灣享有較廣的閱讀群眾。

儘管如此，因為出國後對娘家的「虧欠」感，使她們不敢逕然「僭越」，公然奪權。再加上在運作中文寫作的同時，父權規範依然滲透在象徵語序中，藉由語法慣性影響操縱她們——在父權論述的常則裡，男性才被賦予談論家國議題的特權；而異性戀霸權更暗示宣揚母女相斥、母子相吸

[15]關於出嫁女兒在臺灣社會中與夫家、娘家的關係，參見胡幼慧，《三代同堂——迷思與陷阱》（臺北：巨流圖書公司，1995 年 2 月），尤其是頁 91～114。

的假說。她們必須虛構出一個男性分身，迂迴傾訴對母國的思念與關心。因此我們看到叢甦在兩個類似的故事裡，採用不同性別的敘述者而敷衍出迥異的主題。在〈百老匯上〉裡敘述一個缺乏母愛卻受母親嚴峻管束的中國老處女，在留美多年後遭老外強暴。強暴，這原來可以變成討論種族問題的象徵，卻轉成女性情欲的啓蒙，探討女性在性壓抑與性幻想間的欲望流動，以及女兒對母親的反叛；同一本小說集的另一篇〈想飛〉，描寫一個由大陸到臺灣再獨自飛到紐約留學的年輕作家，在經濟壓力下淪為餐館跑堂，放棄學業寫作。這個與〈中國人〉裡的文超峰一樣具有中國色彩的男主角，在慈愛的母親去世後更加失根，寂寞中接受了陌生老外男子的撫慰，發生性關係。一夜情的結果，並非開啟了他情欲的自覺，如〈百老匯上〉的女主角，而是驅使「被玷汙」的他走上洛克菲勒中心的摩天樓上跳樓自殺。整篇小說的寓意在自殺地點的安排上全然凸顯出來，具有陽具象徵的摩天樓正是西方優勢強權的符徵，被閹割根除的中國只有屈辱死亡的歸宿[16]。

結論

留學，是推動中國現代化運動的重要手段之一。身為文化中介者的留學生，徘徊在故土與新居、國族與個人、異種與同種之間，身分認同的掙扎選擇委實百轉千迴。1960、1970 年代的留學生在兩岸分裂，「國家」有難之際出國，對於去留之間的抉擇不只牽涉個人的生涯規畫，更攸關家國大業的道德使命。做為近代國族論述下的（再）生產品，留學生與母國的糾葛絕非簡單的忠誠與背叛，思歸與失根的二分概念可以了解。國族論述之於留學生的真正索求也並非學成歸國而已。一旦身為留學生，不管歸國或歸化，都可能遭遇國族論述的責難或嘲諷。而這種對本國子民的矛盾弔詭情結，其實正是中國在面對強族威脅中，無法自我平衡的心理產物。這

[16]〈百老匯上〉及〈想飛〉，俱收於叢甦，《想飛》（臺北：聯經出版公司，1987 年 12 月），頁 19～32、9～18。

其間複雜的因果互動自非這一篇小論文得以釐清涵蓋。本文提出出嫁女兒的概念，毋寧是藉由家庭與國族的類比，探討女性在國族身分變動時，如何牽動其性別身分並影響書寫策略。希望由這冰山一角的揭示能讓我們更客觀審慎地探討現代留學生文本，以便對多重身分的交疊互動有更深入的探究。

——本文原發表於「女性心靈之旅——文學、藝術、影像」國際學術研討會，輔仁大學比較文學研究所主辦，2000 年 11 月 11 日。

——選自范銘如《眾裏尋她——臺灣女性小說縱論》臺北：麥田出版，2002 年 3 月

評介《白駒集》

◎隱地

四月分由仙人掌出版社出版的《白駒集》是於梨華的第七本書，共收兩篇散文和五篇小說，其中〈苦難中的成長〉和〈鞋的憂喜〉還是於梨華於民國 42 年學生時代發表的作品，其他幾篇刊出的年月分別為：〈無腿的人〉（民國 51 年 6 月）、〈再見，大偉〉（民國 56 年 1 月）、〈柳家莊上〉（民國 56 年 6 月）、〈歸去來兮〉（民國 57 年 6 月）、〈友誼〉（民國 57 年 12 月），這當中的時間，從〈苦難中的成長〉到〈友誼〉加起來已整整有 17 個年頭，難怪於梨華興起「人生一世間，如白駒過隙」的感嘆，本書命名《白駒集》，原因或許在此。她的其他六本著作是：《夢回青河》（長篇，民國 52 年）、《歸》（短篇集，民國 52 年）、《也是秋天》（包括兩個中篇，民國 53 年）、《變》（長篇，民國 54 年）、《雪地上的星星》（短篇集，民國 55 年）、《又見棕櫚，又見棕櫚》（長篇，民國 57 年）。

現在我們來看《白駒集》裡的七篇文章。

作為本書代序的〈歸去來兮〉，是於梨華於民國 56 年暑假回國探親在臺居留兩月三度赴美後有感而作的一篇散文，由於是有感而發，字裡行間溢出的感情顯得特別濃郁而真切，它道出了旅居海外遊子們的心聲，也吐露了作為這一代中國人所謂「出去」或「回來」時難言的複雜心情，如果我們想問：為什麼於梨華旅居海外多年卻經常寫以臺灣、甚至她家鄉為背景的小說，那麼，讀這篇〈歸去來兮〉顯然是必要的！

〈苦難中的成長〉，約四千字，故事由一位執教鞭的三十多歲的青年人口述。他從學校出來跨進社會已有十年，現在一個島上的一所中學過著安靜的教書生活，一天，當他像往常一樣的挾著一大疊本子走回宿舍，一個穿軍裝的女孩在背後喊住他「俞老師」，他起先想不起她是誰，直到她前額上的一塊長方形的疤痕，才恍然想起她是王小珮——一個他在南京讀大三那年當家教時的學生；由王小珮，他開始回想起她悲慘的命運：生母死得早，後母異常刻薄險惡，而父親是個懦弱的可憐蟲，每次看到小珮被欺侮，只會痛心的執著她的小手流淚，卻不敢加以干涉，在這種情況下，小珮不但不能到學校念書，且在家裡的地位愈發像一個碑女，有一次，竟由於小珮在家裡專心讀書，未洗她弟妹的尿布，以至被後母用鐵器在額前打了一條深深的裂口。幸虧他當時趕到，纔把流血的傷口紮住。

他興奮的叫王小珮到他那兒坐，這些年來他也一直在擔心她，不曉得她如何了，聽她說才知道後來她爸爸不得已只好將她送到小叔家去住，仍舊是寄人籬下的生活，好不容易混到高中畢業，同學幫她找到一個會計的工作，這時，和她職務上比較接近的科長，很照顧她，人也和藹，她初到社會，什麼經驗也沒有，遂由接近而依賴，不久就嫁給了他，沒想到這個中年人竟是有妻室的人，小珮不得已又偷偷的脫離了那個男人，這時聽臺北的同學寫信告訴她說，臺灣的某某部隊正在招考政工人員，她就毅然地從南京來了，現在既能學習又能工作，一切都很滿意，她不再感到失望。她說：「真的，俞老師，我真的是重新活起來了。」

這篇小說，表面上有一個悲慘而感人的故事，所用敘述文句，也還通暢流利，但我們若仔細研究，它卻大有問題，即故事中的女主角王小珮，她既然有一個「異常刻薄險惡的母親」，不許她上學而要她在家侍候弟妹，且「爸爸太懦弱」、「……只是一個可憐蟲」，為何她父親還敢替她請一個家庭教師？我們知道，請家庭教師的人家，多半是看重孩子，比較重視孩子的教育的，從本篇所描寫的每一點，我們都看不出王小珮的父母會替她請家庭教師的可能，既沒有這種可能，「俞老師」這個人物就不能成立，本篇的故事也就無理由發生，就算故事可能發生，人物在性格上的表露也不夠統一，譬如，小珮的父親在第一次和俞老師見面時說：「她（小珮）媽媽死得早，這孩子脾氣很怪，以致常常惹她現在的媽媽生氣，又不肯上學，我想請你到家裡來教導她，我也少受一點罪。」而後來小珮被後母打昏過去，他看見小珮傷得這樣，痛心的執著她的小手只管掉淚，也顧不得有俞老師在旁邊了。前後兩次描敘小珮父親這個人物，一時使人銜接不起來，好像不是同一個人，儘管當時環境不同、心情不同，總應使人覺得發怒是他，興奮也還是他，這樣的人物刻畫，才算成功。

〈苦難中的成長〉還有一些小地方值得商榷，第一是節省用字的問題，本篇中有好幾個「她爸爸」的「她」字都被省略了，譬如第十頁：「等打電話把她爸爸找回來，小珮已醒了，痛得直哭，（她）爸爸也只是一個可憐蟲，看見小珮傷得這樣……」沒有括弧裡的「她」字，多少會使人混淆到底是小珮的爸爸呢？還是第一人稱敘述人「我」的爸爸？14 頁第四行底下有一句：「生活的活氣在我考入政工隊以後才對我顯示出來……」中的「活氣」使人不解其意；「從前的痛苦憤恨和傷心等感情在來臺的海洋上我就把它們都卸落在海水裡了，……」這句話也顯得累贅而不妥。

〈鞋的憂喜〉是一篇以「鞋」為第一人稱擬人法的小品式散文，寫一雙不夠時髦唯相當結實的鞋子的遭遇，雖然很像是從作文本上抄下來的作品，但寫得幽默風趣、別具一格。

〈無腿的人〉雖然也是於梨華早期（民國 51 年）的作品，但從本篇來看，屬於於梨華寫作上特有的才情，和她那烈如燒酒的筆調，已完全的流露無遺，可以相信的是，這篇小說由於它具有一個撼人心弦的故事，加上於梨華早年潑辣大膽的文筆，使它很容易贏取讀者的感動和共鳴，儘管在遣詞用句上，它未達圓熟境界，在情節轉變上，也稍嫌突兀。

一個結婚四年、有一個孩子、叫韻英的女人，她幸福和滿足的生活，在第五年丈夫因督工蓋房子從五層樓上摔下，斷了腿喪失性能力開始，完全幻滅，本篇從韻英的丈夫李逸明斷腿一年、韻英大學時候的男友純德來訪落筆，到韻英取得丈夫諒解離家和純德發生關係，最後又改變意志重新回到逸明的身邊結束，〈無腿的人〉所要表現的題旨，不外是生活在理智和情感衝突交戰的情況下，人們內心的痛苦和煩躁，以及慾的難擋和愛的珍貴。

本篇的優點是乾淨、俐落，故事的推展不拖泥帶水，小說一開了頭，讀者的一顆心就緊緊的像吸鐵石一樣被作者的文筆吸住。於梨華最善剖析人物的內心。文中對韻英、逸明、純德三人的個性，著墨不多，卻能收到如聞其聲如見其人的效果，這是成功之處。缺點是，表情達意不夠含蓄，譬如 29 頁「好像你懂得什麼叫愛似的！難道愛不是一種感激，憐憫，欣賞、敬愛等等感情混和起來的一種東西嗎？不過這些都是捉摸不到的抽象名詞，我現在不需要，」如果寫到這裡止住，最多在「需要」後面加上一個驚嘆號，就很夠表示當時女主角內心不滿足的情緒，而於梨華緊接「我現在不需要」之後，又加了這麼一句話:「現在我要的是實實在在，一個健康完全的男人。」面對多年不見的男友，渴望著情慾的發洩，這樣毫不含羞赤裸裸的道出內心的隱密，雖說韻英的血液裡有一股放蕩的野性，特別是守了一年活寡之後，但在當時的情況下，畢竟是不太容易啟口的。如果一定要把這句話寫出來，倒不如改成女主角的內心獨白，使人覺得自然而合理些。其次，本篇還要表現的一個主題是「看不起自己畢竟容易，改變自己究竟太難」，末尾女主角和純德發生關係後感覺自己和「純德在一起，她也許會快活，但快活不是平靜。一個人不快活，會痛苦。一個人沒有心境的平靜，生命就變成了一種負擔。」為了卸下這份負擔，韻英終於又回到逸明的身邊，這一段心理轉變過程，應當是很複雜的，但於梨華一筆帶過，未能深一層的描繪，致使讀者感覺轉變得太快；同時，儘管韻英又回到逸明身邊，但誰能保證她不會作第二次出走？即使她不出走，甘願一輩子守住斷腿的丈夫，那麼在讀者的心目中，韻英將一直是位委屈又可憐的人物，而事實上，韻英不是甘於認命的人！如果於梨華是想說明愛比慾更加可貴，則現在的結尾就顯得相當之弱，幾乎使人有一種正不勝邪的隱憂。

還有，或許〈無腿的人〉是於梨華早期作品的關係，文句還不如她後來的優美練達和簡潔，如 31 頁：「……逸明艱難地推著椅車出來，純德忙站起來幫他。一個坐在椅上，無腿的，蒼白的。一個站在椅後，穿在背心短褲裡的身體冒著活氣與魅力」；34 頁：「……他知道要來的，總是要來的，如果他想留住她，她可以用情去感他，因為她就是光靠感情兩個字領著走的」；35 頁：「他帶著笑說，那個笑像是什麼人畫了一張沒有活氣的笑畫貼在他臉上似的」等等，句子都不甚靈光，如果說光是一本書上如此印著，可能是校對有問題，但〈無腿的人〉最初發表在第 14 期《現代文學》上，以後王文興先生曾把它選入現代文學小說選第一集《新刻的石像》中，現在於梨華自己又把它輯集在本書中，若真是校對上的錯誤，早已應當改正，如今仍以最初面目出現，或許還是句子本身的結構不夠嚴密吧？

在這裡必須加一個註腳，目前有不少人士不承認流暢的文筆是必要的，有人以為文學作品對於文字的要求，重要的是提煉、創造、表現的問題，還有人乾脆說：「流暢、工整的文章，固然能使人一氣呵成地讀到尾，很少給人停頓片刻思索的餘地，也自有其吃虧之處；晦澀的惡文也有些好處，那就是能叫人不得不停下來細細玩味呢！」不過，我想提出的是，造新字也好，造新詞也好，第一、總要讓人感覺「講得通」、「看得懂」，同時也總得有所「本」，即使節省用字也不能光憑自己的喜好，不該省也省，應當用不用。否則完全沒有文法不就亂了？同時，我們又以什麼去做衡量的標準呢？求變或求新，我想都是該有一個原則的。單靠流暢的文字，作品固不一定會有什麼價值，但一篇有思想有內容的文章，如果用晦澀甚至被人覺得是「惡文」的文筆來敘述，總也是一項缺憾吧？

在寫〈再見，大偉〉之前，於梨華已把她接觸到的留學生活經驗——精神上的苦悶、徬徨和空虛——一一傾注於她的短篇集《歸》、中篇《也是秋天》和長篇《變》等書之中，由於於梨華浸潤並能吸收現代西洋文學的新穎技巧，而又能發揮中國語文的奧妙，她的這種以留學生為題材的小說很快的就風靡了廣大的讀者，相較之下，這篇民國 55 年發表於《純文學》上的〈再見，大偉〉就顯得不夠新鮮了。

〈再見，大偉〉寫一個新留學生踏上美國土地的觀感，和一個老留學生在美國的改變。前者是一位叫陸思安的女孩，剛來到一個完全陌生的國家，一心想找到童年時的鄰居和玩伴，希望他幫忙找一個住所安定下來；後者是一位留學多年叫郭大偉的青年，和一個洋女人同居卻不結婚，生活習慣與觀念、和小時候完全兩樣，用簡單的一句話說：他變得不像一個中國人了！

郭大偉赴美數年，家裡難得接到他一封信，父母天天惦記著他，尤其他母親，還怕他找不到老婆，聽說思安要到美國，一再叮嚀思安，見了大偉要詳細將他的近況寫信告訴她，但是現在思安不知如何提筆；「不是為了他的洋化，或是他和洋婦睡在一起，而是因為他要把自己揉進洋的圈子裡所用的手段，所取的態度！不是因為他懶而沒有寫家信，也不是因為他有潔癖而覺得中國街的髒，也不是他天生好靜而覺得中國人吵鬧，只是因為他要完完全全忘記他是一個中國人，而找出理由證明自己的行為是對的。」（60 頁）她起先滿滿的寫了一張郵簡，把她剛見到的郭大偉的情形以及兩天來對她的冷淡和不耐煩都寫了進去，可是當她重看一遍，呆坐了半天，一咬牙，又把郵簡撕得粉碎。另用一張郵簡寫了簡單的報告：「……他還和從前一樣，胖了些。這次多承他來車站接我，又請我住在他處，幫我辦事，實在很感動，因為他不忘舊交。伯母交給我的那位小姐的照片，我還沒有機會交給他，他目前工作很忙，看樣子對婚姻還沒有興趣，也許緩一陣再向他提……」（64 頁）

這是一篇讓每個有自尊心的中國人感慨和共鳴的小說，它使我們更加清楚地認識一些忘本之人的嘴臉，但它的成就與收穫也僅止於此，使本篇缺少一種有多角度欣賞價值的原因，可能是把所要表現的都完整無遺的全部表露在字裡行間，於梨華已把一個故事說到盡頭，絲毫未留給讀者再加思想的餘地，這樣的作品，我們通常只能獲得一種單純的滿足，卻無法產生一股充實的聯想。

〈柳家莊上〉是於梨華寫了許多以留學生為背景的作品後，改變作風的一個中篇，說於梨華寫〈柳家莊上〉是改變作風，當然也不完全對，因為她的第一個長篇《夢回青河》就是以舊家族為背景的小說，〈柳家莊上〉所不同的，雖也是個舊題材，於梨華卻以現代的手法予以處理，使讀者了解到生活在舊社會裡女人命運底淒慘。

在時間上，本篇沒有明確地寫明，可以曉得的是在抗戰時期，地點是日本鬼子占領下的一個叫柳家莊的村子，人物有翠娥，翠娥的丈夫陳亦福（大器的爹），翠娥的兩個孩子，大器和雲瑞，以及翠娥的公公、婆婆、姑姑等十來位，故事分上下篇推展，上篇「翠娥」，寫她在七月下旬一個炎熱的日子裡為著即將出嫁的女兒雲瑞繡著描有一對鴛鴦「百年好合」的枕頭，並勾引起她自己出嫁時的情景，前前後後對往事和現況的穿插描敘，很快就使讀者進入到故事裡人物的世界，作者在最初二千字中，一再強調天氣的炎熱和翠娥周圍的寂靜無人，她遂索性連大襟的紐扣也解了，露出全條脖子和一小片胸脯；此外，在前面一開始第二段也留下了一個伏筆：「柳家大廈二房的後門開著，柳家二房的女主人柳陳亦芳的嫂子陳翠娥坐在門裡，面對著塘，低著頭，針上針下的在繡花。」（69 頁）這樣等於是交代並說明了頑桀的柳長慶後來為何能夠登堂入室且獸慾發作的原因。

接著是對翠娥失身經過的描敘，從開始到結尾，於梨華用相當於電影裡大特寫的手筆冷靜而客觀的把全部事實真相一清二楚地讓讀者看在眼裡——使人覺得難能可貴，同時也相當重要的一點是：於梨華自始至終對這件事未作批判，她既沒有把罪過全部歸咎於柳長慶，也沒有幫翠娥說話，讀者心裡都明白，如果真要躲，翠娥也不至於完全絕望，遺憾的是，這樣的事實畢竟發生了，以後她將怎麼辦？尤其圍繞在翠娥四周的人都是絕對保守的。

早在事情發生之前，翠娥的婆婆已經聲色俱厲的對她說過：「自己男人不在，持重點！那人是流氓出身，什麼勾當做不出？走路少扭兩下，講話就講話，不必迷迷笑，眼看就要做婆婆的人了，還一副輕骨頭相！」（78 頁）

但我們若把翠娥的受到蹂躪認為是她自作自受的結果，當然也是極不公平的，像她這樣一個女子，嫁給大器的爹雖然 20 年了，如果扳著指頭算算，其實，20 年裡他們真正在一起的時間兩年功夫都不到，儘管大器的爹對她也夠體貼，從來沒有一句重話，但大器的爹一年中只有清明、中秋、除夕三個節日才回家，其他的時間就必須回到上海布莊去做生意，撇下她侍候公婆，公公同她說話，眼睛從不對她望，婆婆則相反，紫臉膛上一副三角眼，老愛兇兇的對翠娥全身上下打量，窘得翠娥恨不得自己變成一塊硬木板，而不是這樣有一副巍顛顛的乳房，細巧的腰身，圓溜溜的屁股和白裡透紅的皮膚。

儘管這樣，翠娥可還是心甘情願做陳家的媳婦，有一次她對即將出嫁的女兒說：「再過幾天，妳就是人家的人了……我 16 歲嫁過來給你爹，足足廿年。妳爹雖然三日兩頭不在家，娘可是一點不怨他。娘來生投胎做女，還是要嫁給妳爹。」（92 頁）翠娥在心底唯一的願望是跟大器的爹到上海去住兩年，因為大器的爹曾許諾他：「等大器娶了媳婦，雲瑞嫁了人，爹娘百年之後，我帶妳到上海去住，就妳我兩個人。上海是個好地方，各色各樣遊耍的地方，我帶妳去看影戲。」（76 頁）翠娥怎麼會想到柳長慶這歹人在她心願未了之前竟糟蹋了她，她有何臉面再見大器的爹？

下篇「大器的爹」寫陳亦福和兒子大器從上海專程回來替雲瑞辦喜事，這時，柳家莊上的人背地裡很多都在談論著翠娥勾上壞坯子柳長慶的消息。

翠娥的婆婆早在她知道這樁事情後就氣得半死，紫臉膛上殺氣騰騰：「妳做得好事！！青天大白日，做出這樣不要臉的事來，丟了我們陳家三百代的臉，妳還有臉不找死去！」還好她老伴和女兒一再從中勸阻，她女兒陳亦芬（芳）說：「娘，你耐耐火性，聽我一句話……。」、「他們夫妻一向恩愛……」、「等亦福回來，辦了雲瑞喜事，我們再對他說，他也是個要面子的人，翠娥是他媳婦，要治要休都由他，也不用娘來做惡人……」

陳亦福回來後他爹娘果然沒立刻把醜事拆穿，翠娥自信不是個輕賤人，她要把一切向大器的爹說明白，可就沒有機會，有兩個晚上，翠娥準備好了的話剛到嘴邊，結果，不是大器的爹很快就睡著了，就是被他誤會用別的話岔開了，第三天，是雲瑞的好日子，到了晚上，所有翠娥想解釋的，都太晚了，陳亦福的娘，已經把翠娥的事，在雲瑞嫁出去之後都說給兒子聽了。

陳亦福的臉上好像抹了一層土灰，再沒有別的事使他更光火了，他第一次狠狠的打了翠娥一個耳刮子，要她滾出去。

翠娥知道自己沒有路可走，她走到那裡去？娘已去世，舅舅如果知道她是為了什麼給陳亦福休掉的，豈肯收留她？現在要她滾，豈不等於逼她死嗎？

翠娥嚶嚶的哭著求著：「……我求你，隨你怎麼打我罵我，我都受，就是不要把我趕出去！」大器的爹最後總算答應她，但他在心底已經下定決心，要回上海去，他不再要翠娥了。

下面是翠娥和大器的爹當時的一段對話：

「但是你不要我了，是不是？」她緩緩的站了起來，一雙眼死命的盯在他臉上。「你不回來了？」

他沒有朝她看：「爹娘在世一日，我總要回來的。但是，妳我的緣分盡了。我不趕妳出去，大器雲瑞面前我也一字不提，我也會關照娘不要說。我按月還是寄錢回來。」他臉上逐漸有了點血色，上眼泡也不跳抖了。「但是，妳我的緣分盡了。」

翠娥一步步的往後退：「亦福！」結婚這些年，這是她第一次直呼他的名字。「亦福！」他說：「你不用多說了，我明白。將來不要懊惱就是。」她倒退出去，房裡只賸一盞陰陰的油燈，一隻空了的杯子。（111 頁）

結尾是第二天翠娥失蹤，遍找不著，大器的爹在他娘反對之下決定到外面去尋找翠娥，還說：「假如尋到了，我帶她一起去上海。」

這個結尾看不出翠娥命運的最後下場，她到那裡去了？自殺？還是會和大器的爹一同到上海去住？作者沒有給我們明確的解答，但也不能否認兩者都有可能，到底最後會發展到何種地步，於梨華把這些問題的答案都留給每一讀者自己去尋找，深思……

其實，這個結尾是經過改寫的，最初發表的〈柳家莊上〉(《純文學》第 6 期，民國 56 年 6 月）是以翠娥的屍首於第二天早晨漂在河塘裡作為結束的，現在的這種結尾可能是於梨華於小說發表後聽了朋友的建議而更改的，站在讀者喜歡聽故事的立場，有了「最後翠娥跳水自殺。」這樣一句話，作者顯然對讀者有了交代，讀者也在感傷中得到滿足，因為人有一種同情被害人的本性；另一方面，這個結尾倒也是如此情況下的一種必然現象，讀者不妨替翠娥算算命，除了死，她還有什麼別的路好走呢？不是作者殘酷，硬要安排翠娥去死，而是「死」本來就是翠娥的最後命運。

但現在這個結尾，就藝術觀點來說，確實要比先前的境界高明，因為即使翠娥只有一條死路，為什麼我們要揭到底呢？人的命運不到最後一秒鐘，誰也不敢保證將會如何，翠娥的路還是留給翠娥去走，死了，倒是她的運氣，兩腿一伸，什麼事都可以不管，反之，像她那種環境下成長的女人，擺在她面前的荊棘和迎她而來的生活上的折磨，更不知還有多少；換一個角度，我們何嘗不能說：用一個人的死來做小說的結尾，總也是太悲觀了，活著多好，儘管也有一天死神會向我們偷襲，但至少我們還有還擊的能力，而自殺則是一種澈底的妥協和失敗，為什麼我們要妥協呢？

有了種種從多角度尋求問題和答案的精神，〈柳家莊上〉的價值也就更加可以被我們肯定了。

《白駒集》裡最紮實，最突出的，除了〈柳家莊上〉之外，要算是〈友誼〉了，〈友誼〉的題材相當通俗，一個典型的三角戀愛故事，落入言情小說作者之手，毋庸置疑會變成一本所謂哀豔纏綿的愛情小說，但到了像於梨華這樣的作家手中，卻被織成一部有深度有內涵的文藝作品，這是究竟什麼原因呢？個人以為下列兩點，值得提出來討論：

第一是目的和手段的問題：通俗的言情小說多半有一個纏綿悱惻甚至感人淚下的曲折故事，但歡樂哀傷，都是極表面的，經不起仔細分析，這原因主要是作者的本身缺少深遠的抱負，他的目的就是在說故事娛人；而於梨華的〈友誼〉，雖也是一個普通的戀愛故事，但她卻是用以表現自己的思想，以及對這一代青年在特殊環境裡諸種遭遇的認識，了解和同情，可以說她寫這樣一個通俗的故事只是一種手段，而並非目的，〈友誼〉所以值得我們深一層探討的是在故事的後面，還隱藏著許許多多給人啓示，使人咀嚼細想的一些問題，即一般所謂的主題，〈友誼〉所要討論的是：人與人之間真有友誼存在嗎？一旦利害關係抵觸，友誼會即刻消失嗎？

第二是文字基本修養工夫上差異的問題：一個寫通俗言情故事的作者，他只要把故事交代清楚即可，不必推敲文字的洗練與否，也不必運用小說的技巧，而作為一個真正的作家，在這些方面卻會認真地去做，文字力求簡潔之外還應注意美化和創意，有關小說上的一些定義和原則雖不必一一遵行，但至少也該有所了解；而此外比較兩者之間最明顯的差別就是是否善於運用比喻的問題，言情作者所用的比喻不外是「像花一般的美麗」、「像秋夜的月亮」或「像火一般的熱情」，而於梨華筆下絕少此類膚淺的用詞，我們隨便找兩個例子，譬如寫懷耿和依蘋的感情，在懷耿未得機會赴美之前，儘管懷耿屢次向她暗示，表明自己對她的愛，依蘋總是佯作不解，他們之間的感情也就看不出來會有什麼進展。後來懷耿要出國了，依蘋不但和他訂婚，還自動不與別人交往，於梨華用「好似暗室裡開了一扇門，看見光亮與路線了。」來比喻當時情況的轉變。

又如顧彥替好友懷耿的未婚妻依蘋找到工作，由於依蘋一時興奮，竟抱住了顧彥的胳膊，恢復冷靜後，難免有點不自然，顧彥對依蘋說：「我們先去打個電話給懷耿……」電話接通之後，於梨華用「好像忽然打開了窗戶把過多的熱氣放掉似的，」來比喻當時兩人「都自然得多」的原因，這些神來之「比」，越發使於梨華的作品看來不同凡俗。

〈友誼〉中有許多話都隱而不宣，結尾和〈柳家莊上〉一樣，尤其讓人回味，顧彥到底怎樣了？和依蘋結婚？還是真像汪懷耿希望的已被移民局驅逐出境？作者賣盡了關子，就是不明明白白地告訴你，讓你自己去猜、去想……

本篇命名為〈友誼〉，多少有點諷刺意味，它寫盡了現代人的不得已和現代人的沒有自我的一面，在機械文明的壓迫之下，在追求成功或出人頭地的過程中，人往往因為孤寂、虛空而迷失自己，〈友誼〉裡的顧彥、懷耿和依蒓，我們能說他們錯了嗎？誰也沒有錯，他們都肯為彼此著想，也都有為對方犧牲的精神，然而不應該發生的事還是發生了，這三個好人，後來竟都做出相當小人的行為，我們該怪誰呢？怪依蒓？她把對懷耿的愛轉而成為對顏彥的愛，既不是因為顧彥有錢或有地位，也不是顧彥英俊瀟灑，老實說，她和懷耿的愛情，一開始就太理智了些，說得明白些，她根本沒有真正愛過懷耿，女人本來就是如此，她們往往不知道自己在做什麼，為什麼？但有一點不容我們懷疑，就是一旦她們真正發現愛上了對方，她們會不惜一切追求到手，依蒓就是這樣，我們能說一個女人追求她的真愛是一種錯誤嗎？那麼怪顧彥？也不，顧彥一開始就在強忍自己的感情，他老早就勸懷耿快點和依蒓結婚，他也幫懷耿說服依蒓，要她同情他的苦衷和懷耿生活在一起，最後他還避不見面，希望依蒓把他忘記，顧彥能做的，也就只有這樣了，我們能怪他錯了嗎？再說懷耿，表面上看，他似乎太不應該，竟寫匿名信出賣自己的好朋友，然而我們要是肯設身處地為他想一想，他的報復難道不對嗎？這就是人性，人性有善的一面，也有惡的一面，只要是血肉之軀，做出來的事不可能全像聖人一樣完美，何況，聖人也有使壞心眼的時候，只是，到了最後，他們往往把自己克制住了。

從這個角度欣賞〈友誼〉，我們就不會感覺到人世間儘是冷酷的一面了，冷酷的發生必然有它的因由，我們如能找出人與人之間冷酷的因由，而設法解決它，那麼，人間還是有溫暖的。

〈友誼〉共分：「顧彥與汪懷耿」、「汪懷耿與孫依蒓」、「孫依蒓與顧彥」、「顧彥與汪懷耿」四段，用四種觀點循環推展故事，和〈柳家莊上〉上篇「翠娥」、下篇「大器的爹」站在兩個觀點敘述故事有異曲同工之妙，這兩篇小說都是於梨華成為「大牌」之後再努力前進的收穫，技巧圓熟，才氣奔放，即使是有心人，也很難在裡面挑出瑕疵。

我們也可從這兩篇小說看到於梨華筆下兩個平行的世界，一個是寫舊家族的人和事，如《夢回青河》，如〈柳家莊上〉；一個是寫新時代新世界對希望和理想的追求，如《又見棕櫚，又見棕櫚》，如〈友誼〉；由於於梨華具備一雙小說家的眼睛和兩隻小說家的耳朵，使她的小說有一個特色，即能配合情節的需要大量又恰到好處的安插細節，而對於細節的處理，無疑正是考驗一個小說家的先決條件。

做為一個小說家，於梨華在這方面有足夠的本錢，加以善用比喻，使她的小說，特別是以留學生為題材的小說，贏得最多的讀者，其實，於梨華表現得最老練的題材，還是對年輕人，尤其年輕男人心理的刻畫，如〈海天一淚〉裡的青茂和《又見棕櫚，又見棕櫚》裡的牟天磊以及〈友誼〉裡的顧彥和汪懷耿，於梨華筆下的男人，猶如白先勇筆下的女人，在當前的中國文壇都是堪稱一絕的。

——選自《幼獅文藝》第 185 期，1969 年 5 月

序《會場現形記》

◎余光中*

中國人在美國，從某種角度看來，似乎可以分成三大類型。第一型，認為那裡是天國，到了那裡，就是真的「到了」，既然到了，當然就不走了。這是心甘情願的投降，心裡降了，嘴裡也降了。這一型的中國人最快樂，因為他們的思想完全搞通了。對於他們，美國是一朵無刺的玫瑰。

第二型，認為美國是地獄，中國才是天堂。認為美國科學雖然發達，道德卻已淪喪。既然如此，為什麼還賴在地獄裡，不回天堂來呢？啊啊不然，他們並不喜歡那裡，他們在那裡，是為天堂做「間諜」的工作，好把地獄的種種慘狀不時指給天堂裡的人看，使天堂裡的人知道滿足。「東跑西跑，還是我家最好。」這一型的中國人，大半心軟嘴硬。嘴硬，是為了掩飾心軟。心已是之，口且非之。根據他們的描寫，美國是一枝有刺無花的玫瑰。

第三型，認為那裡既非天堂，也非地獄，既是天堂，也是地獄。兩者皆非，兩者皆是，但又不是人間。人間，在遠遠的中國，愈來愈不現實了。他們的「現實」，是紐約、芝加哥，或是中西部的一個小鎮，但是那樣的現實，倒有點像夢幻，像一個睜眼的夢。美國，是一叢玫瑰，有花也有刺，也許刺比花多，而他們，在理論上說來，只是過路的蜜蜂。他們在那裡徘徊，又像在尋找什麼，又像在逃避什麼，漫長的歲月只是一個「過渡時期」，不知道究竟要過渡到哪裡去。

這倒令我想起希臘的英雄猶力西士來了。猶力西士本來是要回家的，

---

*發表文章時為政治大學西語系教授兼系主任，現為中山大學外國語文學系榮譽退休教授。

半路上遇見女妖色喜，不讓他回去。意志薄弱的同伴，在色喜的妖術下，一個個變成了豬。猶力西士茫然四顧，何處，何處是先知泰瑞夏斯？

留學生的文學，事實上就是猶力西士的文學，去冥府，去異域訪問泰瑞夏斯的文學。只要你不甘淪為色喜之家，遲早你會去找泰瑞夏斯。我們旅美的作家，應該有自命泰瑞夏斯的雄心。

我國最早的留學生文學，恐怕是《西遊記》了吧。那裡面也有一隻豬，那隻豬也最能反映人的弱點，富於「人性」。五四以來的新文學中，刻畫留學生最生動的小說，是《圍城》。那裡面也有好幾隻豬，以教授的姿態出現，不過那時候的留學生回國的多，並不真正留下來。近二十多年來，從臺灣去美國的留學生，名符其實「留」了下來，於是，留學生文學進入一個新的時期。於梨華成為這個時期的代表作家。

於梨華是當代中國最負盛名也是最容易引起爭辯的小說家之一。她旅美將近二十年，一直創作不輟，且能益臻成熟，這是旅居海外的大多數中國作家辦不到的。她在下筆之際常帶一股豪氣，和一種身在海外心存故國的充沛的民族感。在女作家之中，她是少數能免於脂粉氣和閨怨腔中的一位。她雖然已經成名，但是在近作之中，仍能不斷嘗試創新。《會場現形記》是她伸向新儒林外史的一項試探，也是她從感傷走向諷刺的一個突破。〈兒戲〉是表現大孩子對性的好奇與試誤，有一點新紅樓夢的味道。於梨華一向著意表現人性的弱點；她的女主角——從〈等〉到《變》，從〈柳家莊上〉到〈一樁意外事〉——在情慾上常持模稜兩可的態度，這毋寧是更接近人性常態的。這種探索雖與所謂黃色有別，卻往往為她招來一些逾乎批評的攻訐。

「文如其人」，用在梨華的身上，有相當的真實性。梨華本人，在洋溢的女性之中，透出一股開朗而豪爽之氣，純真而率直，使人樂與親近。英文所謂 disarming（解人之防，贏人之心），正是梨華給人的感覺。這種可親的氣質，反映在她的作品裡，便是感情充沛，文字稠密，一氣呵成。偶而失卻控制，也會造成「流露」過分的情形。這情形在她早期的作品中，比較常見。了解小說藝術深如梨華，當然熟知 understatement 的功用，何用我來贅言？

梨華小說面臨的另一個挑戰，是題材的開拓。梨華的名字和留學生是不可分的，她筆下「無根的一代」幾已成為她那一代留學生的按語。二十年來的留學生文學，由她領先塑造成型，然後也就像一隻繭，將她困在裡面，也困住了繼她而起的叢甦，歐陽子，吉錚，孟絲。梨華自己屢次的想突圍而出：比較成功的〈柳家莊上〉是一個例子，不太成功的《燄》是另一個例子。梨華筆下的留學生，往往來自中產社會。白先勇的處理能稍異其趣，是因為他的人物來自更上層的社會，因而更具淪落之感。等到張系國出現，留學生文學乃有了一個不同的方向。在梨華處理留學生的初期，留學生切身的問題，誠如梨華小說中所表現的，是個人的學業、工作、婚姻等等，也就是「征服美國」的諸般過程。

一旦征服「成功」，新的問題便接踵來到。文化上的歸宿，政治上的認同，甚至下一代的教育方式等等，都是那些「征服者」面臨的新問題。近幾年來，留學生在「小我」之外，愈益感到「大我」的存在和重要。新留學生比起老留學生來，社會感和民族感都濃得多。現代文學的一大主題，據說是現代人在工業社會中的孤絕感。然則，「文化充軍」而充到最尖銳的工業社會如美國者，中國的留學生豈不是陷於雙重的孤絕感中？對於「大我」的這種孤絕感，張系國在〈超人列傳〉和〈割禮〉等作品中已經頗多處理。梨華在較早的《又見棕櫚，又見棕櫚》裡，也曾有生動的表現。只是時代變了，變了很多；留學生也變了，變了很多。先知泰瑞夏斯啊也非變不可。

除非於梨華能中止她的旅美生活，否則她面對的，將仍是近乎史詩的「新奧德賽」。這主題的可能性仍是頗大的，也許可以處理得寓言一些，哲學一些，社會一些，詩一些吧。元氣淋漓像梨華，當然會接受這挑戰的。

民國 61 年 4 月 4 日於臺北

——選自於梨華《會場現形記》

臺北：志文出版社，1972 年 7 月

婚姻生活與尋求自我
細讀於梨華的《考驗》有感

◎薇薇夫人*

幾乎有點廢寢忘食的讀完於梨華的《考驗》，我長長的、深深的嘆了一口氣，這一場可能發生在某一些夫婦之間的「戰爭的故事」，整個過程是相當「緊迫盯人」的。也由於這種「緊迫」，讀的人會不由自主地一頁一頁的翻下去，非到讀完不肯放手。

從浮面上看整個故事得到的印象是：丈夫被「考驗」的是他的工作，他的職務的去留。妻子被「考驗」的是在丈夫、孩子間爭取自我或肯定她的自我價值。對這一對夫婦的「考驗」是兩個性格、生長背景，和價值觀念不同的人結為夫婦以後能否白首偕老？最後兩個「個人」都勝利了，丈夫擊敗了系主任，得到學校的永久聘書，妻子掙脫了丈夫和「枷」，去追尋她自己的獨立生活。但是兩個人的勝利都很悲慘，丈夫擔心系主任以後會處處跟他為難，讓他「躲不勝躲，防不勝防」。於梨華把樂平（男主角）對這種「壓力」的恐懼描寫得極為深刻，她寫樂平打贏了和系主任的那場官司以後，去參加系主任例行的酒會時，夫婦兩人在那種尷尬場合裡的尷尬心情和舉止，十分傳神。尤其是樂平的同事賈——地道的奸詐小人警告他系主任「必會處處與你為難的⋯⋯而且，你舉目一望，除了少數幾個人，都是他的黨羽，他們也不會給你好日子過。」以後，樂平雖然口頭上還強硬，實際上拘謹怕惹事的他已經被這個警告弄得「失魂落魄」。

於是他的舉止慌亂失措了，尤其是跟系主任「短兵相接」以後：

---

*本名樂茝軍。作家、畫家，1997 年自國語日報社長退休。發表文章時為《聯合報》專欄作家。

樂平這才發覺，慌亂中把剩下的半杯也洒光了。

華諾（系主任）將酒端來，他接了，道了謝，喝了，也談了話，後來自己又去加了酒，又說了許多話。

——頁 374

他好像喝了不少酒，講了不少話，因為一直找不到思羽（樂平的妻子）。後來他講累了，就一個人坐在角落裡喝悶酒，也不知是誰惡作劇，一杯杯的送酒到他手裡。思羽來時，已經晚一步。他已把華諾家客飯廳嶄新的藍地毯吐汙穢了，黃濁濁的一大片。

——頁 375

從這一段描寫可以看出系主任和「他的黨羽」將要跟樂平處處為難的預測，給樂平心頭多麼沉重巨大的壓力，他的驚懼已到了不能承受的程度。這使得他只好無可奈何的放棄勝利的成果，自動辭職，接受了佛州州立大學的聘書。

妻子在 16 年的婚姻生活裡，似乎一直在丈夫、孩子、家、自我之間掙扎，她不承認婚姻不美滿，也不認為丈夫有錯，她要離開他是因為：

她發現他有一個他自己的小世界，在他們一家五口的世界中。那個小世界裡只有他一個人。她只有那五個人的世界，沒別的，沒她自己的。

——頁 388

在一路追尋自我的「心路歷程」中，她記起一個「丈夫百依百順」、「生活豐富」，但因為和丈夫「志趣不投」而離婚的同學。進而發現她自己跟丈夫「不僅是志趣不投，而是原則相背」。這堅定了她離開丈夫的決心，她「必須一個人到一個地方去，找一個事，找一個住處」。於是在這一場個人和家的戰爭中，她勝了，她走了。

於梨華用犀利敏銳深刻的筆觸寫夫婦之間的衝突，寫孩子對父母不同的感情，寫男人的粗心木訥，寫女人的敏感尖銳，寫男人和女人對孩子、對家的不同態度，以及家給女人的重負，結了婚但還保留思想的女人的寂寞，夫婦性關係的微妙影響，生活裡種種瑣碎的事情怎樣影響了夫婦感情，一直到最後妻子對丈夫的「死心」，可能每個女人在自己的婚姻生活裡，都或多或少地會發現一些「似曾相識」的情節。

鍾樂平和系主任的那場官司，在全書中占了相當重的分量，作者也用了相當的機智來處理，所以充滿了緊張、懸疑，在「女性的小說」裡似乎還不多見。顯出於梨華除了女性的細膩以外，還有男性的沉著和機警，和一般「閨秀作家」自是不同。

但是如果說作者這本書的主題是強調女人必須尋找自我，肯定除了家以外的自我價值，我覺得還有商榷的餘地。讀完全書以後，第一個感覺是吳思羽的出走理由太勉強。不錯，在她十多年的婚姻裡，她像絕大多數的女人一樣，只是某某人的太太，而完全獨立的機會太少。然而她雖不承認自己婚姻不美滿，事實上她的婚姻從某幾個角度來看，的確是不美滿的。丈夫不懂得體貼，縱然忠實卻是美滿婚姻的大忌。全書中有不少地方可以看出不懂體貼的丈夫造成妻子的怨恨：

> 這些年來，最令思羽發怒的是他老不準時回家吃飯。孩子們餓了，她累了，菜炒好了，飯熟了，他就是不回家。以至於孩子們吵，她生氣，菜冷飯硬，他從進門到上桌、到開飯，空氣像塊冰窩裡硬拉出來的小毛巾，僵冷的。有時整頓飯她都不看他一看，整個晚上都不開笑臉，整夜都不對他說一句話。
>
> ——頁73

> 思羽講，樂平聽，兩人都在想瑣事以外的心事。樂平早先還用眼睛表示自己注意聽，有興趣知道，逐漸連這點禮貌都維持不住，思羽很識相的閉了嘴，……。
>
> ——頁84

像這種種都說明一個忠實的但不懂體貼的丈夫，如何一點一滴的在妻子心頭凝聚了濃重的不滿和怨恨。吳思羽在剛結婚時對丈夫的不體貼還替他找理由解釋，但是以後積怨越來越深，終於放棄。這能說是一個美滿婚姻嗎？

第二個感覺是鍾樂平的事業一直不能滿足吳思羽，這也是美滿婚姻裡的一忌。美滿婚姻當然不是一定要有一個飛黃騰達的丈夫，但是妻子對丈夫事業的要求和期望如果不能達到，就足以破壞婚姻。有些丈夫一生沒沒無聞，平凡而且平淡，可是他的妻子覺得滿意就沒問題。而吳思羽對鍾樂平的要求卻高到鍾樂平無能力達到。

樂平想到次一等學校去，過過比較輕鬆的生活，不必再賣命，但是思羽堅持要他在原校待下去！可是由於樂平的不善與人相處，而且他也並不是超人，所以結婚十幾年，他的「教書事業」幾乎是每下愈況，這讓思羽失望到簡直鄙視他的程度。思羽喜歡都市，喜歡住在美國東海岸，但是她的丈夫卻越教越朝中西部走。她刻骨的痛恨這種搬遷，毫不留情的說丈夫「不過是中等貨」。丈夫不能出人頭地讓她自卑，也羨忌別人的丈夫一帆風順。這心情在 336 頁到 339 頁當中，寫她去找一個生活得意的朋友時，有相當深刻的描述。接著寫她回到家以後的自憐、自怨，都說明了樂平的事業不能讓她在人前驕傲。也不由得讓人想到假如她丈夫是名震天下的傑出人物，她豈不就滿足於做鍾樂平的太太？她還會去苦苦追求自我嗎？

第三個感覺是他們夫婦性生活的不協調，這又是美滿婚姻的一忌。於梨華對夫婦性生活有十分明朗坦白的描寫，思羽雖然因為生產的痛苦，懷孕的恐懼，和帶孩子的辛勞而畏懼跟丈夫行房，但是最重要的原因還是丈夫力不從心的無能。他們結婚十幾年，只有短時間享受到性的樂趣，大部分時間都讓思羽厭棄、冷淡：

> 她一絲不動地躺著，只把頭偏了過去，避免他的嘴。……
>
> ——頁 106

但她的順從卻是被動的，消極的，無快感的。……

——頁 108

夫婦性生活到了這種地步還能算是美滿婚姻嗎？鍾樂平和吳思羽的婚姻有這三大忌，已經早就埋伏著破裂的「基因」了。明眼人早就能感覺出他們的婚姻必有各自東西的一天，因此吳思羽最後找出那麼多「理由」來解釋她的離開是尋求自我，就不免牽強了。再說吳思羽認為鍾樂平「只記得她是鍾樂平的太太，孩子們的母親，他生活的一部分。一切為他好的必然也是對她好的，他的計畫中自然而然的包括了她的，不必和她商量切磋。」（頁 389）實在有點冤枉她的丈夫。

鍾樂平是個典型的「書呆子」型丈夫，「女人完全屬於他無法了解的一門學問」，所以在妻子面前，他常常不知如何表達自己。尤其不敢、也不知道怎樣把壞消息告訴妻子。他常常自苦萬分，但是表現出來的卻是「不關心」。他每次工作的轉變都想告訴她，跟她商量，可是一想到她的反應，就僵冷了半截，只好盡量拖延、隱瞞，最後反而要別人告訴她，於是她更生氣，他也就更不敢講。她的尖厲對照他的怯懦，更讓人覺得她的責怪有些不公平。

就是最後堅定了思羽的去意的理由：鍾樂平決定辭掉「勝利的成果」，接受佛州州立大學的聘書，沒有跟思羽商量，先徵求她的意見這一點，也讓人替樂平覺得冤枉。於梨華在第 384 頁已經替樂平講得很清楚：

「思羽，妳聽我講，記得沒打官司前妳說的一句話嗎？妳要我和華諾去鬥，妳要我去爭我應得的位置，妳說：『我不願再搬家了，要走，你一個人走好了。』如果我告訴了妳，妳一定不願，妳的不願意一定會影響我的決心，我很可能留下來，而留下來，對我的確是非常不利的。思羽，妳要相信我，那晚我在屋子外面散步，想的不是去留問題，而是要不要把妳叫醒和妳商量的問題，不知考慮了多久，最後才……」

但是思羽不理會這些，她要追究的是他為什麼一再的跟系主任搞不好，一再的帶著她搬家。這更讓人覺得她對丈夫的屢次失敗不但不同情，反而根本否定了他的價值。強化了第 298 頁上說的：

> 當初她嫁給他，一半當然是對他有感情，另一半當然是看在他的前途上。

所以把這種種結合在一起，我們所得的印象就是一個對丈夫事業不滿，能力不滿，性不滿的妻子下堂求去的婚姻故事，和女權運動以及女性尋求自我的主題就並不十分切合了。也因此最後吳思羽那一段替自己找藉口要離開丈夫、孩子的描述，不但得不到我們的同情，反而感到她不免過分了一點。她雖說「結婚十五年來，不一直是為了他的前途在奔走、在擔憂、在掙扎嗎？」可是由於她對丈夫的苛求和尖刻，給人的印象是她的奔走、擔憂、掙扎反而增加了她丈夫的心理壓力，使他處在「內外夾攻」的困境中。

不過於梨華的觀察敏銳獨到，筆觸細膩中有機智，使《考驗》這本書的可讀性相當高。如果撤去多餘的尋求自我的尾巴，只描述一對夫婦怎樣由於雙方對婚姻的認識不夠，性格不同，對事務的價值判斷不同，以及生活瑣事怎樣影響夫婦感情，而一步步使得婚姻的幻想破滅，那的確是一部好小說。

尋求自我，是結了婚的女性一個沉重的負擔，但不一定非要離家才能尋到自我，不一定非要「一個人到一個地方去，找一個事，找一個住處」才能尋到自我。

——選自《中華日報》，1975 年 3 月 27～28 日，9 版

寫作無如結束難

小談於梨華的《考驗》

◎鍾梅音[*]

若干年前，我零零碎碎讀過一些於梨華的小說，有的喜歡，有的十分不喜歡——我只能說自己「喜歡」與否，因我並非行家，對於世界當前的文藝思潮、風格趨向、價值觀念等等也不大關心。但最近出版的這本《考驗》，卻是在連載期間把我吸引住的。其間我曾出門旅行一月，直到大地出版社把書寄來後，才把漏讀的一段補讀了，並進一步引起我再讀的興趣。

《考驗》裡並沒多少故事。圍繞著男女主角的還是許多你我都可能經驗過的，也不一定只發生在留學生家庭裡的身旁瑣事。比較特殊的部分，是男主角鍾樂平為他的職業所遭遇的打擊和奮鬥，而最吸引讀者的是那些人物的造型：第一是那位猶太律師，真被作者寫絕了。然後是禿了半個頂，外圓內方足智多謀的百龍先生，以及有一雙看著「可以深可以淺並且發著寒光的藍眼」的系主任華諾。「面孔平平整整，好像每個毛孔都封住祕密」而且「比外國人更外國」的中美混血兒賈教授。好好先生卻又不肯給樂平援手的安德生教授。「一手交款，一手交貨」的打胎醫生和他那窮兇極惡的「護士」。獲得博士學位卻寂寞地死在異域的小柯……真奇怪，在現實生活裡，我因為記性不好，眼力又差，把熟人幾乎得罪完了，但《考驗》裡的人物，那怕只寥寥幾筆，我都過目不忘。於梨華有一種寫誰她就是誰的本領。

當然我最熟悉的是那三個孩子，儘管他們一會兒是天使，一會兒是魔

---

[*]鍾梅音（1922～1984），福建上杭人。散文家、小說家。

鬼，還是可愛；他們的一舉一動、一言一笑，甚至比大人更具吸引力。當女主角思羽出走後，小妹璞珏被寄託在鄰家。男主角樂平追往密歇根，失望而回，「他臉頰上的肉，像被挖掉兩塊似的，陷出兩個洞，眼睛下面倒有兩個小袋，灰黑的。整張臉都是灰黑的，像生了病。」可是面對失望的小兒女、一團糟的家，更是煩躁，又跟兒子璞瑋鬧翻了。天已黑，大雨卻下得精力充沛，璞瑋衝到街上去淋雨，不要回家。璞玲去鄰家接回小妹，一路哄她：「爸脾氣很壞，因為哥惹了他，所以你要特別乖。」媽呢？媽還沒回來，不過現在姐姐知道地址了，姐會寫信求媽早點回家。不過小妹要答應姐姐，回了家自己一個人安安靜靜的玩，不要吵爸，不然姐就不寫信。「小妹直點頭。雖有傘，臉上還沾了水。」傳神就在引號裡這兩句，作者沒一字說她在流淚，卻把一個孤單惶恐又懵懂無知的乖孩子寫得教人心酸！寫作亦如繪畫，一筆下去，微妙處，輕了不行，重了也不行，難就難在那濃淡深淺合宜處。

我不喜歡鍾樂平那剛愎自用的性格，以及管教孩子的殘忍霸道。還有他只知鑽在研究科學的小天地裡，理直氣壯地對太太兒女都漠不關心。當璞珏眼睛受傷，住醫院三日，思羽飽受憂慮焦灼，回來後「瘦了一圈，兩隻眼睛周圍像塗了眼膏一樣，暈黑一團。」做丈夫的居然要她「從從興趣」，自私愚蠢一至於此，難怪引來了那位只是來和思羽聊聊天的柯達先生！也可見樂平在太太面前失去尊嚴，並非完全由於事業的節節挫敗；15年的時間，壞印象是由許多數不清的大小事情累積下來的。

不過，後來樂平瞞著思羽自行其是，思羽也要負一部分責任。因她和丈夫很少像朋友似地好好商量，總是意氣用事，自怨自艾之餘，出之以厭煩輕蔑的態度。這使樂平每當孤獨無援時只有找煙斗來支持，包括面對他自己的太太。

煙斗，在這本書裡幾乎成了一個和人物同樣重要的，有感覺也有感情的角色。它是樂平的知己、難友、救生圈。連他三歲的女兒都知道在爸受了媽的氣以後，連忙把煙斗和煙絲袋找到，然後悄悄地塞到他手裡。

這煙斗在書中時常出現，作者每次用不同的字彙去形容它不同的姿態：挖了括、括了吹、吹了裝、裝了點、點了吸、吸了敲……有一次含在嘴裡被百龍先生在肩上一拍，撞得牙齒格格響。它還闖過不止一次禍：一次是當百龍先生告訴樂平系務會議內容，大家如何表決他的續聘問題後，「室內忽然有一股焦味，百龍先生吸了兩下鼻子，四面巡視，看到樂平手裡的煙斗，傾倒了一半在鞋面上，有一根鞋帶燒了起來，『鍾，你的鞋！』樂平這才看見，忙放了煙斗，用另一隻鞋底先將帶子搓熄，又將煙絲敲在煙灰缸裡。心裡的感覺，就像那團燒成黑黑一球的煙絲……」第二次是當樂平接到院長女祕書的通知約他第二天去談話，心中忐忑不寧，又怕面對太太的查問，儘捱著不回家，就去聽演講，「演講的人說了些什麼，他都沒有聽見。忽然聽見大家拍手，他也隨著鼓掌，把煙斗裡的煙絲震抖到隔座人的膝上，幸虧是熄了火的。」

思羽在美國攻社會學，問她念了準備做甚麼，她一本正經地回答「做太太」。

「做太太」成了一門職業，她希望在「不要發愁」的生活裡「做她喜歡做的事」，不必做她必須做的事。那麼甚麼是她喜歡做的事呢？吃吃，玩玩，旅行，看戲，運動，連畫畫兒也只為的消遣，雖然那是她的副修科。於是把自己的一生，孤注一擲於一個男人的前途上，以這種如意算盤的思想背景，再加上美國那樣物競天擇的現實社會，全書結束時，她跟孩子們說「媽必需一個人到一個地方去，找一個事，找一個住處，靜下來把事情安排一下……媽會安排你們來和我住在一起……」雖是曾經滄海，大夢初覺，畢竟顯得有些勉強。

平心而論，思羽至少曾經勉力做到一個很不錯的母親，暫且把一切夢想束之高閣，把「我」整個的收了起來。她勤奮、刻苦、慈愛、細心，醫藥常識豐富，還燒一手好菜——奇怪的是好母親與好妻子往往不可得兼，有人說後者容易，前者難；我卻以為後者也不易，而且定義十分難下，因人而異。——在處世方面，思羽也比丈夫聰明能幹，但說話很尖刻，答覆她丈夫一些愚蠢又惡劣的問話時，頭腦清楚，一字一鞭，這女子雖有其可愛處，更有其可畏處，鬼心眼兒很多的璞玲就傳了她的氣質。

然而，這是椿錯配的婚姻。憑鍾樂平那種性格，他娶一位識字無多的女孩為妻就夠了，也許還生活得很幸福，他根本不該自尋煩惱去高攀這件只合花瓶供養的高度文化產物。

他既不會用粉藍的信紙寫情書，又不會壓低著聲音在電話裡叫她「甜蜜的」。他只是「照顧朋友的表妹」，每天到女生宿舍去報到，守著她，做她的司機、跟班、同伴、訴苦的對象，如影隨形，風雨無阻。晚上她有約，往往不是他，而第二天又照樣來。

直到有一天鍾樂平居然「曠工」了，思羽來到他住所，發現他病了睡在床上。醒來時，思羽正坐在床邊，深情款款地照顧他，這書獃子還為這點感冒「假病」了許多天。

思羽另有男友，多金而帥，追她已經很久，應是她的理想人選。但她欣賞樂平的單純，而且這位著名大學的高材生應當更有前途，初不料這一寶押錯了。美國雖然地大物博，卻是人文薈萃，強中自有強中手，要想躋身入東部的一流大學執教並不容易。又兼樂平頑固又老實，老實得被人欺負，於是從此展開了無情的考驗，不由你願意不願意，學校愈換愈小，家也一搬再搬，思羽發現結婚不但不能使她做想做的事，而且還做許多不想做，根本不會做的事……

作者在全書的結構方面很下了一番組織的工夫。開始一篇「璞玲的話」是楔子。這時璞玲已 14 歲，她本來就早熟，憂慮更加速了早熟。母親第二次，也可能是最後一次離開了她們，剩下她和父親休戚相關——樂平幸有此女，兩個小的還似懂非懂——長夜不寐，聽著父親在書房裡敲煙斗的聲音，勾起許多往事的回憶。先從孩子的角度，把這一家人的面貌、性格、生活、遭遇等等，不經意地一一介紹出來。又因常把往事拉回現實，穿梭一般來回來回地寫，但每次時空的結合卻很自然緊密，色彩層層加濃，一次一次烘托出內容的深度。

楔子完了才是正文，也是用多次空間與時間重複作立體進行，山外有山，天外有天。最引人入勝是作者的文筆——所以電影永遠無法代替小說，而小說作者未必寫得出可讀的散文。在我記憶中，於梨華的散文不如她的小說，但在《考驗》裡，許多寫景抒情的片段，切割下來都是很美的散文。雖然由於作者在美國住了將近四分之一個世紀，在那兒度過了她的青年時代，又吸收了許多西洋文學，以致書中有幾處看來不大順眼的歐化句法，但瑕不掩瑜，全書之曲折動人與深刻有力，還有那份細緻、清新，以及豐富的幽默感，顯然得益於她在西洋文學方面的修養。

雖然貫穿全書有一股沉重的壓力（這應正是作者期望的效果）卻也有不少令人心曠神怡的場面。譬如他們在尹鎮很過了一段好日子，買了兩部腳踏車沿密歇根湖飛馳，後座一個坐著璞玲，一個坐著璞瑋，「一邊綠草，一邊綠水，兩綠間飄起思羽的黑髮。車鈴、一連串、恣意敲碎了晚午的靜謐。」好一片詩情畫意！還有出去露營時，「人到了郊外，連說話都閒散了，讓每個字浴過日光，再進入對方的耳朵。」平日說話總是針鋒相對的夫妻，這時才一面做三明治，一面談著孩子們一年比一年長大了。而全家出去看紅葉，作者挾其雄渾無比的魄力與淡如輕煙的靈思寫紅葉之美，美得令人目眩心悸！

當樂平等待第二次投票結果時，無心做事，生平第一次進入酒吧，遇見一個女人捱上前來，一再要他請客喝酒，還邀他回家吃烤牛排，「你買牛排，我來烤。」樂平心裡有點驚恐，迅速地下了高凳，「一手緊捏住煙斗的柄，一手把空氣朝她那個方向推，『真對不起，我非得馬上走……妳的酒，算我請客，再見，再見。』他一面說，一面退，退到後面一個胖子的肚子上，忙又道歉，才側著身子到酒吧那頭將錢付了。」

回到學校，百龍先生在等他，「一看到他臉上的神情，樂平的心往上提了提，懸在喉結上，嚥了好幾口，吞不回去。」

這是第一高潮，其間又經過多少錯綜複雜的變故，再引來第二高潮，於是那位猶太律師賴微而出現了，「是個矮瘦子，美國人種裡很少看見的一種，矮瘦得一身精華都集中在眼上：眼銳，鼻上：鼻尖，嘴上：嘴薄。再加上沿嘴圍了一圈鬍髭，個子雖小，人們也不太容易忽略他。」這樣一個人物，總像在那兒見過？因他給人的感覺太真實了。他和樂平談話的神情、動作，更重要是談話的內容，包括持續二日的會場辯論，就一直緊緊抓住了你。以後作者又用了許多故布疑陣及延宕的手法，在這期間，思羽樂平之間的對話，使人既為思羽揑把冷汗，卻更為樂平心酸，如果樂平在這時忽然神經崩潰，是十分自然的結果。

幸虧作者沒把世界弄得那樣悲慘，卻以另一種方式把故事結束了。但這結束的方式，我在前面已經說過，也是很難苟同的。雖然世事可以有各種不同的看法，如果思羽一定要跟自己過不去，也能言之成理；卻很難想像，15 年都過來了，最難忍的日子都忍過來了，「這婚姻像一件撕破過多次又修補過多次的衣裳，不新鮮，不挺括；但穿了這麼久，習慣了，捨不得丟。」又何致到這時還為了「原則問題」要孩子們陪著受罪呢？

據作者說，執筆時，美國正鬧婦女解放運動，因此受了一點影響，雖然她也同情樂平。

我卻是不喜歡樂平的，但為了孩子們，不願見思羽做第二娜拉。

固然，思羽有權去找尋「自我」，沒人有權要她為兒女「犧牲」，這卻使我想起一個很久以來便如骨鯁在喉的問題——重新建立倫理的問題——中國人一向講孝道，認為子女長成以後若不奉養父母，就是忤逆；可是面對如今的世界潮流，我以為做父母的必須有負責把兒女撫養成人的觀念，否則除了應在法律上定罪，政府還要設立完善的機構取代這種義務。因為孩子們太沒保障了，子女何辜？難道是他們自己要出世的？當兩情相悅時，誰曾想到要孩子？而父母一旦不和，真正的「犧牲」者實在是孩子們。他們太小了，小得沒人想到該替他們說的話，好像他們承受不幸是「應該」的，所以不負責的父母，實在比不孝的子女更可惡。

以上只是這部小說引起的問題，而且是很實際的問題（雖然作者志不在此）都說寫作起頭難，我卻以為結束最難，那是畫龍點睛的一筆。掩卷之後，又忍不住從頭再翻，只覺精編細織，愛不釋手，處處見出作者寫作潛力的深厚，而且能放能收，隨便翻起幾頁都是可圈可點的句子——「外面幾時落了大雪，而且還在密密麻麻地飄，白的世界將嚴冬晚午的昏暗飾得粉亮。」、「紐約州東北角的冬是鐵鍋的底，南部佛州的冬是銅壺的蓋。」、「水滴像忠心耿耿的狗，跟著他們的足印到沙灘上。」……

當我的眼睛觸到「等到山坡上的雪變得太濕太黏太容易化水時，山頂又恢復了只有鳥及樹的聲音的世界了。山下的春也探了探頭。」我忽然想，全書何不就在 367 頁上結束，把鍾樂平這一家的命運留給讀者去解答，豈不也是一種很好的結束？而「山下的春也探了探頭」，又是多美的暗示？這麼一個歷盡考驗的可憐家庭，幾度瀕於破裂的邊緣，不管男女主角如何，就看在三個可愛的孩子身上，不該給他們「春回大地」的希望嗎？

民國 64 年 3 月 16 日新加坡

——選自《中國時報》，1975 年 4 月 13 日，12 版

問天下多少小三子

◎王鼎鈞*

「小三子」羅心玫是小說家於梨華特意塑造的一個人物，是羅家惹人憐愛的小姑娘。於梨華的描寫手法一向細膩柔美，輕而易舉寫出羅心玫春水綠波一樣的童年，一幅一幅敷色明亮的天倫圖，使我聯想到教會發出來的小畫片。姊妹間親切的熱鬧有小小合唱團的韻味，喜怒哀樂細微的流注，又有出山泉水沁人心脾的效果。

但是天使的世界中忽然闖入一個魔鬼。此人是小三子的姑丈，經商致富但品質粗鄙，對於梨華來說，醜陋的人品難寫，她仍能節制自己輕易不用形容詞。論長相，這位姑丈有一口天然的白牙，這或者是採用了相書上的說法，太白的牙齒叫「馬骨」，其相主淫。偏偏此人和他的妻子性生活難以協調，於是出手猥褻小三子。

寫「姑丈」這個人物，於梨華使出辣手粗筆，從相貌、服飾、談吐、行事手法、品味等級，用力刻畫出下流的人格。這人用盡手段使小三子先做他的玩偶，再做他的情婦，終於成為他的性奴隸。小三子幾浮幾沉，萬生萬滅，起惑造業，流轉不窮，狂暴的場面不斷出現，海嘯河決，橫掃人間的細緻精巧。故事節拍迴環往復是於梨華的另一特長，在這裡發揮起來游刃有餘。

姑丈的猥褻是魔鬼在小三子心中播下種子，使她沮喪，有罪惡感，人格發酵，有反社會的傾向，從家庭的成員中分化出來。依美國流行的主張，小三子只要把內心隱藏的東西告訴父母，她就可以擺脫壓力，走出陰

---

*資深作家。

影。這可能是根據西俗「告解」而設想的脈案。但是依照中國傳統，這事不能說，說出來只有使情況更壞，家醜必須隱瞞，親戚不能斷絕。小三子朝思暮想，幾次欲言又止，任憑心中的荒草荊棘茂盛起來。在這方面，於梨華似乎無意中批評了中國傳統。

小三子的父母是「在美奮鬥成功的華人」，內心外表仍有他的中國模式。中國家庭講究敦親睦族，敬長尊老，小三子被迫與姑丈周旋，也不能自外於兩個家庭之間的集體酬酢，以致「姑丈」一直能監控他的獵物，小三子縱有決心，難以了脫，而父母過分信任長輩的道德水準，從未起疑。在這方面，於梨華顯然有意批評中國傳統。

於梨華似乎也指陳了美式生活的缺失。小三子的父母一度失和，父親有外遇，於是母親經常下班後不回家，若在「東方」，縱有如此這般的父親，不致有如此這般的母親，兩道閘門不致同時失效。這父母都對孩子異乎尋常的言行不求甚解，無法主動發現問題，料是「尊重孩子的隱私」；等到情勢惡化，也未曾奮不顧身挽救沉淪，料是「尊重孩子的決定」。小三子雖然和二姐的感情甚好，幾度想對二姐吐露私衷，欲言又止，二姐竟不追問，畢竟不似中國式的親姊熱妹。

依於梨華的詮釋，華裔子女的歧途，似乎是他們從中國傳統和美國生活方式中分別取出並不適當的一部分來作了最壞的組合。她看得很周全。她用說故事的方式表現出來，這故事就令人沉吟嗟歎，話題連綿。

我極重視有關小三子反抗期的描寫。在美國，人們稱青少年為 teenagers，吾友王衍豐譯為「挺硬級」，他用挺和硬兩個字形容這一段年齡的孩子。「挺硬」能供給陽光水分，使「魔鬼的秧苗」迅速蔓延茁壯。這時，一直有蟲子來咬小三子的心，一直有癌細胞在小三子靈魂中擴散，內心的不安用破壞外在的秩序來發洩來平衡，對他人的關懷、勉勵乃至傷心都麻木不覺。於梨華寫小三子「多生妄執、習以成性」的挺硬，和「日暮途窮、倒行逆施」的硬挺，顯然經過長期觀察和用心體會，她描寫一枚蘋果如何從價值系統中彈跳出來變成病灶，雖然心疼，卻不手軟。

於梨華長於選擇事件。以小三子生命的下墜來說，輟學、逃家、吸毒、墮胎，一一帶過，特選「肥胖」予以造象寫意。小三子胖到「被擁抱時沒有感覺」的程度，當然，這神來之筆也暗示了小三子心靈的麻痺。她天天斜倚在床上看肥皂劇，不停的吃各種零食，憎恨姑丈而又使用姑丈寄來的錢。她有「一種糾纏難解的恨毒、自咎、愧悔，及不知如何面對家人面對世界的惶惑」。唯一使她覺得安全的是「四面牆之內的小天地，沒人譴責我，沒人誘脅我，沒人質問我，也沒人打破我逐漸抽絲引線建造起來的殼子。」在病態的癡肥中，小三子那逃避現實自暴自棄的生存，讀來真生動也真恐怖。

「肥胖」這一形象絕非信手拈來。首先，肥胖意味著重量，重量意味著下沉。其次，肥胖意味著縱深，縱深意味著即使擁抱她，要貼近她的心也難。還有，肥胖是減肥失敗的後果，而減肥關乎改變習慣行使意志，小三子不能改變習慣行使意志即不能自救。最後，病態的癡肥當然是一種醜，即使她已面目全非，那姑丈仍然強迫她提供各式各樣的性遊戲，這固然揭露了那男人的獸慾境界、變態心理，也實在寫出小三子的悲哀。

臃腫不堪的小三子倚在床上嚼著零食和世界對抗，她驅逐母親，驅逐姐姐，驅逐愛人，驅逐朋友。她拒絕一切，但不能拒絕「姑丈」上床。她在床上殺死了姑丈。殺人是重罪，勢將在牢房中誤盡年華，那四牆之內的小天地果然再也沒有誘脅，再也沒有質問，再也沒有譴責，儘可容她抽絲引線作繭自閉。於梨華一路寫來，水到渠成，小三子必須殺人，只有殺人。

《一個天使的沉淪》在臺北《中華日報》和紐約《世界日報》同步連載的時候，紐約的報紙上先後出現了這樣的報導：

（一）在新竹，十六歲的龔姓少女，用西瓜刀和亂棒殺死她的叔父。

（二）在賓州，十七歲的少年傑佛里用步槍殺死他的父母。

（三）美國有一百三十萬少年離家出走，他們長期流浪在外，淪為娼妓或加入幫派，每年有五千人死在街頭。

這些報導恰好為於梨華的小說作註，可以看出「小三子」這個人物有其來歷。從這個角度看，《一個天使的沉淪》寫出為人父母的最大恐懼。古代的華封老人祝福帝堯「多福多壽多男子」，堯向他們表示「多子則多累」。古人所謂多累不過是「食指浩繁」和「三年然後免於父母之懷」，現代人知識多思慮也多，「多累」包括殘障畸型、弱智低能、幫派、吸毒、徒刑、愛滋病等等，生育之中藏有種種不測。

現下流行的意見說，兒童的受害經驗會在他長大後成為犯罪的原因，換言之，這一代人犯罪由上一代人負責。層出不窮的研究報告指出，一個搶劫犯之所以成為搶劫犯，由於他的父親遺棄了他的母親，他的母親又遺棄了他。一個殺人犯之所以成為殺人犯，由於他在母腹中「聽見」父母商量墮胎，種下殺機。

《一個天使的沉淪》大體上是參照這種學說架構而成，不過對「犯罪有理」也作了批判，痛定思痛的小三子有如下的反省：「捫心自問，對自己以前把所有的錯都推在別人身上，自己是環境人事的犧牲者的逃脫自解很覺可笑。在惡劣的環境中站正了，才有資格站在藍天白雲下的天地中，一點逆境就走入歧途的人才該坐在不見天日的監獄裡！」

小說家的批判手法原是用故事情節。國人勵志進修，講求見賢思齊，小三子反抗這種比擬，理由是「我和別人不同」。小說情節顯示，她只是和進德修業的青年不同而已，和糟蹋生命的同儕完全一樣。在「逆水行舟」時獨立，在「順流而下」時並不獨立，在父母面前獨立，在朋黨面前並不獨立，所謂獨立豈非是假話一句？這也許是於梨華的批判吧？

在小三子的朋輩中，一個叫馬莎的女孩，只因為父母重男輕女，偏愛弟弟，她就有了理由，有了勇氣，在高二那年離家出走，和年長 20 歲的體育教員同居，懷了孕不肯打胎，那教員是有家室的男人，馬莎最後只有帶著孩子退出。這到底是脆弱還是剛強？父母偏心和情夫負義，何者值得容忍、易於容忍？在家照顧弟弟或在社會上撫育私生子，那個較輕省些？這，也許又是於梨華的批判吧？

圍繞著小三子，於梨華以次要的位置寫了真摯的戀愛，寫一個青年拯救了自己同時也拯救了他的父母。不論社會多自由，品味的差別是存在的，品味之間是可以比較取捨的。不論個人意識多發達，子女的一丁點兒表現，甚至一句話、一個手勢，可以使父母得到救贖，有這種巨大影響力的人應該自重。但是像小三子這樣的人，從不可思議的脆弱產生不可思議的剛強，為了形容她，我可以改寫耶穌的話：「如果她的左手要她上進，她就剁下來丟掉；如果她的右眼要她上進，她就挖出來丟掉。」這兩種人的對照，大概也是於梨華的批判吧？

我常常納悶：如果青少年犯罪應該由中老年人負責，那麼中老年人之所以造成青少年犯罪，是否該由前代已死的人負責？我們假設，一人在兒時受到父親虐待，所以他縱火，那父親所以虐待兒童，是因為祖父如何，而祖父，又因為曾祖母如何。這樣追本溯源，豈非大家都沒有責任？豈非只有亞當夏娃才可以負責？

我常想，根據「犯罪有理」的主張，帝堯應該是個暴君。如果說，舜只是傳說中的人物，唐宋以降，信而有徵，莊士銓應該殺人，范仲淹應該自殺。人之生也，或與匱乏俱來，或與恥辱俱來，或與危險俱來，教育水準、文化修養、宗教信仰是幹甚麼用的？社會是上一代人造成的，也是下一代要繼續改善的。有甚麼理由必須動搖這些理念呢？

小三子入獄後給父母寫了一封長信，把她在姑丈面前的掙扎源源本本敘述出來，透澈的檢討了心路歷程。這封信是小說家於梨華散文功力的大展示，是中國白話文學少見的懺悔錄。這封信好比一張竹筏，渡小三子離開此岸，到達彼岸。這封信也好比一座橋，連接了她和父母的間隔。

總體來看，這部小說使人想起《創世紀》，由受造到犯罪，到失樂園，到沉淪，到受苦，到懺悔，到「回家」，回到上帝的天家。世事總是向相反的方向發展，繞一個大彎子回到正面，這軌跡，《易經》的作者知道，《道德經》的作者知道，釋迦牟尼知道，摩西（如果《創世紀》是他寫的）知道。

《一個天使的沉淪》的作者也知道。

透過《創世紀》原型來看，小三子和父母的對抗是人和神對抗，於梨華把 teens 譯為「丁」，這枚「挺硬」的釘穿囊而出，柔不能克。多少作家在人神對抗中謳歌人的勝利。時至今日，我想「人」是勝利了，尤其是人中的青少年，所奏的凱歌最響。草此文時我看到新聞報導，研究者認為青少年應該睡到上午十點，現在要中小學生一大早六點鐘去上學是違反自然。人，人中的青少年還在擴大勝利的戰果。

人應該勝利，而且會繼續勝利，於是，而今而後，人的勝利可能夾帶著魔鬼的勝利。

並非危言聳聽，「世事總是向相反的方向發展」。

——選自於梨華《一個天使的沉淪》
臺北：九歌出版社，1996 年 11 月

沉淪背後的問題

◎尤今[*]

讀於梨華的新著《小三子，回家吧》，有一種驚心動魄的感覺。

這位定居於美國而以撰寫「留學生文學」遐邇聞名的作家，在已經出版的 18 部長短篇小說裡，慣於透過細膩柔美的筆調反映海外遊子的生涯以及深入刻畫他們在舒適的生活環境裡內心那種痛苦的掙扎。然而，在《小三子，回家吧》這部長篇小說裡，於梨華的創作素材，卻有了一個全新的轉變——她將關懷的筆觸，大膽地伸向了一個一直暗暗地存在著、但卻極少作家觸及的社會問題——近親的性侵犯。

她在本書跋中以沉重的語調指出：不論是過去、現在或將來，性騷擾、性虐待、性摧殘，都是處處存在的，像在今日的美國社會裡，對此不斷地揭發與制裁，可是，近親的性侵犯仍不時地發生；而在東方社會中，尤其是閉塞的小城及鄉村，更不知有多少的少女身心飽受凌辱！於梨華進一步表示：她看到過、接觸到過、也熟悉不少這樣的女孩，因此，她便綜合了她們的故事，寫出了這一部真實得令人讀了顫慄不已的長篇小說。

小說的主角羅心玫，原是一個活潑、美麗、可愛而又幸福的小女孩，然而，在六歲那一年，當她的姑丈第一次對她進行不可告人的性侵犯時，她的生命，便開始出現了沉重的陰影。在日後成長的歲月裡，她的姑丈好似陰魂不散的魔鬼，一而再、再而三地騷擾她、侵犯她、凌辱她，把她當成性的玩物，最後，甚至將她淪為性的奴隸。長期處在黑暗壓力下而在

---

*本名譚幼今。作家，曾任職於新加坡國家圖書館、《南洋商報》外勤記者及副刊編輯、先驅初級學院教師，現專事寫作。

「孤軍作戰」的恐懼裡度過童年與青春期的羅心玫，通過一連串叛逆性的行為諸如：輟學、離家、吸毒、墮胎等等，表現出她內心世界高度的不安定；在與男友同居的時期，還因為心理的極端不平衡而透過暴飲暴食來進行自我戕害。這些自暴自棄的行為，進一步地引起了家人對她的反感，因此，父母兄姐與她的關係也就變得更加的疏離冷漠了；她在全然得不到家人的關心與接受的情況下，更加放縱自己的行為；造成了一種令人嘆息、叫人惋惜的惡性循環。最後，在忍受不了姑丈對她「慘無人道」的蹂躪時，她終於把多年受到的屈辱及殘害、仇恨與鄙視，還有，對自己的不齒與唾棄，全都堆疊在手上那把寒光閃閃的刀子上，毫不猶豫地朝姑丈的胸口砍去、砍去……

於梨華對中國文字的掌握，已臻於出神入化的境界，她筆下所塑造的人物，往往充滿了一種「如見其形、如聞其聲」的真實感與生命力，再加上她取材現實，在讀畢全書時，由書中人物所帶出的許多問題，也就格外地引人深思、發人深省。

實際上，羅心玫的逐步沉淪，除了來自外界的壓力和內在個性的脆弱之外，家庭成員之間缺乏應有的溝通，也是關鍵性的因素。羅心玫在殺人之後給父母親寫的信，便清楚地揭示了這一點，她說：「你們一定在責怪我為什麼不早點告訴你們。我不是沒有想過，試過，甚至開始過。但一來我羞愧得難以啟口，二來我害怕你們不但不會相信，而且會訓斥我誤解長輩對我的寵愛，或者，因為我從小愛做白日夢，會用『小孩子胡說八道』一句話，輕率地把它『打發』掉了。好幾次，我幾乎對二姐傾訴了，但畢竟被膽小及怕被誤會而忍了回去。」

我想，於梨華藉著羅心玫的口說出的這一番話，不論是對於為人子女者或是為人父母者，都是一個警鐘，而由這個警鐘所發出的響聲，有「醍醐灌頂」的效果。

《小三子，回家吧》在性愛上，有許多大膽細膩的描寫，因此，當小說在報上發表時，引致了許多令人矚目的評論。然而，就我看來，由於此書所涉及的主題是近親侵犯，因此，許多有關性的描寫，都可說是基於「劇情需要」而難以省略的。

——選自於梨華《小三子，回家吧》
臺北：停雲出版社，2015年11月

於梨華筆下的性騷擾

◎孫康宜*

讀完於梨華的新著《一個天使的沉淪》（臺北九歌，1996 年印行），心中起了一種莫名的恐懼。令人惶恐的是，書中所寫的悲劇很可能發生在你我的身上：如果我們自己也不幸遭遇同樣的境況，是否能避免像書中人物一樣的命運？頗讓人懼怕的是，原來人性存在如此脆弱而黑暗的一面，一不小心，一個人可以很容易地往下墮落而無以自救，最終毀人害己，甚至導致犯罪和死亡。這樣的故事使讀者難以忘懷。不但讀者忘不了，作者本人也忘不了。就如於梨華所說：

> 寫了三十多年，當然寫過不少人物：可愛的、可憎的、時時想起的、不願想起的、想起來心裡暖烘烘的、想起來全身發冷的，但沒有一個像羅心玫（書中女主角）如此令我在寫前百般沉思苦惱，寫時幾次擲筆打算放棄，而寫後又心力俱瘁，而又不斷地令我夜不成眠的人物。

這個令人難忘的故事始於一次偶然的「性騷擾」。一個六歲的女孩隨著家人到香港探親旅遊，沒想到風流成性的姑丈居然在她身上打主意。這個有錢的姑丈用盡手段把美麗小三子（羅心玫小名）當成「性玩偶」，得寸進尺地汙辱她的身體，終於在她 16 歲那年強姦了她。姑丈對她的性凌辱在小三子心中種下了無法排遣的陰影，使她沮喪、害怕，終於由罪惡感而走向逃家、吸毒、墮胎等。墮入泥潭而無以自拔的她，最後在一次變本加厲的

---

*發表文章時為耶魯大學東亞語文系教授，現為耶魯大學東亞語言文學系講座教授。

性虐待中，忍無可忍地把姑丈殺了。小三子自己說：「我是個殺人犯。被我殺害的是姑爹……我不後悔我將他從人間滅除，後悔的乃是我同時也徹底的毀滅了我自己。」書一開始，我們發現殺人犯已被關進牢裡，她以一種回憶檢討的語氣向讀者原原本本地陳述事情的前因後果。然而，作者於梨華卻說：「我把她放在牢裡，但我日夜不安，因為我不能確定，她是否該坐牢。」

作為讀者，令我「日夜不安」的，倒不是小三子坐牢（因為一旦犯法就難逃法律的制裁），而是這個悲劇事件所代表的現代家庭問題。在一個健康的家庭中，遭受性騷擾的女兒應當會把內心的不安告訴母親，這樣就會避免事情的惡化，哪怕騷擾者是個近親。然而，小三子顯然處於一個充滿了「溝通問題」（Communication Problem）的典型家庭；她沒有足夠的勇氣和機會跟父母討論有關身心的關鍵問題。在她入獄後給父母的信中說：「（你們）一定責怪我為什麼不早告訴你們。我不是沒有想過、試過，甚至開始過，但一來我羞愧得難以啟口，二來我害怕你們不但不會相信，而且會訓斥我誤解長輩對我的寵愛。」誠然，在書中小三子多次想要吐露心事；但缺乏想像力的家人總是會錯意。在她心中，嚴厲父母的訓斥可能要比姑丈的猥褻更加可怕。我相信這就是今日許多優秀的少年人走向悲劇，甚至犯罪的原因。例如，最近在美國發生的一連串女生殺嬰事件，就與害怕父母的責備有關。

另方面，一般父母對「性騷擾」的缺乏了解也是一個應當正視的問題。他們常常以為，性騷擾的事件只會發生在別人家中，那是媒體的新聞故事，絕不會輪到自己女兒的身上。有人甚至認為控告男人強姦的女人自己也有問題；以為那些多半是趁機出鋒頭或是貪財的不正當女子。對於這些女人的宣誓與作證，一般人也時常抱著半信半疑的態度。此外，許多父母過分信任親人的道德行為，從來不會疑心自己家人也會有什麼亂倫的行為。以於梨華書中的故事為例，小三子的父母絕對不能想像那位和善的姑丈會對一個年僅六歲的女孩施以性騷擾。其實這樣的事件到處都在發生；

有人懷疑不久前科羅拉多的六歲「明星」女童，就是被親人姦殺的（尚未證實）。所以，我們的結論是，患有色情狂或「性癮」的男人——不論他們的社會地位多麼高，不論他們是親人還是陌生人——都有可能隨時把女性當成洩欲的工具。值得注意的是，隨著女人地位與權力的增長，有些女人也會把男人當成「性玩弄」的對象。不久前一部熱門的電影《揭發》（Disclosure）描寫的就是這種後現代社會特有的異常現象。總之，做父母真不容易。尤其在今日，子女強調大人必須尊重他們的隱私，但另方面，他們也因此會感到孤立而走向歧途。所以，如何運用想像力與智慧，如何在嚴厲和疏忽之間保持平衡，乃是當前父母面對的挑戰。

有人說，「性格即命運」（character is fate）：你有什麼性格，就會有什麼命運。若從這個觀點看來，於梨華筆下的小三子其實不能完全怪罪她的父母。在很大的程度上，小三子個性上的脆弱實是引向沉淪的主因。面對姑丈的「進攻」，她一而再、再而三地投降；她愈是驚懼，愈受對方的擺布。結果她逐漸自暴自棄，功課一落千丈。她離家出走後，舉目無親，最後只得求救於姑丈。此時墮落自賤的她讓姑丈用錢買了她：不僅學費是姑丈付的，連汽車及銀行裡的存款都是他供給的。為了現實的利益，她放棄了靈魂，也放棄了身體，甚至讓自己無限制地肥胖下去，一直到完全失去自尊為止。

諷刺的是，最後使她拾回自尊的，乃是通過殺人的犯罪行為。她說：「殺人償命，理所當然。我是經過縝密考慮之後才下手的。與其如此骯髒卑微地活在世上，不如心境坦然地死在地下。」殺人之後的小三子突然有了痛定思痛的自省：她懺悔，徹底地進行自我分析，企求父母及所有愛她的人的寬恕、從脆弱到剛強，從退縮到勇敢、從無愛到有愛——小三子終於找到了自我。但是她所付出的代價實在太大，她自省也來得太晚了。

追本溯源，還是「偶然」的因素在作祟。對小三子來說，生命中的一個「偶然」無形中轉成了「必然」的悲劇。然而，在這「偶然」和「必然」之間，我們是否能藉著培養心性的教育來扭轉命運的方向？孟子說：

「苟得其養，無物不長；苟失其養，無物不消。」我想尤其在這個社會問題逐漸複雜的今日，「養」的工夫特別重要，而且必須在年幼之時就開始。

如何對付「性騷擾」？這完全要看我們如何「養」育子女，如何幫助他們培「養」自己的靈性與意志力。

——原載於《世界日報》副刊，1998 年 2 月 16 日

——選自孫康宜《耶魯・性別與文化》

臺北：爾雅出版社，2000 年 1 月

洋溢著一種生命的力量
評於梨華兼論《屏風後的女人》

◎李子云*

我最早接觸到的臺灣文學作品，是於梨華的《傅家的兒女們》。那是在1978 年，大陸還沒有全面實行開放政策的時候。這部長篇小說所寫的這個兒女眾多的大家庭，雖然是由大陸遷移到了我們當時完全隔膜的臺灣，而且其中一部分成員隨後又轉移到了我們當時更不熟悉的美國，但是發生於小說中的那些故事，那種家庭，那種親人之間發生的種種讓人難以忍受又無從了斷的摩擦與糾葛，卻一點也不讓人覺得陌生，它讓人覺得 1940 年代大陸某個大城市，似乎應該是江南的大城市的某個中產階級家庭故事的延伸與發展。儘管環境和背景改變，其中演繹的世態冷暖，人情悲歡卻仍然為我們所理解，並能與人發生共鳴。

那次閱讀後，我對臺灣文學發生了極大的興趣。自此我開始通過香港的朋友收集臺灣小說，恰巧我的那位朋友也是一位於梨華作品的愛好者。他陸續送來了許多 1970 年代盛行於臺灣的白先勇、陳映真、陳若曦、黃春明、王禎和等人的作品。其中，以於梨華的作品最多，我於是知道於梨華的成名作是《又見棕櫚，又見棕櫚》，這本小說在臺灣被奉為留學生文學的開山之作。

《又見棕櫚》確實為中國留學生文學翻開了新的一頁。它所反映的那一代臺灣留學生在歸與留的問題上難以抉擇的躊躇、徬徨的心情和沉重的思想矛盾，以及留下來之後所感受到的苦悶和失落感，對於 1970 年代的大

---

*李子云（1930～2009），福建廈門人。文藝評論家。發表文章時為上海作家協會理事。

陸讀者來說，還比較超前與生疏。因為本世紀以來中國負笈西方留學的人絕大部分視學成歸國為必然之路。因之，留學寄居的生涯不過是一段或長或短的暫時的羈旅。其中也有作家抒發過客居的寂寞、飄泊的感喟，但那都不過是返鄉之前的遊子情懷，而從沒有過那種「有家歸不得」的失根的危機感。

《又見棕櫚》則反映了 1950 年代臺灣留學生中出現的新問題，學成歸國已經不是一樁順理成章的事。是否歸去已成為留學生一個舉步艱難，難於抉擇的大事。揭示這種剪不斷、理還亂的思想困擾的《又見棕櫚》應時而出，自然在臺灣引起轟動。當它剛傳入大陸時，大陸讀者對於這種矛盾的心理狀況尚無體驗。但是到了 1980 年代，它也在大陸留學生和他們的留守眷屬，以及嚮往出國的年輕人中成為暢銷書。

《又見棕櫚》和《傳家的兒女們》可以說是於梨華的代表作。這兩部小說最充分地顯示了她小說創作上的特點。於梨華基本上屬於經驗型的作家。她的作品的取材大抵與她的生活經歷有關，基於她生活中所見所聞。她不屬於那種側重想像善於營造空中樓閣或側重思辨的作家。

翻開她的 18 卷集，書中的人物幾乎都是隨著她逶迤前行的，當然在寫作中，她也會佇足前望，但是她所張望到的大多是與她生活具有一定關聯的人和事。不時她也返身回顧，所引發的也都是自己的少年時代或青年時代的記憶，不過，她的大量作品都是表現當下新發生的人和事，敏銳且及時。由於感受是全新的，因而作家帶著作家的尚未經過濾的激動，顯得新鮮活潑，充盈著一種富於真情實感的感染力。《又見棕櫚》如此，《傳家的兒女們》如此，後來的《考驗》等無不如此。

如果將她的作品——無論是長篇還是短篇——排列起來，我們從她的筆下就可以看到那批留學生在告別了事業上難於求發展，在心理上又倍受壓抑的故土，變成了美籍華裔學人之後的不停變動的生活歷程。那是一條為求得一席立足之地所經歷的漫長、曲折、充滿艱辛的奮鬥之路。置身於不同的民族與相異的文化包圍之中，他們都是一個個十分孤立的人。儘管在他們中間不少人學有所成，但是，由於處於外來者的地位，在學院內部的複雜激烈的升遷鬥爭中，他們往往居於劣勢。不少人在身心俱傷之後落了個失敗的下場。競爭並不公平。

於梨華不但犀利明快地表現了這些華裔學者憤然不平的情緒，還揭示他們將這些情緒帶回家庭，轉嫁給妻子之後所產生的種種風波。家庭也變成一座痛苦的圍城。圍困於其中的女性所承受的壓力，其實比男子還要大得多。她們在就業問題上不但和男子同樣面對不公正的待遇，並且還得忍受種種性別歧視，回到家中，又要充當具有大男人主義的丈夫的出氣筒。

於梨華似乎沒有明確的女性主義的主張，但是她的許多作品，也許可以說是大多數的作品，都涉及女性所處的困境。她不是從理論認知出發，而是由於她具有一雙作家的眼睛和一顆富於反叛精神的心，她從切身經歷中感受到男女之間的不平等。無論在家庭還是在社會上，無論是在 1950 年代之前的中國，還是在 1960、1970 年代的美國，儘管形式不同，性別歧視處處存在，她心有所不甘，在她的作品中，我們時時可以看到一位性格剛烈的女子的抗議。

儘管於梨華屬於經驗型的作家，但她不停留於敘述故事，堆積事件的層面。她注意觀察、剖析人物的內心活動和深層心理狀態。試舉一例。在短篇小說〈小琳達〉中，她寫了一個美國小女孩和中國女留學生褓姆之間的對峙，小女孩以種種刁鑽古怪的行為將女留學生折磨得筋疲力竭，精神瀕於崩潰。小說描述全然超出留學生打工的範圍，著重凸現的是兩個個性強烈人物的性格衝突，並從中體現人性中的某些隱祕而複雜的方面。於梨華還特別擅長於表現性格強烈的人物，尤其是具有反叛性格的女性。

這些人物大都感情剛烈，內心充滿著各種欲望的騷動，對現存環境和既定命運不滿，並敢於進行挑戰。她的語言又明快鋒利充滿激情。因此，她的作品總是顯得蓬蓬勃勃，洋溢著一種生命的力量。這正是於梨華小說的魅力之所在。

有的作家風格多變，有的作家則始終保持著某些個人特點，於梨華基本上屬於後者。不少作家隨著年齡的增長，對於當前的生活逐漸失去興趣，即使繼續寫作，也常喜歡回顧過去的歷史。於梨華則不然。她始終聚精會神地關注現實生活，關注現實生活中的人和他（她）們的心理變化和產生的新問題。

這本《屏風後的女人》就是見證。當年留美的學人早已過了中年，兒女也都長大成人。我們在這本小說集中看到的已不再是當年的夫妻矛盾，而代之以兩代人之間，甚至三代人之間的衝突——除去第一代移民和他們在美國長大的子女之外，還加上他們與他們的父母之間的衝突。這也就是所謂的代溝。

於梨華的視點仍集中於女性，衝突多半發生在母女之間。如果說，我們在譚恩美《喜福會》看到的是華裔家庭中，中美兩種文化所形成的「雞對鴨講」式喜劇性的衝突，那麼，在這本小說集中所見到的則是感情方式上索取與給與之間的衝突，對愛與愛的方式的不同要求，造成了母女之間的隔閡、對立，甚至反目，給雙方都造成了極大的傷害。她不但看到在崇尚個人主義的美國成長的孩子對父母的要求與中國傳統規範有著多大的不同，她也看到自認為保留著傳統的孝道觀念的第一代移民，其實也已受到周圍環境的影響，對於父母已失去「孝道」所需要的奉獻精神和耐心。

對於這兩條代溝，於梨華在抒寫中雖都深有感慨，但她卻不做是非評判。她明白第三代人的行為與現實無法符合第二代的要求，第二代也無法滿足第一代的期望。她只是讓人們看到歷史就是如此無可奈何地走過去，新的代溝還將不斷地出現……。

於梨華雖老不老，與她同時代的作家，大部分已擱筆或寫得很少了，她仍視寫作為生命，仍一如既往地觀察感受生活，滿懷激情地去表現她終生感興趣的那種性格強悍人物，表現她們在不同時空背景下的自我衝突和相互之間的衝突，毫不懈怠。這既令人羨慕，又讓人對她生出敬意。

——選自於梨華《屏風後的女人》

臺北：九歌出版社，1998 年 3 月

《別西冷莊園》序
小說家的散文傑構

◎袁良駿

散文家未必是小說家，但小說家往往是散文家。遠的不說，僅僅在中國現代文學史上，這樣的例子便指不勝屈：魯迅、冰心、茅盾、巴金、老舍、吳組湘、沈從文、錢鍾書、徐訏、張愛玲……其中的不少人，其散文成就甚至幾乎可以與其小說成就相媲美。這當然可以用小說乃廣義的散文來解釋：廣義散文和狹義散文本來是密不可分的。然而，它卻無以說明：為什麼有的小說家卻始終沒有寫出膾炙人口的優美散文呢？散文和小說雖然是姊妹藝術，但畢竟是兩種不同的文體。不能苛求小說家都是散文家，只能歡迎小說家同時也是散文家。在拜讀了旅美華人著名小說家於梨華女士的《別西冷莊園》後，我情不自禁地向她祝賀：她不僅是我高度評價的小說家，也是我喜出望外的散文家。正像她的《又見棕櫚，又見棕櫚》、《夢回青河》、《傅家的兒女們》等小說一樣，她的〈又見舊金山〉、〈C.T. 二三事〉等散文，帶給人們的同樣是一片驚喜。

大概由於多年來主要致力於小說創作和教書育人，於梨華散文寫得並不多。這本《別西冷莊園》是她正式出版的第一本散文集。不過，早在香港天地圖書公司出版的 14 冊《於梨華作品集》（1980 年）中，我們已經領略過於女士散文的風采。收入《雪地上的星星》中的〈親情・舊情・友情〉、〈寄小安娜〉、〈未亡人〉、〈別艾城〉，收入《會場現形記》中的〈悼吉錚〉、收入《新中國的女性及其他》中的〈我看到的新加坡〉等文，都是情真意切的散文佳作。其實，那套《作品集》每一冊的序跋，作者寫來也都筆酣墨飽，頗費文思，也都是耐人咀嚼的散文。只不過這部《別西冷莊園》的出版，標誌著於女士散文創作的新進展，讀者可以更好地欣賞作家深厚的功力和跌宕的筆致罷了。

從〈書的聯想〉起的 15 篇作品，最撼人心弦的是〈又見舊金山〉。它是一部濃縮的作家一生的拼搏史，飽蘸著血淚，寫盡了悲歡，既有強烈的對比，又充滿了離奇曲折。文章剛剛把人們拋入淒苦鬱悶的深谷，轉眼又把人們送上了霽月光風的「仙境」。大開大闔，舒卷自如，看似平淡無奇卻又力重千鈞，它使人們油然想起作家的成名小說《又見棕櫚，又見棕櫚》。毋寧說，〈又見舊金山〉就是於女士散文創作的《又見棕櫚，又見棕櫚》。

擅長寫親情、愛情、友情，是於女士的拿手好戲。這不僅屢見於她的小說，在這本散文集中也有精采的表現。其可貴之處在於，作家寫出的已不僅僅是對這些人間至情的一般性的讚美或謳歌，而是充分表現了這些人間至情的複雜性、多樣性，表現了是非、美醜、善惡在這些情感領域中的廝殺和搏戰。最為怵目驚心的大概是〈探母有感〉，它寫出了一個美麗而剛毅的中國傳統的賢妻良母 90 年的坎坷人生，寫出了她一生中短暫的、屈指可數的幸福，更寫出了她多年的，常人無法忍受的感情折磨和精神煉獄。而她的折磨者正是她終身相許的丈夫。這是一位崇高的母性，她在無盡的感情折磨中，以超人的毅力，含辛茹苦，拉扯大了六個兒女，培養他們一個個成了社會有用的人才。但她又是一個逆來順受、屈己從人、毫無現代觀念的落後的婦女。丈夫的吃喝嫖賭，她雖然也曾激烈反對，然而，反對失敗後，她也只好忍氣吞聲。奇怪的是，大半輩子的感情折磨並沒有把她摧垮，她無災無病、精神矍鑠地活了九十大壽！而且到了晚年，她依然「模樣如舊；容顏端正，皮膚白淨，秀目挺鼻，既無老人斑，也無眼角紋。……她仍是個『好看』的老人」。這難道不是一個人間奇蹟嗎？但她確實是一個再真實不過的平凡的老人，於梨華女士的母親！對這樣平凡而崇高的母親，理當給以最真誠、最熾烈的讚譽：

一個只受過小學教育的鄉下姑娘，以她超人的容忍和毅力，走過了幾十年苦惱多於快樂的婚姻，受過兒子夭折的死別，經過八年戰亂的苦難，遭到過財物失盡三餐不保的貧窮，吞飲過勢利小人刻薄的待遇，卻還是把我們六個子女帶大了，不但帶大，而且令他們都受到大學以及大學以上的教育……在我們心目中，她是個了不起的女性及母親！

——見〈探母有感〉結尾

如果說，小說最需要的是虛構，那麼，散文最需要的則是真實。在〈探母有感〉一文中，我們既看到了作家對她母親的「愛之深」，也看到了她對父親的「責之切」：「他既不是個上乘的父親，更不是上乘的——絕對不是——丈夫，在一般女人心目中，他是一個風流倜儻的男人……在家裡，他的溫文爾雅，一掃而空，脾氣粗暴，而且時常動手。對母親，他更是一個不忠的丈夫。」而當他的「不忠」被妻子抓到後，他則成了一名「額間青筋暴濺，眼裡兇光畢露，拳腳毫不留情的惡神。」而這名「惡神」又恰恰又是對作家自己不無關愛的生身之父！作家的感情是痛苦而複雜的：她一方面要絕對真實，不說假話，但她又不能不請求父親的寬恕：「希望他在天之靈原諒我這個不肯也不願說假話的女兒。」另一方面，這位在家庭中對妻子不忠不義的丈夫，在社會上卻「一直是個廉潔的、對上不阿諛，對下不苛刻的公務人員。」他甚至當眾「開銷」上司，以致被迫提前「退休」，過起了窮愁潦倒的家居生活，也成了妻子的「再無二心的老來伴」。中國的史傳文學歷來講究「憎而知其善，愛而知其醜」。於女士對她父親的描述，應該說忠誠繼承了這種寶貴的文學傳統。

《紅樓夢》有云：「世事洞明皆學問，人情練達即文章」。這本《別西冷莊園》，正好可以用「世事洞明」、「人情練達」八個大字加以概括。像〈探母有感〉這樣表現親情「異化」的篇作雖然不多，但真摯深厚的親情、愛情、友情卻處處躍然紙上。比如〈C.T.二三事〉中的 C.T.君（即著名學者夏志清先生）對不幸患病的女兒的關愛，〈女兒三十歲〉中母女的誤解與諒解、〈來也匆匆……——憶張愛玲〉中兩位女作家間的「神交」，〈窗外一棵玉蘭樹〉中兩位旅美華人女性之間的深情，都在在摧人淚下，發人深思。假如於女士只會小處落墨，「兒女情長」，她也算不得什麼「大家」，「大家」必須有多雙眼睛，多副筆墨，我們十分欣慰地看到：於女士果然如此，在「兒女情長」之外，她還善於捕捉故國情懷和歷史滄桑，〈搬家雜感〉、〈印度‧印度人‧印度女人——新德里來去〉等正是這方面的代表性篇章。中國和印度是亞洲兩大文明古國，然而它們光輝燦爛的悠久文明和今天的落後、貧困、愚昧和骯髒卻構成了巨大的反差和反諷。作為不失其赤子之心的海外華人、東方人、作家怎能不感慨萬千、思緒難平？

散文中，記人者為一大宗，古往今來，佳篇不勝枚舉。對於小說家於梨華來說，在散文中寫人物更是駕輕就熟了。抓住神韻、突出性格，不求面面俱到，但求音容宛然，這或許可以說是於梨華散文中人物的大體風貌。比如對張愛玲，作家所記僅一次短暫的邀約講演，她講演前的遲到，遲到後的從容，講演方式的突然改變，講演後的匆匆告別，特別是她在吸食冰淇淋蘇打時「稚童般的無邪」及陶醉。這一切，就勾勒了「獨特」的張愛玲和張愛玲式的「獨特」。再比如 C.T.君，作家並不去寫他的學富五車，才高八斗，著作等身，不，她寫的僅僅是生活中的 C.T.君，特別是他對患病愛女的無盡的歉疚和傷心。作家寫的是人性化的學者，學者化的人性，而無意去評價這位學術大家的學術得失。〈猛然回頭四十年〉也是一篇風格獨具的佳作。被寫者是作家大學時代的一位女同學，一位「最瀟灑不過」、最不用功而一天到晚享受愛情的「戀愛至上主義者」。然而，畢業之後，40 個年華轉瞬逝去，而這位印象至深的老同學卻未曾再見一面；以至連她的生死存亡都不知道了。迴蕩全篇的是一種濃郁的人生無常的哀婉，而這種哀婉恰恰把這位連姓名都失去了的女同學當年的飄逸、瀟灑消解殆盡了。〈窗外一棵玉蘭樹〉寫法又不同了。所謂那棵玉蘭樹，實際上就是篇中人物曉然。玉蘭樹的堅貞、玉蘭花的清幽，是在寫樹、寫花，但也正是寫人，寫人的品格和神韻。以樹喻人，也就成了這篇記人散文的最大特色。

從這裡，我們自然也就接觸到了作家多樣的藝術風格和多采的藝術色調。有的厚重沉鬱，像〈又見舊金山〉、〈再談搬家〉、〈探母有感〉、〈女兒三十歲〉、〈搬家雜感〉等；有的輕鬆活潑，像〈車房拍賣〉、〈猛然回頭四十年〉等；有的沉鬱中有機趣，如〈C.T.二三事〉；有的則輕快中有哀傷，如〈猛然回頭四十年〉、〈車房拍賣〉等。內容、風格、章法最多采多姿的，大概要數〈車房拍賣〉了。從內容上說，它是輕鬆的舊物拍賣。但在輕鬆中不僅被一對商人夫婦打擾了清夢，被一對青年買者惹起了「氣惱」，尤其被那只姨母的遺物靛青花瓶勾起了最不願記起的「文革」回憶。所有的輕鬆、樂趣豈不一掃而空？文章風格自然也就非止輕快而已。文章寫法則深得中國古典散文的起、承、轉、合之妙。開頭寫自己不知「車房拍賣」為何物；繼之寫了解之後的「好奇」以及偶爾光顧之後的「興味索然」；最後出乎意料的為了搬家，「自己居然也成了一個車房拍賣者了」。而在自己「車房拍賣」之前，文章又不厭其煩地寫了報上登廣告、打掃車房、陳列賣品、請人指點一一標價以及「拍賣的前一天，到住宅附近的電線桿上貼一張車房拍賣的招示，寫下地址，加上指示箭頭，以免來者走失」等等、等等，顯而易見，這都是為了「蓄勢」。作者越舒緩，讀者就越急切；準備越繁瑣，拍賣也就越順利。而到拍賣當中，又是一波三折，大出讀者的意料之外。結果，自然收到了意想不到的藝術效果。「文似觀山不喜平」，這篇文章行文的一波三折，正應了這句老話。

篇幅所限，我們不擬再細細剖析這本散文的語言功力了。然而必須指出的是：於梨華是當代世界華文文學（包括中國內地和臺、港、澳）中為數不多的文體家之一，她有自己獨特的語言風格，這種語言風格，既體現在她的小說中，也體現在她的散文中。準確、鮮明自不待言，關鍵是細緻、綿密而又充滿了張力，十分耐人尋味。這裡僅舉一例，即作家筆下的她的書桌：

十多年了，它是我的良友、情人，喜怒哀樂的見證人，發洩各種情緒的對象。它是令我坐在它面前時生氣或快樂，但不坐在它面前時令我完全不快樂的一個我戒不掉的「癮」……

有擬人、有排比、有重疊、有對比，而又充滿了轉折，這種綿密、多樣和強大的語言張力，使我很自然地想到了中國現代文豪魯迅的這樣一段話：

我佩服會用拖刀計的老將黃漢升，但我愛莽撞的不顧利害而終於被部下偷了頭去的張翼德；我又憎恨張翼德型的不問青紅皂白、掄板斧「排頭砍去」的李逵，我因此喜歡張順的將他誘進水裡去，淹得他兩眼翻白。

——《集外集・序言》

於梨華未必讀過這段話，這段話的內容也和她的那段話毫無關涉。然而，你能說這兩段話沒有相似點？你能說這兩段話沒有內在聯繫？現代漢語的卓越表現力不都被兩位作家發揮得淋漓盡致了嗎？近年來，不少作家和非作家對文學語言掉以輕心，從他們洋洋灑灑的著作中幾乎找不出一句耐人尋味的話。他們視語言造詣為雕蟲小技。這樣的作家作品又怎麼能吸引讀者、感染讀者呢？

從藝術上說，《別西冷莊園》各篇之間當然也並不均衡。〈又中秋〉、〈三相逢〉兩篇稍嫌單薄。這，我們又怎能過分吹求呢？我們相信，這些小品之後，必將有更厚重的佳作！

是為序。

1999年11月2日

於中國社會科學院文學所

——選自於梨華《別西冷莊園》

美國：瀛舟出版社，2000年9月

《別西冷莊園》

◎彭小妍*

1960、1970 年代成長的華文讀者，對於梨華的小說《夢回青河》和《又見棕櫚，又見棕櫚》應該不陌生。如今她在美國從教職退休，出版的近作《別西冷莊園》，收集了近十年來的散文創作，內容包括婚姻、親情、友情、遊記、懷舊等等，讓我們首次對作家於梨華的一生和個性有較深入完整的了解。寫小說時作家戴上各式各樣的面具，往往嘗試和文本保持距離；相對的，寫抒情散文則是一個自我剖白的過程，有個人懺悔贖罪的作用。於梨華如此不吝於和讀者分享自己的隱私，令人驚訝之餘，不由得隨她的喜怒哀樂而感喟不已。

〈寄小安娜〉、〈再來水城〉和〈女兒三十歲〉中，我們看見作者經營第一次婚姻二十餘年，但最後因無法溝通，不得不宣告失敗。離婚對夫妻而言是錐心的痛，兒女的反應更是一重難關。成年的一兒一女也許比較能成熟地面對父母離異，但青春期的小女兒卻受到極大的傷害。小女兒自暴自棄，暴飲暴食，功課一落千丈，把母親的關懷和愛關在門外，一直到她自己結婚生子，才又接納母親。於梨華失女而復得的經過娓娓道來，懺悔之情躍然紙上。

〈探母有感〉一文，寫父母時也是至情至性。年輕時風流倜儻的父親，雖然在外面是稱職的上司和下屬，回到家卻是對妻子拳腳交加的丈夫。他外遇不斷，也傷透了妻子的心，但她本著傳統婦女的堅忍和毅力，在兵荒馬亂的年代拉拔大六個子女，讓他們受最好的教育。丈夫因個性耿

---

*發表文章時為中央研究院中國文哲研究所副研究員，現為中央研究院中國文哲研究所研究員。

直得罪了上司，被迫退休後，沒想到竟成為改頭換面的老來伴。熬了大半輩子才出頭的母親，到了 90 歲時卻患了老人癡呆症，再也聽不懂兒女的話語。把父親不堪的一面如此坦白地寫出來，作者向父親抱歉：「希望他在天之靈原諒我這個不肯也不會說假話的女兒……」父母有過，不敢文飾吧。

書中有幾篇遊記，除了寫景以外，還寫民情，讀來十分有味。像〈黃石公園來去〉、〈匆匆來去巴西〉、〈南斯拉夫點滴〉等，特別能顯示作者文筆的生動。除了寫景時文字美不勝收，充分表現作者古典文學底子的深厚，寫人時又有小說家揣摩人物動作語言的栩栩如生，讀來趣味盎然，不到卷末不忍釋手。

此外，寫文人的篇章，也頗值一讀。〈來也匆匆……——憶張愛玲〉讓我們看見張愛玲的自成一格和童稚未泯的一面，〈C.T.二三事〉寫夏志清寵愛弱智女兒的情態，令人不忍。這樣引人入勝的作品的確久違了。這部散文集的特色是作者的文筆。於梨華善用長短句來製造語言的音韻節奏，也許有一些濫情，但比較起現今某些令人絞盡腦汁而無法享受閱讀的作品，這部散文集能讓人放鬆對智性的執著，改換心情。

——選自《中國時報》，2000 年 12 月 7 日，42 版

於梨華和她的《別西冷莊園》

◎李子云

於梨華的散文集《別西冷莊園》首先在上海（而不是臺灣）出版了。她寫了幾可等身的小說，而出版散文集這倒是第一本。我是在正受骨質疏鬆之痛折磨的時候收到書的。一口氣讀下來，它幾乎讓我暫時忘記了病痛。它的吸引力來自文章內所充滿的帶有強烈衝擊力的感情。加以她所寫到的有些人和事，是我所接觸和了解的，對我來說，更增加了幾分親切感。

於梨華的小說是我最早讀到的臺灣小說，於梨華本人也是我最早結識的由臺灣到美國的華文作家之一。對這批作家來說，我大部分是先接觸到作品然後見到人的。先讀到作品，由作品揣度人，相見之下，往往會感到出乎想像之外。而於梨華則不然，那真是文如其人，快人快語，熱情溢於言表，幾句話交談下來，感到投機，就恨不得將心掏出來給對方看，人是這樣，作品也如此。被奉為新留學生文學開山鼻祖的《又見棕櫚，又見棕櫚》所以具有深遠的影響，除去題材應時之外，更主要的是以真情實感動人。今天讀來，仍可感應到當年牟天磊，也是作者自己無以解脫的矛盾、彷徨苦悶的心情。於梨華的其他小說無不如此。比如表現社會向商業化轉型之後出現的家庭破碎的悲劇，比如表現在異國院校爭取教席的艱苦心酸的經歷，無不以酣暢淋漓的感情打動讀者。

這種一無遮攔、直抒胸臆的感情表達方式，較之小說，其實更適合於散文。梨華散文雖不多見，但每發表一篇幾乎都引起人們關注。畢竟是位小說家，以描繪人物、鋪排故事見長，這種特點不免帶入散文，形成她的散文的將情融入人和事記敘的特色。

她寫遊記，很少單純寫景，往往注意力很快地就從景轉入到當地的人：人的生存狀態和人與人的關係中去。〈匆匆來去巴西〉、〈南斯拉夫點滴〉、〈印度・印度人・印度女人〉無不如此，都是緊緊抓住不同社會的特點，寫不同社會環境中的人、特別是女人。對於各地景色，卻是匆匆帶過，景成為人的襯托，包括對於美麗的斯洛文尼亞的伯萊德。在 1984～1985 年之間，我與梨華正好在這小城擦肩而過。我曾為這個小城如詩如畫的風景驚嘆不已。但梨華卻來不及欣賞，她自己也說：「儘管南斯拉夫有些城市『風景佳麗』、『秀色絕倫』，但給我印象最深的，不是景，而是人。」至於那些尋訪自己過去足跡的文章，比如重返臺灣、又見舊金山之類的文字，更理所當然地進行憶人懷舊。舊地重遊，不過是提供憶舊的契機，藉以抒發自己的，或記敘他人——親友、同學的酸甜苦辣的人生歷程。

梨華散文中最出色的，我以為是那些直接寫文友、寫親情的篇章。兩篇寫文友的，她一反那種痛快淋漓、不加節制的寫法，寫得細膩、小心，似乎生怕碰壞什麼寶貴的東西。憶張愛玲那篇〈來也匆匆……——憶張愛玲〉，她緊緊抓住「匆匆」二字。她邀請張愛玲從波士頓來紐約到她授課的大學演講，飛機誤點，時間緊迫，但張愛玲仍「步伐悠緩」，到課堂時已遲到 20 分鐘，她仍不慌不忙地「在鏡前掠一下頭髮，審視一下臉上十分清淡的化妝」，演講提問「時間一到，立即走下臺來，對於為她準備的茶點，她推說要趕飛機，也辭謝了」。在來去匆匆之間，梨華以自己火燒火燎的焦急，反襯出她的安閒自若。雖然始終處於匆忙焦急的狀態中，梨華也未放鬆對她外貌服飾神態的觀察，而這些描繪與其他人筆下的張愛玲很不相同。特別出彩的是寫到她堅持在張愛玲登機前請她吃晚餐的那一片段，「她（張）說：『我要一杯香草冰淇淋蘇打』，說完對我企盼地望著。高杯冰淇淋蘇打來時，她露齒一笑，那種神態完全像孩童驟獲最切想的玩具一般」，吃完之後，她「非常滿足地靠在椅背上，閉目養神。」短短不到三千字，提供了一個不可替代的張愛玲形象。至於〈C.T.二三事〉一篇，則見作者駕馭場面的能力。我和夏志清也算相熟，他的許多可供談資的事我也有所耳聞，我見過他弱智的女兒和為此女兒苦惱不堪的太太，也領教過他的種種驚人之舉。不論在什麼場合，他都會獨霸「話語權」，自封主講，而講話的方式又如開無軌電車，講到得意處不但自講自笑，而且常出語驚人、甚至不合時宜。梨華屬他至交，對他非常熟悉，寫來便有一種隨手拈來的從容。不過，梨華在此十分注意一個「度」字，「度」如處理不當，就會使他處於尷尬的境地。她寫始終籠罩在他家庭中的隱痛，但著重的是他對女兒的舐犢情深。對於他的令人哭笑不得的自我欣賞的性格只取了一點，即他在她第二次結婚的宴會上的表現——不等人請，他就發表了「賀辭」。他對身為校長的新郎說：「我要賀你物色到如此性感的女院長，可喜可賀。」如此賀辭，令舉座目瞪口呆，這真是典型的夏志清作派。幸好校長既機智又具口才，「忙舉杯說：『謝謝你說出了大家都公認而又不便說的事實，同時也打破了一般人認為中國人最含蓄的成見。我也賀你。』」解除了滿座的尷尬。在這裡梨華既表現了夏志清的佯狂而又自我陶醉的性格，又反襯出了校長的機智幽默。梨華把兩個人都點活了。

這本集子最精采的當屬寫親情的幾篇，無論是寫母親的〈探母有感〉，還是寫小女兒的〈寄小安娜〉、〈再來水城〉和〈女兒三十歲〉，簡直是讓人感到聲淚俱下。對母親，她表達的是感恩，是不平。美麗、勤勞、剛毅的母親，嫁了個有才有貌但性格暴躁、感情不忠的丈夫。不但母親，連兒女們也吃夠了父親的苦頭。為了子女，為了家庭，母親忍辱——忍受不時而來的暴力，負重——維持一家的生計，還得侍候丈夫的衣食起居。她對丈夫神色凜然，對子女也冷淡，很少表現出溫柔和親近。直到梨華也進入老年，她才悟到母親所以如此，正是用冷漠拒絕憐憫，用凜然保持自尊。於梨華讓我們重溫了一個舊時代倔強女性的悲劇。

如果說，〈探母有感〉傾瀉的是她對母親的感激和遲到的理解，那麼，〈寄小安娜〉、〈再來水城〉和〈女兒三十歲〉則是一而再、再而三地向女兒表示愧疚的自我懺悔之作，她為自己沒有處理好作為母親的自我權利和女兒應享受到的家庭幸福之間的關係而進行自我譴責。這種自我譴責持續了十幾年，她由於對寫作的執著而將不期而至的小女兒交託給臺灣的母親，一去六年，使得小女兒與父母兄姐的關係疏離，感情受到傷害。她為此自責。為了解脫自己不和諧的婚姻生活，追求新的幸福，而導致正值青春危險期的小女兒精神崩潰。她幾乎至今都無法原諒自己，無法冷靜地接觸這個心靈的傷口。是啊，那是一個女孩子最需要家庭溫暖、親情呵護的時期，可家庭破裂了，母親追求自己的幸福去了，但誰能評說誰是誰非呢？特別是在我讀到梨華第二次結婚後的來信，聽她訴說自己「找到了真正的幸福」，「從來沒有如此幸福過」，後來我又目睹了她的新的家庭生活印證了這一點的時候，我更不知道應該如何評說了。我為梨華的幸福感動，又為她和女兒所遭受的慘痛打擊而心酸。這幾篇文章讓我想到有島五郎的《與幼小者》。它們都是用血淚寫成的。

最後，我想特別提一下《別西冷莊園》，以此篇為書名，可見她對它的重視。這是因為在「西冷莊園」她度過了「近二十年來最快樂的、燦爛的、豐滿的、又略帶惆悵的日子。」在這裡她開始了新的生活。這裡是她第二次婚姻的丈夫紐約州立大學阿伯尼分校校長歐立文的校長官邸。我曾到阿伯尼演講，在此作客住過五天。校長官邸確實氣派，建築內部舒適、典雅，室外環境更不必說，迴廊環繞，巨楓如傘，湖水蕩漾，草地足足有十幾畝。梨華文章中描繪得如詩如畫。但更溫馨的是裡面的人。傍晚時分，我和梨華坐在靠後門的小飯廳兼起居室的桌旁，喝著茶等校長回來。隨著汽車停下的聲音，後門打開，滿面笑容的校長隨著一聲 Hi 之後，必有一番恭維我們的話，比如說：「李，妳今天戴的項鍊真漂亮啊！」這是愛屋及烏，以向太太的朋友獻殷勤來取悅太太，三個人一起大笑起來，歐立文真是個幽默、細心、處處為別人著想的人。他愛護、但不「縱容」梨華，當梨華性起、急不擇言的時候，他總是以適當的方式阻斷，事後再慢慢疏導，梨華最大的好處是，她雖性急有時失之於暴燥（請原諒！），但她從不文過飾非、曲宥自己，不將責任推向別人。比如對於小女兒，她坦承自己

「太自私」,「沒有做到一個盡職的母親」。對於朋友，如有所不周，她也會坦率地道歉。梨華在《別西冷莊園》中更多的是寫景，而使我聯想到的卻是在這裡處處留下的情。我寫的這些也許可以做為她這篇散文的補充，不知梨華以為然否？

——選自《世界華文文學論壇》2001 年第 3 期，2001 年 9 月

緊鑼密鼓的人生大戲

◎韓秀*

於梨華來了，來到許多「讀她的書長大」的人們中間，大家叫她「梨華大姐」，或是「於阿姨」。她從西岸到東岸，從面對傳媒到面對文友和讀者，24 小時之內，換了時空，人卻依然明快、熱情。

於梨華告別華府，回到聖馬刁美麗庭院的頂樓，她留下了《別西冷莊園》，小說家的第一本散文集，或用她自己的話說：

> 像一個母親把過去寄養在別人家裡的孩子們領回來，和後來的子女們集中，一起納入它們應該歸屬的窩一樣。回了家。

「回了家」的是從前收到小說集中的一些散文，「後來的子女」則是近十年來的作品。但它們「清一色」是散文，於是真正成了散文集。出版社是社址設在美國加州的瀛舟出版社，這家出版社在臺北永和有辦公室，不僅海外，海內讀者也很容易親近這本書。

細讀這本書並不容易，讀者翻開任何一篇，都會被作者綿密的思緒衝撞一下，體弱者很可能被擊倒。250 頁的文字承載了將近半個世紀的心情、思慮、念想以至於掙扎，且緊鑼密鼓、間不容髮，實實足足的人生大戲，絕對值得觀之再三。

〈探母有感〉是一篇震撼人心的文字。親情於作家而言常常是一種難以承受的沉重。如同梨華大姐喜愛的琦君姐，如同劉安諾在痛定思痛之後

---

*作家。曾任教於美國國務院外交學院、約翰・霍普金斯國際關係研究所。

書寫母親和父親。其中的煎熬絕非外人能夠想像。女作家敏感的心、細膩的筆觸終至探到了那個大家不忍論及但卻實實在在存在著的事實：

> 但我也不得不承認——希望他在天之靈原諒我這個不肯也不願說假話的女兒——他既不是個上乘的父親，更不是上乘的——絕對不是——丈夫。

四個破折號，婉轉道出作者的萬分無奈。誰能想得到呢？一位公正、廉潔、待下屬好得不得了的公務員，在家裡卻是一尊兇神。不忠於婚姻的男性對「屬於自己」的女性除了精神折磨之外還要加上拳打腳踢。雖然那是自己的父親，作者仍不顧親友的反對要把那一切的始末說出來，書寫的過程無疑是萬分辛苦的。最撼人心魄的，是作者筆下的母親，飽受勞役、戰亂、貧困以及丈夫帶來的痛苦折磨的母親，以冷漠來保護自己的尊嚴。在冷漠這個拒人甚至拒子女於千里之外的硬殼之中，那一個本來聰慧無比、善良、美麗的靈魂在怎樣地戰慄中？！透過作者的書寫，讀者必然發出這樣一個疑問。那疑問無需特別的想像力即可獲得一定程度的解答，那解答的苦澀正是作者悲憫情懷的源頭。作者近半個世紀以來創作中的大關懷，和那源頭脫不開干係。

然而，只有大關懷而沒有文字或者文體上的貢獻，也難以達到撼動人心的效果。作者卻是以上乘的文字和於梨華式的獨特文體穩穩承載了她對人間世的大關懷，不止是寫母親、寫師友，哪怕寫偶爾擦肩而過的人們依然情深意切，給人留下無盡的懷想。

〈別西冷莊園〉裡，用一個段落提及一位園丁，「找不到職業的藝術家」，帶著小女兒，「雕刻、旅行，住在森林裡，錢花完了，再去作園丁」，「一日三餐，粗茶淡飯，沒有別的奢求」。作者告別西冷莊園的時候，園丁已經帶著女兒「遷去比較溫暖的南方」，作者「當然不會再看到他」，「但他用一雙手為」作者「創造了三年夏季的快樂」。作者「懷念那些個夕陽西斜、坐在迴廊裡、看到他女兒的喜悅的眼光」。

一種怡人、恬淡的人生，一種單純的、勤勞而美麗的生活，就由作者在短短一段中描摩出來，銘刻在讀者心裡。作者在西冷莊園如珍珠般豐潤的生活卻幾乎沒有落墨。想來，她沒有將那生活留下，告別的只是西冷莊園，令她安心的生活卻是被她帶了走了，我們也可以在她勞心費力地搬了家之後，悄悄地鬆一口氣。

名不見經傳的年輕人的笑留下了，大大有名的張愛玲的笑也留下了。作者寫自己和張先生最後一次見面。張先生應邀來校演講，作者去接她、等她、陪她到場，再送她上機，上機前因為「時間綽綽有餘」而陪她去喝一杯飲料：

> 問她要茶還是咖啡，她說：我要一杯香草冰淇淋蘇打，說完對我企盼地望著。高杯冰淇淋蘇打來時，她露齒一笑，那神情完全像孩童驟獲最切想的玩具一般。她對我看的眼神及吸第一口冰淇淋蘇打的神情，我再也忘不了！
>
> ——〈來也匆匆〉

作者說到張先生「她不在了，但她永遠在」，談及張先生創造的小說人物，而浮現在我們眼前的卻是張先生孩童般企盼的眼神和心滿意足的笑。那是孤僻的張先生啊！作者知她、疼惜她，該是不爭的事實了。

〈女兒三十歲〉讀來心驚，作者自己的苦苦掙扎，作者和女兒之間的誤解以及誤解的冰釋在在突顯的是人生的磨難。人在磨難中成長，生出智慧，生出愛，但是，那是真正的磨難。作者坦然面對一切，包括無奈、惶急、敵意、憤怒、傷心、愧疚。

文字之簡潔，文字張力之大之奇，在這篇文章中都表現得令讀者不能不低迴，不能不一再重溫、一再摩挲，一再與作者同哭、同笑。

然而，貫穿全書的一根主線卻是作者「無法歸去」的情懷：

無處可去，無處可歸，始終是盤桓在我腦裡、心裡，以往及以後的生活裡的結。但又何止是我，實在是四海之內四海之外，無處不在的中國人的心胸裡！解不開、割不掉的瘤。

——〈搬家雜感〉

別了西冷莊園，別了美東，搬去了美西，生活簡約而豐潤。然而，「回不去了！」卻是心中無法止歇的號哭！是作者的心聲，是讀者的心聲，是我們心中永無止歇的痛。緊鑼密鼓，無止無歇，綿密無盡頭。

——選自韓秀《與書同在》

臺北：三民書局，2003 年 2 月

於梨華小說中的校園經驗

從留學生文學到《在離去與道別之間》

◎瘂弦*

於梨華是留學生文學的領頭雁，遠在 1960 年代，她便以《也是秋天》、《雪地上的星星》、《又見棕櫚，又見棕櫚》等長、短篇小說，從不同角度反映了當年的留學熱現象，為負笈海外年輕學子們的校園寫作，設色定音，架橋鋪路，預示一個新文學世代的來臨。自從有了這隻帶路的雁子，許多同類題材的作品紛紛出現，展開一個眾聲喧嘩的蓬勃局面。

如果從五四新文學的歷史去回溯，我們也可以為留學生寫作，找到更遠的源頭。比如早年創造社作家郁達夫、張資平東渡日本求學時，以當地為背景寫的作品，就可以算作那個年代的留學生文學。不過以今日的眼光審視，他們的作品都太個人性，堂廡不大，關懷面也有限，最大的缺點是未能把域外生活的經驗，作整體的社會觀察。沒有更高的藝術概括，就見不到一個成功作品應有的思想深度。

不同於創造社旅日作家們的自我中心、憂鬱多感的浪漫傾向，於梨華與她同時期的留學生文學，展現的是另一個層面，一個明朗、開放的世界。郁達夫、張資平小說中的人物，每每走不出蝸居斗室，一味在異國的孤燈下作自我的精神折磨；或因經不起繁重的課業壓力，患了知識厭食症，或因心理失調，墮落為歇斯底里的色情狂（郁達夫「私小說」式的作品便有不少這樣的描寫）。於梨華筆下的臺灣留學生中並非沒有這樣蒼白的

*本名王慶麟。詩人、評論家、編輯家，《創世紀》創辦人之一。發表文章時已自《聯合報》副總編輯兼副刊組主任職務退休，現為加拿大華文文學學會主任委員兼《世界日報》「華章」文學專版主編。

角色，但更多的群像是屬於積極進取、敢於面對挑戰一型，為了完成學位，獲得工作機會，進一步融入西方社會，他們放下身段，捲起袖子打天下，把逆境變為順境，使痛苦成為甘甜，終於在陌生的土地上爭得自己的一席之地。當然，任何宏偉的主題都要以個別象徵一般，於梨華所要表現的，是永遠的人性，她最擅長的也是描寫人性，人性的崇高與卑下，強韌與脆弱，而這些，都來自不同的個別。1960、1970 年代留學生所呈現的生活圖像，是多樣的、複雜的，素材很多，但為了避免流於程式化、單一化，於梨華的筆力，並不放在常見的留學生活瑣細的描寫上，諸如經濟的困難、學業的挫折，以及對家人的思念等，她著墨最多的，乃是海外遊子在精神失根狀態下，那如影隨形的文化鄉愁，這種感覺，具體又抽象，它藏在每一位留學人士的心靈深處，平時不特別感覺它的存在，一旦與異國的文化產生碰撞，便會發出火花來。不管身在何處，海外華人的思維模式都宿命地受到這種潛在因素的影響。而這樣的感覺，才是於梨華真正要探索的主題。像猶太裔作家把他們的宗教作為主題那樣，於梨華作品的中心主題，則是文化的歸屬。

文學高於生活但畢竟來自生活，生活又是細節的集成，這便是為什麼有人說，沒有細節就沒有文學。這話用中國古典小說《紅樓夢》來解釋最為恰當，皇皇名著從頭到尾只不過是一連串細節的集成，不過曹雪芹可不是為細節而細節的，大師手筆，一點一滴都有暗示，都有隱喻。在現代文壇，於梨華是擅長細節描繪的，這是她長期涵泳於傳統小說所得到的啓發。她筆下的留學生生活呈現多種面貌，也充滿了趣味，但那些材料都是經過高度選擇與策畫的。每部作品幾乎都圍繞在校園與社會、故國與異邦的對應關係上，要不就是表現知識分子在時間空間錯置下的轉折變化，而文化的思歸情緒，又每每成為她小說人物的內在鬱結。

一般說來，於梨華不喜歡寫困坐愁城，走不出自我陰影的挫敗者，而喜歡寫敢愛敢恨，把自己全生命投入現實激流的闖蕩小子。這樣的創作取向，無形中提高了她小說的社會意義，使於梨華成為 20 世紀 60、70 年代華人與世界互動開始的歷史階段，表現最優異的作家之一。她那一系列留學背景的作品，每一部都為年輕一代華人勇於參與國際社會的奮鬥，留下深刻的影像。

近年，留學生文學這名稱，除了文學史研究者提及，一般情形下不常聽到了。這並非意味此一寫作風潮趨於沉寂，而是它的影響已經造成，其精神早注入世界華人文學的生命體，勿須特別強調了。1980 年代以後，於梨華的文學觸角伸展得更廣更遠，作品的形式和風格也更加多樣，筆力沉雄老辣，創作氣勢不減當年。她中期作品即以思想性見稱，近期的《一個天使的沉淪》、《屏風後的女人》諸作，詠史的傾向更為明顯。

《在離去與道別之間》是於梨華新完成的一個長篇，主要內容寫美國大學一群華人教授的生活。如果拿它與她早年留學生題材的作品連起來看，這部小說可以看作她寫校園經驗的總結，這還不僅是因為故事的背景發生在大學城，而是從一些人的成長變化中，她發現了一個值得省思的問題；今日講臺上的教授，不就是當年的學生？但使她困惑的是，為什麼那些青青子衿，意氣風發的校園精英，一旦拿到了博士學位，擔任了教席，在學術上有了一點成就後，很多人就開始退坡，走向腐化？她發現，所謂智識分子、學者，好像比一般人還經不起考驗，守不住自己的信念和原則。《在離去與道別之間》便塑造出一群這樣的人物，寫出他們行為的偏失，他們的動搖與墮落。於梨華旅居海外數十年，長期在西方校園裡生活，小說中的那些人物，與她有著相同的時代感情，所以她最能了解他們，他們的限制，以及他們的悲哀。

成功的路是崎嶇的，從苦學生到大教授要經過九九八十一難，鯉魚跳龍門跳得遍體鱗傷，魚龍變化之間付出的代價何其慘痛！而當吃苦受累的小媳婦一旦熬成婆，人性的弱點也隨之浮現。固然有更多的華人教授，一本初衷維持早年理想專心治學，在學術上大放異彩，令西方學界刮目相看，但不可諱言的，仍有一些人在嚐到成功滋味後漸漸變質，在校園的生態競爭下，為了保住自己的飯碗不惜放棄原則，浮沉於人事上明爭暗鬥的漩渦，弄得面目全非。

當年魯迅寫〈阿 Q 正傳〉試圖藉小說形式，討論一個國家的國民性問題。他毫不留情地把中國人靈魂深處的陰暗部分，血淋淋地揭露出來，以「引起療效的注意」。於梨華寫《在離去與道別之間》，也是出於同樣的心情吧，不過她塑造的人物段次英，並不像阿 Q 那樣可笑可憐又可恨。阿 Q 的形象是卡通漫畫式的，而段次英則像一隻多疑的刺蝟，總以為全世界都與她作對，把每根刺都朝向她的假設敵。又像是《紅樓夢》裡工於奇謀的王熙鳳，機關總有算盡的一天，最後不是她看破紅塵，而是被紅塵看破了。對於這樣的一個人物，於梨華的處理方式是惋惜大於貶抑。段次英失去教職照說是全書的一個高潮，但於梨華僅以「尾聲」方式輕描淡寫一筆帶過，之所以這麼安排，大概是為智識分子留一份尊嚴吧！

讀完《在離去與道別之間》，使人想到錢鍾書的《圍城》，同樣也是寫一群學校老師的故事，不過據錢鍾書自己說，書中那些男女戀愛的攻防，婚姻關係的分合，並不是他真正要表現的主旨，而「憂世傷主」，才是他真正的思想底蘊。與錢鍾書一樣，於梨華也只是藉幾對教授夫婦的校園生活，為她小說的軸線展開故事，編織情節，呈現主題。人與人之間的愛恨恩怨，並非她表現的重心，這部書的深層意涵，在於以人性的觀點探討智識與道德、學格與人格的關係，以及從心理學和社會學的角度去詮釋士林百態，智識分子的偽善、矛盾及軟弱。早年的留學生文學是「向西方取經」，《在離去與道別之間》故事內容是「在西方講經」，前者的主角是學生，後者的主角是教授，學而優則為人師，是提升、是正果的修成，但在取經與講經之間前後兩種角色的道德差異，何以如此之懸殊？

於梨華於 1960 年代臺灣大學歷史系畢業後即赴美深造，在加州大學洛杉磯分校獲得新聞碩士，1980 年代曾長期在紐約州立大學奧本尼分校遠東系執教，故長久以來，大學經驗一直是她喜歡表現的題材。不過她認為那些校園生活的零縑碎片，不通過刪繁就簡的提煉過程，是不能產生美學效果的，《在離去與道別之間》中，便處處顯出她在這方面的匠心。由於書中人物清一色是大學教授，為了避免過於單調，她的對話設計變化多端；機鋒的，嘲弄的，幽默的，學術專業的，歐化語風的，都被她拿來靈活運用，由於構句、修辭上的考究，書面語與口語的巧妙融合，使整個作品的語言產生一種特有的聲調和韻律，令人愉悅。

評論家顏雄談現代小說，認為五四以來寫智識分子寫得最好的，要推葉紹鈞、張天翼和錢鍾書。現在恐怕要加上後起的於梨華。《在離去與道別之間》一書非但把她的創作推向一個新的高峰，這部書的成功，也使她有資格把她與上述三位作家並列。事實上在與她同年齡的小說家中，她是少數維持旺盛寫作狀況的一位。作家最怕氣衰，老化，從《在離去與道別之間》可以感覺到，她的感性、語言、文章體式，不但沒有老化，而且一直在不停地增進；每一部新作的完成，都是一次更新，一次煥發，就像取之不盡的源頭活水，始終與時俱進，奔流不息。

當年《圍城》出版，好評如湧，讚美錢鍾書是一位才學兼勝的諷刺奇才，並把它與吳敬梓並論，說《圍城》是現代版的《儒林外史》。我讀畢於梨華的《在離去與道別之間》，不禁也有同樣的聯想：我認為於梨華這方面的人物還沒有寫完，以她豐富的校園經驗，她有足夠的才能寫一部北美版的《儒林外史》！

註：本文為於梨華著長篇小說《在離去與道別之間》序。2002 年 11 月，瀛舟出版社出版。

——選自瘂弦《聚繖花序 II》

臺北：洪範書店，2004 年 6 月

於梨華的〈友誼〉

◎林以亮[*]

前言

於梨華最近發表的〈友誼〉是一篇中篇小說，內容仍然是一個普通的三角戀愛故事，可是表現的方法比較上獨特而新穎，值得細讀、分析和研究。

〈友誼〉雖然是中篇，在我個人看來，卻是一個濃縮的長篇。作者大可採取一部廿四史從頭說起的寫法，先寫顧彥與汪懷耿在臺北的學校生活，軍中生活，加上別的同事，例如黑炭和老朱等人物；然後接下去寫顧彥的出國，汪懷耿的寂寞，汪懷耿如何認識孫依蒓，二人感情的發展過程；汪懷耿的出國，孫依蒓的出國以及三人中間的微妙關係，孫依蒓的移情別戀；顧彥的退讓，孫依蒓迫得先與汪懷耿結婚，顧彥和孫依蒓終於不克自制而相愛，汪懷耿的失望和報復，最後的結局。這只是一個骨幹，可是學校生活，軍中生活，孫依蒓如何向汪懷耿解釋她和顧彥相愛的情形，顧彥與孫依蒓的生活狀況，在原作中都沒有提到或故意避而不提，由讀者自己在想像中加以補充。這些讀者一定樂於知道。可是這樣平鋪直敘的寫法，很可能使〈友誼〉成為一冊 25 萬字到 30 萬字的長篇通俗小說，而且一定會受到讀者的歡迎，因為題材正好投年輕人的所好。同時這樣寫法，無論在內容上或技巧上，未必能比《變》和《又見棕櫚，又見棕櫚》有更

---

[*]林以亮（1919～1996），本名宋淇，浙江吳興人。作家、翻譯家。曾任香港中文大學翻譯研究中心主任。

進一步的表現。作者不此之圖，而採取目前的寫作方式，表示出作者有割捨一部分媚俗的題材和另闢蹊徑的決心和勇氣。

作者沒有拿〈友誼〉寫成長篇，可是如果拿〈友誼〉的三萬四千字濃縮為一個七千字左右的短篇也同樣吃力不討好。最富於戲劇性的一剎那當然是顧彥和孫依蒓終於發現彼此相愛的一刻，如果以這一刻為中心而為一個短篇小說，無論作者怎樣加入回憶、補白，總缺乏感情上的根據和基礎，難以令讀者信服。〈友誼〉之終於採取目前的方式，可能是出於作者的直覺加上深思熟慮的結果。

〈友誼〉共分四節，每一節都用二位主角的姓名為標題，現在就照這四節的先後次序加以討論。

1. 顧彥與汪懷耿

一開始，我們見到顧彥駕駛一輛借來的汽車，正在走向甘迺迪機場的公路上，接汪懷耿從臺北飛來美國。公路上很擠，他看到左邊與他平排的汽車上的一個美國人，不知不覺地猜想到他所過的家庭生活，後來甚至進一步想到他夫婦間的性生活。這種「自由聯想」的寫法在現代小說中司空見慣，不足為奇，可是在〈友誼〉中卻是唯一凸出而明顯的現代寫法。如果進一步分析的話，我們就會發現這段「自由聯想」是必要的，因為沒有這一段描寫，我們無從知道顧彥精神上的苦悶和在肉體上迫切需要一個異性的慰藉。這種苦悶當然也可以由顧彥和汪懷耿見面之後在對話中表達出來，可是力量就會大為削弱了。

在車中，他回憶起他和汪懷耿在臺北的家。到了機場之後，在車上休息時，又回想到他和汪懷耿同受軍訓，同在報館做事，二人先後來美的往事。吃了熱狗，在瞭望臺等候汪懷耿時，他又想到做好了飯菜，卻忘了煮飯，因此想起他追求女朋友時忘帶皮夾的冒失事件，汪懷耿並且替他起了一個外號：「一失先生」。這短短的一段含有三個回憶，這種手法在現代小說中極常見，最近並且流行到電影中：flash-back——連「溶入」都不用，直接用「切入」的手法，使時空的錯覺消失而打成一片。這些回憶的目的在交代二人深厚的友誼，尤其是顧彥對汪懷耿的情誼，如果取消，就無從顯出下文顧彥的矛盾和進退兩難。

接機之後，汪懷耿在車中看夜紐約的景致，二人談起他們的同學：「黑炭」。這一段初看時好像是閒文，其實很重要，因為黑炭的家在第三節時成為最戲劇性情節發生時的背景。到了公寓，先介紹公寓，二人談天，不免敘敘舊和談談將來，酒酣飯飽之餘，終於談到汪懷耿的女朋友：孫依蕤，因為汪懷耿始終沒有在信中提過她。這一節就在這裡結束。

這一節主要是在交代人物的關係和故事的地點和背景，在情感和故事上沒有什麼發展可言。同時在場景的變動上比較給人一個跳動和突兀（jerky）的感覺。可是作者主要的目的是在反映顧彥的心情，而顧彥正處於一個心理非常緊張的狀態，所以這一節的寫法正好反映出男主角的心情。從這一角度來看，技巧恰好配合內容。

2. 汪懷耿與孫依蕤

從第一節轉到第二節，作者用的是電影中常見的：提到一個人名字，然後「切入」到那個人的剪輯法。事實上，這一節的事發生在第一節之前，所以是「倒敘」。本節中的人物除了男女主角之外，還有老朱夫婦——不可缺的配角。除了孫依蕤的父母之外，其餘的人物都沒有出場，例如孫依蕤的同事，外國上司，汪懷耿因氣不過孫依蕤而去尋的舞女都只是順筆一提，所以非常集中。

本節完全是在敘事，描寫汪與孫二人結識的經過，感情上的發展和消折，最後終於由於汪的去美國而有了「柳暗花明又一村」的結局。

在描寫過程中，有兩點值得注意。其一是孫依蕤的可愛！

> 孫依蕤卻朝他看看，抿嘴笑了。她那張孩子氣的團團臉，笑起來，兩腮鼓出來，眉梢彎著，十分討人歡喜。……她看起來很纖細窈窕，擁在懷裡，身子很豐腴柔軟，比較實際上胖得多。

關於孫依蕤的描寫可以說在此最詳細，以後就著墨無多。孫的另外一個特點，就是「嗲」，下面兩段描寫簡潔而傳神：

> 第二天依蕤打電話到他辦公室。「你好意思嗎！把人家不當朋友待？有這麼大喜事，都不讓人家沾一點喜氣！」
>
> ……她可是從來沒有說過這樣令他「窩心」的話。……

這是另一段：

> 「你這個人真是！人家什麼地方對你不起了？」又是怨，又是嗲，又是體貼。這種口氣他以前從沒聽到過，簡直有點支持不住。

就這樣幾筆勾勒，孫依蕤給人以溫柔和純女性的感覺。她的「兩腮」和「嗲」以後仍常出現，像電影中的特寫一樣，卻發生了作用。

值得注意的第二點，是汪懷耿的個性的軟弱。汪懷耿之愛孫依蕤，這點不成問題，可是他之決心去美國完全基於出一口氣「氣」她。而孫依蕤雖然喜歡他，卻對他沒有愛情，後來因為他去成了美國，感情上才有了藉口。所以朱太太問她：

> 「依蕤，如果懷耿不出國，你會和他好起來嗎？」
>
> 「我本來就很喜歡他，你也曉得的。」
>
> 「但並沒有打算嫁他，是不是？」
>
> 依蕤沉吟半晌。

從這一點上可以看得很清楚：汪與孫之間的愛情的基礎並不堅固，因此產生了後來的變故。到最後，在汪出國之前，二人曾到大貝湖和日月潭去旅行，孫依蕤願意把身體給他，汪懷耿反而克制了自己。我們一方面可以說汪是個好人，同時也可以說汪太軟弱。如果汪當時占有了孫依蕤的身體，那麼以後的變化可能根本就不會發生。

本節採取的是平鋪直敘的方法，感情上仍有一波三折，可是讀起來卻有一氣呵成的感覺。結尾時，二人不停的在談顧彥，因此孫依蕤非但認識了顧彥，而且在心理上產生了對顧彥倚賴的感覺。結尾這一段在初讀時好像覺得是多餘的，刪除掉也沒有關係，到讀完全文後才會發現是必要的。如果沒有心理上的倚賴性，孫依蕤一看到顧彥就愛上了他，就會令讀者覺得孫是個水性楊花的女性，大大減弱了她的可愛，因此也會連帶影響到顧和汪的品格。很明顯的，這是作者慘淡經營的結果。

3. 孫依蕤與顧彥

從第二節轉到第三節，作者採用的仍是上面所用的電影中從人名「切入」到人的剪輯手法。本節的標題雖然是「孫依蕤與顧彥」，汪懷耿卻時常出現，並且有兩段單獨描寫他和孫在一起：二人在路上談論顧彥，二人同到汪打工的荷花亭。可是在這一節中，汪卻是個不發生作用的人物，因為本節主要對象是孫和顧二人中間的感情，由暗流而澎漲，而氾濫，而終於一發不可收拾。

事實上，顧彥在接孫依蕤飛機時，第一眼見到她的「烏亮的眼珠」，就有點「發呆」。然後坐在車中時，「依蕤的頭髮有時拂過顧彥的胳膊」。吃完飯之後，顧彥推說去做功課，結果在路上就想起依蕤，到圖書館坐了三小時，卻到門口去了 12 次。回家之後，顧彥發現碗都洗好了，就查問是誰洗的：

> 「我。」她把手抵在胸口上，一臉得意的笑，團團臉全是孩子氣。……
>
> 「你的規矩倒是立得快！」顧彥對懷耿說，「人家剛到，你做得出。」
>
> 懷耿忽然大笑起來，兩人都瞪著他看，不懂。
>
> 「你們兩人語氣完全一樣，不同的是：你說的人家是指依蕤，她說的人家卻是指她自己。有意思！」

這段話很重要。因為汪懷耿得意的發現了兩人的相同點，自以為他們僅是語氣一樣，而實際上二人「心有靈犀一點通」，問題是顧彥早已覺察到，孫依蒓對顧有好感而不自知而已，因為接下去孫在和汪單獨在一起時，勸汪要對他好一點。

第二天他們一同去自由神像，先到中國城打個轉。顧彥對他們講中國城，大發其牢騷，這一段議論雖然可以幫助了解顧彥的為人，可是和整個故事的關係不大。接下去他們到了自由神像，顧彥一個人有一段感想：自由神像象徵法國與美國的友誼，國與國之間不可能有友誼的存在，那麼人與人之間呢？作者此地在點題，可是給人一個點得太早，太明的感覺。這兩段似乎可以簡化。

然後底下最重要的發展是顧彥為孫依蒓找到職業。起先是失望，顧彥安慰她，請她去吃冰淇淋，她破涕為笑：

> 腮上還有淚痕，而兩腮已笑圓了，她的孩子氣，使他真想把她擁在懷中……

「腮」值得注意。第三天顧彥跑去報告孫依蒓找到事的好消息：

> 依蒓高興得蹦跳了好幾下，抱住顧彥的胳膊，……
> 她的興奮感染了他，他拍拍她的肩頭。……她的手一直沒有放開過他胳膊。

這是兩人不自覺地身體上發生接觸，可是作者不嫌重複地點明了三次，因為從此以後二人中間的感情堤防已經出現了決口，洪水氾濫隨時可以發生。此地不妨舉一個例：在電影《羅馬假期》中，公主與新聞記者同把手指伸入石像中，新聞記者告訴公主如果說謊，石像就會把說謊者的手指咬掉。等到二人把手伸出來時，新聞記者故意把手藏入袖中，假裝手指已被咬掉，公主本身隱瞞身分，不免心虛，嚇得大叫一聲，用雙臂摟抱新聞記者。這是他們第一次身體上的接觸，雖然二人心中早已互萌愛意，到後來二人與追蹤者打架、跳入水中逃遁，然後摟吻，就顯得一點也不牽強了。〈友誼〉的寫法符合同一原則，逐使二人的感情發展顯得自然，並不是因為孫依蒓感激顧彥為她找到職業而以身相報，那就太「骨頭輕」了。

在此之後，顧孫二人回到顧的公寓，孫依蒓不肯打電話給汪懷耿，倒是「顧彥吞嚥了幾下口水，掙扎著把話機拿起來。」然後三人到黑炭家裡去，顧彥先不肯去，這是故意在迴避孫依蒓。依蒓一定要他去，顧彥問：

> 「為什麼一定要我去？」
> 她微仰起頭。她的圓眼睛，圓臉，圓下巴全清晰地呈現在他眼前，毫無抗拒任何舉動的意念。但是他沒有動。「因為我……們不願把你一人扔在這裡。」

「我……們」這說法代表了孫依蒓的真感情！

然後二人去了黑炭家，汪懷耿沒有一同去，因為說好了第二天再陪孫依蒓去的。他們二人到了黑炭家後，由黑炭陪他們到郊外鸚哥湖去。黑炭因為家中有事先走一步，只剩下他們二人。

> 「你應該跟黑炭回去的。」他說，裝著點菸，不看她臉。
> 「為什麼？」
> 他不敢答，她也沒有膽子再問。兩人並排沿湖走。她披在肩上的湖色毛衣的空袖，老是拂到他，他可以與她離得開些，但是他沒有。不是他不想，而是他不能。

二人中間的關係，一步緊一步，可是雙方都拚命自制，設法避免再進一步的發展。在黑炭家晚飯的時候，二人已到了心靈互通的境界：

雖然顧彥和依萩都不說話，他們心裡起伏的矛盾：興奮與懼怕，快樂與悲哀，猶疑與期待的掙扎，卻似巨浪一樣淹沒了周圍的聲音。他們耳朵聽著別人說話，但眼睛只看見對方一個人。

這一段無須任何解釋。然後顧彥在打沙蟹輸了之後，到外面去透透氣。

開了門，像逃似的跑到自己的車上。

車門一開，依萩坐在裡面。……

剛轉頭，雙手已把她擁入懷中；他第一次看見她時，就想做的一個舉動。

不可避免的終於來臨了。初看時，讀者會覺得出乎意外；依萩怎麼會坐在車裡？一定要把本節細讀之後才會發現是這合情合理的而又是必然的結果。可是作者在前面故弄狡獪，布了疑陣：

四周一看，不見依萩及女主人，樓下電視室卻有女人細聲說話的聲音。

令讀者引起依萩在電視室裡的錯覺，逐使後來的意外產生奇峰突出的感覺。

本節純粹描寫顧彥和孫依萩二人感情的發展，由暗而明，由自制而奔放，一步緊似一步，壓得使人透不過氣來，終於達到高潮！同第二節一樣，本節寫法集中，可是沒有那麼輕鬆，給人一個「沉」的感覺：沉重，沉悶和深沉。

4. 顧彥與汪懷耿

本節的標題與第一節一樣，以顧彥與汪懷耿開始，以顧彥與汪懷耿作結，因為題目是「友誼」，可是在第一節中，二人的友誼是完整的，到了最後一節，二人的友誼卻破裂了。

還有一點不同的地方：在本節中，顧彥與汪懷耿二人在一起的時候只有兩處，其餘不是描寫顧與孫，汪與孫，就是描寫顧一人或汪一人，可是孫早已身和心均有所屬，對故事的發展產生了什麼作用，主題仍是顧與汪二人之間的關係和衝突。

一開始時，汪懷耿在荷花亭與一位客人吵起來，主要原因還是他覺得孫依蕤「對他不如剛來那麼熱。」後來他帶了酒到孫的住處去，發現孫不在，酒快喝完時，孫才回來，「看見他，怔在門邊，滿臉飛紅」。汪猜出是顧彥陪她去的，她也承認，汪發現孫的頭髮上全是菸味，可是他笨得不知道一加一等於二。

然後汪向孫提議暑假結婚，孫不肯，給汪逼急了，只說等一等。汪以為孫另有或正在找更好的戶頭。回家之後，汪將經過告訴顧，顧問他究竟愛不愛她？汪的回答是：

> 「毛病就出在這裡，隨便她怎麼虛榮，我都沒辦法……出國來，其實也是為了她。我自己都不知道怎麼搞的？」

根據這一句話，再經過一陣內心的掙扎，顧彥決定退讓並答允汪：「你不要煩，我去勸勸她。」

汪入睡之後，顧一人出去散步，先走到依蕤的住處，整幢房子都黑了，然後一路走，一路怨造物對他不公平。回家之後就給依蕤寫了封長信。作者並沒有透露信的內容。

結果孫起先還是不答應，後來終於應承和汪結婚：而最後的一句話卻是：「你回去吧，我心裡難受死了！」這句話汪不懂，顧彥卻是懂的。第二天上課時，覺得天昏地黑，只好回家去睡覺，醒回來時，發現依蕤壓在他的身上：

> 八個星期，又長又熱又悶又叫人乾渴的夏天，這時兩人才找到泉源。

他們起來後也不開燈，「顧彥對著懷耿的空床，依蒓對著窗」。懷耿的空床是一個極好的電影特寫：「空鏡頭」。顧彥想去對懷耿說明，依蒓不肯，認為這是她分內的事。

可是顧仍然一人到處亂走，並且在公園中預習如何對汪解釋。結果汪根本當晚沒有回家，過一天打電話到荷花亭，說是不在，本人再趕到荷花亭去，明明在，也回說他不在。

汪在顧離開之後，出來大喝其酒，後來又到酒吧去，越想越不是滋味。這一切都算了，可是他忍受不了這種被愚弄的侮辱。他自己雖然避開他們，可是時常在晚上去窺察：

> 兩人似乎都瘦了，但是兩人都是在一種看不到別人的境界裡。

這才使他忍無可忍，寫了封信到移民局去告密：說顧彥以學生的身分做工。就是這樣，這封信還是喝了好幾杯酒之後才一咬牙丟進信筒裡去的。

本節的結尾是汪偶然碰見孫依蒓。孫依蒓輕描淡寫的告訴他：顧彥有一信封郵票要交給他，因為顧說他是集郵票的。汪兩次想問顧的情況，都給孫支吾開了。這篇中篇就在一個沒有結局的情況下結束。

本節的寫法因場景的跳動而顯得突兀（jerky），與第二和第三兩節不同，比較上接近第一節，可是汪與顧二人的心情都非常緊張而充滿矛盾，所以比第一節還要沉重。

後語

仔細讀完〈友誼〉之後，有幾點值得一提：

1.冷嘲（irony）——小說的題目就是極大的嘲弄。友誼？在那裡？最要好的朋友竟然決裂了？整篇的精神也富於冷嘲，這也是現代文學特徵之一。

2.宿命論（fatalism）——作者的想法令人覺得人在造物主的決定之下逃不掉那不可避免的命運。儘管顧彥想盡方法自制、逃避，到最後還是和孫依蒓相愛。如果顧彥比汪懷耿漂亮、有錢、有地位，那倒也罷了，偏偏又都不是。這不是命運，是什麼？

3.譬喻（metaphor）——作者運用譬喻很成功，現在隨便舉幾個例：

（1）第一節——「萬回克快道上的車，像吸鐵石中串連著的釘子，一根銜接一根，停頓比移動的時候多。」這非要在大廈的屋頂或天空中才會觀察得到，真是鮮明生動而貼節。

（2）第二節——「過去懷耿屢次向她暗示，她只好佯作不解。現在懷耿要出國，好似暗室裡開了一扇門，看見光亮與路線了。」這比較俗氣，但相當自然，使讀者不覺得是譬喻。

（3）第三節——「（電話）接通之後，好像忽然打開了窗戶把過多的熱氣放掉似的，兩人都自然得多。」這裡的作用和前面一例很相近。

（4）第四節——「沿草地上端一排粉白的山茱萸，小花猶如凝止的蝴蝶，千萬隻，停在春天悄靜懶散的午後。」這裡是在純寫景，允許作者賣弄一下，寫出這樣一個富於裝飾性的譬喻。

譬喻是一個好作家的試金石之一，以上所舉的例子只不過想證明作者如何注意譬喻的運用。

讀完〈友誼〉之後的一個總印象是：結構非常謹嚴，伏線，前後的呼應，該明說與避而不說的都按照一個整體計畫實行。在某一點上說來，〈友誼〉極像室內音樂的鋼琴三重奏：孫依蒓像鋼琴，因為可以和任何樂器配合；汪懷耿像小提琴，輕而活潑；顧彥則像大提琴，厚而深沉。

我們還可以拿這譬喻推遠一步：〈友誼〉的四節正像一首〈奏鳴曲〉的四個樂章：

第一樂章——快速的奏鳴曲式

第二樂章——慢速的浪漫曲式（Romance）

第三樂章——中速的小步舞曲（Minuet）

第四樂章——急速的奏鳴曲式或輪旋曲式（Rondo）

這個標準的奏鳴曲形式，用來形容〈友誼〉真是最合適也沒有了，連每一樂章的情調和節拍都相符合。

這首〈友誼〉奏鳴曲一共有三個主要旋律（Melody）：顧與汪的友誼；汪與孫的愛情；孫與顧的愛情。三者來回反覆出現，當然有時是變調。同時，因為作者的冷嘲，這首奏鳴曲與其說是長調，不如說是短調，可是它是如此之動聽，以致曲終之後，仍舊餘音嫋嫋不絕。

——選自於梨華《秋山又幾重》

臺北：允晨文化公司，2010 年 1 月

輯五◎

研究評論資料目錄

作家生平、作品評論專書與學位論文

專書

1. 於梨華著；哈迎飛，呂若涵編　　人在旅途：於梨華自傳　南京　江蘇文藝出版社　**2000年1月　347頁**

本書為於梨華自傳。全書共 7 章：1.生平自述；2.苦難中成長；3.留美生活；4.歸去來兮；5.大陸探親；6.人在旅途；7.我的創作。正文後附錄〈於梨華著作簡目〉。

學位論文

2. 周淑瑾　　於梨華文學作品與海外華人的再社會化　福州大學社會學系　碩士論文　林怡，汪毅夫，牛康教授指導　**2002年　56頁**

本論文運用「文化變遷論」、「文化同化論」、「文化熔爐論」、「多元文化論」以及「跨文化適應論」，進行文獻調查和統計歸類，採用定量分析與定性分析相結合的研究方法來研究於梨華文學作品中海外華人的再社會化問題。全文共6章：1.再社會化的概念及其理論綜述；2.於梨華文學作品及其研究價值；3.於梨華文學作品中海外華人的再社會化特點；4.再社會化過程中的文化適應分析；5.於梨華作品中海外華人再社會化模式分析；6.總結。

3. 林翠真　　臺灣文學中的離散主題——以聶華苓及於梨華為考察對象　靜宜大學中國文學系　碩士論文　邱貴芬教授指導　**2002年7月　118頁**

本論文藉由理論「離散」及文本的交互作用，詮釋聶華苓及於梨華的小說文本。全文共 5 章：1.緒論；2.從臺灣文學主體性的空白頁看聶華苓及於梨華如何介入臺灣文學場域；3.顛躓於記憶離散的想像空間：《又見棕櫚又見棕櫚》的離散閱讀；4.《桑青與桃紅》的女性離散美學；5.結論。

4. 徐　迎　　於梨華小說的「自我書寫」　蘇州大學現當代文學所　碩士論文　曹惠民教授指導　**2005年　46頁**

本論文從於梨華的生命歷程進行探討，藉由「自我書寫」的敘事模式論述於梨華的創作生涯，進而討論其作品風格的轉變。全文共3章：1.「自我書寫」的敘事模式；2.「自我書寫」的獨特意象；3.「自我書寫」與文化衝突。

5. 韓文霞　　論於梨華作品中「根」的意識　西南大學中國現當代文學所　碩士論文　董小玉教授指導　**2006年　42頁**

本論文從「根」這個角度，藉由失根——戀根——尋根這條主線，對於梨華作品進行探討，並由文學、歷史與時代的關係，定位於梨華在文學史的地位。全文共 3 章：1.困惑掙扎中的失根；2.痛定思痛後的戀根；3.異質文化環境中的尋根。

6. 孫　敏　　異質文化語境下的身分書寫——美籍華裔女作家於梨華、湯亭亭、嚴歌苓及其文本研究　延邊大學中國現當代文學所　碩士論文　馬金科教授指導　2007 年 5 月　41 頁

本論文性別和文化為視角，以於梨華、湯亭亭、嚴歌苓展開討論，用後殖民主義文化研究與女性主義文學批評結合的方法進行研究；揭示美籍華裔女性作家作品之中的社會及文化結構，闡明女性作家筆下的身分尋求過程。全文共 4 章：1.緒論；2.當代美籍華裔女性文學的身分建構；3.當代美籍華裔女性文學身分書寫的文本策略；4.結論。

7. 楊芝峰　　於梨華留學生文學創作心態與主題的嬗變　南昌大學中國現當代文學所　碩士論文　張俏靜教授指導　2007 年 5 月　43 頁

本論文對於梨華整個創作過程進行分期梳理，從其每個階段不同的創作心態入手，以發展的眼光來研究其創作主題嬗變的軌跡，揭示她不同於其他作家的創作特色及其創作的歷史意義。全文共 4 章：1.引言；2.創作早期：無根者心態；3.創作中期：探索與回歸的心態；4.創作近期：平和而開放的心態。

8. 周世欣　　遊子心・懷鄉情——於梨華小說研究　雲林科技大學漢學資料整理研究所　碩士論文　王美秀，馬森教授指導　2007 年 6 月　122 頁

本論文以「遊子心」和「懷鄉情」為線索，對於梨華的小說進行較為全面的分析。全文共 6 章：1.緒論；2.無根的一代：於梨華生平及創作背景；3.於梨華小說中的主題意識：懷舊、離鄉、生根、回歸；4.於梨華小說中的人物群像；5.於梨華小說中的寫作特色；6.結論。

9. 吳孟琳　　流放者的認同研究——以聶華苓、於梨華、白先勇、劉大任、張系國為研究對象　清華大學中國文學系　碩士論文　呂正惠教授指導　2008 年 1 月　113 頁

本論文由 1949 年前後，遷臺的外省軍民裡在大陸出生，少年時期在臺灣度過，在崇美的留學風潮下又遠赴美國這些族群中，擇取聶華苓、於梨華、白先勇、劉大任以及張系國五位作家，來呈現多重認同的問題。全文共 5 章：1.緒論；2.流亡曲；3.放逐之歌；4.尋根熱；5.結語：多重認同的問題。

10. 胡春暉　邊緣化「失根」的焦慮與邊緣處「植根」的洞觀——於梨華、嚴歌苓小說比較論　湖南師範大學現當代文學所　碩士論文　吳培顯教授指導　2008年1月　79頁

本論文以美國華文文學為範疇，選取50、60年代臺灣的留學生作家群和80、90年代大陸的新移民作家群的創作，兩大群體中的於梨華、嚴歌苓進行比較研究，採用的性別和文化雙重視角，探討二人所面臨的性別、民族、國家等問題。全文共4章：1.緣化的「失根」焦慮與女性言說；2.「失根一代」的感傷與文化超越的覺醒；3.對立而互補的文化視角與人性洞觀；4.美華文學的主題及其作家心態的流變。

11. 李秋麗　尋求者的精神祕史——臺灣留學生小說人物論　蘇州大學　碩士論文　曹惠民教授指導　2008年1月　61頁

本論文選取臺灣留學生文學重要作家：於梨華、聶華苓、白先勇、陳若曦、趙淑俠等的小說作品，分析創作者的身分變化、特殊境遇以及複雜矛盾的思想情感，反映在創作題材中所呈現的留學與旅外色彩。全文共5章：1.引言；2.追尋中的精神軌跡；3.參照下的文化意涵；4.融匯中的表達策略；5.結語。

12. 張治慧　於梨華小說研究　中國文化大學中國文學系　碩士論文　羅賢淑教授指導　2008年6月　157頁

本論文全面分析於梨華的小說作品，從她的小說風格中體認她細膩的文思，多元化的筆觸，以及關懷人性的本質。全文共7章：1.緒論；2.生平及創作歷程；3.於梨華早期小說探析；4.於梨華後期小說探析；5.於梨華小說的主題；6.於梨華小說的寫作風格；7.結論。

13. 趙敏玉　孤獨的飄零——論於梨華小說中華人知識分子的生存困境　南京師範大學中國語言文學，比較文學與世界文學所　碩士論文　李志教授指導　2009年4月　39頁

本論文以於梨華比較關注的學界、知識分子等為立足點，結合後殖民主義、女性主義等批判理論來考察其作品中華人知識分子在中西文化衝突中的生存困境和導致這種困境的原因。全文共3章：1.中西文化衝突下的認同危機；2.女性知識分子的雙重困境；3.在民族國家意識中尋找出路。

14. 李　倩　失根・尋根・生根——於梨華留學生小說主題論　東北師範大學中國現當代文學所　碩士論文　張文東教授指導　2009年5月　31

頁

本論文通過分析於梨華的作品，研究她們這一代旅美華人的生活和心靈狀況，對20 世紀 50、60 年代的臺灣留學所經歷的生活和精神上的無根、尋根、生根的發展歷程做全面的分析總結。全文共 3 章：1.無根的漂泊；2.尋根的執著；3.異域土地上「生根」的抉擇。

15. 尹雪智　文化身份疊合下的自我認同——於梨華小說研究　西南交通大學中國現當代文學所　碩士論文　李自芬教授指導　2009 年 11 月　71 頁

本論文以於梨華的小說為研究，從文化研究角度，結合文本敘事分析，探討作品中留學生的自我認同問題。通過他們對生命的不斷發問和求索，在作家因疊合身分帶來的複雜體驗中展現旅美華人作為「華人」的獨特生存境遇和生命困惑。全文共 4 章：1.緒論；2.叩問民族身份之根；3.叩問個體身份之根；4.叩問生命之根。

16. 郭秋菊　同是天涯淪落人——於梨華、白先勇留學生小說創作比較論　河南大學中國現當代文學所　碩士論文　田銳生教授指導　2010 年 5 月　47 頁

本論文從時代背景，政治背景，文化背景及相似的經歷方面對於梨華、白先勇相同之處進行分析；探究從他們童年經歷（人生體驗）、留美心境、性別、婚姻狀況等方面的差異。全文共 4 章：1.緒論；2.同的境遇、共同的關注；3.創作個性在異中彰顯；4.相同與相異的原因探析。

17. 劉秋蘭　於梨華小說創作道路與主題嬗變之研究　淡江大學中國文學系　碩士論文　呂正惠，蘇敏逸教授指導　2010 年 6 月

本論文以社會、文化、內容三個層面的研究方式，就於梨華的個人經驗及其留學生小說內容進行分析、分類，透過各階段的主題精神探討與作品內容析論，重新審視於梨華在臺灣文學史上的定位。全文共 6 章：1.緒論；2.於梨華生平經歷與創作背景；3.「無根」時期（1963—1975）創作小說的主題表現；4.「尋根」、「歸根」時期（1975—1989）小說主題一轉變及其特色；5.「關注現實生活」時期（1989—）小說的主題內容與特色；6.結論。

18. 吳喬欣　成長・離散・性別——於梨華小說主題研究　屏東教育大學中國語文學系　碩士論文　余昭玟教授指導　2010 年 8 月　137 頁

本論文從女性的觀點出發，深入探討「成長」、「離散」、「性別」三個主題在於梨華的小說中的呈現。全文共 6 章：1.緒論；2.作家於梨華及其創作；3.於梨華小說中成長主題分析；4.於梨華小說的離散主題分析；5.於梨華小說中的性別主題分析；6.結論。

19. 張海豔　論 20 世紀中後期臺灣留美作家群創作中的美國形象——以於梨華、白先勇、聶華苓的創作為例　西南大學中國現當代文學所　碩士論文　何聖倫教授指導　2011 年 4 月　42 頁

本論文選取由臺灣赴美的華人作家是美國華文文學的重要創作群體其中較具代表意義的於梨華、白先勇、聶華苓三位作家作為討論對象，以其經典作品為文本，分析他們筆下帶有解構性色彩的美國形象。全文共 4 章：1.緒論；2.物質空間建構下的美國形象；3.精神維度下的美國形象；4.美國形象建構中的主體文化身份探尋。

20. 劉若舟　論於梨華小說中的身份意識　江西師範大學中國現當代文學所　碩士論文　陳懷琦教授指導　2012 年 6 月　37 頁

本論文將於梨華及她筆下人物分成身分迷失、身分探尋、超越身分局限三階段，通過分析身分意識的流變，以點帶面地勾勒出於梨華小說創作的發展軌跡，描繪海外華人的心路歷程，展示女性作家的蛻變和成長。全文共 3 章：1.「邊緣人」的身份迷失；2.探尋身份認同；3.超越身份局限。

21. 吳怡華　於梨華短、中篇小說美學研究　銘傳大學應用中國文學系碩士在職專班　碩士論文　江惜美教授指導　2012 年　203 頁

本篇論文以於梨華的短、中篇小說為研究對象。首先針對於梨華的生平經歷及創作背景作客觀的認識，了解其文風與創作思想；其次透過對文本的研究，進而分析、歸納作品中的主題思想與結構形式，展現於梨華在文學技巧上的藝術成就。全文共 6 章：1.緒論；2.於梨華的生平及創作；3.於梨華小說中的主題；4.於梨華小說中的形式；5.於梨華小說中的美感應用；6.結論。

22. 李曉鷗　論於梨華的留學生小說創作　廣西師範大學中國現當代文學所　碩士論文　雷銳教授指導　2014 年 6 月　58 頁

本論文在分析臺灣留學生文學發展的基礎上，挖掘於梨華本人在獨特的時代歷史條件下，經歷的雙重放逐的人生遭遇，觀察「邊緣人」的特殊體驗，如何造就了她留學生小說創作的心理和文化背景。全文共 4 章：1.於梨華與中國二十世紀留學生文學；2.梨華留學生小說中的文化困境；3.於梨華留學生小說的藝術追求；4.於梨華留學生小說的書寫意義。

作家生平資料篇目

自述

23. 於梨華　《歸》自序　文星　第71期　1963年9月　頁58
24. 於梨華　自序　歸　臺北　文星書店　1963年9月　頁1—4
25. 於梨華　自序　歸　臺北　大林出版社　1969年11月　頁1—4
26. 於梨華　自序　歸　臺北　皇冠出版社　1970年10月　頁7—10
27. 於梨華　自序　歸　臺北　皇冠出版社　1989年1月　頁15—18
28. 於梨華　自序　也是秋天　臺北　文星書店　1964年6月　頁1—2
29. 於梨華　自序　也是秋天　臺北　皇冠出版社　1970年10月　頁7—8
30. 於梨華　自序　也是秋天　臺北　皇冠出版社　1989年2月　頁13—14
31. 於梨華　後記　又見棕櫚，又見棕櫚　臺北　皇冠出版社　1967年12月　頁405
32. 於梨華　후기〔後記〕　又見棕櫚，又見棕櫚　首爾　ZMANZ出版社　2013年12月　頁498
33. 於梨華　歸去來兮　白駒集　臺北　仙人掌出版社　1969年3月　頁1—5
34. 於梨華　後記　會場現形記　臺北　志文出版社　1972年7月　頁198—200
35. 於梨華　寫在《考驗》之後　中國時報　1974年11月22日　12版
36. 於梨華　後記　考驗　臺北　大地出版社　1974年11月　頁399—400
37. 於梨華　後記　考驗　臺北　皇冠出版社　1991年4月　頁413—414
38. 於梨華　《考驗》在中國出版的一些感想　考驗　北京　人民文學出版社　1982年3月　頁363—364
39. 於梨華　前言，也是後語——序《傅家的兒女們》　傅家的兒女們　香港　天地圖書有限公司　1978年3月　頁1—4
40. 於梨華　前言，也是後語——序《傅家的兒女們》　傅家的兒女們　臺北　皇冠出版社　1988年11月　頁9—12

41. 於梨華　轉眼二十五年——《於梨華作品集》總序　夢回青河　臺北　皇冠出版社　1988年11月　頁5—8
42. 於梨華　轉眼二十五年——《於梨華作品集》總序　傅家的兒女們　臺北　皇冠出版社　1988年11月　頁5—8
43. 於梨華　轉眼二十五年——《於梨華作品集》總序　柳家莊上　臺北　皇冠出版社　1988年12月　頁5—8
44. 於梨華　轉眼二十五年——《於梨華作品集》總序　歸　臺北　皇冠出版社　1989年1月　頁5—8
45. 於梨華　轉眼二十五年——《於梨華作品集》總序　尋　臺北　皇冠出版社　1989年1月　頁5—8
46. 於梨華　轉眼二十五年——《於梨華作品集》總序　也是秋天　臺北　皇冠出版社　1989年2月　頁5—8
47. 於梨華　轉眼二十五年——《於梨華作品集》總序　會場現形記　臺北　皇冠出版社　1989年2月　頁5—8
48. 於梨華　轉眼二十五年——《於梨華作品集》總序　相見歡　臺北　皇冠出版社　1989年3月　頁5—8
49. 於梨華　轉眼二十五年——《於梨華作品集》總序　雪地上的星星　臺北　皇冠出版社　1989年3月　頁5—8
50. 於梨華　轉眼二十五年——《於梨華作品集》總序　又見棕櫚，又見棕櫚　臺北　皇冠出版社　1989年3月　頁5—8
51. 於梨華　轉眼二十五年——《於梨華作品集》總序　記得當年來水城　臺北　皇冠出版社　1989年4月　頁5—8
52. 於梨華　轉眼二十五年——《於梨華作品集》總序　燄　臺北　皇冠出版社　1989年5月　頁5—8
53. 於梨華　轉眼二十五年——《於梨華作品集》總序　三人行　臺北　皇冠出版社　1989年5月　頁5—8
54. 於梨華　轉眼二十五年——《於梨華作品集》總序　變　臺北　皇冠出版社

1989 年 6 月　頁 5—8

55. 於梨華　轉眼二十五年——《於梨華作品集》總序　誰在西雙版納　臺北　皇冠出版社　1989 年 8 月　頁 5—8

56. 於梨華　轉眼二十五年——《於梨華作品集》總序　考驗　臺北　皇冠出版社　1991 年 4 月　頁 5—8

57. 於梨華　轉眼二十五年　屏風後的女人　北京　人民文學出版社　1999 年 6 月　頁 467—470

58. 於梨華　《夢回青河》廿五歲序　夢回青河　臺北　皇冠出版社　1988 年 11 月　頁 9—10

59. 於梨華　開場白（代序）　尋　廣州、香港　花城出版社、生活・讀書・新知三聯書店香港分店　1987 年 2 月　頁 1—3

60. 於梨華　開場白（代序）　尋　臺北　皇冠出版社　1989 年 1 月　頁 9—11

61. 於梨華　《相見歡》後的幾句話　相見歡　臺北　皇冠出版社　1989 年 3 月　〔1〕頁

62. 於梨華　西雙版納之行（序）　誰在西雙版納　臺北　皇冠出版社　1989 年 8 月　頁 10—11

63. 於梨華　她是我筆下最難忘的人物——序《一個天使的沉淪》　一個天使的沉淪　臺北　九歌出版社　1996 年 11 月　頁 1—3

64. 於梨華　她是我筆下最難忘的人物——序《一個天使的沉淪》　一個天使的沉淪　北京　人民文學出版社　1999 年 6 月　頁 1—2

65. 於梨華　她是我筆下最難忘的人物　小三子，回家吧　臺北　停雲出版社　2015 年 11 月　頁 427—428

66. 於梨華　探母有感　聯合報　1997 年 6 月 18 日　41 版

67. 於梨華　把各種女性介紹給讀者（後記）　屏風後的女人　臺北　九歌出版社　1998 年 3 月　頁 247—248

68. 於梨華　海外華文作家面臨的挑戰　文學自由談　1998 年第 6 期　1998 年 11 月　頁 96—99

69. 於梨華　三十五年後的牟天磊　文訊雜誌　第 172 期　2000 年 2 月　頁 38—39

70. 於梨華　三十五年後的牟天磊　又見棕櫚，又見棕櫚　臺北　停雲出版社　2015 年 6 月　頁 401—404

71. 於梨華　後記　別西冷莊園　臺北　瀛舟出版社　2000 年 9 月　頁 245—251

72. 於梨華　一瞬間・五十年　臺大八十，我的青春夢　臺北　臺灣大學出版中心　2008 年 11 月　頁 16—24

73. 於梨華　自說自話——序《秋山又幾重》　秋山又幾重　臺北　允晨文化公司　2010 年 1 月　頁 5—13

他述

74. 朱小燕　有志竟成的於梨華　婦友月刊　第 105 期　1963 年 6 月 10 日　頁 18—19

75. 李　敖　於梨華和她的小說　文星　第 80 期　1964 年 6 月　頁 69—70

76. 李　敖　於梨華和她的小說　教育與臉譜　臺北　文星書店　1964 年 8 月　頁 209—223

77. 李　敖　於梨華和她的小說　李敖全集　臺北　四季出版公司　1980 年 10 月　頁 593—599

78. 余範英　於梨華歡迎會記盛　徵信新聞報　1967 年 7 月 14 日　9 版

79. 〔文壇〕　封面介紹——於梨華　文壇　第 86 期　1967 年 8 月　頁 9

80. 穆中南　介紹於梨華女士及其他　文壇　第 86 期　1967 年 8 月　頁 9

81. 〔編輯部〕　作者簡介　白駒集　臺北　仙人掌出版社　1969 年 3 月　頁 1—2

82. 林海音　中國作家在美國——於梨華　作客美國　臺北　大林書店　1969 年 6 月　頁 170

83. 〔現代文學〕　於梨華簡介　現代文學　第 38 期　1969 年 7 月　頁 118—119

84. 范思綺　滿握魚與熊掌的於梨華　純文學　第41期　1970年5月　頁71
85. 程榕寧　於梨華的夢、寫作和家庭　大華晚報　1972年1月9日　4版
86. 黃　姍　《又見棕櫚》後的於梨華　今日世界　第478期　1972年2月　頁24—25
87. 夏祖麗　熱情敏感的於梨華　她們的世界　臺北　純文學出版社　1973年1月　頁13—18
88. 朱西甯　作家速寫——千手觀音　朱西甯隨筆　臺北　水芙蓉出版社　1975年5月　頁34—35
89. 朱西甯　作家速寫——千手觀音　微言篇　臺北　三三書坊　1981年1月　頁40—41
90. 逯耀東　望月樓手記之三十二——與於梨華談「兒女情長」　聯合報　1975年12月4日　12版
91. 凌風立　「小於」小姐的故事——和於梨華女士談原則問題　聯合報　1976年7月11日　12版
92. 季　路　介紹三位臺灣作家——於梨華　文教資料簡報　1979年第11期　1979年11月　頁83
93. 陸士清　星・心——旅美作家於梨華剪影　文匯增刊　1980年第1期　1980年1月　頁38
94. 余一方　給於梨華小姐的一封信　中央日報　1980年5月21日　10版
95. 周　錦　中國新文學第四期的特出作家〔於梨華部分〕　中國新文學簡史　臺北　成文出版社　1980年5月　頁260—261
96. 曾敏之　於梨華在香港　羊城晚報　1980年7月21日　1版
97. 陸士清　笑留下的……——於梨華來訪印象記　當代文學　1981年第1期　1981年1月　頁184
98. 鄺白曼　於梨華主要作品集在香港發行　當代文學　1981年第1期　1981年1月　頁205
99. 羅　子　問得好！——於梨華在「川大」受辱記　中央日報　1981年12月

26日　12版

100. 白舒榮　眺望大陸，心向祖國——記於梨華　當代文學史料研究叢刊　1983年第3期　1983年3月　頁162

101. 齊邦媛　於梨華　中國現代文學選集（小說卷）　臺北　爾雅出版社　1983年7月　頁175

102. 〔王晉民，鄺白曼編〕　於梨華　臺灣與海外華人作家小傳　福州　福建人民出版社　1983年9月　頁238—242

103. 郭景春　於梨華和她的失根青年形象　文學知識　1985年第4期　1985年4月　頁11

104. 白舒榮　夜日山河魂夢縈——於梨華　十位女作家　北京　群眾出版社　1986年4月　頁229—251

105. 〔編輯部〕　於梨華小傳　尋　廣州、香港　花城出版社、生活・讀書・新知三聯書店香港分店　1987年2月　頁314—315

106. 姜　穆　無格作家　解析文學　臺北　黎明文化公司　1987年10月　頁27—38

107. 〔編輯部〕　關於於梨華　考驗　臺北　皇冠出版社　1991年4月　頁415—416

108. 林海音　「野女孩」〔於梨華〕和「嚴肅先生」〔何凡〕　隔著竹簾兒看見她　臺北　九歌出版社　1992年5月　頁118—125

109. 林海音　「野女孩」和「嚴肅先生」　林海音作品集・春聲已遠　臺北　遊目族文化公司　2000年5月　頁120—126

110. 李翠瑩　於梨華為百萬鉅著勤奔波　中國時報　1991年5月31日　27版

111. 邱　婷　走過滄桑於梨華不改創作熱忱　民生報　1992年6月6日　29版

112. 黎大康　沉醉東風於梨華夢醒中國　聯合晚報　1992年7月3日　15版

113. 潘亞暾　身在海外，心存故園——記於梨華　世界華文女作家素描　廣州　暨南大學出版社　1993年3月　頁343—350

114. 趙紅英，張秀明編著　美國華文作家於梨華　海外華人婦女名人風采錄

北京　中國華僑出版社　1995 年 6 月　頁 288—292

115. 白舒蓉　於梨華　20 世紀中國著名女作家傳（下）　北京　中國文聯出版公司　1995 年 8 月　頁 339—356

116. 〔九歌雜誌〕　書緣・書香〔於梨華部分〕　九歌雜誌　第 188 期　1996 年 11 月　4 版

117. 〔九歌雜誌〕　書緣・書香〔於梨華部分〕　九歌雜誌　第 189 期　1996 年 12 月　4 版

118. 張夢瑞　於梨華・筆耕永不輟・返臺慶祝母親九十大壽・年逾耳順猶盼寫作再創佳績　民生報　1997 年 4 月 17 日　34 版

119. 徐淑卿　於梨華誠實痴迷地寫下去　中國時報　1997 年 4 月 24 日　43 版

120. 〔九歌雜誌〕　書緣・書香〔於梨華部分〕　九歌雜誌　第 194 期　1997 年 5 月　4 版

121. 安　華　於梨華寫作成癮　出版參考　1997 年第 11 期　1997 年 6 月 1 日　頁 11—12

122. 趙爾宛　綺霞麗天・輝映半壁——海外華文女作家協會與創作論述〔於梨華部分〕　成都教育學院學報　1999 年第 1 期　1999 年 6 月　頁 11

123. 古遠清　於梨華「冷凍」在臺灣白色恐怖年代裡　炎黃春秋　2001 年第 11 期　2001 年 11 月　頁 66—67

124. 古遠清　於梨華：「冷凍」在白色恐怖的年代裡　古遠清自選集　吉隆坡　馬來西亞爝火出版社　2002 年 5 月　頁 157—159

125. 古遠清　於梨華：「冷凍」在白色恐怖年代裡　幾度飄零：大陸赴臺文人浮沉錄　桂林　廣西師範大學出版社　2010 年 2 月　頁 201—204

126. 李令儀　於梨華 72 歲還在寫　聯合報　2002 年 11 月 8 日　14 版

127. 丁文玲　又見於梨華　中國時報　2002 年 11 月 24 日　33 版

128. 張夢瑞　於梨華痴迷寫作　中華日報　2005 年 5 月 25 日　23 版

129. 師　範　以文會友少年遊——《野風》吹起時——於梨華：不是上司的女

兒　文訊雜誌　第268期　2008年2月　頁56—59

130. 師　範　於梨華：不是上司的女兒　紫檀與象牙：當代文人風範　臺北　秀威資訊科技公司　2010年5月　頁17—24

131. 葉石濤　七〇年代臺灣文學的回顧〔於梨華部分〕　葉石濤全集・隨筆卷二　臺南，高雄　國立臺灣文學館，高雄市文化局　2008年3月　頁42

132. 〔封德屏主編〕　於梨華　2007臺灣作家作品目錄　臺南　國立臺灣文學館　2008年7月　頁402—403

133. 古遠清　臺灣文壇六十年來文學事件掠影——封殺於梨華　新地文學　第28期　2014年6月　頁180

134. 馬　森　臺灣的現代小說與海外作家的回歸〔於梨華部分〕　世界華文新文學史——中國現代文學的兩度西潮（下編）・分流後的再生：第二度西潮與現代／後現代主義　臺北　印刻文學生活雜誌出版公司　2015年2月　頁1005—1006

135. 於幼華　歷久彌新的「牟天磊」——致《又見棕櫚又見棕櫚》五十週年精選版　中華日報　2015年6月3日　B4版

136. 於幼華　歷久彌新的「牟天磊」——致《又見棕櫚又見棕櫚》五十週年精選版　又見棕櫚，又見棕櫚　臺北　停雲出版社　2015年6月　頁405—411

訪談、對談

137. 王洪鈞　「我……能寫了……」——訪問美創作徵文首獎得者於梨華　中央日報　1956年9月5日　3版

138. 殷允芃　又見於梨華[1]　幼獅文藝　第187期　1969年7月　頁65—80

139. 殷允芃　又見於梨華　從真摯出發　臺中　普天出版社　1971年3月　頁85

140. 殷允芃　又見於梨華　中國人的光輝及其他——當代名人訪問錄　臺北

[1]本文後改篇名為〈於梨華創作談〉。

志文出版社　1971年6月　頁107—124
141. 殷允芃　於梨華創作談　人在旅途：於梨華自傳　南京　江蘇文藝出版社　2000年1月　頁332—354
142. 陳長華　夢回青河・又見棕櫚・當年於梨華——職業主婦・教書消遣・寫作是生涯　聯合報　1971年12月17日　3版
143. 司馬桑敦　訪於梨華　純文學　第56期　1971年8月　頁108—114
144. 史中興，褚鈺泉　出色的「嚮導」——訪於梨華　文匯報　1980年6月26日　2版
145. 朱岩等[2]　於梨華暢談生平　集萃　1981年第1期　1981年1月　頁2
146. 林承璜　海外女作家的深情——訪於梨華　福建文學　1981年第1期　1981年1月　頁55
147. 〔文學報〕　永遠的日影——於梨華談創作和婚姻狀況　文學報　1988年9月8日　2版
148. 方　連　愛就是在那裡——訪於梨華　世界博覽　1990年第10期　1990年10月　頁7—9
149. 於幼華　又見梨華（上、中、下）　聯合報　1991年12月20—22日　25版
150. 譚興國　會見於梨華——旅美散記　當代文壇　1994年第6期　1994年11月　頁60—64
151. 馮季眉　她要為女性而寫——在紐約專訪於梨華談她的新作〈小三子，回家吧！〉　中華日報　1995年7月29日　14版
152. 丹　虹　於梨華的鎮海情節　文化交流　2002第6期　2002年6月　頁20—21
153. 張夢瑞　伴新作於梨華露面，樂聞讀者猶記舊作　民生報　2002年11月8日　A13版
154. 廖玉蕙　又見於梨華（上、下）　中央日報　2003年7月3—4日　17版

[2]與會者：朱岩、黎活仁、杜漸、傅昭義、劉于斯、丘虹。

155. 廖玉蕙　又見於梨華　打開作家的瓶中稿：再訪捕蝶人　臺北　九歌出版社　2004年5月　頁89—106
156. 朱國梁　於梨華：我的故事一輩子寫不完　大眾電影　2005年第3期　2005年2月1日　頁28—30
157. 林麗如　又見棕櫚——專訪於梨華　文訊雜誌　第286期　2009年8月　頁26—33
158. 姚嘉為　揮之不去的疏離——留學生文學領頭雁於梨華　在寫作中還鄉　臺北　允晨文化公司　2011年10月　頁77—100
159. 傅士玲　鏗鏘玫瑰・嬌柔卻有鋼鐵般敏銳——專訪於梨華　中華日報　2013年5月22日　B7版
160. 傅士玲　鏗鏘玫瑰——嬌柔卻有鋼鐵般的敏銳——走訪於梨華　文綜　第27期　2014年3月　頁46—50

年表

161. 哈迎飛，呂若涵編　於梨華著作簡目　人在旅途：於梨華自傳　南京　江蘇文藝出版社　2000年1月　頁346—347

其他

162. 〔天聲日報〕　轟動美國文壇的一篇創作——「揚子江頭幾多愁」——於梨華榮獲美創作徵文首獎・且看這位中國少女奮鬥經過　天聲日報　1956年9月13日　2版
163. 〔徵信新聞報〕　第三屆嘉新新聞獎得獎名單公佈——於梨華作「又見棕櫚又見棕櫚」本報推薦獲文藝創作獎　徵信新聞報　1967年6月16日　2版
164. 〔徵信新聞報〕　「夢回青河」將搬上銀幕　徵信新聞報　1967年6月17日　8版
165. 〔徵信新聞報〕　於梨華今返國　徵信新聞報　1967年7月1日　2版
166. 〔徵信新聞報〕　名小說家於梨華明應邀發表演講——講題：我對中美文壇的觀感　徵信新聞報　1967年7月7日　8版

167. 〔徵信新聞報〕 嘉新新聞獎昨頒獎——於梨華代表得獎人致詞・盼鼓勵青年文藝工作者 徵信新聞報 1967 年 7 月 16 日 2 版
168. 〔民生報〕 李敖掀文星糾紛第二波・於梨華剛回國不表意見 民生報 1987 年 6 月 13 日 4 版
169. 〔民生報〕 李敖控於梨華・不起訴 民生報 1987 年 8 月 27 日 10 版
170. 〔民生報〕 於梨華作品將陸續重印 民生報 1988 年 11 月 15 日 14 版
171. 〔中國時報〕 於梨華為百萬鉅著勤奔波 中國時報 1991 年 5 月 31 日 27 版
172. 瑞 於梨華為東方婦女而寫作・11 月返臺參加女作家活動 民生報 1995 年 8 月 18 日 15 版
173. 朱 瑪 陳映真為一個歷史事件做圖像紀錄 聯合報 1997 年 6 月 19 日 41 版
174. 張夢瑞 伴新作於梨華露面・樂聞讀者猶記舊作 民生報 2002 年 11 月 8 日 A13 版
175. 詹宇霈 屬於詩的季節——於梨華獲頒榮譽文學博士 文訊雜誌 第 249 期 2006 年 7 月 頁 143

作品評論篇目

綜論

176. 余範英 於梨華談寫作——深入淺出，將個人與小說融為一體[3] 徵信新聞報 1967 年 7 月 5 日 3 版
177. 余範英 於梨華的寫作態度 文壇 第 86 期 1967 年 8 月 頁 10—11
178. 應未遲 又見棕櫚 藝文人物 臺北 空中雜誌社 1972 年 12 月 頁 25—26
179. 任 真 於梨華的寫作歷程 青年戰士報 1974 年 10 年 4 日 8 版
180. 楊昌年 於梨華 近代小說研究 臺北 蘭臺書局 1976 年 1 月 頁 569

[3]本文後改篇名為〈於梨華的寫作態度〉。

181. 蕭毅虹　於梨華何去何從　文藝月刊　第 80 期　1976 年 2 月　頁 36—38
182. 蕭毅虹　於梨華何去何從　蕭毅虹作品選・散文、評論集　臺北　絲路出版社　1994 年 4 月　頁 193—196
183. 李　薪　自沉的於梨華　青年戰士報　1976 年 4 月 1 日　11 版
184. 張葆莘　旅居海外的臺灣作家〔於梨華部分〕　新文學論叢　1980 年第 1 期　1980 年 3 月　頁 199—200
185. 白先勇　新大陸流放者之歌——美、加中國作家〔於梨華部分〕　聯合報　1981 年 3 月 15 日　8 版
186. 封祖盛　於梨華的探索　中山大學學報　1981 年第 1 期　1981 年 3 月　頁 32—41
187. 張　超　借歐美現代派之琴，唱中國流浪者之歌——論於梨華的創作　文學評論　1983 年第 4 期　1983 年 7 月　頁 79—87
188. 彥　火　於梨華與「留學生文學」　中報月刊　第 43 期　1983 年 8 月　頁 63—68
189. 彥　火　於梨華與留學生文學　特區文學　1984 年第 1 期　1984 年 2 月　頁 98
190. 封祖盛　聶華苓、於梨華、白先勇的創作　臺灣小說主要流派初探　福州　福建人民出版社　1983 年 10 月　頁 272—290
191. 梁若梅　於梨華的「留學生文學」　金城　1984 年第 1 期　1984 年 1 月　頁 130—132
192. 張良棟　論於梨華小說的語言藝術特色　廣州研究　1984 年第 5 期　1984 年 5 月　頁 64—68
193. 齊邦媛　江河匯集成海的六十年代小說〔於梨華部分〕　文訊雜誌　第 13 期　1984 年 8 月　頁 53—54
194. 齊邦媛　江河匯集成海的六〇年代小說——於梨華　霧漸漸散的時候　臺北　九歌出版社　1998 年 10 月　頁 65—66
195. 王晉民　臺灣留學生文學的奠基者——於梨華及其《雪地上的星星》　文

藝新世紀　1985年第3期　1985年3月　頁45

196.〔文學報〕　留學生文學的鼻祖——於梨華　文學報　1985年6月20日　3版

197. 李達宏　可貴的探索精神——試論於梨華作品的創作特色　北京鋼鐵學院學報　1986年第1期　1986年1月　頁135—141

198. 楊　柳　於梨華與「臺灣留學生文學」　羊城晚報　1986年2月23日　4版

199. 劉菊香　於梨華　現代臺灣文學史　瀋陽　遼寧大學出版社　1987年12月　頁372—392

200. 劉菊香　於梨華和她的《夢回青河》　夢回青河　瀋陽　遼寧大學出版社　1988年1月　頁1—12

201. 汪景壽　於梨華　臺灣小說作家論　北京　北京大學出版社　1988年4月　頁123—148

202. 汪景壽　於梨華　臺灣文學的民族傳統：汪景壽選集　廣州　花城出版社　2012年10月　頁143—169

203.〔編輯部〕　編者說明　美國的來信——寫給祖國的青年朋友們　北京　人民日報出版社　1989年6月　頁1—3

204. 公仲，汪義生　60年代後期和70年代臺灣文學〔於梨華部分〕　臺灣新文學史初編　南昌　江西人民出版社　1989年8月　頁273—281

205. 莊美華　千樹萬樹梨花開——於梨華的寫作世界　皇冠　第429期　1989年11月　頁126—131

206. 莊美華　千樹萬樹梨花開——於梨華的寫作世界　華文文學　1991年第1期　1991年2月　頁151—154

207. 劉　俊　濃重的心理投影——論於梨華及其留學生題材小說　當代作家評論　1990年第1期　1990年2月　頁113—119

208. 劉　俊　濃重的心理投影——論於梨華及其留學生題材小說　從臺港到海外：跨區域華文文學的多元審視　廣州　花城出版社　2004年2

月 頁165—178

209. 韓偉岳 於梨華小說的女性作家氣質 浙江師大學報 1990年第2期 1990年4月 頁38—41，96

210. 齊邦媛 留學「生」文學——由非常心到平常心〔於梨華部分〕 千年之淚 臺北 爾雅出版社 1990年7月 頁151—158

211. 彭瑞金 埋頭深耕的年代（一九六〇——一九六九）——失根的流浪文學〔於梨華部分〕 臺灣新文學運動40年 臺北 自立晚報社 1991年3月 頁135

212. 陳 娟 於梨華與留學生文學 上海文論 1991年第6期 1991年6月 頁51—56

213. 黃重添，莊明萱，闕豐齡 現代派小說——現代文學的流行〔於梨華部分〕 臺灣新文學概觀（上） 廈門 鷺江出版社 1991年6月 頁109

214. 黃重添 長篇小說概述〔於梨華部分〕 臺灣新文學概觀（下） 廈門 鷺江出版社 1991年6月 頁41—42

215. 黃重添 「無根一代的代言人」於梨華 臺灣文學史（下） 福州 海峽文藝出版社 1993年1月 頁248—256

216. 黃重添，莊明萱，闕豐齡 「無根一代的代言人」於梨華 臺灣新文學概觀（上） 廈門 鷺江出版社 1991年6月 頁135—151

217. 賴伯疆 美洲華文文學方興未艾——美國華文文學〔於梨華部分〕 海外華文文學概觀 廣州 花城出版社 1991年7月 頁172—175

218. 王淑秧 根脈相連血相通——海峽兩岸的「尋根文學」比較〔於梨華部分〕 臺灣地區文學透視 西安 陝西人民教育出版社 1991年7月 頁168

219. 葉石濤 六〇年代的臺灣文學——無根與放逐〔於梨華部分〕 臺灣文學史綱 高雄 文學界雜誌社 1991年9月 頁133

220. 袁良駿 華文小說新領域・新開拓・新貢獻——於梨華長篇小說試論 臺

港與海外華文文學評論和研究　1991 年第 2 期　1991 年 9 月　頁 72—73

221. 袁良駿　華文小說新領域・新開拓・新貢獻——於梨華長篇小說試論　四海——臺港與海外華文文學　1992 年第 4 期　1992 年 4 月　頁 150—157

222. 袁良駿　華文小說新領域・新開拓・新貢獻——於梨華長篇小說試論　臺灣香港澳門暨海外華文文學論文選——第五屆臺灣香港澳門海外華文文學國際學術研討會　福州　海峽文藝出版社　1993 年 3 月　頁 384—392

223. 葉石濤　臺灣文學史綱——六〇年代的臺灣文學——無根與放逐〔於梨華部分〕　葉石濤全集・評論卷五　臺南，高雄　國立臺灣文學館，高雄市文化局　2008 年 3 月　頁 149

224. 〔金漢，馮雲青，李新宇主編〕　於梨華　新編中國當代文學發展史　杭州　杭州大學出版社　1993 年 1 月　頁 692—693

225. 黃重添　略論臺灣文學中的民族文化基因〔於梨華部分〕　臺灣香港澳門暨海外華文文學論文選　福州　海峽文藝出版社　1993 年 3 月　頁 119—120

226. 潘亞暾　尋覓者的酸甜苦辣——讀於梨華的新作有感　文論報　1993 年 5 月 22 日　2 版

227. 陳賢茂　於梨華的小說　海外華文文學史初編　廈門　鷺江出版社　1993 年 12 月　頁 579—591

228. 吳小如　張愛玲和於梨華　文學自由談　1994 年第 3 期　1994 年 2 月　頁 96—98

229. 蕭毅虹　痛惜於梨華　蕭毅虹作品選・散文、評論集　臺北　絲路出版社　1994 年 4 月　頁 242—246

230. 王晉民　美國華文小說概論〔於梨華部分〕　走向新世紀：第六屆世界文學國際學術研討會論文集　北京　人民文學出版社　1994 年 11 月

頁 115，120

231. 張　超主編　於梨華　臺港澳及海外華人作家辭典　江蘇　南京大學出版社　1994 年 12 月　頁 622—624

232. 張皖春　尋根者的困境——略論臺灣留學生文學〔於梨華部分〕　臺港與海外華文文學評論和研究　1994 年第 2 期　1994 年 12 月　頁 52—53

233. 盛　英　於梨華與留學生女作家叢甦、趙淑俠　二十世紀中國女性文學史　天津　天津人民出版社　1995 年 6 月　頁 1051—1058

234. 王淑秧　鄉土與尋根〔於梨華部分〕　揚子江與阿里山的對話——海峽兩岸文學比較　上海　上海文藝出版社　1995 年 12 月　頁 172，174

235. 江寶釵　臺灣現代派女性小說創作特色〔於梨華部分〕　臺灣文學發展現象：五十年來臺灣文學研討會論文集（二）　臺北　行政院文建會　1996 年 6 月　頁 154—155

236. 劉紅林　現代的傳統作家——談聶華苓、於梨華、白先勇的小說創作　世紀之交的世界華文文學——第八屆世界華文文學國際研討會論文集　南京　南京大學出版社　1996 年 9 月　頁 250—253

237. 陳慰萱　困惑與選擇：在兩個世界之間——美籍華人女作家查建英、譚愛梅、於梨華小說分析　國外社會科學　1997 年第 5 期　1997 年 5 月　頁 37—44

238. 古繼堂　臺灣當代小說創作——「留學生文學」和聶華苓、於梨華、趙淑俠等小說家　中華文學通史・當代文學編（9）　北京　華藝出版社　1997 年 9 月　頁 469—470

239. 皮述民　從反共小說到現代小說〔於梨華部分〕　二十世紀中國新文學史　臺北　駱駝出版社　1997 年 10 月　頁 330

240. 蔡雅薰　七〇年代留學生小說述論——以於梨華、白先勇、張系國作品為主　臺灣現代小說史研討會　臺北　行政院文建會主辦　1997 年

12月24—26日

241. 蔡雅薰　六、七〇年代留學生小說述論——以於梨華、白先勇、張系國作品為主　臺灣現代小說史綜論　臺北　行政院文建會，聯經出版公司　1998年12月　頁248—270

242. 袁良駿　海外華人的血淚與魂魄——談於梨華的小說藝術[4]　冷板凳集　北京　學苑出版社　1999年9月　頁370—380

243. 彭沁陽　視寫作為生命——於梨華和她的近作　世界華文文學　第70期　1999年11月　頁65—67

244. 許　晶　綠葉對根的眷戀——於梨華與留學生文學　中州學刊　1999年第6期　1999年11月　頁104—107，150

245. 劉　豔　從「無根放逐」到「落地生根」——評於梨華兼論其新作　美國華文文學論　濟南　山東文藝出版社　2000年5月　頁176—182

246. 鄭雅文　流浪者之歌——聶華苓和於梨華的異鄉客演繹　戰後臺灣女性成長小說研究——從反共文學到鄉土文學　中央大學中國文學系碩士論文　康來新教授指導　2000年6月　頁105—116

247. 樊洛平　於梨華——「無根一代」的感傷代言　臺港澳文學教程　上海　漢語大辭典出版社　2000年10月　頁107—111

248. 樊洛平　於梨華——「無根一代」的感傷代言　當代臺灣女性小說史論　鄭州　河南人民出版社　2005年2月　頁176—183

249. 樊洛平　於梨華——「無根一代」的感傷代言　當代臺灣女性小說史論　臺北　臺灣商務印書館　2006年4月　頁193—201

250. 樊洛平　臺灣旅外作家的創作——於梨華——「無根一代」的感傷代言　臺港澳文學教程新編　上海　復旦大學出版社　2013年1月　頁74—77

251. 劉　俊　論美國華文文學中的留學生題材小說——以於梨華、查建英、嚴歌苓為例　南京大學學報　2000年第6期　2000年11月　頁30

[4]本文綜論於梨華小說的藝術技巧。

—38

252. 劉 俊 論美國華文文學中的留學生題材小說——以於梨華、查建英、嚴歌苓為例 從臺港到海外：跨區域華文文學的多元審視 廣州 花城出版社 2004年2月 頁149—164

253. 蔡雅薰 六、七〇年代臺灣重要旅美作家作品論——於梨華 臺灣旅美作家之留學生小說及移民小說研究（1960—1999） 高雄師範大學國文學系 博士論文 何淑貞教授指導 2001年6月 頁206—215

254. 蔡雅薰 六、七〇年代臺灣重要旅美作家作品析論——於梨華（1931—） 從留學生到移民：臺灣旅美作家之小說析論 臺北 萬卷樓圖書公司 2001年12月 頁241—252

255. 張小弟 美國華文文學——於梨華的小說創作 五洲華人文學概況 太原 山西教育出版社 2001年10月 頁217—219

256. 陳芳明 六〇年代現代小說的藝術成就：留學生小說蔚為風氣：於梨華、歐陽子 聯合文學 第208期 2002年2月 頁162

257. 范銘如 來來來·去去去——六、七〇年代海外女性小說〔於梨華部分〕 眾裏尋她：臺灣女性小說縱論 臺北 麥田出版 2002年3月 頁137—140

258. 范銘如 來來來·去去去——六、七〇年代海外女性小說〔於梨華部分〕 眾裡尋她：臺灣女性小說縱論 臺北 麥田·城邦文化出版 2008年9月 頁137—140

259. 王 敏 臺灣現代派小說群的崛起——聶華苓、於梨華、陳若曦 簡明臺灣文學史 北京 時事出版社 2002年6月 頁321—323

260. 楊振寧 序 在離去與道別之間 臺北 瀛舟出版社 2002年11月 頁5—6

261. 楊振寧 序 在離去與道別之間 南昌 二十一世紀出版社 2003年4月 頁1

262. 朱立立　美華文學與臺灣作家群〔於梨華部分〕　華橋大學學報（哲學社會科學版）　2003 年第 3 期　2003 年 3 月　頁 66—69
263. 劉　豔　「落地生根」後的文化抉擇——兼談於梨華創作的文化品格　理論學刊　2003 年第 4 期　2003 年 7 月　頁 155—156
264. 王景山　於梨華　臺港澳暨海外華文作家辭典　北京　人民文學出版社　2003 年 7 月　頁 756—757
265. 傅建安　人性審視人文關懷　華文文學　2003 年第 4 期　2003 年 8 月　頁 30—32
266. 陳莉萍　一曲自我放逐的悲歌——論於梨華的「留學生文學」　寧波大學學報　第 16 卷第 3 期　2003 年 9 月　頁 50—53
267. 闕瀅芬　從於梨華、吉錚論「留學生文藝」之多元發展　東方人文學誌　第 2 卷第 3 期　2003 年 9 月　頁 235—252
268. 蘇益芳　五四文學精神的繼承與突破——戰後臺灣的現代文學發展——於梨華的小說　夏志清與戰後臺灣的現代文學批評　政治大學中國文學系　碩士論文　陳芳明教授指導　2004 年 4 月　頁 120—122
269. 潭光輝，何希凡　當代臺灣尋根小說的文化觀察〔於梨華部分〕　西南民族大學學報　2004 年第 4 期　2004 年 4 月　頁 70—71
270. 王小華　於梨華：原鄉「預設」下的追尋與失落　放逐與追尋——論「無根一代」作家群的原鄉敘事　浙江師範大學中國現當代文學所　碩士論文　范家進教授指導　2004 年 5 月　頁 4—11
271. 黃　河　試論 20 世紀留學生文學中的女性書寫〔於梨華部分〕　綏遠師專學報　2004 年第 2 期　2004 年 5 月　頁 76
272. 劉　俊　多姿多彩的美華留學生題材小說創作〔於梨華部分〕　文藝報　2004 年 8 月 10 日　2 版
273. 李　倩　於梨華留學生文學創作心靈嬗變的軌跡　渤海大學學報　2005 年第 2 期　2005 年 3 月　頁 24—26，91
274. 黃　華　女性身份的書寫與重構——試論當代海外華人女作家的身分書寫

〔於梨華部分〕 中華女子學院學報 2005年第2期 2005年4月 頁71

275. 古遠清 自我放逐的旅外作家——於梨華 分裂的臺灣文學 臺北 海峽學術出版社 2005年7月 頁70—71

276. 黃萬華 臺灣文學——小說（下）〔於梨華部分〕 中國現當代文學・第1卷（五四—1960年代） 濟南 山東文藝出版社 2006年3月 頁480—483

277. 李亞萍 自殺：解脫之途——美國華文作家筆下的死亡〔於梨華部分〕 當代文壇 2006年第2期 2006年3月 頁143—144

278. 李 凡 困惑與選擇——論於梨華小說中的女性困境書寫 中華女子學院學報 第19卷第3期 2007年6月 頁47—51

279. 錢 虹 從放逐到融入——美國華人文學的一個主題探究〔於梨華部分〕 華文文學 2007年第4期 2007年8月 頁45—51

280. 劉桂茹 論北美華人小說的「中國想像」——以湯亭亭、於梨華、張翎為中心 世界華文文學研究：理論與實踐——國際學術研討會論文集 香港 中國文化出版社 2007年8月 頁285—293

281. 劉桂茹 在中國記憶與北美經驗間游移——於梨華小說裡的華人離散群體 廈門理工學院學報 第15卷第4期 2007年12月 頁102—107

282. 劉 豔 海外華人女性視閾的文學書寫——以於梨華和嚴歌苓為例 理論與創作 第126期 2009年1月 頁73—76

283. 向憶秋 從邊緣處境想像美國：於梨華、白先勇小說美國形象 想像美國：旅美華人文學的美國形象 山東大學中國現當代文學研九所博士論文 黃萬華教授指導 2009年3月 頁138—152

284. 劉 豔 美國華文女性寫作的歷史嬗變——以於梨華和嚴歌苓為例 中國文學研究 2009年第4期 2009年4月 頁114—119

285. 徐 渭 「時代」與「人性」之間的不懈探索——於梨華小說的「家族史」閱讀 濟寧學院學報 第30卷第2期 2009年4月 頁28

—31

286. 陸　薇　綠葉對根的思念——試論於梨華與留學生文學　當代小說（新詩文）　2009年第10期　2009年10月　頁17—18

287. 任茹文　海外華文文學中的故土經驗與中國形象——以於梨華為中心　第十六屆世界華文文學國際學術研討會　武漢　世界華文文學會主辦　2010年10月17—20日

288. 向海燕　葉已落，何處是歸程——解讀於梨華小說中之「留學生」情愫　青春歲月　2010年第22期　2010年11月15日　頁26—27

289. 劉　豔　從文化鄉愁到家園記憶的歷史書寫——以於梨華和嚴歌苓為例　西南民族大學學報　2010年第1期　2010年　頁237—242

290. 李曉鷗　五四傳統的奇妙上演——當「臺灣無根的一代」表述文革〔於梨華部分〕　華文文學　第105期　2011年4月　頁35—40

291. 朱雙一　回歸傳統和關切現實：鄉土文學再出發——70年代鄉土文學的創作主題和實績——留學生文學的演變〔於梨華部分〕　臺灣文學創作思潮簡史　臺北　人間出版社　2011年5月　頁334—336

292. 周之涵　「無根一代」流散寫作的模式——於梨華：從「失根」到「歸根」　臺灣「無根一代」流散寫作研究　吉首大學文藝學所　碩士論文　李端生教授指導　2011年5月　頁6—8

293. 陳若曦　留學生小說的開山祖——於梨華　誰領風騷一百年——女作家　臺北　天下遠見出版公司　2011年9月　頁167—171

294. 王勛鴻　國族認同與女性主體建構——於梨華及其留學生文學論析　湖州師範學院學報　第34卷第3期　2012年6月　頁13—16，24

295. 李　倩　淺析於梨華小說中留學生漂泊異域的苦痛與迷惘　長春師範學院學報　第31卷第11期　2012年11月　頁101—102，73

296. 曾麗華　論於梨華短篇小說中的女性書寫　名作欣賞　2012年第36期　2012年12月　頁62—64

297. 陳學芬　離散與文學——於梨華（1931—）：從無根到紮根　自我與他

者：當代美華移民小說中的中美形象　河南大學中國現當代文學所　博士論文　李偉昉教授指導　2013 年 6 月　頁 38—46

298. 宮　芳　中西合璧、雅俗共賞、融傳統於現代——淺析於梨華小說的藝術特色　青年文學家　2013 年第 6 期　2013 年 6 月　頁 6—7

299. 劉桂茹　「想像中國」的方式——北美華人小說之觀察〔於梨華部分〕　江漢論壇　2013 年第 8 期　2013 年 8 月　頁 59—60

300. 朱芳玲　無／失根與放逐——六〇年代的留學生文學——沒有根的一代：於梨華　流動的鄉愁：從留學生文學到移民文學　臺南　國立臺灣文學館　2013 年 8 月　頁 21—27

301. 朱芳玲　遊子尋根歸不歸？——七〇年代的留學生文學——從「覺醒的一代」到「回歸的一代」：於梨華　流動的鄉愁：從留學生文學到移民文學　臺南　國立臺灣文學館　2013 年 8 月　頁 56—60

302. 曾麗華　論於梨華小說中的美國形象　集美大學學報（哲學社會版）　第 17 卷第 2 期　2014 年 4 月　頁 6—9

303. 覃　雯　於梨華「後留學」時期創作的變化與深化——以婚姻關係與親情關係為例　名作欣賞　2014 年第 20 期　2014 年 7 月 1 日　頁 75—76

304. 奚志英　論於梨華與嚴歌苓小說中的中國敘事　產業與科技論壇　第 13 卷第 19 期　2014 年 10 月 1 日　頁 202—203

305. 曲樹坤　論於梨華筆下留學生的——「尋根」與「歸根」　當代教育實踐與教學研究　2014 年第 10 期　2014 年 10 月　頁 100—101

306. 劉　俊　北美華文文學中的兩大作家群比較研究〔於梨華部分〕　複合互滲的世界華文文學——劉　俊選集　廣州　花城出版社　2014 年 11 月　頁 293—294

307. 楊振寧　推薦序　又見棕櫚，又見棕櫚　臺北　停雲出版社　2015 年 6 月　頁 27

分論

◆單行本作品

散文

《別西冷莊園》

308. 袁良駿　小說家的散文傑構——序於梨華散文集《別西冷莊園》　世界華文文學論壇　2000年第2期　2000年6月　頁64—67
309. 袁良駿　序——小說家的散文傑構　別西冷莊園　臺北　瀛舟出版社　2000年9月　頁5—13
310. 袁良駿　小說家的散文傑構——序於梨華散文集《別西冷莊園》　准「五講三噓集」　福州　福建人民出版社　2001年9月　頁147—154
311. 彭小妍　《別西冷莊園》　中國時報　2000年12月7日　42版
312. 韓　秀　緊鑼密鼓的人生大戲　中央日報　2001年6月24日　18版
313. 韓　秀　緊鑼密鼓的人生大戲　與書同在　臺北　三民書局　2003年2月　頁23—28
314. 李子云　於梨華和她的《別西冷莊園》　世界華文文學論壇　2001年第3期　2001年9月　頁45—47

小說

《夢回青河》

315. 徐　訏　《夢回青河》讀後[5]　聯合報　1963年4月17日　8版
316. 徐　訏　《夢回青河》序　皇冠　第111期　1963年5月　頁40—45
317. 徐　訏　《夢回青河》序　夢回青河　臺北　皇冠出版社　1963年　頁4—12
318. 徐　訏　談小說的一些偏見——於梨華《夢回青河》序　懷璧集　臺北　大林出版社　1980年5月　頁159—168
319. 徐　訏　《夢回青河》讀後　現代文學論（聯副30年文學大系・評論卷）

[5]本文後改篇名為〈《夢回青河》序〉、〈談小說的一些偏見——於梨華《夢回青河》序〉、〈《夢回青河》讀後〉。

臺北　聯經出版公司　1981年12月　頁101—109

320. 徐　訏　《夢回青河》序　夢回青河　瀋陽　遼寧大學出版社　1988年1月　頁320—327

321. 徐　訏　《夢回青河》序　夢回青河　臺北　皇冠出版社　1988年11月　頁15—23

322. 沈剛伯　評「夢回青河」　中央日報　1963年5月11日　6版

323. 沈剛伯　評《夢回青河》　皇冠　第112期　1963年6月　頁56—57

324. 沈剛伯　《夢回青河》序　夢回青河　臺北　皇冠出版社　1988年11月　頁11—13

325. 〔編輯部〕　關於《夢回青河》　皇冠　第112期　1963年6月　頁58—59

326. 黃重添　故園在他們夢裡重現〔《夢回青河》部分〕　臺灣長篇小說論　臺北　稻禾出版社　1992年8月　頁127—140

327. 黃重添　故園在他們夢裡重現〔《夢回青河》部分〕　臺灣長篇小說論　福州　海峽文藝出版社　1995年5月　頁115—128

328. 王國柱　略論於梨華《夢回青河》的藝術成就　寧波師院學報　1995年第2期　1995年6月　頁20—25

329. 孫松堂　於梨華《夢回青河》懷念多　中華日報　1997年5月5日　15版

330. 阮丹娣　改編長篇小說《夢回青河》的體會　中國電視　1999年S2期　1999年12月　頁20—22

331. 蔡雅薰　地理鄉愁契入文化鄉愁〔《夢回青河》部分〕　從留學生到移民：臺灣旅美作家之小說論析　臺北　萬卷樓圖書公司　2001年12月　頁160

332. 莊文福　於梨華《夢回青河》　大陸旅臺作家懷鄉小說研究　中國文化大學中國文學系　博士論文　邱燮友教授指導　2003年　頁164—168

333. 樊洛平　臺灣懷鄉文學的女性書寫——從《城南舊事》、《失去的金鈴

子》、《夢回青河》談起　海南師範學院學報　2005 年第 3 期　2005 年 5 月　頁 82—85

334. 黃萬華　《夢回青河》：「抗戰記憶」中的人性敘事　當代作家評論　2006 年第 5 期　2006 年 9 月　頁 110—115

335. 程小強　《夢回青河》：古典悲劇的現代變奏與演義　蘭州交通大學學報　第 27 卷第 2 期　2008 年 4 月　頁 93—95

336. 朱雙一　臺灣文學中的中國南方各區域文化色彩——江浙籍作家筆下的吳越文化色彩〔《夢回青河》部分〕　臺灣文學與中華地域文化　廈門　鷺江出版社　2008 年 9 月　頁 237—240

337. 馬文芬　青澀的失落——讀於梨華家庭小說《夢回青河》　東京文學　2009 年第 3 期　2009 年 3 月　頁 55—56

338. 楊雅雯　評析《夢回青河》中人物的悲劇形態　安徽文學　2010 年第 12 期　2010 年 12 月 15 日　頁 32—36

339. 張　娟　試析於梨華小說《夢回青河》中女性意識的潛意識萌芽　大眾文藝　2012 年第 4 期　2012 年 2 月 15 日　頁 131—132

《歸》

340. 聶華苓　寫在於梨華《歸》的前面　文星　第 72 期　1963 年 10 月　頁 46

341. 聶華苓　寫在《歸》的前面　歸　臺北　文星書店　1963 年 9 月　頁 1—4

342. 聶華苓　寫在《歸》的前面　歸　臺北　皇冠出版社　1970 年 10 月　頁 3—6

343. 聶華苓　寫在《歸》的前面　歸　臺北　大林出版社　1969 年 11 月　頁 1—4

344. 聶華苓　寫在《歸》的前面　歸　臺北　皇冠出版社　1989 年 1 月　頁 11—14

《變》

345. 陳瑞文　談於梨華的長篇小說——《變》中的人物及主婦病　中外文學　第 2 卷第 12 期　1974 年 5 月　頁 30—42

346. 黃重添　《變》作品評析　臺灣百部小說大展　福州　海峽文藝出版社　1990年7月　頁280—281

347. 蔡雅薰　主婦病的女性主體意識〔《變》部分〕　從留學生到移民：臺灣旅美作家之小說論析　臺北　萬卷樓圖書公司　2001年12月　頁195—196

《又見棕櫚，又見棕櫚》

348. 李星崗　淺論於梨華〈又見棕櫚，又見棕櫚〉　青年戰士報　1958年2月23日　7版

349. 李星崗　淺論〈又見棕櫚，又見棕櫚〉　中央日報　1966年10月18日　6版

350. 方以直　眼淚——〈又見棕櫚，又見棕櫚〉讀後・一　徵信新聞報　1966年6月7日　7版

351. 方以直　金句——〈又見棕櫚，又見棕櫚〉讀後・二　徵信新聞報　1966年6月8日　7版

352. 商　文　我看〈又見棕櫚，又見棕櫚〉　徵信新聞報　1966年6月17日　7版

353. 隱　地　於梨華〈又見棕櫚，又見棕櫚〉讀後　徵信新聞報　1966年6月18日　7版

354. 夏志清　評於梨華〈又見棕櫚，又見棕櫚〉（1—4）[6]　中央日報　1966年10月18—21日　6版

355. 夏志清　序　又見棕櫚，又見棕櫚　臺北　皇冠出版社　1967年12月　頁9—26

356. 夏志清　《又見棕櫚，又見棕櫚》序　文學的前途　臺北　純文學出版社　1974年10月　頁143—159

357. 夏志清　序　又見棕櫚，又見棕櫚　臺北　皇冠出版社　1978年9月　頁9—26

---

[6]本文後改篇名為〈《又見棕櫚，又見棕櫚》序〉。

358. 夏志清　序　又見棕櫚，又見棕櫚　臺北　停雲出版社　2015 年 6 月　頁 9—26

359. 飛　書刊評介——《又見棕櫚，又見棕櫚》　現代學苑　第 4 卷第 8 期　1967 年 8 月　頁 41—42

360. 汪慧雙　這一代青年人的苦悶——於梨華《又見棕櫚，又見棕櫚》讀後感（上、下）　自由報　第 971—972 期　1969 年 7 月 2—3 日　4，3 版

361. 蜀弓　人文主義旗下的《又見棕櫚，又見棕櫚》　自由青年　第 42 卷第 3 期　1969 年 9 月 1 日　頁 73—78

362. 蜀弓　人文主義旗下的《又見棕櫚，又見棕櫚》　方眼中的跫音　臺北　藍星詩社　〔未著錄出版年月〕　頁 23—32

363. 陶龍生　迷失的一代——《又見棕櫚，又見棕櫚》讀後感　中央日報　1970 年 3 月 1 日　9 版

364. 白先勇　流浪的中國人——臺灣小說的放逐主題〔《又見棕櫚，又見棕櫚》部分〕　明報月刊　第 121 期　1976 年 1 月　頁 153—154

365. 白先勇　流浪的中國人——臺灣小說的放逐主題〔《又見棕櫚，又見棕櫚》部分〕　第六隻手指　臺北　爾雅出版社　1995 年 11 月　頁 111—116

366. 白先勇　流浪的中國人——臺灣小說的放逐主題〔《又見棕櫚，又見棕櫚》部分〕　白先勇作品集‧第六隻手指　臺北　天下遠見出版公司　2008 年 9 月　頁 296—300

367. 陸士清　無限寂寞的傾訴——《又見棕櫚，又見棕櫚》的思想和藝術　福建文藝　1980 年第 9 期　1980 年 9 月　頁 69

368. 李章　祖國呀，母親！　讀書　1982 年第 2 期　1982 年 2 月　頁 4—6

369. 齊邦媛　留學「生」文學——由非常心到平常心（1）〔《又見棕櫚，又見棕櫚》部分〕　中國時報　1986 年 11 月 1 日　8 版

370. 齊邦媛　留學「生」文學——由非常心到平常心〔《又見棕櫚，又見棕

櫚》部分〕 七十五年文學批評選 臺北 爾雅出版社 1987 年 3 月 頁 234—240

371. 齊邦媛 留學「生」文學——由非常心到平常心〔《又見棕櫚，又見棕櫚》部分〕 千年之淚 臺北 爾雅出版社 1990 年 7 月 頁 151—158

372. 徐國倫，王春榮 於梨華的《又見棕櫚，又見棕櫚》 二十世紀中國兩岸文學史 瀋陽 遼寧大學出版社 1988 年 8 月 頁 200—204

373. 陸士清 於梨華和她的《又見棕櫚，又見棕櫚》 臺灣文學新論 上海 復旦大學出版社 1993 年 6 月 頁 198—212

374. 陸士清 於梨華和她的《又見棕櫚，又見棕櫚》 血脈情緣：陸士清選集 廣州 花城出版社 2012 年 10 月 頁 217—230

375. 王震亞 無根一代的代言人——於梨華與《又見棕櫚，又見棕櫚》 臺灣小說二十家 北京 北京出版社 1993 年 12 月 頁 107—121

376. 陳 捷 《又見棕櫚，又見棕櫚》作品鑒賞 臺港小說鑒賞辭典 北京 中央民族學院出版社 1994 年 1 月 頁 283—288

377. 林承璜 「沒根一代」的心靈寂寞——於梨華小說《又見棕櫚，又見棕櫚》評介 臺灣香港文學評論集 福州 海峽文藝出版社 1994 年 2 月 頁 284—286

378. 王宗法 當代臺灣小說發展的一個輪廓〔《又見棕櫚，又見棕櫚》部分〕 臺港文學觀察 合肥 安徽教育出版社 1994 年 11 月 頁 241—244

379. 黃重添 遊子情思與尋根意識〔《又見棕櫚，又見棕櫚》部分〕 臺灣長篇小說論 福州 海峽文藝出版社 1995 年 5 月 頁 60—65，69—71

380. 王保生 兩岸文體風貌〔《又見棕櫚，又見棕櫚》部分〕 揚子江與阿里山的對話——海峽兩岸文學比較 上海 上海文藝出版社 1995 年 12 月 頁 338

381. 劉秀美　試論留外華人題材小說中之「悲情意識」〔《又見棕櫚，又見棕櫚》部分〕　中國現代文學理論季刊　第10期　1998年6月　頁300

382. 包恒新　論美加華文作家的中華人文情節〔《又見棕櫚，又見棕櫚》部分〕　福州大學學報（哲學社會科學版）　第50期　2001年1月　頁54

383. 蔣春豔　時序的折疊　齊齊哈爾大學學報（哲學社會科學版）　2001年第4期　2001年7月　頁103

384. 蔡雅薰　臺灣旅美作家之書信體小說——書信體小說中之發音功能與修辭技巧〔《又見棕櫚，又見棕櫚》部分〕　從留學生到移民：臺灣旅美作家之小說論析　臺北　萬卷樓圖書公司　2001年12月　頁222—223

385. 范銘如　嫁出國的女兒——海外女作家的母國情結〔《又見棕櫚，又見棕櫚》部分〕　眾裡尋她：臺灣女性小說縱論　臺北　麥田出版　2002年3月　頁111—125

386. 范銘如　嫁出國的女兒——海外女作家的母國情結〔《又見棕櫚，又見棕櫚》部分〕　女性心／靈之旅——女族傷痕與邊界書寫　臺北　女書文化公司　2003年3月　頁234—238

387. 范銘如　嫁出國的女兒——海外女作家的母國情結〔《又見棕櫚，又見棕櫚》部分〕　眾裡尋她：臺灣女性小說縱論　臺北　麥田・城邦文化出版　2008年9月　頁111—125

388. 蔡雅薰　前現代遊記，後現代旅行——從「遊」的觀點看臺灣旅美作家的遊記體小說〔《又見棕櫚，又見棕櫚》部分〕　世界華文文學新世界　臺北　世界華文作家協會　2003年3月　頁47—65

389. 黎湘萍　時代的遊魂：「放逐」母題〔《又見棕櫚，又見棕櫚》部分〕　文學臺灣——臺灣知識者的文化敘事與理論想像　北京　人民文學出版社　2003年3月　頁70

390. 王宗法　於梨華的《又見棕櫚，又見棕櫚》　20 世紀中國文學通史　上海東方出版中心　2003 年 9 月　頁 617—618
391. 何　力　文化主題——尋根熱　美國華人女性作家的民族情結　蘇州大學比較文學與世界文學所　碩士論文　方漢文教授指導　2004 年 6 月　頁 5—8
392. 賈麗萍　《又見棕櫚，又見棕櫚》故事賞析　眾聲喧譁的文學花園：現代文學知識精華：小說、戲劇　臺北　雅書堂文化公司　2005 年 3 月　頁 354—357
393. 朱立立　臺灣旅美文群的認同問題探析〔《又見棕櫚，又見棕櫚》部分〕　第二屆兩岸現代文學發展與思潮學術研討會論文集　臺北　佛光人文社會學院文學系　2005 年 10 月 28—29 日　頁 277—282
394. 朱立立　臺灣旅美文群的認同問題探析〔《又見棕櫚，又見棕櫚》部分〕　華文文學　2006 年第 2 期　2006 年 4 月　頁 30—33
395. 徐耀焜　餐桌上的風景——臺灣當代飲食書寫版圖的共構——書寫域外／域外書寫——書寫的空間推廓〔《又見棕櫚，又見棕櫚》部分〕　舌尖與筆尖的對話——臺灣當代飲食書寫研究（1949—2004）　彰化師範大學國文學系　碩士論文　王年雙教授指導　2006 年 1 月　頁 36—37
396. 李曉旋　何處是歸程——解讀於梨華小說《又見棕櫚，又見棕櫚》　語文學刊　2010 年第 4 期　2010 年 4 月　頁 51—52
397. 陳大道　留學歸不歸——以錢鍾書《圍城》、於梨華《又見棕櫚》、孟瑤《飛燕去來》為例　紀念揚宗珍（孟瑤）教授全國學術研討會　臺中　中興大學中文系主辦　2010 年 10 月 29 日
398. 肖麗花，程麗蓉　透過《又見棕櫚，又見棕櫚》看華人眼中的「美國夢」　溫州大學學報（社會科學版）　第 25 卷第 2 期　2012 年 3 月　頁 66—70
399. 劉靈昕　從「無根」的吳漢魂到「尋根」的牟天磊——試論臺灣留學生文

學中的「文化鄉愁」情結　南昌高專學報　2012 年第 3 期　2012 年 6 月　頁 31—33

400. 帥　震　「眺望原鄉」解讀——以《又見棕櫚，又見棕櫚》與《邊界望鄉》為例　集美大學學報（哲學社會版）　第 17 卷第 2 期　2014 年 4 月　頁 1—5，23

401. 程小強，任曉娟　論東方主體的東方主義建構——《又見棕櫚，又見棕櫚》的敘事分析　蘭州交通大學學報　第 33 卷第 2 期　2014 年 4 月　頁 5—8

《白駒集》

402. 隱　地　評介《白駒集》　幼獅文藝　第 185 期　1969 年 5 月　頁 196—208

《燄》

403. 隱　地　於梨華及其《燄》　中華文藝　第 12 期　1972 年 2 月　頁 259—272

404. 張　超　一次超「自我」的飛越——論於梨華的長篇小說《燄》　臺灣香港文學論文選　福州　海峽文藝出版社　1985 年 9 月　頁 207—222

《會場現形記》

405. 余光中　《會場現形記》——序於梨華的短篇小說集　中國時報　1972 年 6 月 4 日　12 版

406. 余光中　序　會場現形記　臺北　志文出版社　1972 年 7 月　頁 1—4

407. 余光中　中國人在美國——序於梨華《會場現形記》　聽聽那冷雨　臺北　純文學出版社　1974 年 8 月　頁 133—137

408. 余光中　中國人在美國——序於梨華《會場現形記》　聽聽那冷雨　臺北　純文學出版社　1981 年 2 月　頁 133—137

409. 余光中　序　會場現形記　臺北　皇冠出版社　1989 年 2 月　頁 11—15

410. 余光中　中國人在美國——序於於梨華的《會場現形記》　余光中集（第

五卷） 天津 百花文藝出版社 2004年1月 頁260—263

411. 余光中 中國人在美國——序於梨華的《會場現形記》 聽聽那冷雨 臺北 九歌出版社 2008年4月 頁119—122

412. 弦外音 於梨華的《會場現形記》 臺灣日報 1976年12月29日 9版

413. 歐陽子 於梨華《會場現形記》 現代文學小說選集 臺北 爾雅出版社 1977年6月 頁353

414. 郭玉雯 《現代文學小說選集》的現代主義特色〔《會場現形記》部分〕 聚焦臺灣：作家、媒介與文學史的連結 臺北 臺大出版中心 2014年6月 頁341—342

《考驗》

415. 也 行 再讀《考驗》 中國時報 1975年2月8日 12版

416. 薇薇夫人 細讀於梨華的《考驗》有感——婚姻生活與尋求自我（上、下） 中華日報 1975年3月27—28日 9版

417. 鍾梅音 寫作無如結束難——小談於梨華的《考驗》 中國時報 1975年4月13日 12版

418. 鍾梅音 寫作無如結束難——小談於梨華的《考驗》 昨日在湄江 香港 立雨公司 1975年8月 頁60—68

419. 鍾梅音 寫作無如結束難——小談於梨華的《考驗》 昨日在湄江 臺北 皇冠出版社 1977年2月 頁73—81

420. 鍾梅音 寫作無如結束難——小談於梨華的《考驗》 考驗 臺北 皇冠出版社 1991年4月 頁5—14

421. 域外人 《考驗》 中國時報 1975年7月6日 12版

422. 王央樂 生活的考驗——介紹於梨華和她的小說《考驗》 戰地增刊 1979年第5期 1979年5月 頁45

423. 劉 敏 自我的迷失與找尋——析於梨華《考驗》中的女主人公吳思羽 江西師範大學學報 1999年第2期 1999年5月 頁53—56

424. 韓文霞 游離於兩種文化之間的生存狀態——評於梨華前期小說《考驗》

和田師範專科學校學報　第28卷第3期　2008年7月　頁91—92

425. 余榮虎　傳統人格的缺失——重讀於梨華《考驗》　世界華文文學論壇　2013年第4期　2013年12月　頁18—21

《傳家的兒女們》

426. 朱　二　《傳家的兒女們》作品評析　臺灣百部小說大展　福州　海峽文藝出版社　1990年7月　頁284—286

427. 劉登翰，林承璜　80年代臺灣旅外作家的創作——臺灣旅外作家創作的新趨勢〔《傳家的兒女們》部分〕　臺灣文學史（下）　福州　海峽文藝出版社　1993年1月　頁819—820

428. 韓文霞　尋尋覓覓中對根的眷戀——評於梨華中期的作品《傳家的兒女們》　和田師範專科學校學報　第28卷第3期　2008年7月　頁60—61

429. 萬濤，楊小婷　《傳家的兒女們》的女性主義解讀　科技信息　2011年第20期　2011年7月15日　頁39，42

430. 陳大道　留美小說的背景——打工移民的辛酸故事　留美小說論——以1960、70年代《皇冠》、《現代文學》、《純文學月刊》短篇小說為核心　臺北　知書房出版社　2013年10月　頁90—92

《尋》

431. 王鼎鈞　不辨仙源何處尋　兩岸書聲　臺北　爾雅出版社　1990年11月　頁41—60

432. 李亞萍　美國華文文學中的大陸女性形象〔《尋》部分〕　中國比較文學　第62期　2006年1月　頁50—52

《一個天使的沉淪》[7]

433. 王鼎鈞　問天下多少小三子　中華日報　1996年2月11日　14版

434. 王鼎鈞　問天下多少小三子　一個天使的沉淪　臺北　九歌出版社　1996

[7]本書後改書名為《小三子，回家吧》（臺北：停雲出版社，2015年11月）。

年 11 月　頁 309—315

435. 王鼎鈞　問天下多少小三子——《一個天使的沉淪》令人低廻　九歌雜誌第 189 期　1996 年 12 月　4 版

436. 王鼎鈞　問天下多少小三子　一個天使的沉淪　北京　人民文學出版社　1999 年 6 月　頁 276—282

437. 王鼎鈞　問天下多少小三子　小三子，回家吧　臺北　停雲出版社　2015 年 11 月　頁 9—11

438. 尤　今　Tragic contemporary story of betrayal and abuse of a child　*The Straits Times*　1997 年 4 月 16 日　11 版

439. 尤　今　沉淪背後的問題　一個天使的沉淪　北京　人民文學出版社　1999 年 6 月　頁 283—285

440. 尤　今　沉淪背後的問題　小三子，回家吧　臺北　停雲出版社　2015 年 11 月　頁 19—22

441. 張夢瑞　找個書名，於梨華傷透腦筋[8]　民生報　1996 年 9 月 19 日　15 版

442. 張夢瑞　於梨華新作書名集思廣益——《一個天使的沉淪》雀屏中選　九歌雜誌　第 188 期　1996 年 11 月　2 版

443. 林　式　通俗藝術化的可能　臺灣新聞報　1997 年 3 月 9 日　13 版

444. 保　真　沉淪的羅心玫　中華日報　1997 年 3 月 25 日　14 版

445. 保　真　沉淪的羅心玫——於梨華的《一個天使的沉淪》　保真領航看小說　臺北　九歌出版社　1999 年 5 月　頁 186—188

446. 李芳蓓　悲憐斷翅的天使——讀於梨華的作品《一個天使的沉淪》　青年日報　1997 年 4 月 23 日　15 版

447. 魏子雲　小說的性描寫——讀於梨華的《一個天使的墮落》（上、下）臺灣新聞報　1997 年 4 月 24—25 日　13 版

448. 孫康宜　於梨華筆下的性騷擾　耶魯・性別與文化　臺北　爾雅出版社　2000 年 1 月　頁 179—184

[8]本文後改篇名為〈於梨華新作書名集思廣益——《一個天使的沉淪》雀屏中選〉。

449. 蔡雅薰　唐璜症候的二性自省〔《一個天使的沉淪》部分〕　從留學生到移民：臺灣旅美作家之小說論析　臺北　萬卷樓圖書公司　2001年12月　頁201—202

450. 韓　晶　不是天使惹的禍——試評於梨華《一個天使的沉淪》　語文學刊　2003年第5期　2003年5月　頁30—31

451. 韓文霞　異域中的沉淪，沉淪後的反思——於梨華後期作品《一個天使的沉淪》透析　新西部　2008年第3期　2008年3月　頁124—125

《屏風後的女人》

452. 李子云　以生命體驗來寫作——評於梨華兼論《屏風後的女人》[9]　九歌雜誌　第204期　1998年3月　頁2

453. 李子云　洋溢著一種生命的力量——評於梨華兼論《屏風後的女人》　屏風後的女人　臺北　九歌出版社　1998年3月　頁5—10

454. 李子云　洋溢著一種生命的力量——評於梨華兼論《屏風後的女人》　屏風後的女人　北京　人民文學出版社　1999年6月　頁1—5，23

455. 李子云　於梨華和她的《屏風後的女人》　世界華文文學論壇　1998年第1期　1998年3月　頁71—73

《在離去與道別之間》

456. 安　華　於梨華新作《在離去與道別之間》出版　出版參考　2003年第1期　2003年1月　頁28

457. 薛朝暉，王莉　方如真：呼喚詩意生存的載體　華文文學　2003年第4期　2003年4月　頁28—30

458. 瘂　弦　於梨華小說中的校園經驗——從留學生文學到北美版《儒林外史》　在離去與道別之間　南昌　二十一世紀出版社　2003年4月　頁3—7

459. 瘂　弦　於梨華小說中的校園經驗——從留學生文學到《在離去與道別之

[9]本文後改篇名為〈洋溢著一種生命的力量——評於梨華兼論《屏風後的女人》〉、〈於梨華和她的《屏風後的女人》〉。

間》　聚繳花序 2　臺北　洪範書店　2004 年 6 月　頁 249—254

460. 王　泉　關於《在離去與道別之間》的言說——知識分子世俗人生的詩意敘事　華文文學　2003 年第 4 期　2003 年 4 月　頁 26—28

461. 朱志剛　女性知識分子的悲劇寓言——評於梨華長篇小說《在離去與道別之間》　當代文壇　2004 年第 1 期　2004 年 1 月　頁 106—107

462. 徐　迎　人性的悲情抒寫——析於梨華新作《在離去與道別之間》　常州師範專科學校學報　2004 年第 3 期　2004 年 6 月　頁 10—12

463. 鄭全明　《在離去與道別之間》寫作的歷史與傳統　新餘高專學報　2004 年第 4 期　2004 年 8 月　頁 58—60

464. 尹　詩　「落地生根」後的女性言說——試論《在離去與道別之間》的女性文化身分　許昌學院學報　第 26 卷第 1 期　2007 年 1 月　頁 74—75

《彼岸》

465. 孟　暉　於梨華新作《彼岸》的藝術特色分析　忻州師範學院學報　第 26 卷第 6 期　2010 年 12 月　頁 22—25

466. 王　振　評於梨華的《彼岸》　文學教育（上）　2013 年第 8 期　2013 年 8 月　頁 148—149

《秋山又幾重》

467. 黃錦珠　山重水複的風景——讀於梨華《秋山又幾重》　文訊雜誌　第 293 期　2010 年 3 月　頁 108—109

合集

《新中國的女性及其他》

468. 清　淮　於梨華的新書　書評書目　第 46 期　1977 年 2 月　頁 10—18

◆多部作品

《變》、〈有一個春天〉

469. 余遠鵬　於梨華的道德思考——婚變小說《變》、〈有一個春天〉等的倫理觀照及其他　玉林師專學報　1987 年第 1 期　1987 年 1 月　頁

43—49

《又見棕櫚，又見棕櫚》、《考驗》

470. 齊邦媛　時代的聲音〔《又見棕櫚，又見棕櫚》、《考驗》部分〕　千年之淚　臺北　爾雅出版社　1990年7月　頁18

《又見棕櫚，又見棕櫚》、〈葉真〉、〈母女情〉、〈雪地上的星星〉

471. 王晉民　論世界華文文學的主要特徵〔《又見棕櫚，又見棕櫚》、〈葉真〉、〈母女情〉、〈雪地上的星星〉部分〕　中華文學的現在和未來——兩岸暨港澳文學交流研討會論文集　香港　鑪峰學會　1994年6月　頁35—40

《又見棕櫚，又見棕櫚》、《傅家的兒女們》

472. 孫慰川　華人留學生文學：起源、發展與現狀〔《又見棕櫚，又見棕櫚》、《傅家的兒女們》部分〕　臺港與海外華文文學評論和研究　1994年第2期　1994年9月　頁49

473. 蔡雅薰　臺灣旅美作家小說之主題論——尋根與回歸〔《又見棕櫚，又見棕櫚》、《傅家的兒女們》部分〕　從留學生到移民：臺灣旅美作家之小說論析　臺北　萬卷樓圖書公司　2001年12月　頁172—178

474. 顧曉莉　兩棵相對「枝疏葉稀」的大樹——簡談於梨華早期兩部長篇小說中的三個問題〔《又見棕櫚，又見棕櫚》、《傅家的兒女們》部分〕　安徽文學　2007年第12期　2007年12月15日　頁8—9

《尋》、《相見歡》

475. 蔡雅薰　八〇年代臺灣旅美作家移民小說內容〔《尋》、《相見歡》部分〕　從留學生到移民：臺灣旅美作家之小說論析　臺北　萬卷樓圖書公司　2001年12月　頁99

《又見棕櫚，又見棕櫚》、《考驗》、《傅家的兒女們》、《會場現形記》

476. 蔡雅薰　臺灣旅美作家小說之人物論——留學生眾生相〔《又見棕櫚，又見棕櫚》、《考驗》、《傅家的兒女們》、《會場現形記》部

分〕　從留學生到移民：臺灣旅美作家之小說論析　臺北　萬卷樓圖書公司　2001年12月　頁111—117

《傅家的兒女們》、〈情盡〉、〈三束信〉、〈之純的選擇〉

477. 蔡雅薰　臺灣旅美作家小說之主題論——雙元文化的碰撞與交融　從留學生到移民：臺灣旅美作家之小說論析　臺北　萬卷樓圖書公司　2001年12月　頁182—186

《又見棕櫚，又見棕櫚》、〈女兒的信——ＡＢＣ的問題〉、〈三束信〉

478. 蔡雅薰　臺灣旅美作家之書信體小說——書信體小說類型簡介〔《又見棕櫚，又見棕櫚》、〈女兒的信——ＡＢＣ的問題〉、〈三束信〉部分〕　從留學生到移民：臺灣旅美作家之小說論析　臺北　萬卷樓圖書公司　2001年12月　頁210—213

《傅家的兒女們》、〈兒戲〉

479. 尹曉煌　青出於藍而別於藍：美國華語文學之起源、發展、特徵與意義——美國華語文學的特點與意義〔《傅家的兒女們》、〈兒戲〉部分〕　中外文學　第34卷第4期　2005年9月　頁66—68

《又見棕櫚，又見棕櫚》、《傅家的兒女們》、《歸》、〈雪夜〉、〈移情〉、〈林曼〉

480. 陳大道　影響愛情的親情故事類型〔《又見棕櫚，又見棕櫚》、〈雪夜〉、《傅家的兒女們》、《歸》、〈移情〉、〈林曼〉部分〕　留美小說論——以1960、70年代《皇冠》、《現代文學》、《純文學月刊》短篇小說為核心　臺北　知書房出版社　2013年10月　頁174—175，187—190，196—197

單篇作品

481. 隱　地　讀於梨華的〈等〉　自由青年　第32卷第7期　1964年10月1日　頁18—19

482. 隱　地　於梨華〈等〉　隱地看小說　臺北　爾雅出版社　1981年6月　頁45—50

483. 黃守誠　這一代的小說〔〈等〉部分〕　一個里程　臺北　華美出版社　1968年6月　頁212—214

484. 隱　地　讀於梨華的〈雪地上的星星〉　自由青年　第33卷第9期　1965年5月1日　頁20—21

485. 宋曉英　獨特的情思·悲涼的美——讀於梨華的小說《雪地上的星星》　婦女學苑　1988年第1期　1988年　頁44—45

486. 何　慧　淚眼問花花不語，亂紅飛過秋千去——讀於梨華的小說《雪地上的星星》　當代人　2008年第10期　2008年10月15日　頁58—60

487. 翁以倫　從於黎華的〈柳家莊上〉論中國今日的文學觀念　青青文集　臺北　臺灣文源書局　1967年11月　頁15—27

488. 林以亮　於梨華的〈友誼〉　現代文學　第38期　1969年7月　頁122—134

489. 林以亮　於梨華的〈友誼〉　秋山又幾重　臺北　允晨文化公司　2010年1月　頁166—180

490. 顏元叔等[10]　談〈再見，大偉〉　文藝月刊　第3期　1969年9月　頁192—200

491. 撫萱閣主　〈親情·友情〉按　你喜愛的文章　臺北　史地教育出版社　1969年11月　頁172

492. 冀　南　分析〈和平東路0巷0號〉的加強描寫　文壇　第174期　1974年12月　頁228—231

493. 陳克環　於梨華〈和平東路0巷0號〉　書評書目　第21期　1975年1月　頁115—117

494. 周林生　性格化的一筆（〈交換〉）　廣州日報　1980年6月10日　3版

495. 難波由香　於梨華〈交換〉の提出した　野草　第30期　1982年　頁103—104

---

[10]與會者：顏元叔、尉天驄、張菱舲、隱地。

496. 封祖盛　〈撒了一地的玻璃球〉評析　臺灣現代派小說評析　福州　海峽文藝出版社　1986年5月　頁204—209

497. 王狀珍　「玻璃球」，女性悲劇命運的藝術寫照——評於梨華的短篇小說〈撒了一地的玻璃球〉　職業技術教育　1999年第10期　1999年10月　頁58

498. 蕭　蕭　〈記得當年在臺北〉編者註　七十六年散文選　臺北　九歌出版社　1988年3月　頁244—245

499. 李子云　於梨華和她的小說〈姐妹吟〉　小說界　1988年第4期　1988年8月　頁176

500. 林錫嘉　輯二‧親情不落〔〈探母有感〉部分〕　八十六年散文選　臺北　九歌出版社　1998年4月　頁72

501. 范銘如　於梨華〈黃昏‧廊裡的女人〉導讀　文學臺灣　第37期　2001年1月　頁78—81

502. 范銘如　於梨華〈黃昏‧廊裡的女人〉導讀　日據以來臺灣女作家小說選讀（上）　臺北　女書文化事業公司　2001年7月　頁160—163

503. 蔡雅薰　文化衝突的對象與常見情節〔〈情盡〉部分〕　從留學生到移民：臺灣旅美作家之小說論析　臺北　萬卷樓圖書公司　2001年12月　頁186

504. 蔡雅薰　報平安之外之家書〔〈女兒的信——ＡＢＣ的問題〉部分〕　從留學生到移民：臺灣旅美作家之小說論析　臺北　萬卷樓圖書公司　2001年12月　頁212

505. 蔡雅薰　訊息反覆之有人書信〔〈三束信〉部分〕　從留學生到移民：臺灣旅美作家之小說論析　臺北　萬卷樓圖書公司　2001年12月　頁213

506. 袁良駿　推薦於梨華散文〈又見舊金山〉　語文建設　2003年第6期　2003年6月　頁36—39

507. 李　清　社會歷史變遷下的臺灣電影女性形象〔〈海天一淚〉部分〕　臺

灣研究集刊　2006年第3期　2006年9月　頁93

多篇作品

508. 顏元叔　筆觸、結構、主題——細讀於梨華〔〈無腿的人〉、〈再見，大偉〉、〈柳家莊上〉、〈友誼〉〕　現代文學　第38期　1969年8月　頁135—147

509. 顏元叔　筆觸、結構、主題——細讀於梨華〔〈無腿的人〉、〈再見，大偉〉、〈柳家莊上〉、〈友誼〉〕　文學批評散論　臺北　驚聲文物供應公司　1970年1月　頁173—190

510. 顏元叔　筆觸、結構、主題——細讀於梨華〔〈無腿的人〉、〈再見，大偉〉、〈柳家莊上〉、〈友誼〉〕　從流動出發　臺中　普天出版社　1972年1月　頁213—231

511. 顏元叔　筆觸、結構、主題——細讀於梨華〔〈無腿的人〉、〈再見，大偉〉、〈柳家莊上〉、〈友誼〉〕　文學批評散論　臺北　驚聲文物供應公司　1972年8月　頁173—190

512. 顏元叔　筆觸、結構、主題——細讀於梨華〔〈無腿的人〉、〈再見，大偉〉、〈柳家莊上〉、〈友誼〉〕　談民族文學　臺北　臺灣學生書局　1973年6月　頁305—323

513. 顏元叔　筆觸、結構、主題——細讀於梨華〔〈無腿的人〉、〈再見，大偉〉、〈柳家莊上〉、〈友誼〉〕　顏元叔自選集　臺北　黎明文化公司　1975年12月　頁101—119

514. 譚雅倫　了解與誤解：移民與華僑在創作文學中的互描〔〈女兒的信〉、〈之純的抉擇〉、〈三束信〉部分〕　文學史學哲學　臺北　時報文化出版公司　1982年2月　頁208—210，228

515. 周聚群　在歷史的追憶中追尋未來——論白先勇、於梨華、聶華苓的文革題材小說〔〈江巧玲〉、〈姜士熙〉部分〕　江淮論壇　2009年第1期　2009年1月　頁185—188

516. 陳大道　無婚姻關係的愛情故事類型〔〈雪地上的星星〉、〈移情〉、

〈友誼〉、〈再見，大偉〉部分〕 留美小說論——以 1960、70 年代《皇冠》、《現代文學》、《純文學月刊》短篇小說為核心 臺北 知書房出版社 2013 年 10 月 頁 269—270，271—273，279—280

作品評論目錄、索引

517. 〔封德屏主編〕 於梨華 臺灣現當代作家評論資料目錄（二） 臺南 國立臺灣文學館 2010 年 11 月 頁 1417—1436

國家圖書館出版品預行編目資料

臺灣現當代作家研究資料彙編. 77, 於梨華 / 陳芳明編選. -- 初版. -- 臺南市 : 臺灣文學館, 2015.12
面 ； 公分
ISBN 978-986-04-6400-9 (平裝)

1.於梨華 2.傳記 3.文學評論

863.4 104022669

【臺灣現當代作家研究資料彙編】77

於梨華

發 行 人 陳益源
指導單位 文化部
出版單位 國立臺灣文學館
地 址／70041 臺南市中西區中正路 1 號
電 話／06-2217201 傳 真／06-2218952
網 址／www.nmtl.gov.tw 電子信箱／pba@nmtl.gov.tw

總 策 畫 封德屏
顧 問 林淇瀁 張恆豪 許俊雅 陳信元 陳義芝 須文蔚 應鳳凰
工作小組 白心瀞 呂欣茹 郭汶伶 陳欣怡 陳映潔 陳鈺翔 張傳欣 莊淑婉
編 選 陳芳明
責任編輯 張傳欣
校 對 王文君 呂欣茹 陳欣怡 張傳欣
計畫團隊 財團法人台灣文學發展基金會
美術設計 翁國鈞・不倒翁視覺創意
印 刷 松霖彩色印刷事業有限公司

經銷展售 國家書店松江門市（02-25180207）
國立臺灣文學館—雪芙瑞文學咖啡坊（全面 85 折優惠，06-2214632）
國立臺灣文學館藝文商店（全面 85 折優惠，06-2216206）
三民書局（02-23617511、02-2500-6600）
台灣的店（02-23625799） 府城舊冊店（06-2763093）
南天書局（02-23620190） 唐山出版社（02-23633072）
草祭二手書店（06-2216872） 五南文化廣場（04-22260330）

初版一刷 2016 年 3 月
定 價 新臺幣 420 元整
第一階段 15 冊新臺幣 5500 元整 第二階段 12 冊新臺幣 4500 元整
第三階段 23 冊新臺幣 8500 元整 第四階段 14 冊新臺幣 5000 元整
第五階段 16 冊新臺幣 6000 元整
全套 80 冊新臺幣 24000 元整

GPN 1010500060（單本） ISBN 978-986-04-6400-9（單本）
1010000407（套） 978-986-02-7266-6（套）

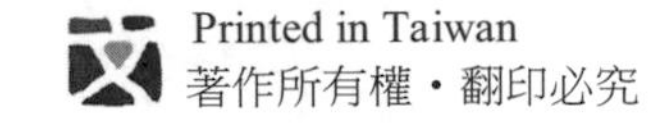